悬爱
—02—

南风
解我意

梧桐私语 | 作品

河北出版传媒集团
花山文艺出版社

图书在版编目（CIP）数据

南风解我意 / 梧桐私语著. --石家庄：花山文
艺出版社，2016.8（2020.3重印）
ISBN 978-7-5511-2962-6

Ⅰ．①南… Ⅱ．①梧…Ⅲ．①长篇小说－中国
－当代Ⅳ．①I247.5

中国版本图书馆CIP数据核字(2016)第198564号

书　　名：南风解我意
著　　者：梧桐私语
策划统筹：张采鑫
选题策划：胡晨艳
特约编辑：陈　思
责任编辑：郝卫国
责任校对：齐　欣
封面设计：刘　艳
内文设计：昆　词
美术编辑：许宝坤
封面绘制：licy
出版发行：花山文艺出版社（邮政编码：050061）
　　　　　（河北省石家庄市友谊北大街330号）
销售热线：0311-88643221/29/35/26
传　　真：0311-88643225
印　　刷：三河市华东印刷有限公司
经　　销：新华书店
开　　本：880×1230毫米　1/32
印　　张：10.5
字　　数：400 千字
版　　次：2016年11月第1版
　　　　　2020年3月第2次印刷
书　　号：ISBN 978-7-5511-2962-6
定　　价：48.00元

南 风 解 我 意

NANFENG
JIE
WOYI

南 风 解 我 意

NANFENG JIE WOYI

16 号，4 月 16 号。1960 年 4 月 16 号下午三点之前的一分钟你和我
在一起，因为你，我会记住这一分钟。从现在开始我们就是一分钟
的朋友，这是事实，你改变不了，因为已经过去了。我明天会再来。
——《阿飞正传》

Chapter1-1

　　小时候的柴焰牙齿生得不好，两排里出外进的白牙让她的脸形看起来总少
了些可爱。她还记得给自己戴上那个丑丑牙套的医生弄完一切后，抄着手面无
表情地对她爸妈说："效果如何不能保证，如果牙齿不适应造成牙根松动，牙
齿是会掉下来的。"

　　医生这句话对柴焰的影响颇深，在未来几年里，除了必须开口的场合，她
很少开口，一个原因是她怕露出牙套被人笑话，第二个原因是她怕自己的牙齿
真会掉光，和没牙的老太太一样。

　　幸好几年以后，她摘下牙套，牙齿都还在，还长得洁白整齐。

　　可是柴焰没因为牙齿得救而感谢医生，反而因为童年一直为医生的那句话
活得谨慎自卑而讨厌那位医生。

　　她不喜欢医生，尤其是牙医。

　　陈未南就是个牙医。

　　此刻陈未南站在远处，身后是满是夜色的玻璃门，他手撑着障碍栏，藏青
色的排扣大衣让他显得既帅气又顾长。

　　正推着金粉色行李箱从机场出来的柴焰，一眼就看见了手举着牌子等着她
的陈未南。

"柴焰，这么好的男人你干吗那么讨厌？"

身边同行的好友沈晓啧啧感叹，精巧的五官，冲柴焰做了个鬼脸。

柴焰没说话，表情平静地走到陈未南近前，伸手夺过陈未南手里的牌子，在沈晓面前晃了晃："就是讨厌。"

之前沈晓只顾得上看陈未南，没看牌子上写的什么，现在她看到了，"扑哧"一下乐了，这个陈未南，可真好玩。

那牌子上写着：钢牙焰！

后面还用白粉笔画了一个钢牙箍。

"钢牙焰"是柴焰最讨厌的绰号。

出了机场，柴焰就和沈晓分道扬镳了，柴焰坐陈未南的车，沈晓则要等通到她家的机场大巴，沈晓家在城市边儿上，几乎是乡下。

看着身形单薄却提着很重行李的沈晓，才坐在车上的柴焰推开车门又下了车。

"上我们的车，不就是绕段路吗？"她拉住沈晓的行李。

沈晓笑着，想着要不答应柴焰，坐次顺风车算了。可等她对上驾驶座上陈未南的眼时，她准备从命的手又迅速收了回来。沈晓抿着嘴，回拒着："不用了，我家那段路不好走。你们走吧，大巴一会儿就来。真的不用了。"

"大巴车多。"陈未南在车里懒洋洋地喊。

当车子载着柴焰呼啸着驶出机场的弯形坡道时，柴焰回头，依稀看得见沈晓在朝他们挥手道别。

她转身怒视着陈未南，陈未南却无所谓地耸肩："是她说不用的。再说，就她家住的地方真要绕好大一个圈呢。"

陈未南右手比了一个好大的圈。

那圈绕得柴焰心烦意乱。

她早跟家里人说了不用人接的，妈妈在电话里听她这句话立马呵斥她："未南多好的孩子，别给我作！"

她瞥了眼哼起小调的陈未南，想到孤零零一个人等车的沈晓，越发觉得陈未南这人可恶了。

窗外的鸦青色山景起伏绵延了很长一段距离，通往市区的公路上，陈未南在默数到第一百九十八根电线杆时回头看柴焰，柴焰看着窗外，气还没消。

"柴焰，听说你年后又要大开杀戒了，恒荣那些老弱病残落到你手里，退职金是不是少得可怜？"陈未南揉揉她，他最受不了两个人在一起不说话了。

"右转。"

"知道了，啰唆。和我聊聊天怎么了？"

和他聊？聊恒荣的裁员案？还是陈未南一年拔了多少颗牙齿？柴焰和他没多少共同话题不说，话不投机是大问题。

她把目光投向窗外，惹了没趣的陈未南也不尴尬，他吹声口哨。没一会儿，陈未南的银色轿跑便隐没在江南湿润的冬季，融入已经有了年味的袅袅烟云里。

可车还没开到一半，柴焰却突然叫住了陈未南。

"掉头。"她手扶在方向盘上。

"什么？为什么？涮我玩儿呢？"陈未南一脸你在开玩笑的表情。

"沈晓的东西忘在我这儿了。"柴焰没理会陈未南，她拿出手机，拨通了沈晓的电话，"在哪儿？刚好，在那儿等着，我给你送东西，顺便送你回家。"

"喂，油价涨了。"陈未南嘟囔着，冷不防眼前多了张粉票子。

柴焰甩甩钞票："油钱，够吗？"

"够了够了，够我卖油又卖身的了。"陈未南咧嘴笑着。

柴焰伸出拳头，陈未南忙收敛笑容，他指指方向盘："我开车呢，小心一失两命。"

柴焰哼了一声，不再理他。

沿着相同的道路返回，风景却被浓重夜色铭刻得更加深邃朦胧。灯火中的机场出口，柴焰在根石柱旁找到了瑟瑟发抖的沈晓。她拉沈晓起来时，沈晓朝她使劲儿地扯着嘴角，笑容却像冻僵了似的。

"过、过年，去我家的大巴好像取消了。"

握着沈晓冰冷的手，柴焰回头瞪了陈未南一眼。陈未南却一脸无辜：关我什么事？

他不是个没同情心的人，只是不轻易泛滥罢了。

陈未南瞟了眼坐进后座的沈晓，柴焰正脱了外套给她，他撇撇嘴，无声地说了句：傻。

沈晓的家真的很远，陈未南开了一个多小时才把车停在一个有着土墙木门，门口还挂着两个破旧红灯笼的大院前。

沈晓下车，家里不少人出来迎她。那些人和沈晓寒暄几句，就把更多的注意力放去了沈晓带回来的包上。

陈未南坐在车里，若有所思地看着车外被家人丢在一边的沈晓，他转了下车钥匙，才静寂片刻的发动机顿时又开始呜咽咆哮。

陈未南看着柴焰："和你商量个事，和你这个同事别走那么近，成不？"

光透过灯笼纸，落下一片火红在柴焰的脸上，她蹙着眉，生气却不好发作。陈未南却没完没了地继续说："她人……给我感觉不好，看着温敦，城府却深，你看她那双眼睛就看得出。"

什么看眼睛就看得出，她才不信沈晓会是陈未南说的那样，但她清楚一点，这边和她说着沈晓坏话，那边又隔着窗玻璃和沈晓家人微笑示意的陈未南很两面三刀，很让人讨厌。

柴焰从小时候起就不喜欢陈未南。

读书的时候，陈未南不用心，成绩不好不坏，她爸爸却总喜欢夸他聪明。

"你看人家未南，都不怎么读书，成绩也不差。"

"你看人家未南多懂劳逸结合，快别看书了，跟未南出去玩会儿。"

"你看看……"

柴焰平息下情绪，心想怎么这么多年，她还会因为他的话生气。

发动机声在两人的沉默间被放大到细枝末节，陈未南甚至分辨得出这台"老爷车"每开五分钟就会有的一个轻微"咯噔"声。

他清清嗓子："这个你不信就算了，还有一件事。"

"什么？"

"你妈让我们订婚。"

柴焰："……"

Chapter1-2

星光寥落的夜晚，戎云山的三道山峰模糊成一片，矗立在乌漆漆的天边，在更近些的地方，氤氲着成片或白或黄的光，灯火气里的城市正安享它除夕夜前的晚餐时间。陈未南却丝毫不觉得温暖，因为那光离他至少还有五公里的距离。

他回不了家，车坏了。

他脸疼，才离开沈晓家一会儿，他就挨了一拳。

"伤药，美国进口的。"柴焰在包里翻了半天，翻出一包药，随手丢进陈未南怀里。

接了药的陈未南扫了眼说明上那排英文字，他哼了一声："进口药再好，也治不了'国产'的伤。"

"我就揍了你一下。"还是因为陈未南说她要当他老婆。

"然后我的脸撞上了方向盘，车冲下了路，撞上了树，我撞上了车玻璃，瞧我这一张俊脸，成什么了？"陈未南龇着牙捂脸，一副很疼的样子。月光照亮他的脸，光线下，他左下巴的肿包和他一直喋喋不休的嘴被照得格外明显。

没记错的话，下巴的伤是他撞上方向盘时弄的，他不应该挨那一下，可如果他没临时掉转方向盘，现在受伤的就是她了。

"刚刚，你是故意的？"柴焰昂着头，问话声却有些底气不足。

"什么故意的？"

"就那一下。"柴焰比了个姿势，陈未南仍是一脸茫然。气馁之余，柴焰顿时觉得她这个想法可笑，陈未南会救她？怎么可能？

她叹口气，说："算了，当我错了，你快擦药吧，擦完药给你家打电话，找车来接我们。我妈刚接了我电话，没说几句就挂了。"柴焰几乎没换气地说完这些。

陈未南一个白眼飞过来："你就不能说得再有诚意点儿吗？"

见柴焰拳头又要挥舞回来了，他又立马改口："好的，够诚意了。"

……

臭小子。柴焰腹诽。

陈未南拨了电话，没一会儿传来了"语音答录机"的声音："妈妈说，天时地利加人和，未南哥哥你再不把柴焰姐姐拿下你就是个尿包。妈妈说，天时地利加人和，未南哥哥你再不把柴焰姐姐拿下你就是个尿包……"

小奇迹的声音在电话那端没有终点似的一直循环着，陈未南手忙脚乱地想挂了电话，却失手把电话掉到了车座底下。狭小的空间让小奇迹的声音显得格外清晰，他清清嗓子："拨错电话了。"

"哦，你妹妹住别人家去了？"

"说了是打错电话了。"陈未南挺挺腰，肿脸被车灯照着，像个浑圆饱满的山东大馒头。

"你想怎样？"柴焰淡淡地扫了他一眼。

"拦一辆车，载我们回家。"陈未南扭头信誓旦旦地走向马路边。当姜黄色的路灯光环抱住陈未南，柴焰的记忆也跟着融化在若干年前的某个夏天。

　　陈未南背着他的卡其色双肩书包，拼命追赶着早上开往学校的7路公交车。她坐在车里，偶尔透过窗玻璃看眼越来越远被甩到车尾的陈未南，却从未开口让司机等等，后面有个赖床的少年上学要迟到了。

　　这种事发生得多了，陈未南终于发现了一直在车里冷眼旁观的柴焰。一天放学，气哼哼的陈未南把柴焰堵在了学校女厕所的后墙角："我哪儿得罪你了，说翻脸就翻脸，突然对我爱答不理的不说，坐个公交车干吗不帮我喊司机一声？"

　　陈未南个子比她高，把她逼在墙角，手撑在她耳侧。柴焰清楚地感觉得到他的呼吸、他身上淡淡的汗味，还有他长长的睫毛。她努力控制着心跳，倔强却平静地说："不为什么，就是不想看你好。"

　　回忆总有着可怕的力量，在彻底沦陷其中之前，柴焰仓皇地逃离，虽然不想承认，不过柴焰没忘记，陈未南是第一个让她心跳加速的男生。可说不清从什么时候起，他们成了现在的模样。

　　云都的冬夜，风小却劲，微微一吹，她便打了个寒战。她拿出手机，又拨给那个人。在循环着的关机提示音里，柴焰看着挥舞双手、拼命拦车的陈未南，想起了那个夏天后的秋季运动会，赶了一个夏天公交车的陈未南破了校短跑纪录，风头正劲。

　　陈未南总有那个歪打正着的命。

　　她按断电话，心想迟秋成会去哪儿呢？

　　等城市的灯光一点点在视野里收敛，最后只剩星星点点刻在柴焰眼底时，她还是没联系到迟秋成。倒是冻得发颤的陈未南中途小跑回车里，挨着柴焰取暖时拿她的手机取笑。

　　"你这个男朋友太不称职了，动不动就和你玩失联，快分了吧。"他搓着手，还嫌不够，又把手直接按在了风口上，他手上沾染的土腥和血味顿时在车里荡开。

　　柴焰揉揉太阳穴："和他分？然后呢？再和你？"

　　"这可是你说的。"

　　月光让陈未南奸计得逞的笑容暧昧无比，柴焰却一点儿都不觉得好笑。很久以前，也是曾经的某个瞬间，一个相似的场景，陈未南和她开着相似的玩笑，那时候的她冲动得想捏起陈未南的脸问他是不是认真的。那时的害羞紧张到了现在，成了淡然。

"白日做梦不好，晚上做梦也不是好习惯。"她从车后座拿了抱枕抱在怀里，闭上眼，"今晚先在车里凑合下，这个点估计也没顺风车可搭了。"

"柴焰……"

"干吗？"柴焰没好气地睁开眼，却对上陈未南可怜巴巴的目光，他抿着嘴唇，说："手疼……"

陈未南不说，柴焰还没发现他手上的伤因为冻过的关系，已经又青又肿了。

"不是给你药了吗？"

"手疼，没法儿擦。"

柴焰无语地看着陈未南，真想问问他：你是手断了，还是手残了？可最终她只淡淡地说了声"过来"，然后在陈未南得逞的笑意里颇为无奈地拧开了药盖。

涂药时的柴焰动作轻柔，手揉着陈未南的伤处，眼睛凑近，生怕药抹得不匀。陈未南收敛笑容，表情异乎沉静地看着她："柴焰，想和你说个事。"

"如果是订婚的事，那你闭嘴，我有男朋友；就算没有，和你也绝无可能。"

"我说的不是这事。"陈未南眨眨眼，见柴焰默许了，他才开口，"我想说和你在一辆车里过夜，那我得多危险。"

柴焰瞪着眼想发作，却最终因为懒得理他，丢了药，靠在一旁闭上了眼。她知道陈未南在自己抹着药，便慢慢放心有了睡意。

意识开始模糊，她听到声音，是陈未南在拿手机看电影，她还觉得什么东西盖在她身上，暖暖的。

柴焰做了个梦，梦中的她扎着马尾辫、头上绑着海军蓝蝴蝶结，大学的第一年，校园里的阳光明媚而刺眼。她走在林荫路上，参差的树影掠过她的脸庞，柴焰的心情也好像这周围的风景一样，飘着微风，绿意盎然，有花香。

她才接到学校通知，因为入学成绩优秀，作为大一新生里为数不多的几个，她得了一笔鼓励奖金。奖金数目算不上多，但对才离家的她来说也是不菲了。

她快步走着，边走还四处张望着。她在找人。

拿到钱的时候，她脑子里冒出来的第一个想法就是找到陈未南，先趾高气扬地炫耀一番，再请他吃顿好的。那小子眼馋校门口那家钵钵鸡很久了，可他妈给他的生活费在他才入学时，就被换成了手机。

想想一会儿陈未南可能出现的不服气却又嘴馋想吃的模样，柴焰忍不住又弯了弯嘴角。

走过少年时期，长大的柴焰不再像儿时那样讨厌陈未南，她不再咄咄逼人，和陈未南依旧斗嘴，只是斗嘴时她总是趁着陈未南不注意，悄悄地看他。

他去哪儿了呢？找遍大半个校园的柴焰有些累，她擦擦额头的汗，放缓了脚步。恰好这时，她遇到了才见过陈未南的同学。

按照他指的方向，柴焰又加快了脚步。

隔着灌木丛，柴焰听见陈未南嘻嘻哈哈和他同学说着话。笑容随着陈未南的话语慢慢凝固在柴焰唇边。

陈未南没看到柴焰，继续念着："我也不明白为什么是你，以前我明明那么讨厌你的啊……"

他念的句子柴焰可以悉数背诵出来，那是她写的，写给陈未南的。她不清楚明明是夹在她本子里的信怎么会到了陈未南手里，而他竟然还拿出来给别人读。

陈未南！

委屈和气愤的情绪一齐冲到眼眶，柴焰红着眼要找陈未南算账。就在她准备这么做时，身后有人叫她。

"柴焰……"

"柴焰，柴焰！"当梦境与现实重合，柴焰被陈未南摇醒了。

"你哭了？"陈未南的肿脸上满是担忧。

"没有！"柴焰侧过脸，抹着眼泪，想想又不甘心地回头。

"啪"的一声，她扇了陈未南一耳光，如果不是当年在灌木外遇到沈晓，这一耳光她早该给陈未南了。

"你干吗？"

"不干吗，帮你的脸对称一下，现在的你，丑。"柴焰从包里拿出护手霜抹着手，一旁的陈未南硬生生一句话没说出来。

好在尴尬的气氛不长，知道玩笑火候的陈家人在深夜一点的时间赶到了。

车远远泊在了路旁，个头儿不高的小奇迹蹦蹦跳跳地从车上下来，奔跑着朝陈未南的方向跑来，哪怕陈未南的大哥再怎么提醒她慢点儿，小奇迹也没放慢速度。

她冲刺般扑到陈未南怀里，仰起头，"咦"了一下："哥，你脸怎么一边大一边小啊？"小奇迹想摸摸陈未南的脸，却被他躲开了。

"别摸我的俊脸，易碎！"陈未南郁闷，他想不通为什么女人翻脸比翻书快。他回头看着柴焰，"什么破服务嘛。"

"我们售后很好。"柴焰甩甩手掌。

看着两人互动的小奇迹"哎呀"了一声："二哥你可真孬。"

然后，小奇迹的头挨了陈未南一下。

小奇迹和陈未南打闹了一路，等柴焰累得睡着时，车子也停在了柴家楼下。

Chapter1–3

柴焰小时候很喜欢过年，过年时她可以熬通宵不被家长骂，可以肆无忌惮地吃糖不再被威胁长虫牙，当然还有红包拿。

随着年纪渐长，这些小时候关于过年的好处不仅慢慢消失不见了，反而更让柴焰觉觉到负担，譬如此时坐在 U 形沙发里的她就是边给家里的小孩儿发红包边接受她妈关于婚姻的耳提面命。

"未南那孩子多好，知根知底，你就是死活看不上人家。好，你说你有男朋友，那你倒是带回来给我们瞧瞧啊！"

"他那么好，你嫁啊！"发好最后一个红包的柴焰扔下这句话，冲柴妈嘟了下嘴，转身回了房间。

门外，依稀听得见柴爸责问老伴的声音："我还活得好好的你就要出墙啊？"

"谁出墙了，耳朵不好就少说话。"回话的是柴妈。

花枝状的水晶灯投下干净却不单一的白色光晕，房间沉浸在一片宁静当中，柴焰人懒懒地躺在床上，心里说不出的难受。她想和陈未南划清界限，条件却不允许，她有男友，此刻却处在失联状态。

正失神，电话响了，她翻个身，倒趴在床上，拿起一旁的手机，懊恼的情绪顷刻间退散了。

白色的手机上"迟秋成"三个字忽闪律动，很是欢快。

除夕夜，在失联了足足一天时间后，迟秋成来电了。

她屏下呼吸，接起电话。

"柴焰，新年快乐。"

"迟秋成，你在哪儿？"

手机信号两端，两人异口同声地说。

"就知道你会问这个，担心了？"

"迟秋成，新年快乐。"

两人几乎同时沉默，又同时开口，再一阵沉默后，不爱笑的柴焰也忍不住莞尔。多少年了，她和迟秋成还是这样，说话做事总在同一个频道：抬头同时抬，讲话一起讲。

她还记得第一次见迟秋成是在省体校，迟秋成作为前辈来指导柴焰和队友训练，那段时间，她才和陈未南"闹僵"，借着大运会参训的借口，她逃兵似的离开了学校。

她每天拼命地训练，为的是让自己累些，不再去想那个人。

那天，她依旧练得汗如雨下。训练结束后，学校安排大家在体校食堂吃饭。体校学生多，乌泱泱地坐在黑色长桌旁。

柴焰饿极了，才一坐下，没看别人，低着头只顾自己猛吃。那天也是奇怪，她夹豌豆，对面有双筷子和她夹同一根，她夹牛肉，也有一双筷子和她"抢"。

"没完了是吧？"她有些生气，却没吱声，刚好她看到远处一盘鱼香肉丝，她起身去夹，头却"砰"地撞上了对面那个同样起身的人。

不知是谁胡喊了句"一拜天地"，惹来周围一阵哄堂大笑，柴焰红着脸看着对面表情也尴尬着的人。

"我也饿了。"那人说。

她认得他，是指导团里的陪练，队友叫像他这种陪练是"上不了场的小角色"。

小角色说他叫迟秋成。

往事随着烟花绽放在黑色夜空，柴焰指尖划着窗玻璃，停在那个模糊的嘴角位置。电话里，迟秋成在和她汇报着失联的原因，临时集训，他现在人在国外，失联的那段时间，他在飞机上。

"喂，柴焰，你在听吗？还是嫌我汇报得不够详尽，我把飞机票根都留着等你查呢。"感觉到柴焰的不专心，迟秋成不满地嘟囔。

"我在想我们的一拜天地。"

"一拜天地？"

"你忘了？"回忆的暖意因为迟秋成一个反问化成窗上的凌花，顿时凉了，"迟秋成，你又忘，回来跪搓衣板。"

"好好好，回去就跪。最近记性是不好，回去我就吃核桃。"迟秋成的声音好似春风，从大洋彼岸吹来，带着海潮的咸湿，柴焰微微笑着，不说话。她想起沈晓说过的一句话，男人变心最初的表现是不再把女人放在心上，迟秋成不止一次说他记不起过去的事，却又态度良好地和她赔不是。柴焰相信他没变心，只是觉得有些地方不对劲。

"早点儿回来吧。"最终她也没说出心中想法，而是轻轻叹气，"想你了。"

几乎没聊几句，迟秋成那边的训练便开始了，这通电话也顺理成章地挂断了。

柴焰看着玻璃上自己模糊的剪影，她觉得她是个再坏不过的坏女人了，她思念着身在远方的男友，却对有关另外一个人的记忆耿耿于怀。

她懊恼地揉揉头发，最终却下定决心似的拿出手机，发了条信息给迟秋成：

迟秋成，你把我娶了吧。

按下发送键，她长舒口气，有种尘埃落定的感觉。

柴家今年的年夜饭准备得比往年丰盛，因为几年没回家过年的表哥要回家过年。客厅里，柴焰几个弟弟妹妹因为在看哪个频道上意见不统一正在争吵，吵闹声高过电视，也盖过了厨房里的闲聊声，柴焰的姑姑正嘱咐柴妈什么。

"知道了。她要真给我领回来一个正儿八经的男朋友，我也就不至于这么急了，再说未南那孩子多好，知根知底，也没什么不良嗜好。"柴妈择着芹菜，吐着心里的烦恼。可就眨眼的工夫，她手里的芹菜就被人拿走了。柴焰摇着手里翠绿的芹菜："妈，我有男朋友了，而且，我刚刚和他求婚了。"

"你说什么？谁求谁？"

"我求他！没谁规定女生不能和男生求婚的吧。"柴焰一闪身，躲过柴妈的打，丢下芹菜溜去了客厅。

"这孩子！"柴妈瞪着柴焰，想找机会同她聊聊。可无奈直到饭后也没找到机会。

摆满馅料的案板旁，柴焰冲柴妈指指电话，溜回了房间，她不是找借口，真的是 Sophie 来电找她。

Sophie 是个长相古典的混血美人，母亲是中国人，父亲是瑞典人。单从长相上，Sophie 继承父亲的大部分，譬如直挺的鼻子、宽额头，还有一头自然的棕色长鬈发。她性格却像她妈，为人尖利，是个工作狂人。

柴焰跟了 Sophie 许多年，她们脾气很像，在对待官司上，柴焰甚至比 Sophie 还多了些杀伐果断。Sophie 很倚重柴焰，也因为这个，为人傲气的柴焰在律所没什么朋友，除了一年前来投奔她的沈晓。

柴焰深知 Sophie 绝没有在新年给人拜年的习惯，所以她回了卧室，一边拿着电话，一边开电脑。

"说吧。"

"我只有两分钟，儿子在等我吃饭。""哗哗"的声音从电话那端传来，柴焰想象得出，此刻的 Sophie 正在翻她那个红色漆皮的高档记事簿，"恒荣所有待裁人员的资料，还有参与这个项目的人员资料，汇总，一小时后发我邮箱。"

"理由呢？"柴焰身体向后仰，倚住椅背，两条细长的腿顺势搭在桌沿上，她跷了跷脚丫，等着 Sophie 给她答案。

"恒荣的机要信息被窃，他们要彻查。"

"彻查……我们？"柴焰一下子把脚从桌沿上放下来，身子也坐得笔直。"为什么？"说这三个字的时候，柴焰甚至能感觉到她语音因愤怒而产生的颤抖。

Sophie 沉默着，似乎是重重地吐了口气："柴焰，我理解你的心情，连我自己都觉得这是种羞辱，可不止你我，段帅的整个团队也一起接受调查，维护客户最大利益，这是行业规则。"

有钱人制定的规则？柴焰面向窗外，丛丛烟火忽闪着滑过眼底，她抿了抿唇，说："OK。不过 Sophie，告诉段帅和恒荣，这次的薪酬，我要 double。我们的团队没有任何问题，他们要为自己的粗鲁行为负责。"

Sophie 轻轻叹了口气："柴焰，你啊……"

然后，她再也没有说什么，轻轻挂断了电话。

烟火声中，柴焰手没停地调出文档，嘴巴随着指头的敲击发出一个个轻声的粗口。

好在资料是现成的，只有很少一部分在沈晓那里。没考虑现在是新年，柴焰打给了沈晓。

持续的候机声让她略微焦躁，重拨几次，还是如此，柴焰放弃了。

或许没听见？

她手还未放下，才安静片刻的手机便犹如遭受点击，"嘟嘟"地响起铃声。

谁啊？

柴焰滑开屏幕，发现都是祝福短信，祝福新年的。在不经意间，零点过了，竟然又是一年。

没顾得上回复，柴焰先留言给沈晓。她不习惯工作拖拉，哪怕是新年也不例外。短信才发好，手机又响了，这次是电话，陈未南打来的。

"干吗？"柴焰说。

"柴焰姐姐，新年快乐！我们在楼下放烟火，你下来啊？"电话的另一端，小奇迹跺着脚，朝正给她放烟火的陈未南眨眨眼睛，比了个 OK 的手势。

"那我们等你哦。"小奇迹挂了电话,一下扑到陈未南身上,"哥,说,你怎么谢我?"

"我谢谢你保佑那个姑奶奶别在大年夜动手,我用了七个煮鸡蛋才让脸消肿。"陈未南抱起小奇迹,宠溺地冲她笑。

实际上他心里也高兴……

"好的好的。"小奇迹连连点头,脑子里想的却是妈妈说她二哥浪费鸡蛋的情景。

"哥,你喜欢柴焰姐姐吧?"

"谁说的?"陈未南矢口否认,却忍不住问,"你怎么会有这种想法呢?"

"你总偷偷瞄柴焰姐,脸红,还流口水,唔……"小奇迹的嘴巴被陈未南捂住。

陈未南坚定地摇着头:"我流口水?别开玩笑了。"

"尤(有),你屁八碎(十八岁)那年。"小奇迹呜呜说着,却忽然闭了嘴。

"说啊,小样儿,还敢说?知道你哥的厉害了吧!"陈未南一手揽着小奇迹的腰,一手捂着她的嘴,扬扬得意地笑着。

"知道了,在欺负小姑娘这方面,你的确蛮厉害的。"

陈未南猛地抬头,看到两米外穿着米色毛领大衣,一脸嫌弃地看着他的柴焰。

"哥,你好丢脸。"小奇迹隔着指缝小声说。

"你闭嘴。"陈未南小声地回。

这不是陈未南和柴焰在一起度过的第一个新年了,他们两家住在同一个小区,几乎每年都会一起放烟火。具体哪年他记不清了,总之有一年,云都下了雪。柴妈让他带柴焰下楼放烟花。

那时候刚好是柴焰和他最不对盘的一年,他说什么,柴焰都会往反方向去做,他做什么,柴焰也要做得比他好。

那天,雪凝结在路上,路面很滑。忘了柴焰和他较劲儿这事的陈未南才喊了一声"慢点儿",就听到"扑通"一声,柴焰实实惠惠地"坐"在了路面上。

"说了让你慢点儿了。"陈未南也慌了神,丢下手里的烟花就朝柴焰跑去,结果"啪叽"一声,他也摔了,摔得比柴焰还惨,"大"字形趴地,脸朝下。

那天,摔疼屁股的柴焰破涕为笑,看着陈未南捂着鼻子强忍着哭。

记忆随着烟花绽放在繁空,随即陨落成无际黑暗,陈未南不明白从什么时候起,他和柴焰间就算不僵持也显得尴尬。

小奇迹在远处跑,陈未南看了眼身边的柴焰:"钢牙焰,你都气了这么多年了，该消气了吧？再说当年我念的是我哥们儿收的情书，我哪知道和你写给我的一样啊？"

"别那么自作多情好吗？那信才不是写给你的。"柴焰否认得坚决。这件事，早在当年陈未南就和她解释过了。

可就算再耿耿于怀的柴焰也不可能因为这一件事就生出想放下陈未南的想法。

"还有，别叫我钢牙焰。"

"习惯了。"

"改！"

"……"

云都的除夕夜，空气里满满都是湿冷味道，小奇迹的一个喷嚏打断了两人的思绪，陈未南还想说什么，却被柴焰打发上了楼。柴焰自己也回了家。

进门时，表哥指指她的房间："手机响半天了。"

"哦。"柴焰应着声进门。

因为外套没口袋，出门时她没带手机，现在回家一看，二十四个未接来电。她点开一看，十五个是沈晓打来的。

刚好柴焰也要找沈晓，顺手回拨了回去。电话接通得很快，她听到沈晓说："柴焰，我该怎么办……"

沈晓在哭。

墙上的圆盘挂钟分针指在七的位置，柴焰听懂了沈晓说的。

"你妈嫌你赚钱少，想你辞职回家嫁人？"柴焰好像听了一场天方夜谭，她忍不住想笑，又觉得这时候笑有些不厚道。

"行了，行了，瞧你这出息，钱少，赚就是了，不是有我吗？"

"我也不能靠你一辈子。"沈晓收住哭声，语气听起来却颇为失落。

"怎么不能了。"柴焰哼了一声，"我把你当成最好的朋友，可你总和我客气。"

"柴焰，我错了，你别气。"沈晓唯唯诺诺地道歉。想想还没说正事，柴焰敲击了几下电脑："刚刚发你的信息看到了吧，十分钟内把资料整理好了发我。动作快点儿，不然 Sophie 要杀人了。"

她看眼时间，离和 Sophie 约定的时间已经所剩不多了。

"柴焰，恒荣真的要调查我们吗？"

"你什么时候见过不喜欢吃鸡的黄鼠狼。"柴焰讽刺道。

"是啊……"沈晓轻轻地应了声,然后强打起精神说,"我去整理资料了。"

"去吧。"柴焰想再安慰沈晓几句,可电话已经被沈晓挂断了。

Chapter1-4

七天年假在各种走亲戚间,不知不觉过去大半。大年初五,柴焰在客厅看书,桌上的八宝香熏灯里,朋友从泰国带来的精油正散发着淡淡的薄荷香。

突然而来的电话打断了安逸的午后,柴焰放下书,拿起手机。那头的声音慌张匆忙,语速快得直到说了第二遍,她才听清。

"柴焰,不好了!陈未南被车撞了,人死活不去医院,大过年的,我们不敢告诉他家里,你们两家关系好,你帮着想想,怎么办啊?"陈未南朋友的嗓门儿奇大,振聋发聩的。

"什么怎么办?敲晕了送医院!"想起陈未南平时那副胡搅蛮缠的脾气,她一点儿没怀疑那傻子在出事后会硬撑着不去医院。她有些气陈未南那群笨得像猪的朋友。

"好好,就干就干。"对方连说了几个好。挂电话前,那人告诉了柴焰他们要去的医院,希望她能去看看。

柴焰抿着嘴想了半天,回了句:"知道了。"

陈未南不过是去了下洗手间的工夫,再回到包房,便明显感觉气氛和刚刚不同了,坐回位子,他看了眼周围的同学,身子朝后一倒,懒洋洋地跷起腿:"说吧,我不在,你们干什么亏心事了?"

"没有没有,我们在玩'真心话大冒险'。未南你看你来了就玩高冷,也不和我们玩,我们就自作主张,带了你一个。"

"怎么个带法儿?"陈未南伸出脚,踢了那人一下。

"也没什么。"同学瞪了他一眼,"就是'大冒险',李建选的是打电话给柴焰,说你出了车祸,我们正送你去医院呢。"

"她信了?"

"不能吧,她和你水火不容的。再说,真信了,哥几个也算帮你出气了。"

"那我真该谢谢你。"陈未南感慨万千地拿起桌上一瓶酒,"为兄弟,能插女人两刀,够意思。"

"哪里哪里。"陈未南很少和人客气，李建有些受宠若惊，却又觉得是理所当然的，他举起个空杯，"说真的，未南，读书那会儿你就和我们话少，倒总和柴焰对着干，有一阵我还以为你喜欢柴焰呢，可那小妞儿都不正眼看你一眼，我们替你不值。"

"多谢兄弟了。"陈未南拿过李建的杯子，顺手丢去一旁，"不过，我们的感情，用杯不合适吧？"

Tiny Bar 的旋转水晶灯从上方折射出斑斓光线，陈未南笑得比花还灿烂，他手里的 Chivas 隔着酒瓶轻轻晃动，琥珀色的液体映着陈未南的眼："用瓶。"不容拒绝的，他把酒瓶塞到了李建手里。

李建傻了："未南，你开玩笑的吧，我酒量……"

"谁开玩笑了？我的样子像在开玩笑？"陈未南自己也抄起一瓶，"咚"地和李建碰了个杯。

柴焰是你可以骗的吗？要骗也得是我骗！陈未南笑着，眼里烟波流转。

大约一刻钟后，陈未南推开 Tiny Bar 的圆玻璃门，被迎面而来的冷风吹得打了个寒战，他收紧衣襟，上了路边停着的一辆计程车。

"师傅，到了地方，麻烦你……"陈未南上车，舌尖发麻地说着他的要求。司机吓了一跳，一上车就嘱咐司机下车撞他一下的乘客，老司机真是头回遇到。他忘了说话，只是冲陈未南连连摆着手。

陈未南一把抓住司机的手："别摇，头晕。是这样，我朋友骗我老婆说我出了车祸，她现在正往医院赶，你就帮我制造点儿小擦伤，骗过她就行。"

"年轻人怎么就不能实话实说呢？"

"你不知道，我老婆最恨别人骗她，如果她知道我骗了她，会打死我的。"

"年纪轻轻的，火气这么大可不好。不过，小伙子，就算你这么说我也不敢撞你啊，万一……"

"你帮我，我给你钱，你不帮我，我找别人。"陈未南脸颊泛着微红，说话吐着酒气，人却清醒。

"你找别人吧。"司机把车停在路旁，他拒载陈未南。陈未南默默盯了司机几秒钟，没说话乖乖下了车。

他站在车旁，皱着眉看司机踩下了油门。车轮转起的瞬间，陈未南突然笑着伸出自己的腿。

你不帮我，我自己也有招，陈未南笑得龇牙咧嘴，脚疼，腿疼，哪儿都疼……

　　"哎呀！"柴焰几乎跑遍了整栋大楼，才在她最初去的外科急诊室找到了陈未南，白墙青砖的房间里，转椅上的陈未南正叫得凄惨。他身旁一个穿灰色棉袄的中年男人擦了擦头上的汗："你刚刚不是说不疼吗？"

　　陈未南看着柴焰眨眨眼："现在疼了。大叔，你回去吧。"

　　"啊？"老司机有些回不过神，就是这个年轻人，才被他赶下车，却自己把腿伸到转动的车轮底下。不是讹诈，陈未南甚至没让他负责医药费。

　　年轻人的爱情观，他不懂，只得摇摇头，走了。他和柴焰面对面走着，想想还是多句嘴："挺好一个小伙子，别欺负人家。"

　　柴焰皱着眉看了那人一眼，走到陈未南跟前："那人谁啊？还有，陈未南，你又和人造我什么谣了？"

　　"柴焰，我脚差点儿被车轧断了。"陈未南可怜巴巴地看着柴焰。

　　"李建叫我来，他们人呢？"

　　"我脚差点儿被车轧断了，柴焰。"

　　柴焰抿着嘴不再说话，喝了酒的陈未南真是很烦，可她不能走吧。

　　"在这儿待着，我去找医生。"柴焰走了，被留下的陈未南眨眨精光的眼睛，笑得贼兮兮：与其说多错多，不如什么都不说。

　　他"哎哟"叫了一声，现在不止脚疼，头也开始疼了，Chivas 的后劲真不小。

　　好在只是韧带挫伤，陈未南没打石膏就被柴焰带出了医院。医院门外，几年没飘过雪花的云都很意外地迎来了一场久违的雪。

　　细薄的雪片混着几束漏网的日光盘旋着坠落人间，路上有女生停下脚伸手去抓雪片。柴焰站在医院门前，脚下是被雪打湿的地面，她看了眼陈未南："我问过了，你这伤不是车祸弄的，你和李建联手骗我。骗人很好玩吗？"

　　"骗你好玩。"陈未南眯着眼，傻兮兮笑了两声，"柴焰，我告诉你个秘密。"

　　"你想干吗？"柴焰看着一点点凑到她跟前的陈未南，本能地后退一步，却没想到傻兮兮笑着的陈未南继续东倒西歪，最后歪倒在路上了。

　　陈未南醉了，睡着前他说："柴焰，我喜欢你。"

　　"你说什么？"灰蒙蒙的云层底下，柴焰跺了两下脚，她有些冷，说话呼出的哈气黏在睫毛上，不过一眨眼的工夫，视野里的陈未南便多了层朦胧。

　　没人回答她。

　　柴焰又"喂"了几声，终于听到陈未南的回应："呼……呼……呼……"

柴焰："……"

陈未南清醒在床上，在他触手可及的地方，一个小脑袋埋在米色被单下，被子随着呼吸上下起伏着。

陈未南有些恍惚，他慢慢伸出手，却在手就要触碰到那人时停住了动作，他挫败沮丧，甚至有些生气，原本缓缓温柔的动作瞬间变得粗鲁，他使劲儿点了那人两下："去你房间睡。"

小奇迹睡得正香，挨了陈未南两下，揉着头，睡眼惺忪地钻出被子："哥，你干吗？"

"柴焰送我回来的？"

"是啊，她说你和同学联手骗她，还故意弄伤了脚博同情。"

陈未南沉默两秒后，表情淡淡地问小奇迹："你寒假作业做完了？拿来我检查检查。"

这话对小奇迹的威慑力真大，小丫头慌张地爬下床，跑了，跑开前，她不忘回头冲陈未南做个鬼脸。

陈未南回了她一个更大的鬼脸，可惜表情做得太大，抻到了脖子，加上还在涨痛的脑壳，陈未南差点儿疼出眼泪。他拼命拿手按压着脖子和太阳穴，边回忆着之前发生的事，可他发现自己的脑子空空一片，离开医院后的事竟一点儿也想不起来了。

到底是哪儿出了错，才让他这么快就露馅儿了呢？陈未南想不通，也懒得想，他拉开床头桌的抽屉，从里面拿出一部手机。几秒钟的开机时间后，他不意外地收到一条信息。

只是短信内容让他意外——竟然有人向他求婚！

柴焰坐在车里，手的位置刚好对着折页风口，暖风开在最高档，吹得她手背暖暖的。她握着手机，拇指在屏幕上时快时慢地轻轻敲着。

"你没睡？"

车驶过水泥道，道旁看得到才燃过的烟花沫子，云都的大年初六，下午一点，年味近尾，却仍然浓烈。柴焰的思绪却飞到大洋彼岸，这个时候的美国还是夜里，2月份再普通不过一天的夜里。

迟秋成的回复来得很快。

迟秋成："训练结束，才回住处，洗了澡就看到你短信了。"

柴焰抿着嘴角，敲了几个字。

柴焰："我说的事是不是唐突了？"

迟秋成："没有，我有点儿生气，这种事怎么能让你抢先呢？"

柴焰："我说你说不是一样？"

迟秋成："回去我要登门拜访叔叔阿姨，再向你正式求婚，不然我很没面子。"

柴焰看着手机屏，笑了。她回了迟秋成一个字："好。"

后面她又补了几个字："律所临时有事，我先回蕲南了，等你回来。"

她等了半天，没等到迟秋成的回复，想着或许已经睡着了吧。

不知不觉间，车停在了黄杨机场的蛋形建筑前。柴焰下了车，北风正烈，她扯住被风扬起的菱格丝巾，没多停留迈进了自动拉门。

Chapter2
不 乖

有些错，犯过一次就记忆永生，
有些人，却在同一个地方一错再错，永远都学不乖。

Chapter2–1

从云都回蕲南，短途飞行，不过是一起一落之间的事。柴焰出了机场，甚至没回家放行李，打车直接去了公司。

她工作的安捷律师事务所隐秘在蕲南中心 CBD 之间，从外表看，它有些不起眼，只占据一座中等高度楼宇的中段两层，没有什么地标特征，就连玻璃窗上"安捷律行"几个字都是律所创立时贴的，早一副年久失修的样子。可就是这不起眼的两层楼，每年却承接着蕲南近四分之一的法律诉讼和顾问服务。

作为安捷的元老之一，每次迈进大楼，柴焰总会习惯性地挺直脊背，再顺便理下头发。今天稍有不同，她提着行李，就在放下行李时，她意外地看到坐在大厅里正默默出神的沈晓。

"你怎么也来了？ Sophie 叫你来的？"柴焰觉得哪里不对劲。Sophie 叫她回来是因为调查有了眉目，她是负责人，叫她回来无可厚非，可沈晓……

"你跟我过来。"柴焰的脸阴沉得可怕，沈晓张张嘴，却什么也说不出来。

柴焰在安捷的楼层找了个空房间，她让沈晓先进去，自己再顺手关了门。

"Sophie 为什么找你？"

沈晓低着头沉默。

柴焰深吸一口气，尽量让自己的语气听上去和缓："恒荣的事和你有关？"

沈晓依旧沉默着。柴焰真急了眼，她几步走到沈晓面前，抓住沈晓的胳膊：

"说话，你说话呀。"

沈晓终于有了反应，她抬起头看着柴焰："柴焰，我和你同学这么多年，有些事我必须做，有些事我不能做。我的家庭如何你是知道的，我要养家。"

"所以你就做这种事情了？"

"对不起。"沈晓又低下了头。这次，她没说什么，就独自出了房间。

柴焰不死心地回头，却发现她说不出什么。

"我会想办法救你的。"柴焰说。可她心里明白，真要有事，她帮不了沈晓什么。

沈晓终于被 Sophie 叫去谈话了，柴焰突然受不了这四面白墙的办公间，她在屋里踱了几圈，决定出去走走。

大楼外，人迹萧条，想必年假没结束，再勤劳的白领也不会选在这个时候来一片满是钢筋水泥的城市 CBD 勤劳吧。

柴焰绕着大楼转了几圈，总算找到一个开张却生意冷清的奶茶店。

她不爱喝奶茶，觉得那东西没营养，除了高热致胖外，一无所长，可今天她却突然来了兴致，买了一杯。沈晓爱喝这东西。

沈晓因为家里条件不好，上大学时也穿得很质朴，她不爱说话，身边也没什么朋友。柴焰和她成为朋友，也是一次意外。

那时候系里有个同学得了急性白血病，辅导员组织大家捐款献爱心。刚好那几天柴焰忙着训练，知道消息时已经是捐款进行到尾声时了。当时的她连身上的汗都没顾得擦就跑去班长寝室，二话不说拿了两百块出来。

班长对她竖了大拇指，说她真大方。

柴焰不是大方，那两百块是她那个月节省下来的生活费，只是同学一场……

她笑着转身要走，听到班长点着人名说："咱班就沈晓一个人没捐了。"

"她那种又穷又抠门儿的人，肯定不会捐的。"班长的室友说。

也不知道出于怎样的冲动，柴焰当时转身敲了敲班长的桌子："那两百，是我和沈晓的钱，名单别忘了记上。"

几天后，各班的捐款名单张贴在宿管科的玻璃橱窗里，柴焰和沈晓的名字一上一下排列着。那天，回寝室的柴焰遇到专程等她的沈晓，沈晓低着头，递给她一杯珍珠奶茶。

"我就十块钱，捐了怕人笑。"沈晓小声地说。柴焰第一次发现这个不合群的女生有着甜美的声音和容貌。

后来，寝室搬迁，沈晓和柴焰成了室友、好友。

蕲南的位置比云都偏南，气温也比云都高些，放假前这种感觉还没那么明显，不过一个春节过去，同样薄厚的衣服再穿在柴焰身上竟有些热了。

她寻思着脱掉外套，手机偏巧在她扯袖子时响了。

是 Sophie 打来的。

柴焰叹口气，把手机贴在耳边："谈完了？"

"完了。"

"Sophie，如果可能，能不能缩小这件事的影响，沈晓她以后还要工作。"

"柴焰，沈晓的事情我们稍后再说，我现在需要和你谈谈……"

"这么急？"柴焰干笑两声，"我预感你和我说的事情不是好事呢？"

"嗯，不是个好消息。"Sophie 手指点着桌上的本子，上面记录了她、恒荣代表以及沈晓之间的谈话。沈晓承认了她做过的事，只不过她说这一切是柴焰授意她做的……

"她这么说的？"柴焰听完 Sophie 的话，觉得像才听完一场天方夜谭，她觉得自己说话的嘴唇都在微微抖着。

不信是她的第一反应。

"柴焰，这种时候你觉得我会有心情开玩笑？"Sophie 觉得柴焰问得有些可笑。她信柴焰不会做这样的事，可恒荣的人不会信，"恒荣要彻查，柴焰，我也要避嫌。"

Sophie 本是想让柴焰想想怎么应对调查，可她只等来柴焰一句"我待会儿打给你"，就被挂了电话……

这人！

才挂了 Sophie 的电话，柴焰马上拨通了沈晓的，几乎没响几声，那边就接起了电话。北风在耳畔呼呼飞过，柴焰觉得她嘴巴被冻僵了似的，一句话也说不出来。沈晓的声音也是前所未有的冷，她说："不用问了，是我，我把你说出来了。柴焰，你家境压我一头，成绩高我一头，就连我的工作也是你接济我的。可我没必要替你背黑锅，那些是你做的，你要我做的。"

柴焰大声吼着爆了句粗口，顺带踢飞路上一颗灰色石子。她做的？她做什么了？她问沈晓，沈晓却挂了电话。

她再打，沈晓的手机就一直处在占线状态了。

Sophie 不过去了趟茶水间的工夫，就听到办公室的电话响个没完，不用猜，她也知道是柴焰打来的。

她放下茶杯，拿纸巾擦干手上的水渍，这才接起电话："想明白了？信我了？"

柴焰那头闷不吭声，Sophie 正猜测着她在想什么的时候，她突然说话了："那人空口白牙，总要有些证据吧？"

Sophie 笑了，她最欣赏柴焰这种能快速从情绪里抽离的能力。

"来我办公室，客户送了我一包好茶，咱们边喝边聊。"Sophie 啜了口茶，抿抿嘴巴，味道不错。

柴焰离开律所已经是一个小时之后了，天光正好，楼宇前的小广场空旷地吹着风。她仰头看着碧色的天，回忆着 Sophie 说的话。

沈晓几乎把所有的事都推给了她，她指使沈晓偷了机要文件，她指使沈晓联络对手公司，她甚至在事情败露时试图让沈晓继续帮她背黑锅。

Sophie 说完这些，柴焰只轻轻回了句："她没说她是我和她妈生的吧？"

想想有些可笑，她这个做律师的应该早见惯了这种患难拆伙的事情，只是她从没想过事情有天也会发生在自己身上，始作俑者还是沈晓罢了。沈晓一定在笑她的天真，可她没打算让沈晓一直笑下去。

拉着行李箱，柴焰拦了一辆计程车。她要好好想想沈晓手里有的可以拿来栽赃她的"证据"。

夜幕降临，在公寓的书房里坐了几乎整个下午的柴焰总算长出了一口气。没什么意外的话，她将有足够理据推翻沈晓那些所谓的证据。她拿出手机，打开微信，发送了一段语音给 Sophie。

语音里，柴焰轻松地说："放心吧，我死不了。"

"再好不过。""嘟"的一声，Sophie 的口信传了回来。

她那边很吵，间歇听得到孩子哭。

"我给孩子喂奶。"

"去吧。"柴焰说完，就听见肚子跟着"咕噜"一声，她这才想起，自己也一个下午没吃饭了。

她进厨房，对着空空如也的冰箱愣了三秒，这才想起回家过年前，她和迟秋成早把冰箱的存货扫荡一空了。

"烦死了，迟秋成我饿了！"柴焰跺着脚对着空冰箱大叫着。可冰箱是不会答话的，它甚至连个回音也没给柴焰。瞪着眼看了冰箱几秒钟，柴焰默默关上冰箱门回了卧室，她换件衣服，下楼吃饭。

虽然年假没完，但街上大大小小的饭店都在营业，花花绿绿的幌子绵延到很远的地方。柴焰出了小区，就近找了家陕北面馆。叫好了面，她支着下巴一边等面，一边看窗外风景。

面馆的玻璃用彩色玻璃纸贴了不少字，从柴焰的位置向外看，街上的人不是被遮了手，就是挡了头。柴焰想起小时候她最喜欢的那个洋娃娃，有金色头发的那个。有天，她清早起来发现娃娃莫名少了腿，她当时就"哇"地哭了出来，一直躲在角落偷笑的陈未南听见她哭，忙跑出来，举着娃娃的腿说："腿在这儿呢。你的腿在这儿呢！"

她晃晃头，倒不是因为她又想起了陈未南。她起身，她没看错，窗外一个正坐进车里的男人，是此刻本该"在美国"的迟秋成！

"迟秋成！"她叫了一声，可惜隔着窗子，窗外的人没听见。

柴焰有些不信，不过才短短一天，两个和她关系亲密的人竟然一同欺骗了她。扔下面钱，她冲出了面馆。

等她截到车，迟秋成的车已经开出很远了。

"跟上那辆车。"柴焰脸沉得吓人。

年轻司机淡淡瞟了她一眼，咬了咬嘴边的牙签："老公和别人偷情？还是男朋友劈腿？"

柴焰脸更黑了，司机比了个冷静的手势："什么也不用说了，我懂。"

他吐掉牙签，顺嘴吹了声口哨："交给我，你就　好吧。"

柴焰搞不懂这个司机干吗那么兴奋，她只是觉得气愤。沈晓骗她！迟秋成骗她！这个世界上，她还能信谁呢？

我啊！

她脑子里响起一个声音，贱贱的满是痞气。

陈未南？更靠不住！她哼了一声。

车不知开了多久，柴焰也不知道她此刻在的地方是哪儿，总之车停了，迟秋成下了车。柴焰却没急着下车，她拿出手机打给迟秋成。

她准备看看迟秋成准备怎么骗她。

电话响了半天，远处的"迟秋成"却只顾着和朋友聊天，丝毫没有接电话的意思。

他手机静音了？

柴焰正想着，电话却奇迹般地通了。她还没回过神，就听见迟秋成的声音从电话里传来："柴焰，有事吗？"

"没……没，你在哪里呢？"

迟秋成"扑哧"一下笑出声："柴大小姐，我真的佩服你的第六感，你那边有事，我就和队里请了假，提前回国，现在正准备登机呢。"他不满地嘀咕，"本来想给你个惊喜的。"

"算是提前惊喜。"柴焰开心地哭着。她现在看清了，车外那个人除了和迟秋成身材打扮差不多外，并不是迟秋成。

"迟秋成……"她喊他，"我有点儿累了。"

"等我回家，我的肩膀借你靠。"

"好！"

Chapter2-2

迟秋成的航班还要十几个小时才能降落蕲南，算一算不过是睡一觉的时间。怀揣着醒来就看得到迟秋成的美梦，柴焰沉沉睡去。可让她意想不到的是，等她醒来后要面临的才是一场噩梦。

安捷律所的小型会议室里，柴焰眨眨眼，看着推门进来的沈晓，不自觉地扯了扯嘴角。她是清早被通知来公司接受调查的。

她开车来，比沈晓早到一步，Sophie 不在，只有恒荣的两个负责人在。沈晓一到，就和柴焰分别被带去了两个房间。

"我是个有职业操守的律师，出卖客户信息的事我不会做，你问我的问题我都回答了，我不介意其他质询。"柴焰靠着椅背，身体放松，语气轻快。恒荣摆给她的证据之前 Sophie 已经告诉过她，不要说她没偷过什么机要信息，就是真偷了，她的回答也是无懈可击的。

恒荣的代表放下手里的笔。

"11 月 29 日下午三点至三点半之间，你在哪儿？"

她在哪儿？柴焰愣住了，这是个让她意外的问题，她没准备，况且时间过去太久，她也想不起了。

她一时不知道该怎么回答这个问题。

问问题的人没有停下的意思："12月1日上午十点十分你在哪儿？"

……

"这两个日子的确有些久，换个问题，昨天上午，也是十点前后，你在哪儿？"代表活动下手指，脸上露出职业的微笑，"柴律师，这个你不会也忘了吧？"

柴焰当然记得："我在安捷的一间办公室里和沈晓谈话。"

"谈了什么？"

"我知道是她泄露了信息，劝她坦白。"柴焰抿了抿嘴，"我和她那时还是朋友，我想要帮她。"

"结果没帮成？"

"显然她也不需要。"柴焰自嘲地笑了。

代表不再说话，他拿起遥控器，按亮了桌上的电视，画面晃动一阵后，定格在一个人身上。柴焰看着画面中的自己正拍着沈晓的肩，从她手里接过一份文件。

"11月29日，下午三点十一分，沈晓在不知情的情况下，为你取到我公司文件一份，事后交给你。柴律师，我们公司的文件都有特殊标志，这你知道的。"代表的声音不疾不徐，却让柴焰觉得呼吸困难。

她记得那天，沈晓的外甥急着要打印一份学习资料，沈晓说自己问恒荣的员工借了纸打印的，那天，还是她开着车，把资料送去沈晓外甥的学校的。她没看那沓纸的内容，但她记得那纸上的确有恒荣的标记。

12月1日那次，不用看录像，她也知道是差不多的情况了，沈晓的外甥要资料。她还记得那孩子和她说谢谢，那孩子知道吗？

"昨天呢？昨天有什么问题？"柴焰长长地出口气，她能把这一切解释清的，她是个律师，为自己辩护是件简单的事。

"我们找了读唇专家，专家解读了你们的对话。"代表播放视频，一边念着上面的话：

"柴焰，我和你同学这么多年，有些事我必须做，有些事我不能做。我的家庭如何你是知道的，我要养家。"

"对不起。"

代表只念了沈晓的话。

为什么，因为柴焰自始至终都是背对着门站着，她说了什么话，门上的摄像头拍不到。所以当沈晓的话配上那副可怜兮兮的表情时，沈晓真就成了那个被她威逼然后不从的人。

沈晓不是情急之下的嫁祸，这一切都是她一早算计好的！

柴焰心里一阵阵发冷。

"所以你们现在算是认定是我做的了？"柴焰冷笑。

代表合起黑色封皮的记事簿，抬起头："柴律师，现在一切都还在调查中，在一切还没确定前，我们也只是按照上面的意思照章办事，希望你理解，也配合我们。"

"哦。那你问我的这几个问题我现在回答不了你怎么办？"

"老板说了，要给安捷律所的老师们足够时间把事情想清楚、讲清楚。"

"谢了！"柴焰起身出去。

"柴律师，你干吗去？你还没回答我的问题呢？"

柴焰手扶着门框，原地转个圈又折返回桌前，她俯下身，胸口刚好和男代表的视线平齐："恒荣的老板告诉你照章办事，却忘了教你什么是活学活用了吧？"她猛地拍下桌子，"说了你这几个问题老娘现在答不了答不了吗！"

代表被她吼得，脸红一阵白一阵。

柴焰开着车在路上狂奔，车窗开到一半位置，风吹得她脸色惨白。她从来没这么气愤过，就是她才知道沈晓把这一切全推给她时，她也没这么生气过，她理解那种情境下的沈晓。

换作是谁，都会想尽一切办法自保。

可现在，这算什么呢？

她被她的好朋友算计了这么久，竟然直到事发才知道。

"嘀嘀"两声尖厉的车笛响后，她颓败地把手从喇叭上收回来。

"柴焰，做人做到你这个地步，也真够可以的了。"她对自己说。

她没有放弃的意思。只要找到沈晓的外甥，或许就能找到证明自己清白的证据吧，她想。

只是当她站在空荡荡的学校大门面前时，她才想起，春节没过，沈晓的外甥不可能来学校的。

想来想去想不到好办法，她想到了 Sophie，或许 Sophie 能帮到她。

好像是心有灵犀一样，Sophie 就来了电话。

"Sophie，我太低估沈晓了，她早算计好了一切，就等着嫁祸给我，现在能帮我做证的人不在蕲南，我在想……"

"柴焰。" Sophie 出声打断了她，"我有件事想问你。"

Sophie 的语气怪怪的，柴焰停住话脚："你问……"

"去年东成的官司你是怎么打赢的？"

柴焰愣住了，她一直怕 Sophie 问起那件事，她还记得那时，Sophie 的儿子病重，根本无暇顾及东成的案子，是她主动请缨接了案子，最后还漂亮地胜诉了。

只是胜诉的过程曲折，为了打赢那场官司，柴焰采取了一些特别的手段。

"Sophie，你听我说。"

"你的反应已经告诉我，我手上收到的这份东西是真的。柴焰，我对你很失望。"

Sophie 挂了电话。

……

这都是怎么了……突然之间，柴焰连生气发火的力气也没有了。

"你这是……要哭吗？"一个声音不合时宜地在她身后出现，柴焰瞟了眼搭在她肩上的那只手，吸了吸鼻子，伸手握住了那只手。

"陈未南？"

"干吗？"

"你怎么在这儿？"

"我一个病人牙出了状况,我就提前回来了,倒是你,没事站我店门前干吗？"

"这是你的店？"柴焰抬头看眼身后店面的牌匾，的确写着"未南牙诊"几个字。

"是啊，我在蕲南的第八家分诊所了。"陈未南没得意个够，冷不防就天旋地转了，"哎哟，我的腰！"他躺在地上，叫得凄惨。

柴焰皱着眉看他："没事开那么多诊所干吗，看着就牙疼。"

刚刚的过肩摔让柴焰心里堵着的东西散了不少，她看着喊疼的陈未南，突然平心静气地说："陈未南，你说我怎么就没信你呢？沈晓真不是好人。"

"我说什么来着！"陈未南一副"你看看，我说了吧，我早说了吧"的表情。他打算鲤鱼打挺地跳起来，只是这条鲤鱼的腰不大好，没挺起来。姿势不雅地爬起来的陈未南撣撣身上粘的灰，"不过我好奇，她做了什么让你这个傻大姐认清她的？"

Sophie 在这个节骨眼儿想起去年的事不会是偶然。柴焰钻进车里，正启动车子，冷不防陈未南跟着钻进了车里。

"你干吗？下车。"

"看你杀气腾腾，估计要出人命，我跟着去看个热闹。"陈未南一脸认真地说。柴焰瞪着他，死活不开车。僵持几秒后，陈未南摆摆手，"算了算了，我怕对方人多你吃亏，跟着去看看，行了吧？"

柴焰屏息几秒，终于在吐出那口气时踩下了油门。

"你为什么这么早回蕲南？"柴焰手忙着变挡，眼睛扫了眼镜子里的陈未南，他手背撑着下颌，人靠着车门，坐姿懒散，他看着窗外，双眸不知什么时候起没了戏谑，倒多了些凝重。柴焰轻哼一声，"别说是因为病人，你不是那么有医德的人。"

"唉……"似乎对被戳穿这事稍感无奈，陈未南转过头，可怜巴巴地眨了眨眼，"实不相瞒，有个年轻小姑娘向我求婚，被我拒绝了，正寻死觅活，我怕闹出人命，回来看看。"

柴焰想起她也才向迟秋成求过婚，她有些好奇会是个怎样的姑娘这么主动。可她很快就打消了追问的念头，她还有事要做。

Chapter2-3

不过才离开一个多小时，再站在熟悉的高楼前，柴焰心里却有种说不出的陌生感。风比之前大些，吹过正门前的玻璃回廊，呜呜作响。

陈未南先一步进了大门，他站在门里朝门外的柴焰摆手："在风里站久了，不怕脸干啊？"

柴焰无语地看着陈未南，一个男的，比她这个女人还在乎那张脸……

她还记得读书时，陈未南不爱运动，可有次他和学校里的一群男生打架了，结果自然是他被揍成了猪头。猪头就猪头吧，陈未南偏偏心安理得地去她家拿走了整整一盒面膜。

陈未南说她要对他的脸负责，柴焰想不明白了，她需要负什么责。

往事在脑中一闪而过，陈未南的脸不知道什么时候竟放大在她面前。

陈未南的手在她眼前晃了晃："看帅哥看傻了？"

你才傻了呢！瞪了他一眼，柴焰进了大楼。

观景电梯层层攀升，城市被踩在脚下，逐渐缩小成纵横排列的灰色网格，车辆如同蚂蚁，从这格的边缘移去那格。柴焰手扶着金属横栏，才平静下来的心随着分开的电梯门再次愤愤不平起来。

门外，Sophie、恒荣的代表，还有沈晓几个人站在一起，气氛融洽地正聊些什么，Sophie 脸上的笑虽然诚意不足，却也说得过去。

如果那笑容不是在 Sophie 看到柴焰时顷刻消失的话就好了。

"Sophie，我们需要谈谈。"柴焰看着和她合作多年的同事，Sophie 也看着她。

沈晓上前一步，站在了她和 Sophie 间："柴焰，对不起，我有家人要养，我帮不了你……"

"沈晓，"柴焰笑笑，"你闭嘴好吗？"

"你……"沈晓的脸顿时白了。

没再看沈晓一眼，柴焰走到 Sophie 面前："我们谈谈。"

"柴焰……"Sophie 语气清淡地开口，"辞职吧。"

不是没经过蕲南的冬，此刻的柴焰却感知着前所未有的冷。她揉揉耳朵，才知道她没幻听。

"如果我说我不呢？"

"主动辞职对你更好。"

"这'好'我不稀罕。"柴焰倔强地看着 Sophie。Sophie 却没再看她。

柴焰恍惚片刻，终究没得到任何回应。她不甘地咬唇，冷不防陈未南无声地站在她身后，一只胳膊绕过她的肩，声音懒散："钢牙焰，平时看你也不傻，怎么这种时候就玩起倔强了呢？有人买账的是倔强，没人买的就是死皮赖脸。柴焰，你还不明白吗？"

她被炒了，她输了，连反击的机会都没有，输得很彻底。

她觉得自己有些可笑，都到这种地步了，还坚持什么呢？她微笑着看了 Sophie 一眼："我辞职。"

话音刚落，她转身离开。在这个她打赢过无数场官司的地方，即便退场，柴焰的脊背也是挺得笔直的。

柴焰进了电梯，沈晓也松了口气。

"有水吗？渴死了。"

身后冒出来的声音着实吓了沈晓一跳，她回头刚好对上陈未南的笑眼。

啊？沈晓不知道该怎么反应，倒是 Sophie 按了按太阳穴后，状态疲惫地说："给他倒杯水。"

沈晓"哦"了一声，去饮水间倒了杯水回来。

陈未南喝着水，啧啧嘴："安捷的水味道真不错。"

他又含了一大口，随即龇起了牙。

想得出喷泉是什么样子吗？可以看看此刻陈未南的嘴。

满口的水顺着牙缝喷到沈晓脸上，沈晓攥紧拳头强忍着，最终忍下了尖叫。水珠滴答，沿着睫毛流下，她闭着眼，听见陈未南玩世不恭地说道："就是喝这水的人不怎么样。"

吹了声口哨，他慢悠悠地下楼找柴焰去了。他是男人，不能打女人，可不打不代表不能喷。

楼下，柴焰的车位却早早空了。

陈未南立在萧瑟风中，看着天上乌鸦飞过。

Chapter2-4

天慢慢阴了，乌云衬着水泥森林劈头压在车前，狭小的车厢低矮窒闷，柴焰开了车窗，耳际滑过的凉风让她头脑略略清醒了些，她侧头才发现，陈未南没在车上。

人呢？

她恍惚片刻，终于想起她是把陈未南忘在安捷了。

她心情不好，没心思回去捡陈未南。空旷的道路上，柴焰的 SUV 很快融进稀疏的车流中，她自然也看不见安捷楼下正气得跺脚的陈未南。

柴焰去了酒吧，她想喝两杯。

绕过一挂串满紫水晶的夸张屏风，便看到酒吧老板娘端着酒杯和她那个木头疙瘩似的经理有一搭没一搭地说话。

柴焰走过去，拖了把椅子坐上去，随即丢了包，人趴在琉璃台上，手不住地敲着："把我存的酒拿来。"

"慢点儿慢点儿，知道敲坏了你能赔，修不花时间啊？"老板娘厌弃地看着她，手却没闲着，随意扬了扬。

木头疙瘩会意地离开，去拿酒。

柴焰笑笑："现在我可赔不起。"酒还没拿来，她索性端起老板娘的杯子，猛灌一口。

"你不是总嫌弃我的甲乙丙丁肝炎吗？"老板娘夺回杯子，倒过来晃了晃，竟一滴酒也没有了。她气恼地瞟了眼肩头的柴焰，心想这丫头没撞邪吧。

柴焰环着钟绾绾的腰，脸埋在她香香的颈窝里，软暖的触感唤醒软弱的声音，柴焰终于忍不住出了哭腔："绾绾，我失业了。"

钟绾绾多灵气的一个人啊，柴焰才说了三两句，她就懂了个大概。

她伸出手指，也不管才修剪的指甲还是尖的，便用力戳上了柴焰的额头："傻不傻啊你！"

是傻，这点柴焰承认。她揉着额头，疼。

"别怕，你有本事在，饿不死，早晚有东山再起那天。等姐找个时间，安排几个小弟去教训下沈晓那个小王八蛋。"

"把你那套江湖气收收，不要教训人没教训成，自己反倒栽了，我可没本事捞你。"柴焰白了钟绾绾一眼，难看的脸色也因为朋友的袒护缓和不少。刚好木头疙瘩把酒送来了，接了酒，柴焰揉开钟绾绾，自己找个僻静地方喝酒去了。

走前，她难得地听见木头疙瘩开口。木头说："你不许胡来。"

钟绾绾不客气地回："你管得太宽。"

这两人的相处模式奇怪好笑，柴焰玩味地找个边角座位坐好，开了酒，给自己斟了一杯。花堡的酒算不上极品，好在口味不差，喝了没多久，柴焰头开始发沉。

时间不知过去多久，耳边的响动让柴焰睁开了眼。远处，晃眼的水晶灯下，钟绾绾的笑显得敷衍讨好。她正被一个男人扯住说着什么，木头站在一旁，脸黑得吓人。

钟绾绾这人，硬气的从来只有嘴，真遇上事她无疑是尿包一个。

柴焰压了压太阳穴，起身，摇摇晃晃地走过去。

"钟绾绾，你不是说好了陪我喝酒的吗？磨叽什么呢？"她喝得有些多，脚下发飘，正伸手去拉钟绾绾的手，却没想到自己的手先被人抓住了。

"柴焰，可真是冤家路窄啊。"

柴焰盯着说话的人，眨眨眼，仔细打量着。

对方长了双凤眼，身材修长，穿身一看就是定制剪裁的西装，裤线熨得平整笔直，从腰间一直延伸至裤脚。

她捂着嘴打了个酒嗝，终于想起来了："啊……你不是之前被我裁员裁掉的裴新勇吗？"

"难为你还记得我！"裴新勇没好气地哼了声。想当初，从专科学校毕业的他好不容易找了份薪水不低的工作，就是柴焰带队的律师团一到，二话不说让他丢了饭碗。好在他现在"出人头地"了，他正想着怎么好好羞辱柴焰一番，却没想到柴焰直直地指着他，说："浑蛋，骗子。"

随后，她"咚"的一声，倒在地上，醉了。

后面的事，柴焰几乎是不清楚的，她只知道有人在吵架，然后她被拥进了一个温暖的怀抱。

醒来时，外面的天彻底黑了。街灯透过白纱窗帘，闪烁得好像精灵的眼睛。柴焰翻了个身，周围是她熟悉的场景和味道。她躺在自家床上。

厨房里传来油烹炸噼噼啪啪的声音，房间里飘着葱花和姜爆炒过后的香。柴焰抽抽鼻子，把脸埋进被子，嘴里一声声叫着："迟秋成……迟秋成……"

她声音很小，叫了半天也没人应，可她就赌气似的一遍遍叫着："迟秋成……迟秋成……"

最后等她差不多叫累了，这才抹抹眼角，钻出了被窝。

她没穿鞋，一路悄无声息地进到厨房。看到那人的背影时，才控制好的情绪不知道怎么回事又瞬间奔涌出来。她吸吸发酸的鼻子，走过去从背后环住了迟秋成的腰。

"迟秋成，我失业了。"

"啪"的一声，迟秋成关好火，转过身。他身上穿着围裙，拿着锅铲的手举着，他扬着眉角："我知道，我只是在想，你是担心你的能力会就此失业，还是嫌弃我工资少，养不起你？"

迟秋成人长得白，五官不算精致却富有棱角，他身上这件白绒衫还是柴焰给他买的。柴焰双手放在迟秋成腰间，咬着唇倔强地看了迟秋成三秒，最后颇不满地嘟嘴说："我就不能矫情一次啦？"

"谁说不能了？"迟秋成微笑地看着柴焰，冷不防柴焰再次紧紧抱住了他。

"我身上脏，快起来。"

"我不嫌弃。"柴焰最喜欢闻迟秋成身上那种淡淡的香，像皂角洗过的头发，带着清爽，哪怕这清爽沾满了人间的烟火气息。

才回国的迟秋成精神不错，晚饭做了四菜一汤，都是柴焰喜欢吃的菜。美食让柴焰暂时忘掉了不开心，她和迟秋成吃着饭看电视。

"你什么时候跟我回家，见见我爸妈吧。"柴焰吃口米饭。

"好。我安排下时间。"

"今晚你去我房里睡。"柴焰嚼着米饭，像在说一件平常无奇的事。迟秋成的动作突然顿住了，他放下碗："多大人了，还要人陪着睡？"

"你知道我不是那个意思。迟秋成，我们要结婚了，婚前你总该让我知道，你那里到底行不行吧？"柴焰细嚼慢咽着，"不然你干吗从来都不碰我？"

迟秋成脸涨得通红，他不知道自己应该怎么解释这件事，他有苦衷。

"柴焰，我……"

可此刻的柴焰，注意力却全被电视里的消息吸引了。

年轻的新闻播报员语速平缓地做着播报："最新消息，今日下午五时左右，我市某高档小区发生命案，疑犯现已被警方控制，死者系我市著名民营企业家徐某某，案情目前正在侦讯之中。"

柴焰惊讶的不是别的，而是那个脸被打了马赛克的人，她认得。

是裴新勇。

裴新勇杀人？

柴焰脑中悄然浮现起那个总把头发梳得油光水滑、衣服熨平到每一道线条，脸上飘着至少三种面霜香型，每半小时就要喷次喷雾的……小白脸。

那种四体不勤五谷不分的人会杀人？柴焰摇摇头，也不是不可能。

她想起刚刚和迟秋成聊的话题，后知后觉地转过头，可身边哪儿还有迟秋成的影子啊。

"迟秋成！"她跺着脚气恼。迟秋成的声音从二楼传来："地毯那么贵，踩坏了不心疼吗？"

心疼，可她就想踩！

赌气地又踹了两脚，柴焰仰头看着手扶栏杆、颈上绕着蓝毛巾，显然是准备洗漱的迟秋成。

"柴焰，别任性。"他手分别抓着毛巾两头，表情无奈得很，"我向你保证，我体质健康，做运动方面绝没问题，我只是不想将来你后悔而已。"

做运动……饶是柴焰脸皮再厚，脸也红了。

她转身"咚"地坐在沙发上，嘴里嘀咕着："你说我就信啊？"

她听见迟秋成轻轻笑了一声，春风化雨的声音里，那股无奈感更强了。他在无奈什么呢？因为陈未南吗？不可能的，她和陈未南的事，迟秋成是再了解不过的了。

柴焰颓然地靠着柔软的沙发背，脚搁在茶几上，头顶的花朵形吊灯投下柔和光晕，照在她白皙的脚丫上，她活动着脚趾，心里明白，今晚的胡闹不过是因为她才丢了工作罢了。

Chapter3
不 输　　胜　利　不　是　结　果　，　是　姿　态　。

Chapter3-1

无所事事地在家待了一天，初八一早，柴焰接到了从安捷打来的电话，人事部披肩长发的乔丽莎铃铛般的嗓音从电话那端传来，美好的声音仿佛来自另一个国度。

"柴律师，你的辞职报告我们已经收到，今天上午方便的话可以来所里办下交接手续吗？"

柴焰没交什么辞职报告，现在的她早懒得想是 Sophie 还是 Sophie 授意别人帮她写的了。对着镜子，她涂着艳色口红，边开口回了乔丽莎一声："好。"

是谁说过赢要赢得漂亮，输也可以输得光彩的。柴焰看着镜中面容白皙、唇色艳丽，笑得自信无比的自己，觉得这话说得不能再对了。

又看了眼身上的衣着，她收起笑容，换鞋出门。

不过才过了一个年假，再踏进安捷的大门，柴焰就多了种物是人非的疏离感，她自己看同事倒没什么，同事看她倒多了许多不自在的尴尬。

柴焰觉得这很正常，换作谁也无法拿出平常的态度对待一个要离职的同事吧。她埋头做着工作上的交接，没理会不时落在她身上的探究眼光。

不知不觉中，时间到了中午。柴焰是个不会委屈自己的人，放下没整理完的表格，她出门边考虑着是吃西餐还是中餐。

同一间办公室的人见她走了，顿时凑在了一起。

"你听说了吗？柴焰不是主动辞职，是被 Sophie 辞退的。我说她打起官司怎么总赢呢？全靠不正当手段。"

"是啊，听说她为了钱，还出卖客户资料，你说她怎么没被吊销执照呢？"

"听说是 Sophie 念旧情，想办法帮着压下来的。"

门口传来敲门声，说话的两人回头，看到一身红裙的柴焰斜倚在门口，嘴角含着妖娆的笑容："来，和我说说，你们这些都是从哪儿'听说'的？"

隔着贴满暗红色抽象贴纸的玻璃窗，柴焰看到端着餐盘的沈晓才打好饭，正跟同事有说有笑地找座位。

她绕过玻璃窗，推门进了安捷不算大的食堂。打饭的师傅先看见了她，人怔了一下。柴焰笑了笑，现在恐怕就连这栋楼里的老鼠都知道她因为做了不光彩的事被人扫地出门了吧。

师傅是个好人，也只微微愣了下就和她打招呼："柴律师想吃什么？"

"烧豆角，一碗米饭，再来一碗汤。"柴焰扫了眼师傅手边的菜品，随口说着。

师傅很快打了她要的，连同托盘一起递给她。

柴焰端着盘子，慢悠悠地绕开几张圆桌，她知道她的"前"同事都在看她，她不在意这种目光。直到她走去沈晓那张桌前，放下盘子，落座。她拿起筷子，低头扒了口饭，她细嚼慢咽地吃完嘴里这口饭，终于抬起头看了眼像吞了苍蝇似的沈晓："你不介意我坐这儿吧？"

"不……我……"找不到措辞的沈晓对视了她身边的男同事，再没说什么，低下头，她也学着柴焰的样子闷头吃饭。

只是心虚的人和坦荡的人吃着一样的饭菜，滋味也是两种。

柴焰吃完时，沈晓的饭菜还有许多。柴焰没急着走，把餐盘推到一边，支颐看着沈晓。沈晓感觉得到柴焰的目光，却始终没敢抬头。

"沈晓，你不是爱喝汤吗？我请你喝汤啊。"

在一片抽气夹着尖叫的声音里，柴焰把紫菜蛋花汤一股脑地淋在了沈晓头上。

"啊！"沈晓跺着脚尖叫，紫菜叶粘在她黑发上，真的很狼狈。

一旁的同事看情形不对，忙过来劝和，有人递了纸巾给沈晓。

沈晓慌乱地擦着，咬牙切齿："你和陈未南都是一丘之貉。"

柴焰奇怪了，这关陈未南什么事？

"沈晓之前才被你朋友喷了一脸水。"有同事将听来的说给柴焰。

不消多说，柴焰就想得出陈未南做了什么。她冷笑一下："那个家伙还挺够君子。可我不是。"她眼神一厉，拽住了沈晓的衣领，"啪"的一声，扇了沈晓一耳光。

"这是还我之前瞎了眼对你的好。"

"啪——"又是一耳光。

"这是谢谢你最近对我的关照。"

两巴掌让开始还蒙着的沈晓回过神，她疯了一样开始反击，可无论她是抓是挠，基本都碰不到柴焰分毫。柴焰笑着闪开沈晓那一脚，她站在离沈晓一步外的地方掸着有些凌乱的衣襟："沈晓，我开始想不明白，现在懂了，你费尽心思做这些，不过是因为嫉妒我吧？"

这些话是柴焰刚从办公室那两个女人谈话里的细枝末节猛地悟到的，她之前从来没想到。

被戳了痛处的沈晓发了疯一样朝柴焰扑来。

女人间打架无非是抓挠，沈晓在这方面条件不错，身材轻捷，指甲修得修长，只是气疯了的她忘了，她的对手，可练了好多年的跆拳道……

柴焰没有手下留情，她想起同事说的沈晓将留在安捷，接替她的位置，她就觉得再手下留情，那她就真成了傻子。

闻讯赶到食堂的 Sophie，制止了两人。

"看看你们，像什么样子，都跟我到办公室来。"Sophie 黑着脸，很生气。

可她人还没等转身，身后就传来一阵踢踏的皮鞋声。

"谁报的警？"制服装扮的警察问。

柴焰看着头发散乱得不成样子、眼泪汪汪、一副楚楚可怜样子的沈晓，心想她的这些前同事真够心疼沈晓的，是怕自己把小姑娘揍残废吗？

派出所里。

柴焰和沈晓并肩坐在红漆长椅两头，她们都低着头，柴焰嘴角含着笑，沈晓则是鼻青脸肿地嘟着嘴。

"我要告你人身伤害。"沈晓默默说了句。

柴焰仰起脸："好啊！"她笑容灿烂，像春天晨雾里草尖上的水珠，晶莹剔透，发着闪亮的光。

"沈晓，大四时咱班丢活动经费那次，我看到了。"

沈晓像烫了屁股似的，腾地从椅子上跳起来。她看看四周，意识到自己的失态，强自镇定地说："你在说什么呢？我不明白。"

"班长的钱是你拿的，我看到了，别用那种'你是睁眼说瞎话'的眼神看我好吗？我拍了照。"柴焰微微笑着，她听得到沈晓咬牙的咯吱声，"别问我为什么这么做，想想你对我做的。"

沈晓人呆住了。刚好 Sophie 跟着警察进门，警察来问两个当事人的意见。

"人是我打的，怎么罚随意。"柴焰跷腿靠在长椅上，一副大爷模样。

Sophie 皱着眉，大约是在嫌弃柴焰这态度，她担忧地看了眼沈晓。

沈晓低眉顺眼地看着地面，声音柔弱地说："我不会追究柴焰的，她只是对我有误会才会这样。"

Sophie 松口气的动作落在柴焰眼里，总算让她安慰一些。Sophie 还是担心她的。

事情算是告一段落了，在派出所门口，他们分道扬镳，Sophie 说离职剩下的事她会处理好。

好吧。柴焰伸个懒腰，也巴不得不去那个让她糟心的地方。

分手前，Sophie 把柴焰拉去了一边，小声地告诉她：恒荣那边不追究她的责任了，不过她辞职的内幕不知道怎么还是没保密好，泄露了。

是谁泄露的？还用说吗？

"Sophie，如果你还信我，听我一句，沈晓你还是别用了。"

Sophie 看看柴焰，想拍拍她的肩，可手在半空晃了晃，最后还是放弃了。

"柴焰，考虑转个行业吧。你在这行，会难。"走前，Sophie 说。

Chapter3–2

乌沉沉了两天的蕲南终于在这个下午一点时呜咽地下起了雨，雨势大得吓人，房子的玻璃窗被大雨点击打，发着噼啪响声。天黑得吓人，风剧烈摇晃着行道树，坐在派出所门口橘色塑料椅上等雨停的柴焰看着外面山雨欲摧的风景，神色怔忪。

两个躲雨的人头顶文件夹急急忙忙地进门。雨水沿着他们的衣角滴答在地上，迅速被门口的脚垫吸收，留下一个个不规则的圆点。

其中一个对另一个人说："死者家属真够狠的，连个律师也不让那人找。"

"人家家大业大，想逼一个小白脸不是轻而易举的事？"

"是啊，不过听说那男的不就是死者老公吗？"

"你不知道，这个叫裴新勇的是死者的第二任老公，女方结了两次婚。"

柴焰抬起头，他们在说裴新勇？

她正犹豫着要不要问，派出所的门又一次被推开了。一个男人一进门嘴里就不停念着雨怎么这么大，他头发才做的定型诸如此类。

柴焰揉揉太阳穴："陈未南，你怎么来了？"

"来看看热闹，顺便看看心情决定是否捞你啊。哎哎哎，这里是警局，在这儿对我施暴不怕再被抓啊？"

柴焰的拳头在陈未南说出"施暴"二字时控制不住地抖了一下，她四下里看看，之后悻悻地放下了拳头。

"你怎么知道我在这儿的？"

"柴焰，能把你那嫌弃的眼神收收不？我出场费很贵的！"

"说说，多少钱？"

柴焰是个不爱开玩笑的人，她这么一说陈未南倒没了底气，他歪着头凑近柴焰的脸，眨眨眼问："你怎么了？"

他睫毛细长，浓密得像扇形刷子。柴焰张张嘴，很想告诉他她可能要在律师圈混不下去了。她看着映在陈未南眸子里自己的影子张着嘴，说："没事。"

突然，她扯住陈未南的脖领子，凑近嗅了嗅。陈未南吓坏了似的呆在那里，动也不敢动一下，等柴焰闻到他脖颈，他才僵着动作说："柴焰，你属狗吗？"

柴焰生气地松了手，心想她刚刚怎么从陈未南身上闻到了迟秋成的气息呢？她没留意陈未南脸已经红到耳根了，正不知所措地哼着变调的曲子——《两只小蜜蜂》。

陈未南一紧张唱歌就跑调，外加脑子空白，所以他唱了什么他自己也不知道。在一片"左飞飞右飞飞"的嗡嗡声里，柴焰总算想起了陈未南没回答的那个问题。

"你怎么知道我在警局的？"

"左飞飞……你同事打电话告诉我的……右飞飞。"

"哦。"柴焰坐在陈未南的车里，窗外天黑得可怕，她看着两道车灯扫过的路面，雨被截成一道透明的光柱，密集砸向地面，溅起大大的雨花。

这种鬼天气好像柴焰此刻的心情，压抑、沉重。

陈未南说他是从牙医诊所里跑去的派出所，出来前一个来拔牙的病人正准备打麻药，麻药瓶开封了，陈未南也跑了。

"你看你看，这一趟，我搭了油钱，还废了一支进口麻药，你连声谢谢也不说。"送柴焰到家楼下的陈未南不满地抱怨。

柴焰也觉得没必要把两人的关系闹得这么僵。站在小区门口,柴焰手扶着电子门,站在那儿似乎想了想:"要不你上来坐坐,喝杯茶再走?"

她看看天,雨依然大。

陈未南做了个受宠若惊的表情,却又马上变脸:"那是你和你小男友住的地方,我才不去。"

不去就不去吧。柴焰进了楼,有着光滑漆面的电子门在她身后"咚"地关上了,她想起忘了和陈未南说谢谢,之前她不知道陈未南为自己泼了沈晓一杯水的事。

想想,她放弃了再回去的念头,决定还是下次再说吧。

陈未南不知怎么突然整个人沉寂了下来,他伏在方向盘上听雨声,又过了几秒,他直起身,扯住领子,凑到鼻子旁使劲儿闻了闻。

难道没洗干净吗?

迟秋成在五点多时回了家,他才进门就听到一阵乒乓声音从楼上传来。

"柴焰,你干吗呢?"

"迟秋成……"玄关前方楼梯上,满头是汗的柴焰探出头,她穿着套改良的训练服,脸上溢满笑容,她很夸张地朝迟秋成招手,"上来,陪我打一场。"

"柴焰,我训练一天了。"

"就一场。"

"好吧……"迟秋成迟疑了一下,放下包,换了拖鞋,"我去换身衣服?"

"不用不用,你不换我还可能赢你,换了我就死活赢不了了。"柴焰人看上去很兴奋,身体倚在栏杆上,上半身几乎探出了栏杆,整个人看上去摇摇欲坠的。迟秋成哪还敢再多言,他"噔噔噔"上楼,一把把柴焰拉进怀里:"你傻啊?不怕摔下去啊?"

"迟秋成,你别这么凶我,和陈未南那个家伙似的。"

迟秋成表情凝滞片刻,似乎是在想怎么让语气缓和下来,冷不防右腿被绊,人瞬间失衡摔在地上。

一阵眩晕过后,他睁开眼看着笑得正得意的柴焰。

"笑!"他佯装生气地说。

"就笑。这叫兵不厌诈。"她伸手拽起他,"再来。"

"不许再耍花招。"

"不耍,不耍。"柴焰笑着,趁着迟秋成没站稳,她又一个过肩,头晕目眩之后,迟秋成结结实实地摔在了地板上。

迟秋成一脸苦相："柴焰，我这老胳膊老腿，不禁折腾了。"

"我摔疼你了？"知道迟秋成这一下摔得不轻，柴焰蹲下想看看他摔坏哪里没有，不想她才蹲下，一直动不了的迟秋成突然翻身，星火闪电的工夫，柴焰就被迟秋成制伏在地了。

她没有输的意识，反而咯咯笑个不停。

笑了一会儿，她不笑了，平静的表情出现在她脸上，喜忧莫辨。

"迟秋成，你知道吗？我不是傻子，沈晓的那些小手段我要起来不见得不如她，我是不稀罕也不舍得要，我把她当朋友。"

收起平日里的张牙舞爪，柴焰的声音平缓柔和，嘴里说的好像是别人的一件普通事，没有阴谋，无关恩仇。

"今天我被抓进派出所了，因为我把沈晓打了。她想告我，我骗了她，说我手里有她的把柄。迟秋成，我是气不过。同事知道了我被辞退的理由，Sophie 想帮我保密，是沈晓泄露出去的。下午我联系了几个朋友，他们的理由倒是千奇百怪，结果却出奇一致，不接纳我。没人要我了。"

"我要你。"迟秋成摸着柴焰的头发，她发质很好，一头长直发衬得她唇红齿白。她红唇微张："秋成，亲亲我。"

迟秋成乖乖地低下头，轻轻贴上了那唇。哀伤的气氛让吻慢慢加深，柴焰脖颈后仰，放肆地和那条入侵的柔软舌头纠缠。

异样的感觉在身体里蹿升，她摸索到迟秋成的腰带，焦急不耐地想解开那恼人的扣结。迟秋成的呼吸也乱了，他任由柴焰动作，自己的手掌也探进了柴焰的衣襟。

"叮咚"一声响。门铃响了。

迟秋成一个激灵，终于意识到他在做什么。他放开柴焰，脸上仍带着可疑的红晕："我去开门。"

柴焰拉住他："不开。"

"叮咚！"又是一声。

迟秋成无奈地看了眼柴焰，摸摸她的头，说声："乖。"

是送快递的，也不知是跟着哪个邻居进来的，上来前没有让他们帮忙开楼下的电子门禁。

想起是几天前买的摆灯，迟秋成接了笔，签收时落笔的第一个字竟然写成"陈"。他回头看了眼客厅，柴焰没下楼，他放了心，低下头，把那个"陈"

字画掉，再用练了不知多少遍的字体写下了"迟秋成"三个字。

迟秋成拿着快递回房间，柴焰正在楼上整理刚刚的残局。波及的地段不多，就桌上摆的两个相框掉在地上，其中一个的玻璃碎了。柴焰穿着拖鞋，正在清理。

"你待着别动，我来弄。"迟秋成放下东西，快步朝楼上跑。

"迟秋成，你是不是以为这一次打击我就受不了了？告诉你，不许小瞧我。本小姐我才不会因为一两个小人，一点点打击就认输，我不会退出律师圈，我要等到东山再起那天，捏死沈晓那个小王八蛋。"

柴焰站在迟秋成头顶，豪情万丈得好像一个古代女侠。女侠给自己鼓劲似的跺下脚，结果扎脚了。

"迟……迟秋成……脚……疼……"

Chapter3—3

办好离职的几天里，脚瘸了的柴焰没闲着，通过一个网上中介，她租了个房子，自己做起了律行。说是律行，很言过其实，不过是一个二十多平方米的房子，里面摆张办公桌，一个三人沙发，再加一个放文件的书柜罢了。

挂牌营业后的三天里，她的律所里没来一个客户。

第四天，天气晴，在房子里待得无聊的柴焰站在门口，打算晒下太阳。这一晒不要紧，就在房子正对门的街上，隔着一大片明净的落地窗，柴焰看到戴着白口罩正和她打招呼的……陈未南。

陈未南这个阴魂不散的家伙把他的第九家分诊开在了她对门……

阳光明媚的午后，"未南牙诊"大片的玻璃窗干净透亮，朝柴焰挥了三次手的陈未南回眸时，慢慢收敛起笑容。他转头看着捂着腮帮子、正疼得一脸不知所措的患者，装模作样地拍拍患者的肩："刚好省了麻药钱。"

天晓得拔错牙这类事他没干过，没打麻药就拔牙这事倒是现在体验了一把。

隔着车来人往的马路，柴焰看了会儿陈未南那边的鸡飞狗跳。那个家伙不知道又闯了什么祸，正被一个捂着腮帮子的中年大妈举着包疯狂追逐……

阳光略过柴焰的睫毛，她啃着指甲，嘴角含笑看着陈未南东躲西藏的狼狈样子。她看得太过专注，以至于没发现有个男人站在离她不远的地方，已经观察她很久了。

"请问，这里有位柴律师吗？"

　　男人连叫了两声，柴焰才回过神，她收起笑，两腿绷直站好，不过眨眼工夫，她就又回到了最完美的职场模样，她下颌微含，问道："我就是，您哪位？"

　　"我……我是想找你帮我儿子打官司。"乍一听到这话，柴焰差点儿蹦起来挥手大喊一声"Yes"，天晓得她现在接不到正经的商业案子，天晓得她有多恐慌自己真被赶出律师圈，被沈晓嘲笑。

　　当然，上面这些想法她不会表现出来。她微微一笑："我们进去聊。"

　　柴焰现在的工作间小得可怜，不过是转身倒杯水的工夫，一回身，手里的杯子就碰到了男人的手，水溅到那人衣服上，柴焰也不尴尬，她很快速地从桌上抽了张面纸递给男人："拿着这纸盖上，别擦！你衣服上有块泥，水晕一会儿才能弄下来。"

　　"啊？哦哦，谢谢柴律师，我还以为……"

　　以为什么？以为她是失手洒了水？她就是失手洒的！

　　柴焰笑吟吟地坐下，从进门起，她就在打量她的客户，他穿一件棕褐色棉服，衣服有些大，穿在他身上显得有些不合身。他十指粗糙，指尖有不规则的龟裂，有着相似纹路的粉红色毛细血管爬在他脸颊上，让他清瘦的方脸多了些敦厚。他心里在想这个律师看起来很厉害，而从他衣着打扮里预测出这个案子她的代理费多不了多少的柴焰则悄悄叹了口气。

　　唉……

　　日光微暖，透过房间窄条形的小窗照在男人身上，他终于擦好衣裳，把纸团成一团攥在手里，他眉毛蹙紧，眉宇间像是压着不少忧愁。他干裂的嘴唇张开又闭上，似乎不知道从哪儿开口合适。

　　"说说是个什么类型的案子吧。"拿着记事簿，柴焰转了下手里的笔。

　　"人命官司。"

　　柴焰眉毛抖了抖，开张第一个客户就这么重口味，她可不太擅长这类刑事案件，可脸上依旧微笑着："说说怎么回事吧。"

　　"吃官司的是我儿子，他们说他杀了他老婆，我儿鸡都不敢杀的，他胆子小。我说的话公安不信，他们说证据显示人就是我儿杀的。我是个农民，城里的规矩不懂，听说可以找律师，我把家里的房卖了，进城找律师，可人家一听是我儿的官司，都摇头说不接……"

　　"等等。"柴焰忍不住打断了男人，冷汗沿着脊背流淌，她预感不好，"你叫什么，你儿子叫什么？"

"我叫裴爱党，我儿叫裴新勇。"

果然……连最后一丝侥幸也没了，柴焰手捂着脸，"啪啪"拍了两下。

"柴律师你怎么了？"

"没事，头疼。"柴焰放下手，想起来一件事，"你怎么知道我这儿的？"

"那天我在公安局门口，一男的给了我你的名片。"

柴焰从裴爱党手里接过那张名片，脸顿时黑了……

陈未南猫在储藏室里，把身子往下低了再低。

"我前天才给阿姨通了电话，她身体明明很好，我想不出你现在这副死了亲妈的表情又是为什么？"

陈未南"啊"了一声，抬起头，以仰视的角度看着说话的柴焰："人走了？"

"我都来了，哪个闹事的不走？"柴焰哼了一声。

"大恩大德啊。"陈未南一扫刚刚的畏缩，狗腿地起身。他的脸刚好擦过柴焰举在他面前的卡片，硬硬的纸质在他脸上留下道红痕，他装模作样地问，"这是什么啊？"

柴焰甩着卡片："装，再装，除了你谁还能写出'全国最积极向上认真负责也最优秀的律师'这种土掉渣的词！还印在我名片上！还去公安局门口发！"

"没有啊，不是我啊！哎哟哎哟，柴焰说好打我不打脸的……"

哀号声从储物室远远传到前屋，再顺着门缝飘去街上。

2月，蕲南蜡梅开得正好，蜡黄得好像陈未南委屈的脸。

他捂着腮帮子："我还不是想帮你找点儿客户嘛。"

将情绪发泄光的柴焰学着陈未南的样子，坐在地上，背靠着墙，她怎么不知道陈未南是为了她好，可这好……

她想起裴新勇那张散发着三种香型面霜的脸，斜了陈未南一眼："刚刚你干吗不躲啊！"赌气的她又伸腿踹了陈未南一脚。

知道裴新勇的案子接起来有难度，柴焰提早下班，她开车去了趟市图书馆，借了几本厚书，抱着回了家。她没想到迟秋成竟然比她还要早，她站在玄关，放下手里的书，闻着空气中飘着的浓浓鱼香，大喊一声："迟秋成，我接到官司了！"

她踢掉鞋，连拖鞋也没来得及换就跑进了厨房："迟秋成，你听到了吗？我接到官司了，我不会失业了！"

"我知道你可以的。"迟秋成手没停，拿铲子扒拉着煎锅里的鱼，"柴焰你一直那么棒。"他面朝炉台，人没转身，可他轻声说话的口吻却让柴焰觉得他是为她自豪骄傲着的。

她额头轻轻抵在迟秋成的背上，没告诉他自己接的到底是怎样一个官司。她的手放在迟秋成的腰上，或许是碰到了迟秋成的痒痒肉，迟秋成扭了一下腰，说道："柴焰，别闹。"

"就靠一会儿，就一会儿。"柴焰耍着赖说。

她听见迟秋成似乎默默叹着气，声音很小，才发出来就凝结进噼啪的煎鱼声里了。

吃了晚饭，柴焰回房看书。

律师圈里有种人俗称"万金油"，顾名思义，什么案子都接的意思。柴焰不是万金油，可因为沈晓，她有了做万金油的准备。

法典厚得吓人，柴焰看了不知道多久，人就打起了瞌睡。

她做了一个漫长无比的梦，梦里有她，还有迟秋成——

蕲南大学的梧桐大道每到夏天都是放眼望不尽的绿叶，蝉伏在树上鸣着，有自行车从道这边飞驰去道那边，车铃混着车后座女生的笑声，夏天总是让人觉得愉快到每一道汗腺的季节。

柴焰坐在路边的白色长椅上，脚上的红色高跟鞋探进草丛里，红绿分明。她并不愉快，她的表情满是悲伤和凝重，她才和陈未南大吵一架。

迟秋成安静地坐在她身旁，阳光铭刻他的眉眼，他目光温和地看着柴焰："柴焰，你和陈未南都是性子要强的人，他较真你也较真，他爱面子你更爱面子。我觉得你和他不合适。"

柴焰瘪下嘴，弯腰伸手扯了草丛里的一根"毛毛狗"："我才不喜欢他，他和栾露露才是一对。"

"死鸭子嘴硬。"迟秋成无奈地摇着头，"如果你不喜欢他，你能喜欢我吗？"

他拉起她的手，目光真挚。而柴焰则像只受惊兔子一样，从座位上弹了起来。

她分明看到迟秋成脸上的无奈："柴焰，被同一个女生拒绝两次，我也很悲哀。"

她盯着迟秋成的眼，那眼睛突然泛起血红。

"柴焰，柴焰，醒醒！"柴焰睁开眼，看见身边的迟秋成。

"做梦了？"

"嗯。"柴焰点点头，"做了场噩梦。"

她看着迟秋成，才发现他的脸竟然青了一块。

"怎么受伤了？"

"训练时弄的。"

柴焰"哦"了一声，隐约记得今天陈未南的脸也被她揍得青了一块。

Chapter3-4

蕲南今年的春始于一场洋洋洒洒下了五天的蒙蒙细雨，郊外的土地被雨水浸得酥了，人踩上去再离开，地上就多了个凹陷进去的印迹。

柴焰沿着山坡爬了一半，看看鞋底粘上的泥，不免又抬起头看眼离她还有段距离的黑色建筑，还有那么远啊！

"柴焰，你磨磨蹭蹭的干吗呢？体力不支了？"一百米外，陈未南脸色红润地朝她招着手。柴焰最忍不了被他嘲笑，"噔噔噔"几步赶上去，想要揍他。

陈未南也不躲，偏偏在柴焰快抓住他时"噔噔噔"又跑出一百米去。

他一脸"来啊你来啊"的表情。

陈未南这人怎么这么贱呢？柴焰在心里骂。可她觉得，专程把陈未南找来的她也没好哪里去。就这样，边生着闷气，边追着陈未南的柴焰不知不觉地终于到了那座黑色建筑前。

蕲南的第五看守所有着黑色的大门以及院墙。

站在门口做好登记，柴焰跟着狱警走进深邃幽暗的走廊，走廊阴凉，吹着穿堂冷风，冷不防一只手轻轻拽了她衣角一下。柴焰的心"咚咚"跳得剧烈，回头看到陈未南正可怜巴巴地看她："柴焰，我害怕。"

"还怕吗？"

"不怕不怕了。"陈未南头摇得像拨浪鼓，柴焰满意地收回了她的拳头。

狱警把他们带到一个挂着接待室牌子的房间后就转身离开了。

柴焰坐在椅子上，"遥望"青漆长桌那头的陈未南，半天才扶着额头小声地说："陈未南，那个位子该是裴新勇坐的。"

她有时真的分不清陈未南这人是不是真的傻，他难道想她和裴新勇肩并肩聊天吗？

就在陈未南傻笑着走向她时，门外传来了沉重的脚步声，"哐哐"的声音让人不自觉想起那每一步落下后飞起的尘埃土片。随着声音，裴新勇步子踉跄地进了门。

才不过几天的时间，裴新勇就再没了昔日小白脸的模样，不要说三层面霜，就是衣服也是邋遢得很，但他的眼睛依然有神，里面充满对生的渴望。他们说，他爸给他找到律师了。

可所有的希望和渴望在他看清他爸请来的律师是柴焰时，便顷刻消散得无影无踪。

"怎么是你？我爸怎么可能请你做我的辩护律师！"裴新勇被狱警押着两只胳膊，眼睛瞪大，伸手指着柴焰。

如果条件允许，他会冲过来揍她吧。柴焰想。

她撩撩肩上的栗色大鬈发，下巴微昂，仍然一副傲慢模样："不是你爸出价合适，刚好我也和你一样，落魄了，你当我想接这案子？"

裴新勇怔住了："你落魄了？嘿嘿，你落魄了！快和我说说。"他幸灾乐祸的嘴脸并没让柴焰生气。她想要的就是裴新勇能坐下来和她冷静地说话，现在效果达到了，她眉眼含笑。

"我向有关方面提交了对你取保候审的申请，现在正在等批准。"柴焰看着裴新勇，"先把你弄出去，我们再想案子怎么办。"

"你当我法盲啊。"裴新勇嗤笑一声，"我这种情况，能取保会等到现在？"

"你做不到，别人做不到。"柴焰整理了下手里的文件，"可我说不定，就能做到。"

她起身面向头上的小窗，外面是绿草如茵的美丽世界，有鸟儿叫，有阳光，可那一切都只在窗外。她清清嗓："几种情况可以取保候审，非暴力犯罪的，你这个肯定不符合，怀孕或哺乳的……"她回头，又马上摇摇头，"再有就是认罪的，或者罪轻的，这些你都不行。"

"不行你说什么说！"裴新勇想着柴焰肯定是来看他笑话的。

"还有一条，你能用！"柴焰转身，坐回椅子上，点着头说，"有严重疾病，危及生命，或是生活不能自理的，可以取保。"

裴新勇干笑着，几乎是用牙根咬着说："这条……我……哪……里……符……合……了！"

"你那儿……"柴焰隔着桌子在裴新勇腰下腿上面的地方点了两点，"不是早病了？你邻居说你老婆活着时你们就已经不同房了，因为病得不轻。"柴焰举起张字条。

"你才有病呢！"裴新勇的脸成了绛紫色。他人有些近视，等他眯眼看清柴焰字条上写了什么时，就真控制不住了。他拼命挣扎，试图挣开狱警，好有机会揍柴焰一顿，可哪有那么容易。

狱警见情况不对，拉着他往外走。

柴焰却继续说："这病虽然治不了，好在能帮你暂时从这里出去，况且你在这里，连累别人的机会也大。"

"你……你……"裴新勇被拉了出去，几秒钟以后，门外传来"咚"的一声。

柴焰朝陈未南使个眼色，陈未南动作利落地出门，不久之后，她听见陈未南说："裴新勇的辩护律师提出疑犯有激发性哮喘，我刚刚确认过，的确是。现在快叫救护车，这种病发作起来会要命的。愣着干吗？我会提交相关证明，证实现在是嫌犯病情高发期的。"

"你是谁？"狱警问。

"我是蕲南医大博士毕业，现在是一名牙医。"

柴焰扶额，她真觉得他开始那段话说得相当帅气，偏偏后面冒出了……牙医。

裴新勇喷过陈未南带来的药，被送上了急救车，呼啸着的白色箱型车里，他虚弱地抬起指头，指着柴焰的手。

"知道了知道了，你没暗病，不过你邻居的确这么说过，你也因为这事被气犯病过，所以你要发病，发病我才能捞你，捞出来你，我们的官司就有机会赢。打住，情绪别放松。"柴焰朝裴新勇比了个暂停的手势，"在官司打赢前，你要一直保持现在的虚弱状态，我可不想做个会造假的律师。"

坐在她旁边的陈未南暗自感叹律师手法的千奇百怪、不择手段。

送医"及时"的裴新勇躺在病床上没一会儿呼吸就渐渐平稳了，柴焰和他聊起了案发当天的情形。

"我真的没杀我老婆，我们感情很好。"裴新勇喘着大气说。

"一个身价千万的女人嫁给一个基本没什么身家的男人，女人还大你十岁，在普通人眼里，两个差异这么大的人结合，说是因为相爱，可信度太低。"柴焰摆摆手，"别生气，这话不是我问，法官也会问你。目击者称死者死亡时你就在死者身旁。裴新勇，我需要听实话。"

裴新勇看上去很犹豫，柴焰则在一旁看着天花板说风凉话："你说实话，我收你爸的钱，你的罪也许会减免；不说实话，你爸卖房的钱我照拿，你就在牢里待着吧。"

柴焰，你真直接。陈未南看了柴焰一眼。

一直这么直接。柴焰回看了陈未南一眼，眉梢满满都是稳操胜券的得意。

果然，裴新勇像豁出去似的垮了脸，说声："好吧。"

十分钟后，走出病房的柴焰脸上洋溢着喜悦，她甚至情不自禁地扬了下自己手里的包，包括到悬在半空的指示吊牌上，吊牌左右摇晃，发着噼啪响声。

"柴焰，你还找得着北吗？"陈未南声音轻快，右手食指举在耳际边，蚕宝宝似的绕着圈。他心里为柴焰高兴，嘴里却仍带点儿尖酸。

"找打啊？"柴焰横了陈未南一眼，没当真。她现在的心情好得好像六月的晴天，就算是陈未南，也影响不了她半分，"说吧，想去哪儿吃？"

为了让陈未南陪她来，柴焰欠了陈未南一顿饭。

"说啊，去哪儿吃？"她又问了一遍，心情好得她话很多。

"随便。"陈未南说随便，手却指着东边那条街，"那边有家川菜馆，鱼不错。"

柴焰哼了声，可真"随便"，那家饭店她知道，价格一点儿也不便宜。

但她还是点头答应了。

"我把迟秋成叫出来，你们也好久没见了。我和他准备结婚了，你们正好见见。"

不知是不在意还是刻意表现得不在意，说着话的柴焰少了平日里张扬的气质，多了些云淡风轻，好像她被风吹乱的头发，飞扬在空中。

她理了理鬓角，站在院子里，听着电话那边的嘟嘟声，眼前是碧草蓝天，风景含蓄却富有生机，耳边迟秋成迟迟没接电话。

"干吗去了呢？"她皱着眉转身，"陈未南，我们……"

"干吗？"

"嘘，闭嘴。"柴焰低声吼着，却没看他。她忙着拿出手机，嘴里小声嘀咕，"沈晓，这还是我诬陷你吗？"

"咔嚓"一声，她拍了张照片。

蕲南今年的春来得早些，处处冒着新绿的医院风景里，沈晓和恒荣对头公司经理在一起的场景，被柴焰撞见了。

柴焰几乎笑出了声。

不过几天没见，沈晓一改昔日跟班小妹的打扮，剪裁合体的米色风衣既凸显她的身材，又不失端庄大方，配上那条黑白条纹的丝巾，又有点儿俏皮。

柴焰冷哼了一声："几日不见，审美水平见长啊。"

"好歹跟了你这么久，你那么爱美，我自然也差不到哪里去，你说是吧，柴焰？"沈晓晃了下头发。微风拂过，沈晓身上的香水味飘到柴焰身边，薄荷味混着烟草香，柴焰怎么会不认得这是她最喜欢的一款香型，曾经，才到公司的沈晓闻了说喜欢，在听到她说出价格后就扯扯嘴角不作声了；她又怎么会忘了，沈晓身上这件风衣是她曾经指着杂志说好看的。

"沈晓，没人告诉你，你是 O 形腿，这双鞋让你'O'得更明显了吗？"柴焰笑着说，开心的样子好像是在真心实意地夸奖沈晓。

沈晓抓着手里的包，拼命克制才克制住不让自己身体战栗，她干笑两声："柴焰，听说你还没转行呢？"

"是啊，这个圈子有糟心的'东西'等我去对付，还混着呢。"柴焰看着脸绿了的沈晓笑得更开心了。

陪沈晓的男人不耐烦地看眼手表："沈律师，时间要来不及了。"

"知道。"沈晓把包换了只手拿，走前，她朝柴焰摆摆手，"那就祝你再多接几个人命官司吧，听说你那儿生意挺惨淡的。"

沈晓挽着男人的手臂，转身离开，又想起什么似的停下了脚："对了，柴焰，忘记和你做介绍，这位是东宇公司的经理，东宇你该比我熟，就是你卖资料的那家。托你的福，恒荣和东宇现在是合作关系，所以东宇现在也是我们律所的客户了。我刚刚好像看到你在拍我们，是想拿我们的照片去找 Sophie 吗？朋友一场，告诉你，别去丢人现眼了。"

风轻柔地吹着柴焰的脸，阳光从正前方照来，柴焰眯着眼看着慢慢融进日光里的沈晓，真的想不到她的对手比她想得要强，要阴险，要……不要脸。

"去吃饭吧。"柴焰不想继续在这儿忍受刚吃瘪的不快。

"不啦。"陈未南举着双手，左右转身活动着腰，"突然累得要命，改天吧。放心，我怎么可能便宜你呢？"

"你是没那个好习惯。"柴焰看了眼医院正门，晃了晃手里的车钥匙，"去哪儿，我送你。"

"不用，你先走吧。"陈未南摆摆手，随意地笑着。

柴焰真走了，他也不笑了，倒在才泛绿的草坪上。

"你个孬种，窝囊废，告诉她你的真实想法会死啊！"

空气中有风吹草动的轻微声音，半晌，陈未南闭着眼，轻声说：会……

Chapter4
不 假

有时候，明明知道有些事是假的，
我们却自欺欺人地相信那是真的。

Chapter4-1

回家后，柴焰窝书房看书，兴许是看累了，也不知道什么时候，她竟然趴在电脑上睡着了。机底的风箱发着嗡嗡轻响，她不时转下脸，抿抿嘴巴，做着梦——

还是蘄南大学，还是那条一眼望不着边的梧桐路，秋天，路上落着厚厚的黄叶，有自行车从道这边飞驰去道那边，车后座上再没女生的笑声。车轮卷起梧桐叶的残骸，失去水分的叶子经不住碾压，四分五裂地扬在空中，黄灿灿的竟然很好看。

柴焰坐在白色长椅上，盯着自己的脚默默发呆。她右脚上没有鞋子，取而代之的是个硬邦邦的石膏。

想一想，那场车祸发生之后，时间已经默默地过去一个月了，现在的她已经毕业，工作落实，就等脚伤一好就去上班。

哦，对了，她还有了男朋友。

一个人慢悠悠地在她身边坐下，手里拿着两杯外卖咖啡，咖啡盖着盖子。柴焰接过杯子，感觉着包装里层的热气。

"迟秋成，其实我心里有陈未南，在我彻底忘了他之前，我和你在一起，你不会觉得不公平吗？"

"你觉得没关系，我就没关系。"迟秋成握住她的手，她抓着咖啡杯，她的手体会着两倍的温暖。

是的，她出了车祸，车祸发生后，跑前跑后照顾她的一直是迟秋成。

真走到一起也无可厚非，只是柴焰总问自己同一个问题，是不是越是没得到的，就会越想念。

好比那次车祸，陈未南自始至终都没出现过，她情绪低落，更气自己放不下。

柴焰是被冻醒的，笔记本电脑休眠后就没了热量，蕲南的春天气温依然有着刺骨的阴冷。她打个寒战，伸手拿了件衣服披在身上，还是冷，于是决定拿杯热水喝。

她出了房间，不自觉地看眼二楼，迟秋成卧室的房门开着，墙上的挂钟显示，现在是凌晨三点。

迟秋成还没回来……

蕲南依山而建，许多建筑都建在山坡上。此时正是晨曦降临的时间，灯光沿着山脊连绵成一道道交错的曲线，在半明半昧的天空底下璀璨好看。

柴焰从凌晨三点醒了便再没去睡，她坐在客厅里等迟秋成，可直到天光大亮，她也没见迟秋成回来。

彻夜未归的事，迟秋成从未有过，这是第一次。

能去哪儿呢？她揉了揉头发，不停地在羊毛地毯上走来走去，人难得地烦躁不安。或许是女人的第六感吧，她隐约感觉迟秋成心里藏着什么事，而这事似乎不小。

她深深地吸气，人却始终平静不下来。墙壁上挂钟滴答地走着，电视机旁，一条红尾大眼金鱼在玻璃缸里吐着泡泡，安静的房间里，一声突如其来的撞门声吓了她一跳。她抚着胸口，听到迟秋成大着舌头在门外叫："柴焰，开门，开门啊。"声音委屈得好像个孩子。

"迟秋成，你喝酒了？"柴焰打开门，抱住迎面倒在她身上的迟秋成。

迟秋成脸颊泛着红，眯着眼摆手："就喝了一点点，他们要我喝，我怕你不高兴，就喝了一点点。"

柴焰皱着眉，半拖半拽地把迟秋成弄进了房。迟秋成的房间在二楼，现在的情况，除非柴焰能化身大力水手波比，否则想把迟秋成弄去二楼，真是不可能。

柴焰喘着粗气，踢开自己的房门，把迟秋成丢去了她床上，动作干脆利落得好像在打比赛，被丢了的迟秋成闷闷哼了一声，翻个身，扯住被角，突然嘿嘿傻笑起来："柴焰的味道。"

废话，她的房间，是别人的味道不就糟糕了。柴焰摇着头出去，她要拿条湿毛巾，迟秋成喝多了，澡洗不了，脸和手还是要擦擦的，对了，她还要上网搜搜醒酒汤怎么个煮法。

柴焰脑子里安排着下面要做的事情，径直走出房间，却在经过玻璃鱼缸时停住了脚步。身后的房间里，迟秋成嗓音沙哑地说："柴焰，我坚持得好难受。"

鱼缸里的金鱼甩着尾巴，吐了个大泡泡，泡泡破了，里面似乎满满都是迟秋成的哀伤。

他这是怎么了？柴焰觉得有必要和他谈谈了，但眼下，只有等他醒了再说。

安顿好迟秋成，柴焰发现自己快要迟到了。换了件衣服，她匆匆出了门。

花园街的蜡梅谢了，黄花不在，绿叶长得倒很茂盛。银灰色的 SUV 从路中段急速驶过，一个急刹车后，车子便稳稳停在了花园路 283 号门前。

柴焰踩着高跟鞋从车上下来，几步走到未南牙诊的大门，推门进去。

大厅里人不少，日光从大片的落地窗照进来，落在几个无所事事的白大褂身上。

"陈未南不在？"

"老板今天就没来，我们也在找他，几个预约的病人都等着他补牙呢。"接待愁眉苦脸地答。

柴焰侧头看了下房间，真如接待说的那样，有几个人坐在沙发上，有些捂着腮帮子，一脸牙疼的样子。

想起牙疼，柴焰强忍住寒战，收回目光。

"如果他来了，告诉他我来找过他。"她说。

接待点头应着，柴焰心里却发了愁，没有医生的证明信，裴新勇的保释就通不过，通不过，她这个官司就难打了。她思考着其他办法，慢慢地转身朝门口去。

她人已经走到门前了，接待突然叫住了她："差点儿忘了，老板昨天回来说如果你来，就把这个交给你。"接待小跑着绕到柴焰面前，双手递给她一个棕色牛皮纸的文件夹。

柴焰疑惑地接过袋子，边拆开封口，边想着里面装了什么。明亮的日光照在她手上，捏着那份文件的柴焰激动得几乎跳起来。陈未南这小子，什么时候把证明弄好了她都不知道。她开心地多看了几眼医生印章的地方，心想比她还机灵，自己都没想到用上这层亲戚关系。

找个时间谢谢他，她想着，随手抽出了另一张比证明小些的纸。

看了内容，她脸黑了。

字条上，陈未南字迹工整地写着：向我求婚的那个女人太死缠烂打了，我出去躲两天。

出息！柴焰暗暗骂着，可抿着嘴的她止不住就想，是谁会对陈未南这么执着呢？

也许是因为才一会儿工夫她脸色变得太快，接待以为她不舒服，连忙倒了杯水给她。

柴焰却摆摆手，没接："我不渴，还有，陈未南让我转告你们，他这几天不会过来了。"

"啊？"

撇开不管身后那一团乱，柴焰推门离开了满是漱口水味道的房间。室外，天空澄澈高远，阳光是春天独有的干净透明，柴焰站在阳光里，深深地做了个深呼吸。

她想，如果那姑娘真能把陈未南拿下的话，那他和她就真的各自安宁了。

这样不是挺好，她吹声口哨，跨步上了车。

不是没人说过柴焰对陈未南是有恃无恐，她自己知道，她不过是缺一个理由让她放下，现在，这个理由似乎出现了。

蕲南的初春，碧空如洗，白云袅袅，银灰色的 SUV 绕开一家卖装饰材料的店铺，转眼消失在街角。

下午三点刚过，橙黄的太阳横陈在远处的戎云山头，像个巨大的冰激凌球。柴焰举着手里的橙味蛋筒，小心翼翼地舔了一口，心满意足地抿了抿嘴："大妈，这蛋筒味道不错。"她眯眼看着摊主，微微一笑。

抱着猫的老太太嘿嘿笑着，很受用柴焰的夸奖："是我家手工打的，邻居都爱这个味儿。"

柴焰竖起大拇指，又舔了一下："你家住这儿？"

"是啊，就住后面那栋楼。"老太太扭着腰，转头指着店后面的高楼。白色高楼成片立着，玻璃泛着蓝光映在柴焰眼底。柴焰几口吃完手里剩下的蛋筒皮，抹抹嘴："大妈，我看新闻说这里出命案了？"

"是啊。死了个富婆，蛮惨的，有钱有什么用，也换不回命。"

"大妈认识那家？"

"怎么不认识，我就住她家楼上。"

"出事那天你在家？"

"我……"觉察出不对劲的老太太闭了口，警惕地看着柴焰，"小姑娘，你怎么对这事这么感兴趣？"

柴焰低头从包里翻出张名片："你好，我是死者丈夫裴新勇的辩护律师，有几个问题想和你求证一下，他们夫妻的感情如何？平时会有矛盾吗？家里经济来源靠谁……"

"大妈，你别跑啊。"眼看大妈一副暴走的架势，柴焰伸出手挽留。大妈吓坏了似的，连连摆手说："我不知道，什么也不知道，问别人去，别来问我。"

不过是问个证词就吓成这样？等大妈逃进店里关了门，柴焰手插着口袋，笑容无比自信：问不出什么，就代表真有什么。

真以为她没办法让他们开口了？柴焰笑了，那他们就太小瞧她了。

Chapter4–2

夜色清幽，墨蓝色的天空底下，两道明黄光柱沿着曲线轨迹滑进了小区，柴焰摇下车窗，对才为她做了人工导航的门卫师傅做了个感谢的手势后，稳稳地把车停在车位上。

她下了车。

夜微凉，她收紧领口，加快了脚步。就在刚刚，迟秋成打了个电话给她，他酒醒了，忘了说的那些醉话。他问她什么时候回家，他做好饭等她。

迟秋成问问而已，重要的是特别在乎她。柴焰抿着嘴，笑了又小跑了几步。

公寓楼下，高瓦数的节能灯泡投下圆形的明亮区域，一个人站在灯下，自上而下的灯光把那人的五官铭刻得更加立体。看清对方是谁后，柴焰顿住脚步，也就是短短一秒钟的晃神后，她扯起笑脸："Sophie，好久不见，有何贵干啊？"

"柴焰，你在怪我。"

"哪敢，我该谢谢你，没和沈晓那样，痛打我这条落水狗。"

"柴焰……"Sophie上前一步，像要伸手拉柴焰，可手才刚刚抬起来，就又自己放下了，"柴焰，你以为我是因为相信沈晓的那些小伎俩才辞退你的吗？"

"不是吗？"

Sophie叹气："都说在其位谋其政，我也是身不由己，沈晓现在的靠山连我也开罪不起。我这么说，你懂吗？"

这些话柴焰之前就想过，她和 Sophie 虽然没有亲密到成为彼此的闺中密友，可也是合作愉快的伙伴，不至于因为一件明眼人都看得出来的栽赃就翻脸。话说开了，柴焰绷着的脸也松了下来，她侧目看着远处的路灯："如果你来是为了说这个，我也告诉你，我不怪你。"

"谢谢你，柴焰。"Sophie 上前一步，塞了样东西给柴焰，"还有这个给你，会帮到你的。"

Sophie 这样的举动彻底弄乱了柴焰的情绪，她眨眨眼，试图用这样的行动让眼睛不那么酸。

"Sophie……"

"我走了。"Sophie 拍拍柴焰的肩，"儿子在家等我呢。"她侧身绕开柴焰，没几步身影就和墨色的灌木丛重叠起来。

"对了，柴焰。"已经走远了的 Sophie 突然喊她。

"干吗？"

"你是和你男朋友住一起吧，来时，我看见陈未南进了这栋楼了，会去你家吗？"

柴焰："……"

那家伙来干吗？找她吗？可 Sophie 说，陈未南进来已经很久了。

难道在和迟秋成谈天？

早春的夜晚，清朗里透着微寒。

柴焰站在门前，跺着脚拉开房门，顿时被扑面而来的暖气流呛出个寒战。打着哆嗦，她后知后觉地觉得今天衣服穿得少了些。

"我回来了。"

她换了鞋进厨房，隆隆的烟机声中，迟秋成高大颀长的背影在烟火气中变得分明。当时，他正端起汤煲朝海碗里倒着汤，听到脚步声，他微微侧下头："回来啦？饿了吧，饭一会儿就好，这里油烟大，外面等着去。"

"你昨晚没回家。"

"嗯。"

"今早回来的。"柴焰挑挑眉毛，"喝大了回来的。迟秋成，你是不是有事瞒着我？"

"没有。"放下空了的瓷锅，迟秋成转身走到柴焰近前，轻轻拍了拍她的肩，

"没事瞒你。"

"迟秋成，我不喜欢别人对我说谎，特别是骗我的。你是不是觉得我哪里做得不好？还是因为陈未南？"

"不是，都不是。"迟秋成微微笑着，"我最近心情的确有点儿差，不过不是因为你。"

"那是因为谁？"

"柴焰，一定要这么较真吗？"

"换成别人你看我较吗？"柴焰脊背挺直，嘴抿得严严的，一副不达目的誓不罢休的倔强模样。

无奈的迟秋成只得叹声气，认命般地垮了肩："好吧，是单位上的事，最近有些不顺利。"

"这样啊……"柴焰松了口气，本想再问些什么，人却被迟秋成半推半搡地弄出了厨房。

"我自己的事我自己能处理好，你不要担心，乖……"他摸着柴焰柔软的长发，目光温柔得好似窗外月光。

柴焰气迟秋成不把心事和她分担，却也知道，这不过是男人的通病——死要面子。

"好吧好吧。"她"乖乖"地出了厨房，却在去客厅前猛地想起什么，"迟秋成……"客厅的灯光明晃晃地照亮柴焰左侧脸庞，她歪着头问，"晚上家里有谁来过吗？"

"没有，怎么了？"

"没什么……"就是有点儿奇怪，Sophie 明明说看到陈未南上楼来了啊。

她想起 Sophie 交给她的那样东西，再没说什么，转身去了房间。

窗外，夜色清幽，亮着灯的厨房里，迟秋成手拿着银汤匙，慢慢搅着锅里的南瓜羹。温火发着轻微的嘶嘶声，火苗上，橙黄的南瓜羹咕嘟咕嘟冒着泡泡，迟秋成看着锅，像在出神。他没想到，他这锅南瓜羹最终还是煳掉了，也就在下一秒，柴焰突然大叫着从客厅里跑进来，不顾他完全不了解情况，柴焰一把抱住了他。

"迟秋成，裴新勇的官司我有机会赢了！有机会赢了！"她说着，脸颊因为兴奋泛着绯红。Sophie 给她的是一张照片，清晰度很差的照片却足以让她看清画面里出现的男人以及右下角标记明确的年月日，至于时间，刚好是裴新勇老婆死亡的前后。

"那家小区物业说楼内监控坏了，我倒要看看他们怎么解释这个。"柴焰甩着手里的照片。没错，这张照片就是从监控里截取出来的。

Chapter4—3

天空晴朗，白云袅袅，安然恬静的高档小区前，柴焰信步走进一家小型超市，整齐干净的货架后面，听见声音的老太太抬起头："要买什……怎么又是你？"

"是我啊……"柴焰微微笑着走到柜台前，"大妈，我想找你聊聊呢。"

"我什么都不知道，你去找别人吧。"大妈头摇得似拨浪鼓，语气强硬、态度坚决。她甚至从柜台后面，直接伸手打算把柴焰揉出去。

柴焰也不气，房顶上炽色的白灯照亮她的脸，她不疾不徐地从包里拿了份文件出来，动作从容淡定。

"大妈，你儿子和他女朋友据说感情很好，人家姑娘知道你儿子之前因为盗窃差点儿被判刑的事吗？"柴焰微笑地看着早怔住的大妈。

大妈舌头发硬，结巴地说："你……你怎么知道的？"

"现在能和我聊聊了吗？"柴焰笑容更灿烂了。

步出"缘聚"超市时，吹了一早的风停了，柳条安静地垂在街头，开始抽芽的时节，远看是片朦胧稀疏的嫩绿。柴焰脊背挺直，撩了撩垂在耳际的鬓发，回头朝超市里扬了扬手。大妈的脸贴着超市干净的窗玻璃，随着柴焰的手一挥，大妈脸一抖。

柴焰笑得更开心了，拿钱来封这些邻居口的那个人，以为能高枕无忧了，只是很不巧，他遇到了柴焰，就注定不会如愿了。

天气晴好，闲适的午后，柴焰吹着口哨，迈步上了车。SUV 座位宽敞舒适，副驾驶上放着一沓资料，那是柴焰这几天下了很大功夫搜集来的，靠着这些，装新勇的清白势必会被洗脱。

想想，柴焰也真佩服那个死者的前夫了，他并没让死者的几个邻居说些不实的假话，他只是让那些邻居少说了些话而已。

路口的红灯，柴焰分神又拿起 Sophie 给她的那张照片，有你这么个前夫，死者死了都不得清净，她哼了一声，在交通灯变红时，踩下了油门。

和风日丽的 3 月，蕲南市中级人民法院门前，柴焰站在青灰色台阶最下面一阶，仰头看着面前肃穆庄严的高大建筑。

以往她去的最多的是二楼东侧的第三法庭，可这次，她低头看看手里的传票，上面标注的开庭地点是第四法庭。没记错的话，经常在第四法庭办公的主审法官是个留着油腻头发的老男人，嘴巴总严肃地抿成一条直线，是个脾气相当古怪的人。

不过，就算再古怪的人也和她没关系。开庭前，柴焰就和裴新勇说了："官司赢了记得好好谢我。"

躺在床上，身上几乎焐出痱子的裴新勇捂着胸口，硬是一句话也没说出来，不为别的，为了让他保持着保外就医的状态。

或许他的清白能重新恢复，可也要重度中暑了……

裴新勇坐在光线阴暗的狭窄空间里，等候着开庭。时间一秒一秒流逝，他不安地动了动身子，还没到开庭时间吗？

他考虑着问下门旁的庭警，还未来得及开口，黑色房门就被从外向里推开了，一个法院的工作人员探进头来："裴新勇，上庭了。"

"哦。"裴新勇慢慢起身，心想总算开始了。

法院的走廊洁白而漫长，每隔一段距离都有用红色字迹写成的训诫词印在玻璃相框里，挂在墙上。

裴新勇站在四号法庭门前，深深呼吸后，跟着庭警进了房间。

不大的四方形房子无处不渲染着和这栋楼整体相符的肃穆气氛，包括坐在上方的法官那张严肃的脸。

整理文件的法官抬起头："被告，你的辩护律师临时缺席，她指定了律师做你的临时辩护，不过这么做也就是为了完善司法程序，新律师好像不大了解你的案子，他有遗漏时，你可以补充……嗯，就是自辩。"

什么？裴新勇眼睛瞪大，不相信他听到的。

"你的律师出了意外，人现在在医院。"

……

安静肃穆的法庭里，坐在国徽正前方的油发法官推推鼻梁上的细边眼镜："你也可以要求援助律师帮你辩护的，可是那要提前申请，现在显然不可能。"

"能延期开庭吗？"裴新勇翻遍脑海里能拿来用的词语，最后庆幸他还记得一个"延期开庭"。

"可以是可以。"法官顿了顿，微笑着说，"不过这次不行。"

法官拿起木槌，"咚"地敲了一下："编号 11957 号 3·11 杀人案，现在开庭，请检方念公诉书。"

裴新勇再听不清检察官说了什么，只那声木槌敲得他头脑发晕。

柴焰，你早不出事晚不出事，偏偏现在出事，玩儿我的吧！

他心里懊恼得很，等终于回神时，检察官的公诉书已经到了尾声。

"死者死因系头部撞击硬物造成的颅腔内出血。根据死者邻居林某证词所说，死者生前同嫌犯感情并不好，经常吵闹，大打出手的情况更是多见。在一个女方地位明显高于男方的家庭里，压抑的情绪沉积在嫌犯心里已久。案发当天，住在死者家隔壁的林某再次听到死者家中争吵，更有大打出手的声音，等林某因为买菜不得不出门时，发现死者家房门开着，死者倒在地上，而嫌犯据林某描述，神情慌张，正准备离开现场。结合死者的死亡时间，她发现死者时，嫌疑人裴某就在旁边，结合法医鉴定的死者死亡时间，以及公安方面举证，我方建议法院予以嫌犯故意杀人罪名成立，判处有期徒刑二十年。"

"我真没杀人，是，我是推了她一把，根本没用什么力气，可她就倒下不起来了，我叫她她也不应，后来我去探她鼻息，发现她死了！我没杀人！"

"肃静。"法官推推眼镜，敲了下木槌，"嫌疑人，本庭允许你发言，但请控制情绪。辩方律师有举证来反驳检方公诉吗？"

法官看了眼被柴焰临时指派来的年轻律师，裴新勇也看他，小律师起立，理理西装，答："没有。"

"没有！你这个律师是吃干饭长大的吗？"裴新勇低声咒骂，眼神几乎要掐死小律师。

"我爱吃汤泡饭，另外，我的律师证才拿到，柴律师说她不要求我做到其他，保持衣服整洁就好。"小律师说着，手不自觉又抚了下衣角。

柴焰，你哪儿受伤了，是伤脑子了吧！

裴新勇的情绪从愤怒慢慢变成绝望，对面的检察官似乎很厉害，无论他怎么抗辩，检察官都轻松地将他的反驳驳回了。

这算是完了吗？裴新勇垮着肩想。

Chapter4-4

也几乎在裴新勇彻底绝望的同时，法庭右手边的大门突然开了。

气喘吁吁的柴焰拉着另一个人站在门前，她大口喘着气，半天终于说了句：

"抱歉，来晚了。"

白色隔音墙前，法官的脸黑得分明。

他抿嘴敲了两下木槌，喝止住旁听席上顿起的骚动："肃静，肃静！"

"被告律师，你不是受伤去医院了吗？怎么又回来了？"法官不悦地说。

"我真受伤了，脚扭了。"柴焰伸出右脚，僵硬地甩了甩。她是名专业尽职的律师，从不说谎。

"行了行了。"法官不耐地摆摆手，"去辩护席坐好。刚刚控辩双方的发言，还有补充吗？"

"法官，你忘记了，我才到。前面说了什么，我不知道。"眨着明亮无辜的双眸，柴焰微笑着说。

明明是你来晚了，法官无声地回以这样的眼神。

"法官，这是一起可能判处我当事人重刑甚至死刑的杀人案，我当事人享有被认真对待的权利。"柴焰又说。

"检察官再把公诉书和举证说一次。"法官瞪了柴焰一眼，慢吞吞地说。

时间在检察官不带情绪的陈述中流水一样滑过，裴新勇的情绪紧张到极点，再看柴焰，竟无所事事地盯着她的指甲看。

气温升高的上午，密不透风的四号法庭里，检察官终于抬起头："以上，完毕。"

法官侧头看着柴焰："辩方律师，你有反对意见吗？"

"有。"柴焰在座位上起立，"我方不承认检方关于我当事人的故意杀人指控。因为死者不是死于谋杀或误杀，她是意外死亡。"

裴新勇瞪大眼睛看着柴焰，他推他老婆是事实，老婆在那之后死了也是事实，他没想过能逃得了刑责，他就是想不能被冤枉。

柴焰，不能胡编乱造坑我啊！裴新勇强忍着，没把心里这句话喊出来。

柴焰起身，从随身包里拿了份文件出来："这是我方找到的新证据，证明死者在和我当事人发生争执前大脑就有出血，我当事人在不知情的情况下和死者动手，最终直至死者死亡。请求法庭予我当事人过失致人死亡罪，并予以量刑考虑。"

柴焰递交了文件："上面是死者的病理解剖报告。"

与之前警方提供的一般无二的报告？阅览完全部内容的法官抬起头，眼里有些愤怒，这算哪门子证据！

"背面。"柴焰隔空用手指点了点。

法官依言把手里的纸翻了个面。素白纸面上，炭黑钢笔书写的草书行云流水，带着狂放不羁。法官推推眼镜，读着上面的字：

"死者大脑里的对冲伤有两处，位置交叠，造成这种伤害的原因一般是凶手揪住死者脖领位置连续撞击死者头部。在死者上衣部分未有类似拖拽痕迹。考虑二次受伤是加速致死原因，非直接致死原因。"

字迹后方署名是 Jo。

"你找邢菲看了报告？"法官推推眼镜，不敢置信地打量起柴焰。

"不止。"柴焰微笑着，"我还找她的警察先生帮我分析了死者的真正死因，然后我在小区门前一家服装店里找到了这个……

她扬扬手里的东西，是盘光碟。

二十几个人的法庭肃穆中带着让人紧张的寂静，屏息的人聚精会神地看着从房间一侧墙上徐徐落下的白色幕布。随着"哒"的一声响，放映机开始工作。幕布上有了画面，上方是露出一半的条纹遮雨棚，有着龟裂纹路的地砖铺在地上，画面右下角的时间显示是死者死亡的一小时前。

很快，一个穿着敞口风衣的女人进入了画面，她提着手包，停下来面朝画面问着什么，和她说话的人始终没出现在画面里，两人似乎聊得愉快，女人始终面带微笑。突然，从画面上方跃出一团黑影，直直跃到了女人身上。

女人惊慌地后退，恰巧身后有个台阶，事前没料到的女人一脚踩空，后仰摔在了地上。

至此，画面停止。

"我现在需要我的一号证人上庭做证。"柴焰说。

获准后，柴焰"一瘸一拐"地从桌子后面走出来。她徐徐走到证人席前，手扶着栏杆："请说出你的姓名、职业以及和死者某某的关系。"

"我叫魏大宝，在新苑小区附近开书摊，死的那个人是我的熟客，经常在我那里买美容杂志。"

"2013 年 3 月 11 日下午四点左右，你见过死者吗？"柴焰问。

"见过。"

"你和死者有除了买卖关系外更亲密的关系吗？"

"没有。"

"哦。你和她是普通的买卖关系，却记得十几天前你们见过面的事。有记错的可能吗？"

"不会。"

"为什么？"

"……"

"证人，回答辩方问题。"法官的声音带着威严，震慑得魏大宝低了头："那天她来我家买杂志，可她要的那本刚好没货，她要我帮她再进一本。后来她被我家的猫吓到了，人摔了一跤，所以我记得清楚。律师，她的死不关我的事。"

魏大宝脸上全是紧张，柴焰却拿起手里的遥控器，按下开关键："死者是画面上这个女人吗？"

"是。"魏大宝低着头，"她就是晕了一会儿，然后人就清醒了，我以为没事，谁知道当晚就听说她死了。我怕担责任，警察来问也不敢说，监控也让我藏起来了。不是你那里也找了一份录像来，我也不会……"

不会说是吗？柴焰哼了一声，转身："我现在需要对我当事人提问。"

此刻的裴新勇，心情与之前相比，早已今非昔比，截然不同。

他深深地呼气，回答着柴焰的问题——为什么会和死者吵架。

"我一直想要孩子，可她不想。那天我回家，她正在卫生间吐，我去问她是不是有了，她就和我吵起来了，再后来我受不了她的胡搅蛮缠，推开她想出门散心，走到门口发现她倒在地上了。"

"邻居发现死者时你在做什么？"

"我抱着她，不知道她怎么了。后来邻居叫了120，他们到的时候告诉我，我老婆死了。"

"我手上有份邢法医的分析报告，证实死者死亡的主因是第一次脑部对冲伤造成的头部出血，我当事人是次要致死原因，在他发现死者昏迷时并没逃走，应按过失致人死亡罪量刑。"

墙壁上国徽闪着光，在一小时的休庭后，柴焰目光灼灼地看着重新归位的法官，等待着结果。

油发法官推下鼻梁上的眼镜，宣判："被告过失致人死亡罪成立，判处有期徒刑三年，缓期一年执行。"

听到缓期一年执行的裴新勇终于松了一口气，人瘫软在了地上，他不用死了。

"起来，瞧你那没出息的样儿，官司没完，还要继续打呢。"

"还打什么？"裴新勇一头雾水。

　　柴焰走去旁听席，拎起一个形容委顿、表情沮丧的男人："知道为什么没有律师愿意帮你打官司吗？知道为什么邻居没人帮你说话吗？问他。"

　　空寂的长廊，呼吸都带着回声。

　　柴焰玩着手里的手机，侧目看着身旁的男人："你说，还是我替你说？"

　　"柴焰，好歹你以前也是安捷的老人，就不能放我一马吗？"

　　柴焰微微一笑："当然不能啊，我现在放你一马，你保证不了你下一秒不会将我一军，就算你保证得了，你那个客户未必保证得了。"

　　"柴焰，你在说什么呢？他客户又是谁？和我有什么关系？"裴新勇问。

　　"沈平安。别说你忘了你老婆前夫的名字了。"柴焰摆摆手，"算了，你听听这个吧。"

　　手指在手机屏上轻触了几下，一段略带杂音的录音随即被播放出来：

　　"沈总，你真动手了？你怎么那么不听话，柴焰是善茬儿吗？"

　　"……"

　　"什么？不是你？之前安排的都失败了？不是你就好，不是你就好。那我挂了。已经开庭了，检方建议的罪名是故意杀人，嗯，好，有结果我联系你。"

　　柴焰啧啧两下："梁律师，干了这么多年的律师，你怎么还能把厕所当成安全的地方呢？安捷的同事就没告诉过你，因为你这个毛病，他们连你屁股哪边长了火疖都知道吗？"

　　"柴焰，沈平安想对你动手？他想害你？"裴新勇问。

　　"不是想，想是将来时，我这个该是过去时。他找的那些人，吓唬吓唬普通人还凑合，吓唬我？"手机是柴焰临时起意塞到了男厕所的最里间的，她不过想赌一下这个胆小的梁律师会不会在知道她"受伤"缺席时吓着了，再立刻去联系他"主子"。

　　事实说明，狗总改不了吃屎的毛病。柴焰敲开男厕所隔间门时，梁律师已经脸如白纸。等柴焰取走藏在马桶后盖里的手机，再劝解他不用急着删通话记录，那个她很容易就拿得到时，他只得乖乖跟她回了法庭。

　　"可是为什么呢？"裴新勇仍然闹不清状况。

　　柴焰盯着裴新勇那张姣好的脸蛋，伸手狠狠拧了一下。她力气大，拧得裴新勇当场叫了出来："哎呀你干吗！"

　　"让你长记性，优良细胞不要只顾外面，也往里集中集中。我说得这么明白了你还不懂吗？沈平安让你的邻居不要说对你有利的证词，沈平安想方设法不让律师接你的案子，他想你死刑才好，他和你老婆的儿子就能再多分一些财产。"

"沈先生倒没想那么多，他就是想装先生惨些。"梁律师讷讷地说。

出于前任对后任的嫉妒吗？可笑。

柴焰之前也想过，或许是沈平安杀了死者，为了掩盖证据拿走了监控，Sophie 恐怕也是这么想的。

后来，她发现她错了。沈平安敲开了他前妻邻居家的门，邻居开门后看到了他匆忙离开时的背影。沈平安应该是看到部分真相的目击者，他看到了什么？时间刚好是裴新勇开门又折返回房的那个时候。沈平安不是真凶，却妨碍了司法公正。

"音频回头我发你邮箱，梁律师如果不认账我教你个办法，去移动公司给他交几千块的话费，顺便再要一份月通话记录。梁律师本事再大，估计想劳动移动公司为他篡改也难。懂了吗？"柴焰不耐地揉着额头，"这些能做起诉沈平安变相妨碍司法公正的佐证。当然追不追究是你的事。"

光洁干净的走廊，柴焰离开的背影洒脱自信。

裴新勇一愣："柴焰，你不管我了？"

"我干吗管你？你付我的律师费只是打一场官司的。"没回头，她举起右手扬了扬，觉得小白脸的想法天真又可笑。

楼宇之外，和平广场广阔舒展地摊开在灰白石阶之下，柴焰站在最高的那层石阶上，张开手臂，有乘风的快感。她重新睁开眼，喜悦欣慰的感情溢于言表，她成功了，胜利了，她没被沈晓的算计打倒。

她拿出手机想给陈未南打个电话道谢，幸亏他弄来了表嫂邢菲的证明报告，才能扭转局面。电话却先她一步响了起来。

节奏欢快的铃声里，省体校新更换的座机号码在屏幕上一闪一闪。想到之前迟秋成提过工作不顺心的事，柴焰一直放不下心，于是偷偷给迟秋成的体校打了电话询问情况，但是却被告知负责人不在，无疾而终。

柴焰"喂"了一声，接起电话。

"对，我是想问下迟秋成最近的工作安排……"她微笑专注地倾听着那端的回复。只是，她从没想到，会是个让她心惊的答案。

"你在开玩笑吧，迟秋成他怎么会……死了呢……"

Chapter5
不 伴

我希望爱我的父母永远陪在我身边，我希望我爱的人可以永远在我
的视线里，哪怕他不爱我，我的希望很多，它们每一个都美好绚烂，
只是它们很少真的实现。

Chapter5-1

夕阳笼罩的傍山城市，碎金遍地，混迹在晚高峰里的柴焰随着车流走走停停。不是不习惯蕲南这恼人的路况，她却难得因此头疼。

脑子里嗡嗡回响的声音像锤子，一下下重重敲击着她的大脑，她趴在方向盘上，沮丧慌张的情绪在心里混杂成说不清道不明的情绪，这些情绪中，还混着一丝酸酸的暖意。

车流徐徐前行，柴焰踩脚油门，宽体的 SUV 慢慢跟着前车，她拿出手机，拨通了迟秋成的号码。

"嘟……嘟……"

"喂，柴焰……"

"迟秋成，你在哪儿？"

"训练中心，怎么了？"

柴焰扯扯嘴角："我想见你，有些话我想问问你，有空吗……陈未南？"

那端沉默了顷刻，随即传来一阵轻笑："柴焰，你怎么了？昨晚没睡好吗？你叫我什么呢？"

"陈……"她想说陈未南你别再装了好不好，话到嘴边未及多说，连串的巨响突如其来从远方传递进来。等声响清晰地传到了近前，SUV 前方那辆六座银丰田已经七扭八歪，倒退着逼近了她。

"喂，柴焰，你怎么了，说话，别吓我，喂喂……"

电话那头没了回音。

蕲南几年未有的特大型连环车祸在一个平淡无奇的傍晚突如其来地发生了，一辆失控的重型卡车在压扁一辆蓝色比亚迪后，又连续冲撞了十几辆车，远远围观的人在暮色中看着医疗队把伤员从一辆辆压扁的车里抬出来，原本平静安详的商业街飘满腥腻气味。

陈未南调大车载广播的音量，听着播报员做的同步播报——确认死亡人数5人，重伤17人。

播报员毫无感情的播报声好像他的报道和人命无关，而是一起再普通不过的社会新闻，这让陈未南不满地关掉了广播。

他重重地拍着方向盘，自我鼓励道："柴焰才不会有事呢，她不会是那五分之一，连十七分之一都不是！"

一路的自我催眠后，陈未南站在手术室外。护士说，柴焰就在和他隔了几道门的地方接受抢救，护士说她伤得很重。

怎么会这样呢？陈未南捂住头，蹲在墙边，他想起了几年前，也是一场突如其来的意外让那个迟秋成送了命，也是那场意外让他有了另一重身份——柴焰的男朋友"迟秋成"。

在陈未南看过的寥寥几本小说里，每每有关悲伤的回忆总始于一段简约干净的环境描写，或凄凉悲切，秋风扫落叶，或婉约温柔，湖光明动。

属于陈未南的这段记忆和那些不同，它发生在蕲南几年未曾有过的炎热盛夏，浓郁茂密的绿和刺耳的欢呼声是那段回忆最初的模样——

世界杯过去月余，渐散的体育热度因为一场校际篮球赛再掀波澜。日光炽热，比赛里的明星人物陈未南独自躺在树影下的茵绿草坪上，嘴里咬着草茎。偷闲的午后，人懒得连喘气都嫌费力。

他合着眼，感觉有轻轻的呼吸喷在脸上，他睁开眼，栾露露的瓜子脸逆光里又大了不少。

"未南，你怎么跑这儿来了？"她开口。

陈未南眨眨眼，想起李建对栾露露的评价，心想她声音哪里好听了。他眉头微蹙："你脖子被人勒了？"

"啊？"

“我说你声音难听。”他一跃而起。

站直在草地上的陈未南身材颀长，即使面无表情，脸形依然富有棱角。栾露露不明白，昨晚的陈未南还对她表现得友好绅士，这一秒怎么就刻薄了。

“你，是不是不舒服啊？”她尴尬笑着，希望之前的都是错觉。

“我很好。就是想告诉你，我对你没兴趣，离我远点儿。”陈未南侧头摸了下耳朵，漫不经心的样子，带些痞气。

“那昨晚吃饭，你干吗坐我旁边？”

“李建他们给我留别的位子了？”

“那你……”栾露露想说，那你还让我给你夹菜，哦，是李建说他夹不到，她主动夹的。她咬着唇，拼命回忆着和他在一起的情形，她想找出几件事情可以证明她没有自作多情，很可惜，煽风点火的是李建，半推半就的是她，陈未南主动的一件也没有。

沮丧之后，她觉得她被耍了：“你对我没意思。你喜欢那个柴焰吗？”她想起饭桌上见到的那个女生。

陈未南没说话。

“你真喜欢她？”栾露露觉得可笑，“她哪里好？哪里比我好？”

“嘁！”嘲弄声从陈未南嘴角发出，他转身，身上的白衬衫被风鼓起，他的背影更宽了。他反问，“我更不是好东西，你干吗看上我？”

虫鸣鸟叫的石子小径上，陈未南踩着鸦青色的树影，渐渐走远。他解释不清最近和柴焰僵持的状况是怎么产生的，柴焰和迟秋成走得近，他心里别扭，就越纵容自己和其他女生暧昧不清，柴焰就和他更远了。

这是场可怕的恶性循环。

他站在青灰色假山旁，抿嘴沉默了片刻，竟懊恼地揉起头发。他自嘲地说：“陈未南，你在别扭什么？说句你喜欢她会死吗？不会吧？”

纠结了这么久的难题其实真就那么简单。

“最多就是被她揍一顿嘛……”他兴奋地蹦着高。动作太大，头撞上了粗柳条，他顺手抓住，绿叶飘飞的场景美得如同心情，陈未南的心情，他对面女生的心情，都是。

“陈未南，你好。”女生腼腆地和他打招呼，“我看过你打篮球赛……”

她手里抓着封信，用力太大，指甲成了青白色。她头低着，很小声地说：“他们说你还没有女朋友，所以，我想……”

“你想做我女朋友？”陈未南凑近女生，盯着她有些厚的镜片瞧了一会儿。

就在他以为女生会因为屏息而窒息时，他听到一句"嗯"，很小一声。

他做了个头疼的动作。

"同学，可能最近关于我的传言多了点儿，花心，和各种漂亮女生关系密切。嗯，我的确是很随便的人，不过我也有几个原则，爱学习的、家穷的不招惹，你爸你妈辛辛苦苦把你送来上大学可不是让你来喜欢我这种人的。况且……"陈未南微微一笑，"我也要从良了。"

我有喜欢的女生，她的名字叫柴焰。

谁没有一个满身骄傲、不肯低头的年纪，那刻，陈未南以为他醒悟得早，却没想到还是晚了。

听说柴焰出事，正是华灯初上时分，陈未南转个身，避开白炽灯最刺眼的角度，他在排队等着买汤。队伍缓慢前行，他却心情不错地低头确认了下身上的行头，衬衫是熨过的，利落地扎在米色休闲裤里，鞋子才擦过，露着干净的袜边。

他吹声口哨，自我感叹着真是帅小伙一枚。可是，他皱着眉，如果不是室友手贱，给他喷了这个香水，那就更好了。

这香型，让他想起那个叫迟秋成的人。室友却说，这是限量的高级货。

迟秋成＝高级？别扯了。

思绪纷扰，如同混杂了各种地方腔调的学校食堂。大学里，不甘寂寞的人们总抓紧一切时间谈情说爱，或是聊新闻八卦。

有人扯扯陈未南："未南，出事那人你是不是认识？"

"什么事啊？"他下午忙，不知道发生了什么。

"就刚刚吧，蕲南大学附近发生抢劫案，听说歹徒驾车逃走时撞伤了几个人，听说还绑架了人质……我听他们说了'柴焰'这个名字，就是不知道是被撞了还是被绑了。"

"奶奶的，不早说！"饭盒随手扔了，陈未南早跑没了影。

仲夏夜，没有凉风，空气有着让人焦躁不安的热度，三两个穿着短衣裤的人闲步在医院外的马路上。陈未南闪过一辆开得飞快的六座越野，站在大门前，手撑着膝盖，人脱力地喘气。

他不知道柴焰人在哪儿，只能把学校附近的医院挨个找一遍，这是陈未南跑到的第二家。

　　几辆车停在急救中心门口，无声的红蓝警灯在车顶打转。陈未南呼吸一滞，拔腿朝那个方向跑去。

　　急诊大厅，灯火明亮，日光灯干净苍白，照着人脸，四处弥散着消毒水的味道。陈未南跑进去，看到里面的警察，他们有人神情凝重，有人则专注地打着电话。他靠近正打电话的那个，心惊肉跳地听他说着如下内容：

　　"歹徒共四人，我们逮捕两人，其余两人负隅顽抗，逃跑途中车辆漏油发生爆炸，连带车上的人质，都死了。是……哎，你谁啊？"

　　警察孔武有力的手条件反射地按在枪套上，戒备地打量着陈未南。

　　陈未南张张嘴，不知是因为累还是怕，说话很是中气不足："死的那人……男的女的……叫什么？能告诉我吗？可能……是我朋友……"

　　"哦。"警员放下戒备，"朋友啊，你朋友男的女的？"

　　"女的。"

　　警员又"哦"了一声："放心吧，死的是个男的，不是你朋友。"

　　陈未南揉揉耳朵，听清了，气力也在那刻跑个精光，他一屁股坐在了地上，嘿嘿傻笑："我就知道她命大。"

　　"伤员里就一个女的，应该是你朋友，里面治疗呢，进去找吧。"见惯了这种大喜过望而后失态的人，警员没嘲笑陈未南，摆摆手，他指着走廊，"你朋友命大，歹徒本来想抓她，人都被带上车了，硬是被另一个人拽下来了。"

　　"那人呢？"陈未南仰起头，仰视着警察。

　　"逃跑的汽车漏油，炸死了。"

　　"他叫什么？"

　　"姓迟。"

　　册装纸张清脆的翻阅声停下来，陈未南闭上眼，听着警员说出那三个他最不想听见的字：迟秋成。

　　……

Chapter5-2

　　双开自动门无声打开，蜂拥而出的人踏着沉重的脚步，惊醒了陈未南。他猛地站起来，盯着医生，希望是个好消息。可对方却缓缓地摇头："我们已经尽力了。"

　　尽力个屁啊！不过是场车祸，柴焰才不会死呢！他眼眶发红，她怎么能死呢？她不会死啊。我还有话没和她说呢……

他垂着头，用尽所有力气说："我想见她。"

"可以。"

有人从队伍里出来，为陈未南带路。陈未南跟在后面，脚像坠了两个千斤坠。

"她没受罪吧？"他怕她受罪。

"没有。脑死亡，老人家那么大年纪了，家属节哀吧。"

陈未南停住脚，他嘴唇抽筋般发颤："死的那人叫什么？"

"陈燕啊。"

"靠！"

洪亮的骂声震得天花板发颤。

不远处，背光的角落地方，柴焰看着远处的陈未南，轻声说了两个字："出息。"

在柴焰眼中，陈未南是个活得没担当、作风散漫、坏毛病一身的男人，夜深人静时，她会问自己，究竟是他身上的什么优点吸引了自己，让她念念不忘地走过了最该绚烂美好的少女时期。

日光消弭的夜晚，窗外的城市被各色人造霓虹装点得璀璨光华。走廊里，柴焰捂着脸，不敢置信地看着陈未南。他站在她咫尺外的地方，就在刚刚，他扇了她一巴掌。

柴焰错愕地张着嘴，又闭上。她嘴唇抿紧，感觉身体的血液正一齐冲向她的大脑，她瞪着眼睛，生气地喊他的名字："陈未南！"

"柴焰！"陈未南也红了眼，他再次举起手，逼近了柴焰，终于把他们之间的距离缩短成零时，他紧紧抱着她，狠狠地道，"你敢再出次意外看看！"

"陈未南……"怒气烟消云散，没想到他会是这种反应的柴焰脸微微发烫，她闻着陈未南身上若有似无、残留着的淡淡男香，人突然就沉闷了。

"迟秋成死了，是吗？"

"嗯。"陈未南轻轻点头。

"所以其实我的男朋友一直不是迟秋成，是你，对吗？"

他继续点头。

"多久了？"问完，她轻轻叹着气，"有五年了吧……我病了这么久，我自己都不知道。"

柴焰在感叹着她畸形度过的五年光阴，陈未南却在意她那句"病"。

"你没病。"他收紧手臂。还清楚地记得五年前，他走进病房看见柴焰时，心里形容不出的那种疼。他觉得他该死，若不是他犯浑，就不会和柴焰闹得那么僵，柴焰也就不会认识迟秋成，后面的事更不会发生了。

或许是真的觉得是他的错，所以当柴焰第一次把他错认成迟秋成时，除了小小的惊慌，他竟然悄悄松了口气。

有多少人在遭受刺激后会抑郁甚至自残？柴焰不会的。

医生说，柴焰是刺激后产生了记忆断裂，因为同样的香水味，陈未南就作为"未死"的迟秋成，被填补进了柴焰的记忆里。

也很奇怪，柴焰从没认错其他人，哪怕他们也喷了同一款香水。只有陈未南。

或许这就是命中注定吧。

他拒绝了医生让柴焰接受系统治疗的建议，决定陪着她一起走出伤痛，谁也没想到，这一走，就是五年光景。

"装得累吗？"她问。

还好。无非是要有两部手机，分清哪一部是迟秋成，哪一部是他的，"迟秋成"出现在柴焰面前时，陈未南的手机要关机或放在其他地方，反之一样；节假日，陈未南要早一步回家，因为"迟秋成"要留在蕲南陪柴焰；"迟秋成"说话温柔和煦，不能用陈未南的大嗓门儿；"迟秋成"厨艺精湛，陈未南为此特意报了厨师班；"迟秋成"是爱护柴焰的体贴男友，陈未南是专会惹柴焰嫌弃的厌人精。

"我是男人，做这些不累。"陈未南答。

"是男人还打女人？"

几乎是措不及防地，陈未南腰上的肉被人扭了一下。"哎哟，我的妈……"他脸部扭曲，疼得牙痒痒，挣开他怀抱的柴焰快步走开了。

夜风清凉，黑色天幕上寂寥地点着三两星光，地上的世界却正喧嚣，从有着热闹人潮的夜市直穿过去，柴焰和陈未南并肩信步走在砌着方砖的人行道上。

明黄的路灯将二人的影子拉得忽短忽长，陈未南深深地吸口气："柴焰，你这算是……"他看着仍挂在臂弯上的纤细白手。

"陈未南，明天带我去个地方。"柴焰说。

春分过后的第五天，气温转暖，飘着细雨的天气，陈未南穿着衬衫并不觉得冷。他撑着一把两人用的黑色大伞站在青石板上，目光专注地凝望着远处的人。

柴焰没撑伞，站在雨中，她姿态孤独却不狼狈，正低头和面前的基碑说着话。

"迟秋成，过了这么久我才来看你，你是不是怪我了？我也怪我自己，如果当初我再明确点儿拒绝你，或者做些让你讨厌我的事，你对我死了心，也就不会发生后来的事了，你现在会好好活着，做一名正式的运动员，不再是陪练，说不定还会得奖牌呢……"这些画面，柴焰似乎在脑海深处想过不止一遍，只是她不肯让自己知道，她真在想，就好像她不止一次觉得那个"迟秋成"不对劲，却不肯花心思深究一样。

他们说她病了，她知道，这病与其说是惊吓刺激的后遗症，不如说是人骨子里的懦弱作祟，逃避而已。

她以前总评判某某案子里的当事人自私自利，她自己何尝不是呢。

"迟秋成，生活很狗血是不是？咱们这种情形我以为只有电视剧里有，没想到真的会发生。剧里的女主角在这种情况下会怎么说？——'我会替你好好活着的。'很扯是不是？我觉得很扯，我对你愧疚，却不会陪你去死。我会好好活着，不是为了你，是为我自己。我是个糟糕透顶的女人，我只想自己过得舒服，所以，如果你听到我说话，就快把我这个坏透了的女人忘了吧……"

雨势渐大，大颗雨滴砸着陵园里的松柏，树枝摇晃。陈未南不打算再让柴焰继续这样淋雨了，他迈步才准备去找柴焰，柴焰自己倒先一步朝他走来。

"我们走吧。"

"聊好了？"

"嗯。"她站在伞下，默许着陈未南拨弄她的头发，头发早湿了。

沉默了一会儿，她说："以后我孩子的名字要叫成秋，陈成秋。"

"成秋？"陈未南皱着眉，心里堵堵的，这名字不就是秋成倒过来吗？等等！他猛地停住动作。

陈成秋……陈哎！

他嘿嘿傻笑了一路。

陈未南开车，坐在副驾驶上的柴焰余光看见他傻笑的样子，明白他在笑什么。可是他怎么这么笨？姓陈就一定是他的孩子了？好笑。

默默地叹口气，她觉得陈未南笑得很有资本。

Chapter5-3

　　人生新的一天从春分后的第六天开启，在这天，柴焰在她面积不大的律所里接待了她的第二位客户。人进门时，她在吃药。日光微暖，照在白色药瓶上，一种营养神经的特效药，缓解她连日的失眠症。

　　"病啦？"栾露露讶异地说。

　　"你怎么来了？"

　　"找你帮我打官司的，我要离婚。"

　　柴焰蹙着眉，没记错的话，栾露露嫁得很好，男方有钱，长得帅气英俊，对栾露露也好，而且，他们还有个儿子。

　　"这就算好吗？有时候我都分不清他是在对我好还是在对另一个人好。"

　　"你发现他出轨了？"

　　"那倒不是。"栾露露沉吟片刻，"我的生日是 12 月 1 日，结婚这几年，他年年给我过生日，可你知道他在哪天给我过吗？1 月 1 日。年年如此。我受够了，提出离婚，可他不同意。"

　　这真是个奇怪的案子，柴焰正想着可能促使发生这种情况的缘由，栾露露却意外地说了第二件事："官司是个普通的离婚官司，我开始也没想过要找你，只是有人向我极力推荐你。"

　　"谁？"

　　"沈晓，就你那个好朋友。不过我听说，你们最近掰了？"栾露露满意地看到她想看到的表情出现在柴焰脸上，"还有，他们律所的律师给我老公做代理律师。我这个官司你接吗？"

　　"快饿死的狐狸有权利对送到面前的鸡挑肥拣瘦吗？"柴焰拂了下耳际碎发，说出的话让房间里第三个人"扑哧"一声笑了。柴焰闻言，倒没有看自己这个新来的小助理一眼，她只是在心里默默提醒下自己，等这个案子结束，她要把这人辞了，漂亮顺眼先不谈，至少专业点儿。牙医出身的法务助理，不靠谱。

　　栾露露意外于柴焰的回答，她轻轻笑着："还以为你接我的案子是为了和沈晓较劲报仇呢。"

　　"不是。"柴焰摇摇头，"我是个俗人，要活着，需要钱。至于沈晓，和我这个俗人不是同一种群。"

　　签署好委托文件，送走栾露露，柴焰走到门外。安静闲适的午后，她站在草坪上，冥想着上诉前的和解工作该从哪儿入手好。

空气干净爽朗，马路中央才建了一个三角形的安全港，涂着红黄色的障碍栏油漆未干，味道是刺鼻的新鲜。陈未南站在一旁，身影被来往车流遮挡住，时隐时现。

他冲柴焰使劲儿招手，额头上的汗隐约可见。

柴焰侧头问门里的助理："陈未南在你们面前也表现得这么二吗？"

"老板好高冷的，哪里二？"

"哦……"柴焰轻轻点头，看着陈未南朝她跑来。

"柴焰，有个聚会，你陪我一起去啊？"陈未南眯眼，在柴焰可能拒绝他前微微笑着说，"听说楚爵也会去哦……"

楚爵是栾露露的老公，柴焰正准备着手研究的对象。

风徐徐，吹干陈未南脸上的汗。柴焰眯着眼，认真打量起陈未南，心里默默骂了句：小样儿。

Chapter5-4

一天后。

晨露微浓，薄雾未散的周四清早，柴焰站在灯光明亮的机场大厅，目光穿过不息的人潮，找寻着陈未南的身影。

没一会儿，端着两杯热咖啡的陈未南绕过一辆行李车，身姿挺阔地走到柴焰身边："喏，喝一杯暖暖。"

"不是参加楚爵的聚会吗？"柴焰恨恨地瞪着陈未南，心想这家伙又要要什么花样。

"我说过楚爵的聚会在蕲南吗？"陈未南扬着眉毛，一脸我可什么也没说过的模样。

柴焰："……"

飞机一起一降，眨眼间停稳在空旷的停机坪上，初春的云都刮着沙尘，空气呛人，天地混沌成一色，柴焰才下飞机，陈未南就从一旁递来了他的太阳镜。

"戴上。"他说。

柴焰一向不是个活得细致的女人，她微一怔，迟疑着没接："你呢？"

"我眼睛小，不怕。"刻意证明似的，陈未南眨了眨眼睛，硬是把眼镜架上了柴焰的鼻梁。

柴焰觉得好笑，心里却觉得温暖。

"陈未南，谢谢。"

"和我还这么客气？钢牙焰！"

"……"柴焰瞪着陈未南，嗔责这本来美好的气氛顷刻被他弄得荡然无存。但不得不说，和陈未南在一起的日子，柴焰觉得轻松。

他们带的东西不多，下了渡车直接顺着人流出站。

出站大厅。

远处还是那道泛着蓝光的玻璃自动门，柴焰记得最近一次站在这里，玻璃门外是满满的夜色，她和沈晓还是好朋友，陈未南手撑着障碍栏，藏青色的排扣大衣让他显得既帅气又颀长，她对他是一脸厌弃。

如今，柴焰看着离得老远就激动朝他们摆手的小奇迹，她突然发现，时间会让一些人和事变得糟糕，但仍会保留下最美好的那部分。

"二哥二哥你真棒！"他们还没走近，小奇迹已经高兴地欢呼着，"二哥终于把柴焰姐姐拿下了！"

柴焰侧目，眯眼看着身边的陈未南："聚会确定是在云都？"

"是啊……差不多……蛮顺路的……"陈未南说话声渐小，最后嘿嘿笑着，"先回家一趟，再去那边也不迟啊。"

"奇迹，帮我拿着包。"柴焰把不算沉的包交给小奇迹，再挽起陈未南的胳膊，对陈未南的大哥说，"我们去下洗手间。"

"好。"陈冀南点点头。

机场的玻璃棚顶，光线从六菱形的蜂窝槽里均匀地照亮大厅，小奇迹搂着大哥的脖子，扭着身子："大哥，柴焰姐又要揍二哥了！"

"是吗？"陈冀南掖了掖小奇迹的衣角，"他们回来你轻点儿笑你二哥。"

"好！"小奇迹答得痛快，可这依旧没妨碍回去的路上，她指着陈未南的眼睛咯咯笑着说，"二哥是国宝熊猫！"

"说好不打脸的！"陈未南捂着脸，低声抗议。

"嗯。"柴焰淡漠地看着窗外，遍是灰色的风景竟也富有吸引力，她说，"以前我和你没关系，毁你的容耽误你找对象，现在不同。"

这是就算他老了丑了也不会嫌弃的意思吗？陈未南笑得贼兮兮，也忘记了脸疼。

陈未南先送柴焰回家，柴妈听他说了两人的事，冲柴焰挤挤眼睛，又扭腰撞了柴焰一下："装！就装！还说不是未南，还说向别的男人求婚了，就你这个性，除了未南还有哪个男人受得了你？"

"要啰唆你和他啰唆去，我累了，回房了。"柴焰摆摆手，把烂摊子丢给陈未南。她不是真累，而是妈妈的话让她想起迟秋成了。

关上房门，门外的声音顿时小了些，她把自己丢在床上，睁眼看了一会儿浅色的天花板，又翻身下了床。

她包里有栾露露交给她有关楚爵的资料，她拿出来打算再看一下。

资料是才打印不久的，纸张翻阅次数多，边角地方翘着，油墨香却残留着淡淡的味道，这是柴焰不知第几次读这份资料，她记忆力好，闭上眼可以背出上面的内容：

楚爵，1977 年生人，25 岁继承家族生意，现任冯疆传媒集团董事长，性格沉稳，无不良嗜好，无绯闻，30 岁时同当事人栾露露结婚，育有一子……

柴焰思考着这样一个可以说无明显缺点，也想要维系婚姻的男人是出于什么原因才做出那一系列冷暴力的行为，他把栾露露当成了另一个人的替身？那他就不喜欢栾露露。可他为什么不同意离婚呢？

房间安静，窗外沙尘渐散，阳光照进窗，柴焰坐在阳光里，揉着又开始微微发疼的太阳穴，想起该吃药了。她回头，侧耳听着门外，确定陈未南真的走了，这才拿出药瓶。

她正拧着药瓶，房门却无声息地开了。

柴妈本来是板着脸进来的，可当她看清柴焰手里的药瓶时，生气的表情顿时消失，她几步走到近前："你病了？吃的什么药？不会是避孕药吧！你和陈未南那个了？"

"妈，你说什么呢？"没想过老妈思想会这样开放，柴焰脸腾地红了，她想藏起药瓶，却迟了一步。

柴妈握着药瓶，推了推鼻梁上的眼镜："减缓神经性失眠？柴焰，好好的你怎么失眠了？有心事？什么事？和我说说？"

"妈……"

禁不住柴妈的强烈攻势，柴焰最终还是妥协了，她说了自己和迟秋成的事，说了家人不知情的那场病，说了在她病好后新添的失眠症。

雾霾在傍晚时分彻底散去，日光从窗外照进来，房间安静得可怕。柴妈眨眨眼，并没唉声叹气，她回过头，对门外的人喊了声："未南小子，你都听到了吧？"

"阿姨，我会对柴焰好的。"

"怎么个好法？"

"回去我就给柴焰找医生，治失眠！"

"噗！"柴焰笑出了声，她突然觉得陈未南怎么那么傻。

她送他下楼。

暮色将人影拉得很长，他们肩并肩，很快便从这栋楼走到了陈未南家楼下。

"上去吧。"柴焰说。

"柴焰。"

"干吗？"

"我送你回去。"

……

五分钟以后。

"陈未南，我们已经在两栋楼间走了十一个来回了，就算是遛狗狗也累了吧。"柴焰疲惫地说，不理解陈未南为什么会做这么无聊的事。

"我不累啊。"陈未南吐着舌头扮狗，"我很早之前就想像现在这样送你回家了，可你从来不肯和我一起走。唉，我可真可怜！"

所以，可怜的你是要把从小的份都补回来吗……

"再走一圈吧。"柴焰妥协。

"好。"

结果，又是一圈两圈三圈……

**Chapter6
不 放**

许多时候拿起比放下容易，许多时候放下比拿起更容易让人幸福。
总喜欢做容易的事，让自己活得为难些，这是人。

Chapter6-1

"骗子。"次日，坐上车的柴焰揉着小腿抱怨。

陈未南哼着歌，心情不错："你这腿部肌肉，欠练！"

"你不欠？"柴焰举起拳头，却被陈未南一把握着，随即轻轻贴到了他脸上。

"我啊，欠揍！"他狗腿地蹭着柴焰的手，"揍……"

越野车沿着瘦削的山脊公路笔直行进了一个小时，转而拐进了树影憧憧的盘山道。日落时分，树枝密布的山林，风鸣咽鬼祟，树影顺着车头方向拉得很长，等车终于开到目的地，天已经彻底黑了。陈未南抬眼看看车前的古堡式建筑，"啧"了一声："真舍得花钱。"

柴焰迈下车，站在直通穹顶的大门前，心里默默暗叹着：败家！

从正门进去，直穿一道回廊，再经过一间画满赤裸人体壁画的陈列室，远远便听得到喧闹人声和偶尔响起的清脆碰杯声。柴焰坐在一个近门的地方，手撑着下巴，饶有兴趣地看着人来人往。

那些人，她认识其中的大半，有些是之前的客户，有些是有过交情的朋友，换作以往，即便柴焰不主动，他们也会来和她打招呼了，可现在……

呵……墙倒众人推，人走茶便凉。

这样想着，她挺了挺腰杆，不让自己看上去那么寥落凄凉。

陈未南去拿酒，怎么还没回来？她托腮想。

就在这时，一个人悄悄站在了她身后。

"柴焰，看样子，栾露露的官司你接了啊？真巧，我是楚总的代理律师。"

柴焰回头，心想沈晓这人真是阴魂不散。

夜色昏冥，从丛树影掩映中的半山公馆灯火通明。右手边有盏西欧人形手擎灯，光线透过米色灯罩打在沈晓脸侧，显得她皮肤细腻、容貌美丽。

她朝柴焰微笑着，态度熟稔得如同多年好友。

柴焰淡淡扫了她一眼，没浪费一个多余的眼神："是你啊？"

"柴焰，我以为你会谢谢我。"沈晓笑着说，"楚太太的案子是我给了你机会。"

前方的主持人轻敲酒杯，叮咚脆响吸引了人们的目光，人们纷纷转身看去前方，冯疆的新书庆功会就要开始了。

液晶屏徐徐从空中降下，人群引颈而望，都期待着画面上即将出现的撼人战绩。似乎是有意吊足胃口一样，屏幕迟迟没能亮起。在悄然而起的议论声里，柴焰微笑地看着随即出现的画面。如她所料，画面的内容与冯疆无关。

视频中，穿着并不考究的沈晓站在房间里，翻阅着抽屉里的资料，她动作鬼祟，不时抬头看眼四周。没有头尾的片子很快播完，惹得会场哗然，人们探究着片子的出处，冯疆的负责人按捺暴躁，低声询问着是谁破坏了庆功会。

柴焰姿态淡然地理着衣襟，起身。她指着身旁的沈晓，声音明晰洪亮地说："就是她，我以前的好朋友，算计着想把我踢出律师圈子。"

说出这话的柴焰没觉得心里痛快，她抿紧嘴唇，静静回味着刚刚解气的画面，她现在也只能靠想象来解解气了。

右手边的西欧人形手擎灯发着轻柔的光，照在沈晓脸侧，柴焰轻描淡写地答："我当然该谢谢你，给我翻身再把你弄死的机会。"

柴焰微笑着欣赏沈晓想发作却要克制的表情。

"哎哎，借过借过！"突兀的声音割裂开两人间不宽的距离，陈未南端着酒杯，挤过两人中间。沈晓穿着细高跟，站得就算再稳，也禁不住陈未南这一挤，就势栽去了一旁，跌靠在一个西装男人背上。

沈晓才想说抱歉，陈未南又抢先一步说："沈律师，我提醒过你的，你怎么还往程董身上栽啊，人家太太还在呢。"

沈晓回头，看见绷紧脸的"国"字脸老头儿，还有老头儿身旁脸色同样不好看的年轻女人，顿时面红耳赤手脚慌乱起来。

偏偏乱中出错，本意想离老头儿远点儿的沈晓脚下一滑，直接扯着老头儿，两人一同跌在了地上。

"自作孽啊！"陈未南说着，递给柴焰一杯酒，两人携手走开了。

"陈未南，你推了沈晓。"柴焰看到了，"还绊倒了她，你可真够坏的了。"

"我坏，你爱吗？"陈未南眨眨眼，手探去柴焰身后。

"你说呢？"

"爱……哎哟，疼！别掐，我不摸了还不行？"

"别叫了，我又没使劲儿。"

"嗯，叫大声些，你就心疼我了。"

因为开场时的尴尬，酒会过半，沈晓也再没出现过，倒是姗姗来迟的楚爵竟是和栾露露一同出现的，这点让柴焰微微惊讶。

"没什么可惊讶的，面子工程。"陈未南一脸了然地说。

真的是面子工程吗？柴焰仔细看楚爵对待栾露露的姿态和看她的眼神，觉得并不像啊。

楚爵在会场停留片刻，便提前离席了。灯火之下的栾露露面带微笑，尽职地扮演着女主人的角色。

柴焰寻着机会，想问问栾露露情况，人却被一个托着酒盘的侍者近身拦下。

"楚总要见你。"侍者低声说。

"好。"柴焰点头，回身狠狠地对陈未南说，"在这儿等我！别跟着！"

这个跟屁虫，她有些头疼，也有些窃喜。

回转形的长梯正对着三楼最大的房间，暗红的门对着大片的落地窗，窗开着，夜风清凉，沿着窗框吹起轻灰色的纱帘。灯没开的房间，一片昏暗，只是一点火星在近窗的地方忽闪忽灭。火星亮起时，柴焰勉强认出楚爵宽挺的面部。他眉眼低垂，不知为何，总给人一种萧索的味道。

他沉默地吸烟，似乎没注意到房间里何时多了个柴焰。

柴焰轻咳一声，以示存在感："楚总，我当事人觉得在和你的这段婚姻里并不快乐，我希望我们双方最好达成离异和解，这样对你和我的当事人都好。"

"可我不想离婚。"楚爵的声音低沉浑厚，语速慢时，有种浑然的悲切。他猛地吸口烟，随即丢了烟头，"露露对我哪里不满意我改就是了。她的生日是 12 月，我就 12 月给她过，他想我多陪她，我多陪她就是了。你是她的律师，你帮我劝劝她。好处费我不会少你的。”

他甚至懊恼地揉起了头发。

在柴焰看来，这个举动是楚爵不该有的。她讶异片刻，徐徐开口：“如果钱能解决一切，我的当事人就不会来找我了。”

“抱歉，我无意冒犯。”黑暗中，楚爵低着头，“可我不想离婚。”

预想中的谈判没等到，柴焰真没想到自己会作为中间调停人被拜托了。

直到出了门，站在明亮的回廊里，看着一身正装的栾露露，柴焰突然觉得好笑：“他不想和你离婚。”

“不可能。”

“那你还帮他维护面子，参加这个你并不想参加的酒会？栾露露，虽然我不喜欢你，不过婚姻不是可以赌气的儿戏。”

“说得好像你多懂婚姻似的，你试过你爱的人醉酒后抱着你，叫的却是另外一个人名字的感觉吗？你试过你老公的公司名和那个人名字雷同吗？你试过质问你的老公，却遭受他整整一星期冷战的待遇吗？你没试过，你怎么知道我的感受！”

“她是没试过。她没必要试，我也不会给她机会试。”一个男声插入。

“陈未南，你怎么来了？不是让你在楼下等我吗？”柴焰惊讶。

“柴焰，做个破律师整天被人要求感同身受，这种律师不做也罢，我又不是养不起你。”说着，陈未南拖着柴焰下楼。

午夜，半山公馆渐渐被甩去了车尾，湮没在丛丛树林之中，车上，陈未南板着脸，脸色阴沉。

“其实……”柴焰琢磨着开口，“其实栾露露的语气很正常，我遇到过比她还冲的客户，你大可不必生气。”

“她把男人说得好像都和她老公似的，我就不是！”陈未南抿着唇，将车又开出一段，随即停下车，他缓缓侧头，盯紧柴焰，“我这火发得是不是有些没道理？”

“嗯。”有点儿。

“我就是气她和你说话的语气，其实是我想英雄救美……救过头了。”陈未南挠头失笑，他也是不想让柴焰受任何委屈，“回去用你的手机，我打个电话给她，道歉。”

"好。"柴焰微微一笑，问又踩下油门的陈未南，"牙医，你遇到刁钻的病人可不要像刚刚那样。"

"放心。"陈未南挥挥手，握紧方向盘，"对待病人，我一向如春风般温暖，最多就是拔牙忘了打麻药。可我也免了他的麻药钱的。"

他说得一本正经，柴焰默默失笑。

晨曦早早降临的城市，柴焰被兴奋的敲门声吵醒，她才睁开眼便看见一身儿童运动装趴在自己床上的小奇迹。

"柴焰姐姐早，我哥让我叫你起床下楼练腿力。"

练什么腿力啊，她想睡觉！柴焰有些抓狂，昨晚她又没睡好，一夜混乱的梦让她精疲力竭。

"你和你哥去吧，我想再睡会儿。"她话音才落，柴妈不知从哪儿冒出来，把衣服兜头罩在她身上："快穿，未南在外面等你半天了。"

脸卡在领口的柴焰只得遵命。

过了晨练的时间，小区里间或走过手提青菜回家的老人。柴焰和陈未南并肩走在石子小径上，困意随着晨风很快便散尽了。小奇迹不时从她这边跑去陈未南那边，不时因为捡到一颗漂亮石子而发出轻快欢呼声。

"小奇迹，过来。"陈未南蹲下身子，招呼小奇迹。

"干吗，哥？"

"我们比赛，谁先跑到早餐铺子，就有权决定今早吃什么，怎么样？"

"好！"小奇迹欢快地答，柴焰没办法，只得说好。

陈未南比画着手指："一、二、三……跑！"

小奇迹烟一样地跑了，柴焰却被陈未南一把扯住。

"电灯泡走了，咱俩好好散散步。"

柴焰无语得很。

"出息。"

她才说完，电动车的手刹声便打断了两人。

"柴焰，有你快递。"快递员认识柴焰，直接扔下邮件，走人。

什么东西呢？柴焰拆开一看，吓了一跳。

她抬头，冲陈未南甩甩手里的DNA检验报告："陈未南，栾露露孩子的爸……不是楚爵？！"

Chapter6-2

这简直是个糟糕透顶的星期五。

电话联络栾露露失败后，柴焰从别人口中得知栾露露竟先一步回了蕲南。无奈之下，她只好拉着陈未南奔赴机场。

"天生的劳碌命，晚回去一天不行？我妈说今天包饺子，我想吃饺子。"陈未南不满地嘟囔，却抢在柴焰开口前先一步拎起两人的行李，答，"我走！"

他怎么可能不知道柴焰会说"你不想走可以留下"的？

3月，碧空如洗，白云袅袅，机场里，人潮往来不息，柴焰和陈未南并肩，随着安检队伍前行，脑中纷乱地思考着许多问题：那份报告是真是假？是谁把那东西寄来她这儿的？对方什么目的？再有，那份东西还有没有其他人收到？楚爵收到了吗？

陈未南的手机突然响了起来。

柴焰没在意，继续往前走。

验好票，她站在闸门里，这才发现陈未南仍站在原地接电话。

他眉头紧锁，脸上一副不耐神情。

"谁惹你了？"飞机上，柴焰系好安全带，低声问。

"一个无赖，非缠着我买保险。"陈未南嘿嘿傻笑着答。

"哦……陈未南，你知道吗，每次你做坏事都是这样笑。"

"哪有？"陈未南啧啧嘴，余光瞥向柴焰，"如果，我是说如果有人突然跑来和你说一件不相信的事，你会相信吗？"

"陈二，你这话自相矛盾。"柴焰淡淡地说。

她几乎肯定陈未南有事在瞒她，只是不知道是什么。

从云都返回蕲南，气温有了明显攀升，临行前穿着的绒衫回来便扔进洗衣机，身上的衣服换成了浅色系春装。

回蕲南的第三天，柴焰终于联络到了栾露露，此刻，柴焰坐在一家餐馆里等她这位难搞的客户。

离约定时间过去五分钟，栾露露面容疲惫，姗姗而来，她无力地举起手，同柴焰打着招呼："嗨！"

"怎么？很累？"

"儿子病了，忙着照顾。"

"哦。还以为你是因为这个在心烦呢。"柴焰取出文件，放在桌上，点了点，她着重点了点"DNA"三个字母。

栾露露眨眨眼，抬头看向柴焰："这个东西，你是从哪里弄来的？"

"有人寄给我的，我不知道是谁，我想问你，这是真的吗？"

"真的假的又如何？我就想离婚。楚爵心里有别人，就算孩子不是他的，我们也是扯平了。"

"怎么是扯平！"柴焰拿如同看猪的眼神看着栾露露，"在没证据前，楚爵最多是精神出轨，你这个……"她不知该怎么形容了，"总之，如果这个是真的，那我们会输……"

"真的。"

柴焰讶异地看着栾露露，没想到她会答得这么痛快。

"我已经活得不幸了，如果能让我讨厌的你再输一次，我会很开心的。"栾露露笑着直起身，脸凑近柴焰，"知道孩子是谁的吗？我和未南的。他不知道，不过最近我告诉他了。怎么？他没告诉你他有个儿子吗？"

几乎找不到合适的词语来形容柴焰此刻的心情，好像一只小白鼠拿着铁锤在她脑子里接连敲击，敲击完便扔了锤子，在她脑里又跺上几脚，再咬一口——又疼、又涨，发着蒙。

陈未南有孩子了？和栾露露的？一阵迷茫之后，灼烧的火气随即袭上心头，柴焰握紧拳头：怎么能这样呢？

栾露露扬扬眉毛，很满意她此刻看到的，她微笑着："怎么，这就生气了？我都还没和你说我们是怎么发生，在哪里发生，过程又是怎样的呢。哎，你怎么起来了？你不会是生气不想做我的代理律师了吧？"

柴焰手撑着桌案，微笑地看着栾露露："怎么会呢？我就是想告诉你，等官司赢了，带着孩子和陈未南做个亲子鉴定，真是他的，我会让孩子认祖归宗的，不过是多个儿子嘛，我不介意。一点儿也不。"

说完，柴焰迈步出了大门。

门外，日光正好，柴焰站在空旷的马路边，轻声骂了句，接着用力地跺了三下右脚。

天空那么明亮，柴焰心里却是乱糟糟的理不出个头绪。

揉揉头发，她开车去了钟绾绾的酒吧。

写着"歇业"二字的裂纹木牌轻轻扬起，随着大门关闭，"啪嗒"一声拍在玻璃门上。街角重新寂静，只不过酒吧的门前多了一辆银色的 SUV。

绕过一摞没来得及装卸的红酒木箱，柴焰迈步走进光线晦暗的正堂。琉璃台旁，她没看到钟缩缩影子，倒是木头杵在那儿，一脸不耐地陪人说话。柴焰走向他，正准备问钟缩缩去哪儿了，可没走几步，她便盯着木头身旁的人，举步不前了。

那人小半个身子挂在吧台上，右手握着方形晶杯，杯中的冰块随着他的胡言乱语胡乱碰撞着杯壁。

"我真不记得了，我觉得不是，不对，不是'我觉得'，那孩子肯定不是我的。我问过人了，栾露露那天没送我！"

"这么肯定，怎么不和我坦白？"

"我！"陈未南梗着脖子，脸涨得通红，可片刻便如同个泄气皮球一样，软了下来，"我怕你生气……"

话出口，他猛地回头："柴焰……"

"嗯，我是生气了。"柴焰平静地说。

木头拿起手旁的计算器，噼里啪啦一阵猛按："一瓶海德希克，两个果盘，刷卡、现金？"

从尴尬中回过神的陈未南侧头看眼木头，随即"咚"的一声栽倒在地上。

"他醉了。"木头伸腿踢了踢地上的陈未南，再确认地认真点头，"醉得很死，麻烦你把他捡走。"

柴焰："……"

柴焰把陈未南"捡"回家里，让他睡在"迟秋成"原来的房间里。

躺在柔软的被褥里，装睡的陈未南回忆着以前的那些荒唐，懊恼地揉着头发，他知道装醉的做法窝囊，可他是真不知该如何面对柴焰了。

她知道了。

不是他告诉她的。

她听见了他的话，会相信他说的，那个孩子不是他的吗？

记忆里，有次他和柴焰吵架，不欢而散后便和朋友去喝酒，那次栾露露的确在，可之后送他回家的是个男同学啊！栾露露这个造谣精！

正想着，房门开了。

"出来。"柴焰说。

唉……陈未南心中叹息，这么藏着掖着太不男人了。他腾地起身，想，不管柴焰怎么发火，他也要受着，只要她不和他分手。

这么多年了他和她才能走到一起，不易。

只是，陈未南没想到，柴焰只想叫他下楼去吃饭。

"吃饭，吃光。"柴焰指着桌上的四菜一汤，平静地说。

"哦。"陈未南端起碗，夹了块瓜片，放在嘴里，那滋味，可真难吃。他抬眸看眼柴焰，见她也正嚼着瓜片，神色如常。

算了，吃吧！陈未南闭起眼睛，硬着头皮，猛劲儿吃起来。

终于，他摸着圆鼓鼓的肚子，看向柴焰。球状灯下，柴焰低头摆弄着筷子，面色不愉。

"我很生气的。"

"我知道。"

"你知道我气什么？"

"气我没主动告诉你这件事。"

"一部分。"

"气我拈花惹草，觉得那孩子真有可能是我的。"

"陈未南，孩子从来不是我的关注重点，我不相信那孩子是你的，是又怎样？孩子不能绑架婚姻，更绑架不了爱情。我是气我自己……"她垂着头，"为什么要和你闹别扭，让你的生命里多了那么多不该有的事和人。别那么看我，我就是这样一个人，会嫉妒，也会小心眼儿，不想同人分享你。"

"柴焰……"陈未南第一次听到柴焰说这个，有些吓到。他不清楚长大后还有多少人能记得年少时的感情，他只知道当柴焰出事时，他最先想到的是保护好她，他也是第一次知道，柴焰也是这样的在乎他。

"所以，我不全是在气你，我需要一段时间反思下自己，未来几天，如果我不和你说话，那是我在反思。"

一本正经说这话的柴焰让陈未南不禁失笑，生气时的柴焰不无理取闹，蛮可爱的嘛。

可柴焰还没来得及有时间认真反思，她和陈未南便双双进了医院。

急性肠胃炎是个折腾人的病，上吐下泻一晚后，两人在第二天清早坐在医院的输液室里肩并肩，挂水。不大的房间里，除了偶尔进出的护士外，房里就坐了四个病人。

柴焰打个哈欠，有些困。她看下还剩大半的药瓶，强打精神地挺直腰，准备看看手机打发时间，冷不防头被陈未南大力地揽去了他肩头。

"困了就睡，就算你还在生气，我的肩膀也不收你附加费。"

……

柴焰是真的累，睡眠持续不好，考虑着是不是换个医生看看，她真的倚着陈未南睡着了。

意识模糊时，她听到陈未南同人聊着天："没秘诀，我对她，就一招，玩命追。"

她心想，醒来时要问清楚，他哪玩命了？

真的醒来，柴焰却没心思问陈未南这个问题了，糟糕的消息接二连三传来，先是朋友打来的，栾露露提供的那个名叫"江江"的，楚爵的"外遇"对象，没找到任何资料。楚爵的交际圈里没有这个人。

迷惑的情绪还未散尽，第二个便紧随其后而来。

沈晓来电："楚爵同意离婚，条件是栾露露要放弃冯疆的股份持有权。"

"因为那份报告？"

"什么报告？"沈晓轻嗤着，"楚总也算是对楚太太仁至义尽了，快离婚了，还希望自己独自承担债务。"

"什么债务？"

"看看今早的新闻吧，冯疆要完了。"

Chapter6-3

明亮的厅堂，大眼金鱼在圆形玻璃缸里安静吐着泡泡，柴焰倚着沙发，手拿遥控器，目光专注地看着电视里的画面。

复播的晨间新闻里，身穿樱粉色套装的女主持字正腔圆地播报着经济档："本市著名文化传媒企业冯疆集团或因其旗下写手、职员集体跳槽面临重大危机，据悉，冯疆集团今日将召开临时董事会……"

温和曼妙的女声语速均匀地分析着近些年冯疆的发展速度、产业结构以及资产情况，柴焰却关了电视，心里不住琢磨着一句话——楚爵作为主要责任人也许会引咎辞职，股东撤资，冯疆玩完不过是时间问题。

"楚爵要完蛋了吗？"陈未南拿着削好皮的苹果坐在了她旁边，才准备咬，手里的苹果便不翼而飞。

"医生说你现在只能喝稀粥。"柴焰丢了苹果，随手拿起电话，拨给栾露露。

等待的空隙，她听见陈未南嘀咕："说得好像你不喝粥一样似的。"

"我喝。"她答，随即听见了电话里的应答声，她坐直身体，"新闻看了吗？如果冯疆现状如此，我建议接受楚爵的条件。"

"你该建议她留下陪楚爵共渡难关的，最好夫妻两人一起破产。"陈未南对栾露露的栽赃一直耿耿于怀，肆无忌惮地开着玩笑。

柴焰没理他，认真听着电话："嗯，好，一会儿见。"

"等下。"陈未南突然夺走了电话，他夹着电话，跷着腿，"栾露露，柴焰是位相当专业的律师，她教育我说偶尔遇到难缠的客户受些责难是正常的，所以，我以后不会再因为譬如半山公馆的事发火了。对不起。"

说完，他挂断电话，递给柴焰。

看见柴焰一脸不明所以的表情，他眨眨眼："不是说了吗？用你的电话，给栾露露道歉。"

"怎么不再多说两句？"

"我家教多严！"

柴焰失笑。

"一会儿去见栾露露？"

"嗯。"

"我陪你去。"陈未南捏了捏柴焰的脸，"怀疑我？我对栾露露的事没兴趣，是我给你联系的那位治疗失眠的医生刚刚来消息了，下午有时间，我带你去看看。"

"哦。"柴焰应着，觉得被陈未南捏着的脸微微发着热。

下午，周末的商业街上行人不少，来往穿梭在各家名品服装店里。陈未南坐在宽大的越野车里，看着街对面谈了没一会儿便分开的三个女人，打开车门，问跨步上车的柴焰："怎么样？签了？"

"没有。"柴焰摇摇头。她也奇怪栾露露的态度，说什么要等等看冯疆是不是会真的垮再决定是否离婚。

"能作的女人。"陈未南说，"她不是为了钱，离婚明显是因为在意那个人，楚爵叫的那个，叫什么来着。"

"江江。"柴焰答，她也有这样的感觉，栾露露在意楚爵，所以拒绝现在离婚，不过楚爵为什么会叫栾露露江江，1月1日又有着什么样的特殊含义她想不出，也猜不到，她现在唯一清楚的是栾露露的孩子不会是陈未南的了。

车行在路上，柴焰偷偷瞧了陈未南一眼，终于松了口气，无论她说得再如何洒脱，凭空多个儿子这种事，还是能免则免吧。

她骨子里还是个小女人。

窗外，日光和煦温暖，没一会儿，车便停在一片满是林荫的私家别墅前，柴焰下车，发现站在门前等他们的竟是个熟人。

"何医生，我只是失眠……"柴焰觉得陈未南有些小题大做了，何医生是迟秋成出事时帮她治疗的医生，也是加州大学伯克利分校的荣誉教授，医疗心理学的高才生，治失眠？

"失眠也是可大可小，不能轻忽，何况是未南拜托我的。"身材微微发福的中年医生和煦地笑着，请他们进门。

没办法，柴焰只好从命。

检查并不烦琐，没一会儿便结束了。干净整洁的办公室里，何医生示意柴焰和陈未南坐，自己则伏案写起处方。

"问题不大，也不小，算是那场意外后的后遗症，吃药调理一阵就没事了。"再抬头，何医生递了柴焰一张药方。密麻潦草的拉丁文，柴焰一个字也看不懂。

"我去拿药。"陈未南急慌慌地跑了。

这人，她还没看完呢。何医生看着他们，面露微笑。

"会好的。"何医生说。

真如同何医生说的那样，药吃了几天，柴焰的睡眠便明显好转了。

天气渐暖，应该繁忙的春季，柴焰因为暂时停摆的离婚案而暂时空闲下来。

所以当律师协会的邀约函发到她手上时，柴焰欣然答应。只是当她看到忙着整理两人行李的陈未南时，人就略略头疼了。

陈未南，天下第一的黏人胶皮糖。

和风暖暖的好天气，柴焰开着车，问"胶皮糖"："律师们的聚会，你干吗跟着？"

"防豺狼虎豹。"

豺狼虎豹？沈晓？柴焰哼了一声，想说不用。她嘴才张开，便被陈未南迅敏地扔了粒药片。

"顺便监督提醒你吃药。"陈未南拍着两手，口中啧啧，"你多大？吃药还会偷懒？想不想病好了……"

他絮絮叨叨，像个老妈子。

眼见车子又开过了一处闸道，陈未南抿抿嘴，总算说累了。

柴焰递给他车上的矿泉水，语气淡淡地说："75C。"

正喝水的陈未南怔了片刻，喷了。

调情，其实不难。柴焰脸颊微红。

陈未南读书时，学校组织去过云冲慕，可因为时间太久，他只记得那是座要搭旅游巴士上去的险山。风停时，他们赶到了集合地，时间刚好。柴焰整理着衣服，心想幸好没迟到。Sophie 站在集合的操场边，笑着朝柴焰招手："脸色不错。"

"是吗？"柴焰摸摸脸。

"知道你不会让我担心的。"Sophie 指指陈未南，"终于换了？"

"一直是他。"

陈未南昂着胸：我是原配！

什么？ Sophie 有些闹不清情况了。

"说来话长。"

再长的话随着绵延的山路也终于慢慢讲完了。

柴焰闭上嘴，听着 Sophie 轻叹："很难得。"

"嗯。"有关迟秋成的话题其实柴焰是不想多谈的，她挥手问起了沈晓，"她没来？"

"怎么可能不来，她客户赞助的活动。"Sophie 笑着，指指远处隐约可见的营地，"能干的沈律师不在那儿忙着吗？"

山坡上，沈晓指挥着人在搭建帐篷，似乎已经忙了很久，潮红的脸上满是汗珠。

"你不能否认她有才华。"Sophie 说。

"我也不能否认她心术不正。"柴焰说着，和 Sophie 相视一笑，两人起身下车。才迈下台阶，伺机等柴焰很久的陈未南一把拽住了她："你傻啊，还和那个 Sophie 走那么近？她舍车保帅的时候你忘了？"

"换成你是她，你不会那么做吗？"

"不一样，她是对你。"

"知道了，闭嘴吧，求你了，妈……"柴焰告饶，她不知道陈未南竟是如此婆婆妈妈的人。

陈未南笑眯眯地接过旁人递来的活动牌，摇着头："叫哥。"

太不要脸了。

Chapter6–4

白天的烧烤很无聊，没有其他同行和她说话，除了Sophie。

钻进帐篷前，柴焰不免觉得自己很可笑：现在的情形不是她早该料到的吗？好在陈未南一直陪着她，让她不再那么尴尬无聊。

"陈未南，陈未南……"她合上眼，小声念着他的名字，人渐渐陷入安眠。

她做了个梦，梦里，才被她拒绝的迟秋成微笑着看她，眼睛血红血红的。

她嘴巴张着，想说对不起，却觉得嗓子热得发干。

她看到了火，汽车爆炸，高高腾起的火球冒着黑烟，她想冲上去，却死死地被人拉住了。

她感觉得到火苗的炽热。

她真觉得热。

她猛地睁眼，发现自己那顶帐篷真的着火了！

火光将棕色的帐篷映红，外面人影幢幢，伴随着各式尖叫声。

看着出口被火封死的柴焰脑子发蒙，听着外面的人高喊着"哪儿有水"。

人声不断，水迟迟没来，火势却越发大了。

单人帐篷里，柴焰用矿泉水将毛巾打湿了捂住口鼻，又起身到角落，想拔起帐篷的铁桩，至少弄出道缝隙让她出去，可无论她怎样尝试，铁桩悍然不动。火势更大，帐篷冒着烟，呼吸变得更加困难。

我不会就这么死了吧？柴焰鼻子发酸，她发现她也怕死，还怕得要命。

就在她拔动铁桩的手越来越无力的时候，陈未南大喊的声音从帐篷外传来："柴焰，别怕！"

嗯。她眼眶发酸，心里真的不再害怕了。

在火没波及的帐篷另一侧，她见到了陈未南。漆黑的夜，他的脸汗湿莹亮，映着火光，他丢掉手里的东西，一把将柴焰从帐篷的缺口里拽了出来。

"干吗呢？那是什么表情啊？我辛辛苦苦救你出来，可不是想看你哭的。"他一声声安慰着，"我怎么会让我的 75C 出事呢？是吧。"

"……"

迟来的水总算把火扑灭了，那些人凑上前想帮陈未南扶柴焰。

"走开。"扑朔的残余火光让陈未南眼睫显得越发狭长，他轻描淡写地看了眼仍靠过来的某律师一眼，"听不懂'走开'是什么意思？走开就是滚……滚远点儿，别跟老子这儿装伪善。"

说完，他转身蹲下，对柴焰摆摆手："上来。"

集宿地的人声渐渐被甩去了脑后，半月照着下山的路，视野内的山路遍布石子，只是看看也知道一定是崎岖难走，柴焰伏在陈未南背上，没受到一点儿颠簸，陈未南的脚步既快又稳。她眨着酸疼的眼，听着陈未南絮叨："柴焰，刚刚害怕了吧，不用怕，有我在呢，我这么帅……"

温馨的气氛顿时被破坏得一干二净，柴焰哼了一声，不理他。

继续絮叨的陈未南也暗自松口气，他不怕柴焰动手，却怕她哭。

他不会哄啊！

没一会儿，他们到了山下的木屋里，柴焰被安置在藤椅上，任由村医拿着手电在她眼前照来照去。

"没什么问题，就是被烟熏得一时看东西模糊,过会儿就没事了。"检查完毕，屋主整理着药箱，生气地说，"我住在这山下这么多年，也呼吁了这么多年，可每年来这儿烧烤宿营的人从没少过，山火无情，现在的人怎么这么不知死活？"

"不用您说，这个鬼地方我们再也不来了。"陈未南手按在柴焰的肩上，回想着刚刚山上传来的消息。柴焰的前同事打来电话，说火已经灭了，可为什么着火……

"是场意外。"同事这样说。

"鬼才信是意外，你帐篷附近又没明火，要我说，就是沈晓。"陈未南坐在柴焰身旁，跷着腿。

"说话要讲证据。"

"柴焰，你别干律师了，我养你。"

"陈二，如果我说你别工作了，我养你，你愿意啊？"柴焰说。

"这种好事，是我我就愿意！"

"谢谢支持，以后我养你。"柴焰微微一笑，她模糊的视野里，陈未南目瞪口呆地揉着头发，想要改口。

改口又如何，他不愿意做的事怎么拿来让她做。

"两头堵，聪明的丫头。"

放好药箱的村医回来，朝柴焰竖起了拇指："聪明好，不过太固执，会吃亏，和我家丫头一样。"

"吃了什么亏，大叔你和她说说。"陈未南闷声说，柴焰的固执让他头疼。

"很大的亏啊，我的女儿江江，被火烧死了，就在这山上，我的江江啊……"大叔手捂着脸，情绪突然失控。柴焰想不出什么安慰的话，她人愣愣地坐在椅子上，抓着扶手的手抬起来，揉着耳朵：江江？她没听错，或许是巧合。

一闪而过的兴奋过后，她自己都信了只是巧合，重名的人那么多。

可马上她察觉出了哪里不对头，一些看起来毫无联系的事情正被一根无形的线串联起来：发生过火灾的大山，被烧死的江江，沈晓客户安排的宿营……

她猛地跳起来："陈未南，你们学校组织来过这里？栾露露也来了吗？"

"我哪知道？"知道也不能说知道，陈未南是这样想的，他怕和栾露露再扯上关系。

"我认真地问你呢。"柴焰有些焦躁。

"我也认真在回答你啊。"陈未南气定神闲。

算了……柴焰懒得理他，回头问起村医："大叔，能和我说说当年的事吗？这对我确认一件事，很重要。"

她加重语气似的接连点了两下头。

啊？中年村医讶异了一下，随即轻叹口气，这样清幽寂静的夜，并不适合回忆一些悲伤的事。

他起身，站在窗前。外面起了风，山坡上的小树被风吹得发着轻响。

"山里的老树原本比现在多多了。"他说。

那年冬天，蕲南难得的冷，天空苍白，日光温暖有限，他的女儿江江却坚持每天上山采野菜，下山卖了，贴补家用。

"江江很懂事，她爱画画，才考上大学，美术专业。她总说：'爸爸，等我成了大画家，一幅画就可以让你吃穿不愁半辈子。'"村医眨眨眼，眼角早没了泪。

江江的反常是突然的，他记得有天天黑了，江江还没回家，他急了，正准备进山去找，人没出村口，便看见江江背着空空的竹篓远远走来。

江江的妈去世早，他既当爹又当妈，为江江操心不少。他很少打女儿，可那天气急了，也担心极了，便动手打了江江两下。他手重，打完就后悔了。

他坐在门口"啪嗒啪嗒"抽了袋烟，闷不吭声地去了村医院，给江江拿伤药。

再回来时，江江正趴在窗前，像有心事。他是个粗线条的男人，嘴笨得很，只会直愣愣地问女儿是不是出了什么事。

江江最初什么也不肯说，直到三天后，饭桌旁，她夹起一根芹菜，迟迟没吃，突然问："爸，怎么才能让一个人开心呢？"

江江是恋爱了吗？对方是谁？江江这几天的反常是因为他？

这一连串的问题想得他脑仁疼，他揉着头发，回了句："你还小，别想这种乱七八糟的事！吃饭！"

他真后悔，就算他不知道该怎样回答，至少也该问一问。如果问了，或许他就不会让江江进山，江江也就不会出事了。

几天后，一场山火之后的云冲慕，烟霾遍地，消防员在一棵烧成黑炭的树旁找到了江江，她蜷成一团躺在地上，她不会笑，不会说话，不会画画，再不会活过来了。

"火灾是哪天发生的您还记得吗？"气氛低沉的房间里，柴焰惋惜地问。

村医"啊"了一声："怎么能忘呢？新年第一天，1月1号。"

所有线索全对上了！

柴焰的大脑因为这即将揭晓的真相而兴奋工作着。

死了的江江无疑是楚爵口中的那个江江，安排聚会的客户无疑是楚爵，他希望她发现什么。可江江和楚爵是什么关系？江江的死又是否和楚爵有关？楚爵为什么会对栾露露执着？这些她依旧不懂。

夜风清凉，突然响起的电话铃声吓了柴焰一跳。她看东西仍是模糊不清的，陈未南鄙视地白了她一眼："费劲儿。"

他抢过电话，想帮她接听，按下通话键前，他又犹豫了。

栾露露又打电话来干吗？

"谁的？"柴焰问。

"那个露露。"陈未南不情不愿地接起电话，举着听筒放去了柴焰耳边。不知怎么，他觉得此刻他的形象很贤妻良母。

陈未南抿着嘴，难掩得意。

如果不是栾露露声音太大，大得连他都听到了，或许他会把自己的想法拿出来和柴焰交流一下。

"柴焰，楚爵要跳楼！"栾露露带着哭腔说。

Chapter6-5

从没觉得，夜也可以是寂静明亮。

栾露露站在延展式的高楼天台上，眼睛才向身旁的霓虹街楼轻扫一眼，便惊恐万分地合上眼。她嘴唇颤抖，整个人被二十八层厚重的风吹得摇摇欲坠。为了不摔倒，她手抓紧一旁的栏杆，人渐渐找回了踏实的感觉。

就在当晚，她看到冯疆董事长易主的新闻后，便疯了一样开始找楚爵，可几乎找遍她能找的地方，依旧一无所获。

抓狂时，她意外地接到了楚爵的电话，楚爵告诉她，他在她住的酒店顶楼。

此刻，呼吸渐渐平息的栾露露握着没挂断的电话，看着背影孤独的楚爵："楚爵，生意败了可以再做，至于离婚，我不闹了，你下来吧，别站在那儿了，危险。"

栾露露的声音断断续续地传进柴焰耳朵里，柴焰坐在一辆大得夸张的黄色商旅巴士里，朝市区方向行进。

"陈未南，你的手行不行？"柴焰担心地问。

"放心，手残开车比瞎子安全。"陈未南微笑着，又用力抓牢方向盘，晚上救她时太匆忙，手受伤他也没发现，别说，现在真有些吃力呢。怕她担心，陈未南举起右手握了握，"再说，你看离残还远呢。"

"乌鸦嘴。"柴焰骂道，倒也因此放心了些。

体型巨大的巴士转过了一个大弯道，他们离市区的距离还有几公里，而栾露露的电话仍然在线。

楚爵站在风里，再往前一步，就是直坠的深渊，栾露露屏息，生怕他做什么傻事。灯火遥远，楚爵脸满惆怅。他摇着头，对身后的栾露露说："你不是一直想知道江江是谁？柴焰今天应该已经替你找到答案了。"

栾露露忍不住浑身颤抖。

她还在纠结江江，还在纠结那奇怪的生日吗？

答案是肯定的。

可她现在不想再纠结了，她只想一切恢复原样。

“楚爵，你下来吧……”她怕他真的跳下去。

栾露露捂着脸，她也要撑不住了。

“栾露露，你先别哭，开免提，我和他说。”柴焰大声说着，没猜错的话，江江的死和楚爵有关。

开了免提的栾露露抽噎地“嗯”了一声。

“楚爵，江江的死到底和你有什么关系？你不单单是因为冯疆，你是自责吧？”联系楚爵的种种反应，只有这个是唯一的合理解释。

楚爵轻声笑了：“何止是自责呢？”

多少年了，这个秘密压在他心里，他谁也不敢说，就这样，沉甸甸的情绪藏着藏着，让他和露露走到了今天的地步。

他不是没想过说出来，可人性胆怯作祟，他迟迟不敢说。

如果不是他安排柴焰发现那些，或许他仍然没有勇气说出这一切。

他大力吸口气，冷风随之灌进肺腔，满腹冰凉，夹带起那年冬季的记忆。

他是在和朋友开车兜风时认识的江江。

湿冷刺骨的灰色天气里，他们迷路在崎岖盘旋的山路上，江江当时正背着竹篓进山采菜，看到停在路中不上不下的他们，好心地上前指路。

“小姑娘，万一我们再迷路怎么办？不如你跟我们上车，方便指路。”他的朋友都是有钱的公子哥儿，知道没危险了反而起了玩心，三两下把江江骗上了车。

等江江发现事情不对时，一切都晚了。或许是从没遇到过这样的事，江江抱着篮子边哭边求着车里的人。

楚爵坐在她旁边，闭目养神，他那几天心情不好，被江江一哭，心更烦了。他睁开眼：“再哭就真把你卖掉。”

“啊？”江江眨眨眼，明白了什么，松口气，“真以为你们是拐子呢！”

楚爵合上眼：“你浑身上下，哪里值得拐？”

江江不说话了，楚爵却觉察到她的窘态，心情因此大好。他不知道，因为这几句玩笑，江江把他当成了好人。

“我可不是好人。”他这么告诉江江。

他很心烦，因为他才上任，公司的那群老家伙就给他脸色看。

这些心里话，楚爵不可能告诉一个第一次见面的黄毛丫头。

可江江出奇地关心他，离别的村口，江江低着头，小声对他说：“要是不开心，就来山上转转，山里空气好，人待久了，心情就好了。"

他没回应，径直回了车里。

夜清冷寂寥，江江的声音遥远如风："再来多穿些，山里冷着呢。"

"楚爵，你被人家姑娘看上了？"朋友开玩笑地说。

他回了朋友一句粗口。

他完全没想到他会再去山里。

那天，他是真的生气了，他很认真准备的项目被上了年纪的副总手一挥否了，否决的理由可笑至极。

那群老浑蛋！他猛地捶了下方向盘。车笛刺耳尖叫着，他并没觉得出了气，相反，他很迷茫，想找个地方冷静一下，他想起了江江。

这个念头一闪而过，他便掉转车头去了云冲慕。

他更意外江江在等他，在他们第一次见的地方。

江江站在风里，脸被吹得通红。

他微微一怔后下了车。

"你不会是在等我吧？"他站在她面前，宽大的影子几乎包拢了她。

"没……没有啊！"江江矢口否认，手却不停地扯着衣角。

"哦。"楚爵瞥眼她空空的竹篓，"说谎可不好。"

"我在等你……"楚爵真怀疑江江是不是真成年了，不就是对他有意思吗？至于把整张脸埋进衣襟吗？有那么害羞？

"我心情不好，附近有什么好玩的地方吗？带我转转。"他说。

"我知道有窝小松鼠，带你去看！"根本没问他想不想看，江江便欢快地走在前面带路。人高马大的楚爵眉毛抖了抖，兴趣缺缺地跟上。

树林茂密，楚爵踏着斑驳树影，听江江说着大山的故事，不时无聊地理着头发。他很奇怪，这么无聊的事，她怎么就能说得眉飞色舞呢？

很快，他们停在了一棵槐树旁，槐树有三人环抱粗，树冠入天，楚爵站在树影下，看着江江围着树绕圈。

"奇怪，每次我一来，它们就跑出来的，今天怎么了？"江江说。

"或许它们不高兴见到我。"楚爵耸耸肩，想起同样不待见他的那群元老。

"怎么会？不会的。"江江正说着，突然"呀"了一声，跑远几步，蹲下。透过江江，楚爵看着她面前的干草堆，一只受伤的松鼠趴在草里，其余两只正围着它吱吱叫着。

可怜的家伙，他没觉得哪里可爱。

"我得送它去我爸那儿看看，它的腿伤了。"江江说。

"你去吧。"他也不需要她陪着。

"那你怎么办？"

"自己待着。"

"那你等我，我去去就回！"江江小心翼翼地捧着松鼠，跑出几步远，回头嘱咐他，"你等我啊！"

他模棱两可地答应，心想她真啰唆。

"后来我有事先走了。我是之后才知道江江出事的。"楚爵声音喑哑，他回头看着栾露露，"是想问这和我有什么关系吗？起火点就在松鼠窝那里，走前我在吸烟……"走得急，烟头忘了掐死，"江江是回来找我出的事，我问过，她出事的地方就在那附近。露露，我是个杀人犯。"

栾露露脑子有些蒙，她晃着头："所以我们第一次见面时，你是因为缅怀江江才那么痛苦？"

"是。"楚爵点头。

露露是他的救赎。

他还记得他们第一次见面，露露拉住站在山边的他，对他说了一句："离那儿远点儿，多危险啊！"

"露露，对不起。"

栾露露手中的电话，两端一同沉默在楚爵这句对不起里。一场没有出轨的婚姻，因为懦弱猜忌生出裂痕，柴焰不免叹气，有些惋惜。

时间分秒过去，柴焰却不知该说些什么，因为接到楚爵自首信的民警登上了天台，嘈杂的人声里，她听到楚爵的道歉，还有栾露露那句："楚爵，儿子是你的……"

电话随即断了。

有的人接受别人给她的好，心安理得；有的人总嫌别人予她太多，
诚惶诚恐。
我希望我爱的人可以再爱我些，并且，我愿爱他更多。
幸福、生死，从容感受。

Chapter7-1

周一的早晨，柴焰坐在沙发里，安静地看着电视，电视里正播报着谁是取代冯疆的新公司老板，门口却传来"咚咚"敲门声。

柴焰瞪大眼睛，正惊讶于这个新老板她竟然认识，去开门的陈未南却手捧着一束花走进房间。

"柴焰，老实交代，你是不是在外面养男妖精了？"

"嗯，好几个。"柴焰轻描淡写地答，甚至没看陈未南和那束花一眼，她所有的注意力全放在电视上，嘴里发出感叹，"这个楚爵，真会算计！"

她这是连点儿吃醋的机会都不给我吗！陈未南哼了一声，随即转进厨房，心情愉悦地把花丢进了垃圾桶："他会不会算计关我什么事？"

柴焰白了他一眼，当然不关他的事。楚爵那样的人，因为恣意妄为害死了无辜的江江，深爱着栾露露却不敢把他多年的心结亲口告诉她，大费周章地布了这个局借别人之手来揭开真相。说他胆小吗？柴焰觉得不只是胆小，他也是在考验栾露露。

毕竟他自首后，要有个可靠的人接手公司，而这个人，栾露露最合适。

除了卸下来心里的包袱，赢回了妻子，他还借着机会清理了公司里的异己，可真够狡猾的。

柴焰想得头疼，忘了花的事。

直到午饭之后，柴焰换好衣服准备出门时才后知后觉想起这事。

"花呢？"

"扔了。"

"哦，可惜了。那花蛮贵的。"柴焰轻笑着说。

"柴焰！"陈未南拔高音量，瞪着眼说。

"别瞪了，你比花贵。"

陈未南翻白眼的样子让人想笑，柴焰抿了抿嘴："所以，很贵的陈先生，你还要不要陪我去了？"

"要。"陈未南笑呵呵说着。

第三次来何子铭的诊所复查，感觉要比之前好。再睁开眼，柴焰发现她终于不会再梦到迟秋成了。她长舒口气，却发现房间里只有她一个人。

何医生什么时候走的？

她正想着，便听见陈未南气喘吁吁的声音从窗外传进来："老何，真看不出来，你这把年纪，体力怎么好成这样？"

柴焰忍不住笑出了声，四十多岁的何医生到了陈未南那里便成了"这把年纪"的人，他倒是不怕得罪人。

眼尖的陈未南先发现了她，当即放下球拍拼命朝她挥手："柴焰，快出来帮忙！"

"德行。"她说道。

一场草地网球赛，柴焰打得很拼，陈未南一直捣乱，可最终还是输了。

柴焰擦着汗，冲何子铭竖了竖手指："专业的啊？"

"练过几年。"何子铭微微笑着，指指一旁的陈未南，"他受挫了。"

"没有。"拎着球拍，柴焰蹲在撂倒在地的陈未南身旁，伸出指头戳戳他，"这体力，怎么就虚脱了？"

"柴焰！"想硬气没硬气起来的陈未南抬抬手，"拉我……"

一个大男人，怎么好意思扮柔弱的呢？柴焰想不通的事，陈未南却总是做得天经地义，偏偏她还不讨厌，这本身也让柴焰觉得无比神奇。

踹了陈未南一脚，她回去换衣服。更衣室的衣柜里，手机响了两声，套好上衣的柴焰理着头发，拿过了电话。

"喂……"在听清对方是谁时，柴焰收起了脸上的诧异。

成功撬脚冯疆的那家公司来电，要求约见柴焰。

"干吗要见你？"

行人慢步的午后，红灯过后，柴焰踩下了油门："这人啊，你认识。"

我认识？陈未南皱着眉，只要不是沈晓，是谁都行。

半小时后，坐在细羊皮沙发上的陈未南看着门外来人，心先是放下，接着又马上提了起来。

"怎么是你？"他惊讶地叫出声。

"怎么不能是我？"栾露露踩着尖头鞋跨进门，同时挥退了身后的秘书。她径直走到沙发旁横着的桌后，重重坐下。

栾露露一脸的疲惫，支起来的手正用力按压着眼球。力度大得几乎让陈未南怀疑她是不是随时打算自残，他吃惊地回头看向柴焰：她叫你来干吗？

"柴焰，我开门见山地说吧，你有兴趣接我们公司法务这块的业务吗？"栾露露闭着眼说。

"不接。"陈未南抢先答。

"有钱也不赚？"栾露露睁开眼，举着的手却没放下。

"就算她彻底失业又怎样，我养得起她。她眼瞎被人坑了一次，我不会傻到让她被坑第二次。"陈未南哼哼着说，"别说这个公司不是你从楚爵那里算计来的！"

栾露露眨眨干涩的双眼，心中默默叹气："陈未南，你不是第一个问我这个问题的人，柴焰，我想你肯定也想问吧。"

柴焰不作声，算是默认。

栾露露自嘲地笑笑："你们高看我了。我就是个胸无大志的女人，没那么多心思去算计我的爱人，我就想和楚爵还有孩子好好过日子。不是因为楚爵，我根本不想也不会接手这个公司。一切不过是楚爵安排的，他是为了激我，也是为了肃清冯疆。我说得明白吗？"

"足够明白。"陈未南摊摊手，他也觉得栾露露没那么高的智商。

"你决定，我不管了。"他看向柴焰。

"我薪资水平不低。"柴焰看着栾露露。

"我们付得起。"栾露露答。

"我的律所现在就我一个人，我需要再找几个帮手。"

"我相信你的效率。"

"最后一个问题。"

栾露露微笑着："你是要问我为什么不找沈晓吗？"

"她条件比我好。律所条件。"不是个人条件。

"楚爵说她人不好，虽然你人也……"

"成交。"

"成交。"

陈未南和柴焰异口同声，声音齐齐打断了栾露露后面的话。

楼外，蓝天同远处的内陆港连成一线，风景宜人。陈未南伸着懒腰，感叹什么是默契。

可这默契随着接下来发生的事渐渐遭到了质疑。

周二清晨，门铃响，有人送来一束蓝色妖姬。

周三清晨亦然。

周四、周五，甚至周末也是照送不误。

"柴焰，你不会真养男妖精了吧？"

"没有，那玩意儿多贵，我就养得起你这种便宜型的。"

"我哪儿便宜了，好歹也是你专属的玫瑰花。"

"我告诉快递员了，以后不要再送了。"柴焰看着陈未南一脸得意的表情说道。

她不关心花是谁送的，也不好奇，因为她觉得那些同她没关系。

陈未南正为柴焰的自觉欣慰之际，门铃又响了，他不疾不徐去开门。

门外，手捧花束的快递员恭谨地递来一束蓝色妖姬，态度毕恭毕敬。

靠，还是只会换快递的男妖精！

陈未南捧着"证据"，怒气冲冲地回房："柴焰，你到底知不知道是谁啊？"

柴焰伏在床上，专注地看着床上的手机，看也没看他一眼："陈未南，你手机密码多少？"

"2601。"陈未南有些火大，他气柴焰的心不在焉，更气她跷着两条长腿，在他眼前晃悠。气焰太嚣张了！

柴焰却不理他，捏着嗓子念手机上的短信："未南哥哥，我工作遇到了麻烦，心情不好，如果我失业，就回家和你结婚好不好？"念完，她回头晃了晃手机，

"结婚啊？和阮立冬？"

"……"

一直觉得没做亏心事就没鬼来敲门的陈未南很后悔，他为什么顺口就说了手机密码呢？

嘴欠啊！他边做着自我反省，边听着他的手机铃猛地响起。

柴焰晃着手机，面无表情地说："阮立冬又来电了。"

直到多年后，陈未南仍对柴焰之后的那句话记忆犹新。

阮立冬噼里啪啦说了一大堆，大意是说她买了机票，明天到蕲南。

"未南哥哥记得来接我。"

"好的。"柴焰答。

Chapter7-2

当晨曦的光刺破鸦青色天空，陈未南眼底发黑，站在机场光亮的接站大厅里，等人。他脚下发飘，还拖着一只受伤的手，不时偷瞄上柴焰一眼："你真不打算和我交代下男妖精的事？"

陈未南会因为几束花而小心眼儿，甚至为此漫不经心地弄伤了手，说实话，她也蛮意外的。

"先把你这个未婚妻处理干净再说。"柴焰说，手指轻描淡写地在颈间一画，"不然就把你处理了。"

哪能啊……陈未南干笑着，看着又一波人潮走出甬道，靠近他们。

一身米色运动装的阮立冬拉着行李箱，出站没几步便看到了远处的陈未南和柴焰，她快步朝他们跑来。

"柴焰姐，你也在。"手里的箱子丢给陈未南，阮立冬立马紧紧抱住了他。

陈未南此刻有点儿手足无措。

"嗯，陈未南手伤了，所以我临时帮他开几天的车，他付我酬劳。"柴焰的出声打断了阮立冬的深情拥抱。

阮立冬放开了陈未南，眼眶似乎有些红红的，她亲昵地挽起了柴焰的胳膊。

柴焰注视着她的眼睛，没发现异样，这让柴焰有些恍惚，仿佛刚刚产生了错觉。

"我说呢，你们那么水火不容的。不过……"阮立冬迅速地回身，也放开了柴焰，"未南哥，你怎么那么不小心啊？"她扑上去，一把抱住了陈未南，大惊小怪地检查起他的手伤。

陈未南装作镇定地闪开："我没事。"

"哎呀，未南哥，让我看看手有什么好害羞的，你别的地方我也不是没看过。"

"阮立冬！"

"干吗？"阮立冬托着陈未南的手，嘴里哎呀着，"好多伤口。"

低着头的她没发现陈未南早欲哭无泪、百口莫辩了。

我和她真没什么……他咬着牙，什么也说不出，只能看着柴焰朝他无声微笑着。

来机场前，柴焰说了，阮立冬在场时，他不许解释，一句也不许。

"不错嘛，陈未南。"柴焰笑眯眯地看着二人。

4月的第一天，愚人节。

老天对柴焰开了个玩笑，天降了一个"情敌"给她，人家是"正牌"。

老天同样同陈未南开了一个玩笑，他明知面前是个陷阱，还要硬着头皮往里跳。

唉……他叹气，完全忘了之前质问男妖精时的硬气与嚣张。

折返市区的马路空旷笔直，柴焰开着车，伸手调大了广播的音量。带着方言的单口相声说了没两句，音量便被阮立冬重新调小了。

"有点儿吵。"阮立冬扯着耳朵，朝柴焰笑了笑，然后趴在椅背上，同后排的陈未南说起了话。

柴焰呵呵地笑，轻轻的声音从牙缝里挤出来："到……底……谁……吵……"

诡异的气氛伴随着停车，在一家装潢肃静的酒店门外戛然而止。

"你真的不住陈未南家吗？"下了车，柴焰扇着脸上的余热，问阮立冬。

"不啦。"阮立冬眨着眼，拉着柴焰的手，低声说，"柴焰姐，你别那么说，怪难为情的。"

"这有什么难为情的。"柴焰轻笑，原本不快的心情突然便轻松了，她接过阮立冬的行李，"送你上去。"

陈未南看着肩并肩一同上楼的两个女人，心想：不就是吃个醋吗？至于搞得这么累吗？

安顿好阮立冬，柴焰想起她有个预约，告辞先走了。留下陈未南站在房间里不知所措，这算是信他，还是试他呢？

正想着，不知什么时候站在了背后的阮立冬声音柔柔地说："未南哥……"

陈未南头皮发麻。

Chapter7–3

四轮驱动的银色车子快速掠过灰白的粗粝路面，路边的风景成了一片看不清细节的黄绿色。

才平复下心情的柴焰凝神想着她即将见到的这名嫌犯。她真的从没想过自己的同行会被牵扯进一起人命官司中去。

看守所的光线一如既往的晦暗不明，哪怕室外正春光明媚。灰尘浮动的狭窄房间，柴焰坐在硬邦邦的椅子上，率先冲进门的人扬了扬手："龚宇，又见面了。"

"收起你那套幸灾乐祸吧。柴焰，为什么找你来你清楚吧？"

"清楚。你摊上人命官司，命案里，嫌犯不允许自辩，所以你想找我替你辩护。"

"是这么个意思。"龚宇点点头。

阳光透过满布铁栅的小窗照在他脸上，明暗的光影将他的表情切成粗细不一的条纹。他是个好看的男人，棱角分明的下颌，乌黑有神的眼，还有两道刚毅的浓眉，即便身陷囹圄，他的衣服也规矩板正，掉了扣子的袖口也用白线缝好，浑身一根多余的线头也没有。

墨色的眸子凝视着柴焰，似乎笃定她不会拒绝。

可柴焰真的拒绝了他。

"我不接。"她拒绝得直接，桌下的手惬意地动了动。

"为什么？"

"烦你啊！"她实话实说。

柴焰不喜欢龚宇，人冷不说，是安捷离职的前同事也先不提，她最受不了他为了赢得官司不择手段的做事态度。

面对这位目前身陷囹圄的前同事，柴焰愉快地和他说了句"再见"。

风景正好的4月，路面上遍是绿意，柴焰开着车，心情因为挫伤了龚宇微微转晴。她想着此刻的阮立冬和陈未南会在做什么，陈未南会和阮立冬摊牌吗？

想着想着，她便懒得再想。

生活哪能按照你所想的那样发生呢？真的能，便不会有那么多人分手了。

她喜欢顺其自然，无形中她也相信陈未南。

恰巧经过一家大型超市，她停了车，打算买些食材，晚上吃顿好的。

当然，凭她的厨艺，好也好不到哪里去，她要做给陈未南吃，全吃光。

越想越解气，手推车里的东西也越摆越高。

"你好，一共 457.8 元。"

"刷卡。"

提着装满食材的购物袋，柴焰心情愉悦地回了家。

可谁能和她解释一下，阮立冬不是应该在酒店的吗？为什么会出现在自己家里？她站在门口，手没从门把手上放下，人已经瞪住陈未南。

"不是我带她来的。"陈未南苦着脸说。

也几乎是同时，一阵碎步声后，小奇迹从房里跑了出来："柴焰姐姐，立冬姐姐把我忘在机场了！"

小奇迹委屈地嘟着嘴，房里的阮立冬则边吃葡萄边说着："对不住啊，小奇迹，我见到你哥实在是太高兴了，所以把你忘了一小会儿……但后来我不是想起来了吗？别委屈了，过来吃葡萄，甜着呢。"

这姑娘……二了点儿。

柴焰眼皮跳得厉害，看向陈未南，压低声音问："你什么意思？"

"真不怪我。"陈未南连连摆手，"小奇迹说要住你家。"

"柴焰姐姐你过来……"小奇迹朝柴焰招招手，示意她凑近。

等柴焰蹲下身子后，小奇迹趴在她耳边小声说："柴焰姐姐，我知道我哥没告诉立冬姐姐你们的事，我不放心，才跟来的。"

"人小鬼大。"柴焰笑着揉了揉小奇迹的脑袋，看向陈未南：没说？

没……陈未南摇头，阮立冬的父母出了事，阮家就只有阮立冬和一个住院的姐姐了，这个时候，他不知道该怎么开口。

"哦，你之前就知道？"

"知道些，刚才在酒店又聊了聊。"

"她摸你哪儿了？"

"啊？"

"她没哭？哭了没抱你？"

没等陈未南回答，柴焰拎着东西，默默进了房。

陈未南站在玄关里："也太明察秋毫了吧。"

小奇迹抱着哥哥的腿："哥，是不是大事不好了？"

"乌鸦嘴。"

晚饭依旧在家里，掌勺的是柴焰，陈未南在一旁指挥。最后一道冬瓜炒肉。

"先加油，开火，开火啊，柴焰，怎么了？"陈未南望着突然站住不动的柴焰，不明所以。

"你，转过身去。"

"干吗？"

"要你转你就转。"

陈未南转过身，门外，动画片片尾曲依稀从客厅传来。他的心突突地跳，想柴焰不会是忍不了，要发飙了吧？正忐忑着，温柔的躯体便从身后贴了上来。

柴焰额头抵在他宽挺的背上，手紧紧抱住他："她这么抱你了吧？"

"陈未南，我觉得我一点儿也不好，我不高兴你和她现在的关系，我想告诉她实情，我太没同情心了，我太坏了。"她收紧手臂，想把阮立冬留在他身上的痕迹全部盖去。

"你是挺坏的，脾气坏，厨艺更是糟糕得一塌糊涂，可我怎么这么喜欢为我吃醋的你呢。"

她是吃醋了，她承认。

"还有……你抱错位置了。"陈未南轻笑着，拉开柴焰的手，再转过身，望着柴焰，"她可是这么抱我的。"

他张开手臂，拥住了她。

"找到合适的机会，我就和她说。"陈未南说。

"这个'她'是我吗？如果是，我现在就有空。"突然，一道声音插进来。

陈未南错愕地回头，不远的门口，阮立冬"嘎嘣"一声咬断手里的黄瓜："早猜到你们有猫腻。"

夜色温柔，树影斑驳，隔着窗纱，城市轮廓是块微微晃动着的黑白影像。

宁静的午夜，小奇迹的呼吸声隔绝在卧室门里。客厅，摆放电视的玻璃台上，大眼金鱼慢悠悠地在鱼缸底转着圈，最后在一个可以看清客厅里发生的事情的绝妙角度上，停住。

它端详着客厅里的三个人，三人里没一个注意它。

默默地，它吐了个泡泡，扭头游去了背光区。

菱格吊灯发出切割成块的白光，照着陈未南的脸，灰色条纹暗影从他左肩向下，拉出一条细线，他昂着头，像个赴死的战士："立冬，我喜欢的是柴焰，我只把你当妹妹。"

"妹妹了不起啊！要认妹妹也要看我有没有心情要你做我哥呢！"阮立冬拿起桌上干掉半根的黄瓜，狠狠咬了一口，"算了，像你这种老黄瓜，有人肯回收我还不尽早脱手那就是我傻了。"

阮立冬话锋一转："不过有件事我想让柴焰帮我。"

"什么？"柴焰问。

"算了，明早说吧。"

柴焰觉得她是故意的。

宽大柔软的席梦思上，柴焰同阮立冬不近不远地躺在床两边，床头桌上的电子闹钟发着湖绿的光，深夜一点，阮立冬幽幽地开口："你什么时候开始喜欢他的？"

"很早。"

"很早是多早？比你教我怎么追男生还早吗？"

"比那早。"

"你知道我要追陈未南？"

"开始不知道。"

"后来知道了干吗还帮我？"

"我帮你什么了？"

"你告诉他他喜欢吃葡萄、喜欢狗，喝咖啡要加三颗糖，喜欢性格豪放的女人。"

"他吃葡萄过敏，除了才出生的小狗外害怕一切大中小体型的成年犬，包括剃了毛的吉娃娃，他喜欢喝蓝山，不加糖加奶的，立冬，对不起，我骗了你。"

"我知道，从未南哥第一次见我家饭花时我就知道，不过你也有没骗我的地方。""饭花"是阮立冬家养的狗。

"什么？"

"他喜欢性格豪放的女人。"掀开被子，阮立冬盘腿起身，她挥着手，"我觉得我挺豪放的，可他就是不喜欢我。"

"立冬，对不起。"

"没什么对不起的，说起来，我也做过对不起你的事。"

"哦？"柴焰也起身。

"知道我和未南哥的婚约是怎么来的吗？"阮立冬眨眨眼，"那年冬天过年，我拿你的手机往我手机上发了条短信。那条短信未南哥看到了就向我求婚了。"

短信上写着——陈未南这样的废物有人愿意收购，他还不偷着笑啊，加油，立冬。

"柴焰姐，你是不是没想到我也会这么坏？"

柴焰摇着头："我就是觉得男人祸水起来，结果也很不得了。"

Chapter7-4

晨曦如常光临城市，浅金色倾洒在如林建筑上，原本的灰白水泥装点了碎钻，安静而富丽。4月里再普通不过的一天，陈未南垂着两只无力的手看着打点好一切、衣着整齐、站在门口准备出发的两人，稍微愣了下神，问："你们这是打算不要我了？"

"嗯。"柴焰对着穿衣镜理着头发，看也没看他一眼。

"是的。"阮立冬背对柴焰，拖着拉杆试着滑轮，同样也没看陈未南一眼。

"什么情况，昨天不都说好了，没事了吗？"他揉着头，恼火地跺脚。

"是没事，我们就是想来一场说走就走的旅行，不带你而已。"阮立冬说，滑轮随着手动，发着哗啦响声，"咦，这箱子坏了吗？"

"我下楼取车，小奇迹的假期还有三天，陈未南你在家陪她两天，然后送她回家。立冬，再给你五分钟弄好你那个轮子，否则用手拎。"柴焰说完，开门出去。

直达电梯下探至地下二层，柴焰缓步跨出电梯，低头拿出钥匙，按下开关。"滴"的一声响，远处的车灯应声闪了两下。

她走过去，绕过车头，去了车尾。

后备厢乱糟糟的，简单整理后，柴焰看着大小能放下两人行李的后备厢，这才满意地扣上了车盖。

阴冷的地下车库，通气口在头顶呜咽着，柴焰抹掉滴在肩头的空调水，正准备上车，目光扫过车头，人顿时愣住了。

一束包装精美的蓝色妖姬放在上面，一米远外的地方，一个长相陌生的男人抄手看着她。

"给你送了这么久的花，觉得也该来和你见个面了。你好，柴焰，我叫迟杨，你可以叫我 Jimi。我喜欢你，想追你。"

姓迟？

柴焰面容一凛："抱歉，我不认识你，而且我有男朋友了。"

她迅速钻进车里，扭动钥匙，伴随着轰隆的发动机声，她按了两下喇叭。

迟杨知趣地退到一旁，让出车道。他脸上挂着笑，身影在后视镜里渐渐缩小，直到出了车库，柴焰才后知后觉地发现，他走路似乎不大方便。

也不知道是她太慢，还是阮立冬"飞"下的楼，总之当柴焰把车开出车库，阮立冬已经在楼下等了。

"等我一下。"心里想着迟杨的柴焰快步下车，跑回了车库。

一分钟后，她气喘吁吁地站在空荡荡的车库里，发现迟杨早不见了。那束蓝色妖姬被丢在了墙脚，沾了鞋印的花瓣似乎说着它之前被人用力踩过。

这个迟杨究竟是谁呢？柴焰想着，脚下，离开的步子有点儿迟疑。

"姐，你怎么心不在焉的？"直到飞机落地，阮立冬摘了眼罩，责问柴焰，"你这样可不行，我保不保得住饭碗可全看你的了。"

"知道，事儿妈。"柴焰起身，她不认识迟杨，她想过，也确认过了。

站在人流中，柴焰慢慢迈步，等候下机。

大风过境后的城市，风景狼狈又不乏勃勃生机。

柴焰上了摆渡大巴，扶着明黄色栏杆，看着远处苍灰色的天，心里对这座重工业城市多了一分不喜。

等她随着阮立冬到了目的地，站在那栋光鲜无比的子弹型建筑内部时，看着周围奔忙无比的人潮，柴焰拍了拍阮立冬的肩："放心，就算他们铁了心要辞退你，违约金也是要赔上一笔的。"

"嗯，谢谢柴焰。"

十一层，城市第五台，娱乐频道，从出了电梯再到她们此刻站的地方，柴焰发现没一个人同阮立冬打过招呼。

"你人缘这么差吗？"柴焰坐在接待室的咖啡色转椅上，一如既往的直言不讳。

"以前不是，有钱时，生活总是理想的，一旦没钱，是个人都会告诉你什么是现实。"阮立冬低头坐在一边，摆弄着手指。

安静清冷的接待室，时间慢慢过去半个钟头，阮立冬揉着肩膀，终于看见姗姗来迟的女助理推门进来。

"主任在办公室等你们。"

这排场……柴焰哼了声，目光从腕表上懒洋洋地收回。

主任的办公室很安静，房间中央的梨木桌上堆着各类书籍文件纸张，一人高的棕榈植物立在一旁，叶子滴着水，微胖的主任背着手，手里拿着把红色的塑料喷壶。

"立冬啊，不是我说你，有什么不开心说出来，大家是一起工作这么久的同事，说对说错，甚至吵架也不要紧。有必要请律师吗？"

"我的委托人说，贵台人事处暗示她主动提出辞职。我当事人性格比较单纯，家里又遭遇了变故，一时不知道应该怎么办，才找到的我。并没有冒犯贵台的意思，我这次来也是来了解下情况。"

"辞职？暗示？有吗？这不可能吧？"

"主任是说不可能存在暗示，还是根本没有希望我委托人辞职？"柴焰微微一笑，"不用害怕，这次我来，除了了解情况外，就是希望代表我委托人和贵台签署一个合理、不会让我方利益受损的解聘合同的。"

"什么意思？"

"就是说，阮小姐接受贵台意见，同意离职，但不是辞职。"

阮立冬惊讶地看着柴焰，姐，没搞错吧？我是要你帮我保住饭碗，你怎么就把我饭碗砸了？

日光明澈，照亮主任的脸，他抿着刻薄的唇，老谋深算地看着柴焰："如果立冬真有心不做，我建议还是主动辞职的好，一旦解聘，小阮以后的工作不好找啊……"

"不好找我们也认了。"柴焰不卑不亢地回了主任一个软钉子。

"……"主任轻咳一下，换了副笑脸，"法务这块我不熟，一家人不说两家话，等我找时间让人力资源部探讨一下再答复你们。"

"好。"

阮立冬跟在柴焰身后退出房间，一脸幽怨地看着她："离职了我就没钱了，你养我啊。"

"我会给你那个机会吗？"柴焰白了阮立冬一眼，"企业往往就是笃定了像你这类人为了保住饭碗肯定会屈服才欺负你，这件事不是你不想辞职就可以不辞的，你不答应，他们照样有一百种方法逼你辞职。如果这样，不如破釜沉舟。"

迈步进了观光电梯里，柴焰看着远处的风景。

企业裁员是她的强项，遇到她，管对方是谁，等着死吧！

直面过生死，经历了背叛，还有什么吓得到我？我唯一怕的是我爱的人不爱我，可我知道，那天永远不会来。笃定是你给我最好的爱情。

Chapter8-1

夜意阑珊，近海港口沉浸在一片迷蒙醉人的深蓝夜景里，海天相接处，最后一艘归船吞吐着白烟，徐徐靠近港湾。

柴焰站在岸边，望着远处，目光沉静寂寥。

"该怎么漂亮地打完这一仗呢？"她喃喃着，墨色眸子被远方灯塔刻上了两个晶莹发亮的光点。

"我不要辞职，我要我的工作，我没钱……"阮立冬蹲在一旁，一副悔不当初，不该请柴焰来的样子。她知道胳膊拧不过大腿，想靠那丁点儿违约金要挟台里，怎么可能？

"我需要些时间，一些数据……"柴焰继续喃喃。

"我不想被辞退……"辞退最多就是得到一笔违约金，除此还有档案记档，想起这些，阮立冬捂着头，感觉那是天昏地暗、世界末日。

她不知道柴焰的目光已经由远移到了她身上，她才听到柴焰低声说句"时间……"，人就猛地冲向了前方。

前方，海水深邃荡漾。

"扑通"一声。

海水真凉啊。

阮立冬扑腾着浮上水面，手抹掉脸上的水，怒气冲冲地看着岸上的柴焰：

"你疯啦！推我下水，万一淹死我怎么办？"

"第一，你会水，狗刨还是我教的；第二，就这里的水深，淹得死人吗？"柴焰蹲下身，看着骑在阮立冬颈间的水线，"乖，我需要点儿时间搜集些资料，你小病一场帮我拖延下时间。"

"病？不可以装吗？"

"我是那种弄虚作假的烂律师吗？"她喜欢一丝不苟地做人。

水冰冷，没一会儿阮立冬便接连打起了喷嚏。

"阿嚏，姐，快拉我上去吧。"阮立冬可怜巴巴地伸出手，就势将没任何提防的柴焰拉下了水。

"哈哈哈……"阮立冬笑得大声，随即又打了个喷嚏。

如柴焰所愿，约谈那天，阮立冬因重感冒缺席，在人事处笃定的眼神里，柴焰顺水推舟把时间延约在了四天后。离开办公室，她拿出张面纸，擦擦鼻子，唔，好像有感冒的苗头。

午后的电视台，日光慵懒，人心闲散，大楼中部的二号食堂里，三三两两来迟的人在窗口点菜。大厅里人不多，大多都默默吃着饭，只有一桌上的两个女生聊着天，兴致颇高。

"台里的待遇你完全可以放心，你新来的，没赶上台庆，不然奖金不少呢，不过你只要进来了，以后这些一样不会少你的。"

另一个女生感兴趣地凑近："能有多少？"尽管是压低声音问的，可还是冒失了，她后悔地低下头，不安地搓着手指。

她的同伴却一副无所谓的样子，含着笑朝她勾了勾指头："这个数。"

"那么多？乖乖，可是税也有得扣了。"她的话瞬间逗乐了同伴。

同伴拍拍她的肩："工作一阵你就知道了。"

"哦。"

没一会儿，桌上的电话响了，同伴端起还有剩菜的菜盘先走了。走前她不忘回头问那个新来的小姑娘："你哪个频道的？"

"法制频道。"柴焰眯着眼，笑容灿烂。

不是兴趣爱好不在那个方向，柴焰觉得她真蛮适合做一个演员的。

下午的时光匆匆而过，从她选定好的最后一个地点离开，柴焰信心满满，同她料想的一样，大型企业习惯钻的那些空子，这家电视台一个不落全钻了。

小样儿，过几天见吧。

她心情愉悦，步履轻快地进了电梯。

楼外正是日落之前，夜幕将至的时间，渐渐亮起的霓虹如同飘在日光中的彩色星星，耀眼明亮。柴焰用手遮着眼，等车。

晚高峰，电视台前车流不息，车却不好打。

柴焰考虑是去找公交车站点，还是继续等下去。思考的空当，一辆白色大型采访车急速地驶过弯道、打弯，再倏地停在了离柴焰一步远的地方。

随着滑门拉开，几个提着各种拍摄器材的人动作迅速地从车上下来，这几个人虽然身材个头各不相同，可动作却难得的干练。

柴焰赞许地吹了声口哨，欣赏地看着几个新闻人，她没想到，因为这个口哨声，她引起了一个人的注意。

是个熟人。

"柴焰，真是你啊！"

柴焰紧紧盯着面前的年轻男人，精干的短发、黝黑的皮肤，再搭配与肤色不符的精巧五官，柴焰眯着眼，竟一点儿印象也没有。

见柴焰仍一脸迷茫，男人翘着手指，使劲儿指着自己的脸："我！丁一点！你不记得了？"

"丁一点？丁娘娘？！"柴焰恍然想起那个长相白净、说话总翘手指的小学弟，"娘还是娘，怎么成非洲娘娘了？"

丁一点笑了笑："说来话长。"

校友重逢，丁一点就近找了家咖啡厅约柴焰坐坐，法国人开的店，无处不带着浪漫气息，桌上的香薰灯发着幽亮的光，衬着窗外夜意越发朦胧。柴焰指尖敲着桌沿，对丁一点的突然表白有些意外："我有男朋友了。"

这是她今天第二次说这句话，她想起了迟杨。

丁一点不知道她脑子里的走神，翘着手指，不无沮丧地说："说得好像你没男朋友就能做我女朋友似的。不过，学姐，当年我真的很担心你的，现在看到你没事我就放心了。"

"担心我什么？"柴焰望着天，心想这个新闻系的学弟还是多花时间担心下他自己的好。

"就当年那起抢劫案啊，你不知道我才听说你在现场时，我吓得哦。我去找过你，可惜没找到。唉……那事本来摊不到你身上。"

哦，是那件事。柴焰戳着饮料管子，这有什么摊上摊不上的，她经历的，就是事实了。她摆摆手，不想再提。

可丁一点偏不。

"你不知道，那时候我正跟着我第二任师父在电视台实习，刚好采访了那伙劫匪里活下来的那个，你猜怎样？"

"嗯？"

"那个人说，他们原定的逃跑路线并不是那条，也就是说，你原本就不该遇见那件事的。可至于为什么改变了线路，是他们头儿定的，他也不知道。不过你吉人自有天相，看到你平安，我就放心了。"

斑斓夜色随着咖啡厅不住晃动的玻璃门绚烂在圆玻璃上，人进进出出，而柴焰的心里却掀起波澜：迟秋成，你本来是不用死的……

Chapter8–2

天蒙蒙亮时，阮立冬被响个不停的电话铃吵醒了，她接连翻了几个身，试图用被子捂住耳朵，可面对这通似乎她不接便要一直响下去的电话，她只得认命投降。她钻出被窝，揉揉乱蓬蓬的头发，人渐渐清醒过来。

"喂……"

电话竟然是台里打来的，平时高高在上的主任在电话里语气和蔼可亲得让阮立冬起了鸡皮疙瘩，她揉着耳朵，觉得自己是幻听了，因为她听见主任说："好好工作，台里很重视你。"

重视？阮立冬干笑两声，觉得天上掉下来的这个馅饼略大，她人有点儿蒙。

她当然不知道，就在这天早上，电视台的部门主任、人力资源部负责人各自收到一份快递，快递里的文件包含了电视台在薪资福利、员工待遇上打过的几乎所有擦边球，文件里还各自塞了一张纸，上面手写了各部委主抓这些问题的责任电话，还不止……还有城市其他媒体的联络电话。

挂了电话，阮立冬从被窝里跳起来，在席梦思上连着蹦了几下，在弹簧就要被她压塌时，她倏地躺倒在床上，深深地吸了一口气。

终于，她还不是一无所有的。

"柴焰姐……"她想起了柴焰，翻身下床，赤脚兴奋地跑出了房间。

"柴焰，台里来电话了……"她站在客房门口，看着空无一人的房间，奇怪，柴焰人呢？

随手拿起桌上的字条，她才知道，柴焰买了最近的返程航班，已经回蕲南了。

急什么嘛！至少先同她讲讲这一切都是怎么做到的啊。阮立冬想。

柴焰也不知道她在急什么，下了飞机，从停车场取了车，她径直去了蕲南市公安局。

日光晃眼的天气，公安局里人声嘈杂，柴焰站在一张半新方桌旁，听着找了资料回来的警察同她说话。

"那人半个月前刚刑满释放，人现在的去向我们也不知道。"

"哦……"提着行李箱出门，柴焰觉得她可笑得很，就算问清了改道的原因又怎样，迟秋成也不会再活过来。

春暖花开的 4 月，公安局门前的花坛里，福禄考开得正好，红心白边的花朵攒成串，发着暗香。柴焰迈步去取车，没走几步人突然站在原地不动了。几米外的迟杨站在树旁，微笑着看她，这次，他手里没有拿花。

"柴焰，你回来啦？"

他知道她离开的事？

"你监视我？还是跟踪？"

"我喜欢你，想追你。"

柴焰轻笑着，不以为意："我说了我有男朋友，我不管你是怎么知道我在这儿的，总之请你不要再这么做下去，否则我会报警。"

迟杨抿着唇不作声。

柴焰身后却传来另一个熟悉的声音，她回头，发现沈晓正朝她的方向走来。沈晓身旁跟着同事，两人说着话：

"这种小案子，少接。"

"可是这是上面安排的。"

"接了就接了，一个杀人案而已，不过要注意那个龚宇，他……蛮难弄。"

柴焰记得龚宇的案子里，嫌犯有三个，看起来沈晓是要代理其中一个了。

吹声口哨，柴焰回头准备再警告迟杨一句，却发现不过片刻时间，迟杨人便不见了。

人呢？

望遍可以望见的半条街，确定他是走了。柴焰收回目光，眼神恰好和沈晓的对撞在一起。

"好巧啊。"沈晓说。

"是巧。"柴焰微微一笑，"龚宇的案子，我接了。"

"你没听错，你的案子我接了。"

晦暗阴郁的房间，柴焰坐在桌旁，看着对面的龚宇，几日不见，他人又轻减不少，灰白的条纹衣服松垮地挂在身上，露出来小截儿手臂。龚宇慢慢搓着手，凝视着柴焰，他"哦"了一声，手部肌肉微微扯动，露出皮下细细的骨骼。

"我以为你至少会说声谢谢。"柴焰说。

"算了吧，柴焰，你我都明白，你帮我完全因为对手是沈晓，出于前同事间人道主义援助这类鬼扯的理由，我就不说出来欺人欺己了。"

"……"

和龚宇这样的聪明人相处，真的很无趣。柴焰无所谓地耸耸肩，拿好案件资料，离开了看守所。

日光金黄，倾洒在草坪上，远处，陈未南背手立在枝叶茂密的冠状树旁，脚下踩着斑斓的树影，整个人看起来温暖而和煦。

"你怎么来了？"柴焰沿着下坡徐步向他走去。青草遍地的陡坡，她抑着步子，仍不免越走越快，等走到陈未南近前，她刹住了步子，"你那两只胳膊可以收收了，举着不累？"

"送小奇迹回去时又伤了胳膊，放下就会疼，只能举着。"

"陈未南你是猪吗？怎么总把自己弄伤？伤哪儿了？"柴焰走近，想看下他的伤。等她走近，陈未南猝不及防地收拢手臂，笑着打趣："这么容易就上当，说，我们两个谁是猪？"

"坑蒙拐骗。"

"能骗到你就是好的。"

"嗯，是。"柴焰点头，"不止骗了我，还骗了栾露露、阮立冬。陈未南，你老实说，还有我不知道的吗？"

陈未南暗自抹了把冷汗："没了，真没了，和立冬的事也是有我爸妈的关系，他们安排的，他们那时候哪知道我喜欢你啊，我藏得那么好。"

"没有你还慌什么？"

"我没慌啊。"

"没慌就把你的手收牢。"柴焰合上眼，回抱住陈未南，小声地说，"我不介意你有女性朋友，我只是不喜欢今后再有人冲到我面前说'我是陈未南的女朋友'，那感觉很糟糕。"

"嗯。"陈未南摸着柴焰的头发，"知道了，醋缸，哎哟，别掐，疼……"

"醋缸"脚点着松软的土地，好笑地看着捂腰跳脚的陈未南，想起一件事："陈未南，给我送花的人，我见到了。"

Chapter8–3

周一的早晨，柴焰站在阳光里，等着身后那家诊所开门营业。陈未南站在她身旁，态度傲慢，正趴在窗前点评着这家诊所，用词尖锐刻薄。

"规模太小、仪器简陋老旧，这种诊所真会有人来吗？"

"怎么不会？你不是人？"

"我又不是来这里看病！"

"你是。"柴焰平静地说。

什么！陈未南瞪着眼睛。

"你的爪子。"柴焰垂眸，指指陈未南的手，"最近是不大灵光，做的饭味道也差了。"

"真的吗？"陈未南不敢置信地瞪着眼，对上柴焰的眼神时，他知道自己被骗了，他咬牙切齿地瞧向柴焰，"你放心我被一个江湖术士治疗？"

"这家诊所蛮有名的，你手也的确该看看，不然我不放心。"

"好吧。"陈未南一脸的勉为其难，心里却喜滋滋的。

"对了。"他打岔，"那个叫迟杨的之后又来找过你吗？"

"没有。我和他把话讲清楚了，我想他不会来了。"

"最好不会。"陈未南冷冷哼道。

陈未南喜欢此刻独处的曼妙氛围，只可惜好景不长，当身形佝偻的老大夫远远出现在街角时，柴焰脸上的笑容消失不见了。

"怎么又是她？"陈未南指着跟在老大夫身旁的沈晓。

怎么不能是她？柴焰轻"呵"一声，沈晓这是捷足先登了吧，动作不慢嘛。她抿了抿唇，侧身看向陈未南：我怎么样？

陈未南竖了竖拇指："Perfect！"

她笑笑，微颔着朝远处迎去："孟老，我是龚宇的代理律师，来和你了解些有关你助手曹洋死亡前后的事情，请问你现在方便吗？"

柴焰研究过卷宗，觉得这是一起有点蹊跷的杀人案。

死者曹洋，在按摩医生孟东谷的诊所里做护士，因为连续两天没上班，被孟东谷找上了门，发现死亡事实，死因是机械窒息死亡。

曹洋33岁，离异，离婚后离开老家，来蕲南落脚。她为人谦和，从未与人起过争执。

经过警方取证调查，在曹洋家发现了有残余精液的避孕套，根据DNA检验结果，找到了现有嫌疑人，在诊所治疗的个体老板李家祥。警方围绕李家祥展开调查，找到了包括李家祥、李家祥的秘书以及李家祥的私人律师龚宇在内的三名嫌犯。他们三人的指纹和曹洋身上找到的指纹相符。

可现在问题来了，警方提审三人，三人都说自己不是凶手，李家祥和李家祥的秘书的说辞是玩大了点儿，没杀人，而龚宇是直接否认杀人。

最后警方判定李家祥为主犯，秘书和龚宇为从犯，由检方提出上诉。

"柴焰，这个案子，你有把握吗？"明亮的房间，沈晓背靠着白墙，微笑着说。似乎觉得这个问题欠妥，她搓着手，"我没其他意思，只是听说你的委托方不大配合你，什么线索都没给你。"

"没把握不要紧，最后赢的是我就行。"柴焰一脸的无所谓，她喝了口没什么茶叶味道的茶水，双眸扫过嗷嗷直叫的陈未南，"幸好带你来看看，手没全好你自己都不知道。疼吗？"

"疼。"

"忍着。"

陈未南眼含泪水，知道柴焰的情绪来自沈晓的影响。

他点点头，还是在孟大夫下手时忍不住叫了一声："嗷呜……我不疼。"

处置好陈未南，孟大夫擦擦手，转身坐在沙发对面的圆椅上。什么都还没说，他先叹了声气："唉……"

自从诊所出了人命，来这里看病的人便少了许多，忧郁的情绪紧锁在眉宇间，孟大夫愁眉不展："该说的我都和警方说了。你们如果希望我再说一遍，那我就再说一遍好了。"

孟大夫眨眨干瘪的眼睛，记忆回溯到他不想记起的那天。

"那段时间，曹洋心情不错，每天都笑眯眯的，话也多了不少，我问她她也不告诉我。出事那天，她和我提前请了假，早退了一个小时，那之后我就再没见过她。"孟大夫垂着头，脱发的头低低垂着。

沈晓递了杯水给孟大夫。

"曹洋和龚宇是什么时候认识的，关系如何？"

"曹洋和李家祥是什么时候认识的，关系如何？"

异口同声问着相同问题的柴焰和沈晓对视一下，不无尴尬地笑了笑，随即别开了眼。

很快，结束了这个看上去一无所获的拜访，柴焰起身告辞。

"怎么了？"上午十点一刻，东远大道的平直马路旁，体型巨大的飞机在头顶低低压过，陈未南手肘碰了碰柴焰，不明白她情绪怎么就突然低落了。

"你知道吗？沈晓她很优秀。"她和沈晓曾是包揽全系总榜前两名的学生，除了家境，沈晓真的不比她差。"她当初被取消了学位证，工作难找，是我帮了她。我不明白事情怎么就成了现在的样子。"

"我早和你说不要和她走那么近，你不听啊。哎……别那么看着我行吗？我错了，怪我，我这个人太讨厌了，都说我错了！"他手足无措地摸遍身上的口袋，没摸到一张纸。

他胡乱地揉着头发，像一个毛头儿小伙一样，为不知道该怎么哄哭了的女朋友而苦恼不已。

为什么哭啊！他想不通。

恐怕，他是无法理解女人在遭遇背叛、欺骗后，除了气愤外还有种情绪叫不甘。

柴焰就是不甘心，她哭了一会儿，渐渐收起哭声。

她指着远处："陈未南，我想喝酸奶。"

人息沉寂的午夜，小区里路灯拉出单一的线条，孤寂地亮着。该安睡的时间，柴焰的房间灯仍亮着，德产台灯无声地发着白光，照亮底下厚厚的卷宗。一根细长手指在某行某列上略作停顿后又离开，柴焰按了按眼睛，疲惫不堪的感觉。

上午的情绪转瞬即逝，此刻的她正为案子发愁。龚宇有事情瞒着她，案子举步维艰，该怎么办？她晃晃头，打算煮杯咖啡提神。

"别想喝咖啡，咖啡豆被我藏起来了。"陈未南站在她门口，举举手里的牛奶，"你需要的是这个。"

"不要妄想你藏在电视机后面的咖啡豆，咖啡机也出故障了。"陈未南态度坚决。

"陈未南！"

"气焰别太嚣张，才洗的衬衫还没干呢。"牛奶杯送去她嘴边，"你也是真能哭啊，柴焰。"

说起哭，柴焰尴尬地接过杯，挡住脸，她"咕咚咕咚"喝着牛奶，陈未南在一旁若无其事地说："柴焰，你考虑好什么时候睡我了吗？"

想回答却不知该怎么回答的情形让柴焰尴尬，抱着牛奶杯，她"咕"了一声。

"唉……"陈未南轻声叹气，"看样子是没想好。没事。"他挠挠头，"已经等这么久了，也不在乎再多等几天。"

还是有些失落的，他鼓劲似的挺直腰杆，转身离开时，脚下突然一顿，他疑惑回头，发现柴焰正扯着他的衣服："怎么了？"

"其实……"

他的心猛地一跳："其实什么？"

月光皎洁，照在柴焰微微发烫的脸上，她垂着头："我也想……"

"你想什么？声音太小，没听清。"他轻浮笑着，低头凑近她。

"想睡你！"她猛地抬头，随着"咔吧"一声，对面的陈未南已经捂着脸，表情痛苦不堪了。

"沙（下）……沙巴（下巴）……"

"脱臼我能治，下巴歪了，我治不了，要等明天我们主任来。"蕲南医院，明亮的夜间值班室，年轻的值班医生做完检查，颇为为难地看着陈未南。

陈未南："……"

"对不起。"走廊的长椅上，柴焰低着头，人万分沮丧。有人碰了碰她的胳膊，她抬头，侧目看向陈未南，"怎么了？是不是很疼？"

灯光下的陈未南歪着嘴巴，手托着一个本子，递来给她。她接过来，看到上面写着：

"说什么对不起啊，不骄傲不喜欢用拳头讲话的柴焰还是柴焰吗？"

"别人的女朋友都温柔体贴，不像我，粗鲁暴躁。"

陈未南摇着头，抢过本子。

"你也说了，那是别人的女朋友，想找那样的，凭我这英俊的相貌，想找几个不行？我真的喜欢那样的，就不会和你耗这么多年了。"

也对。柴焰赞许地点头。

Chapter8-4

清晨，柴焰离开急诊室，去大厅缴费。大厅里人不多，拿着收据，她转身正打算离开，步子还没迈出去，便看到了站在不远处的迟杨。

迟杨也发现了她，微微愣下神，他收起了手上的单子："嗨，真巧。"

"呵！"柴焰冷笑一声，上前几步，"迟先生，是好巧，再多几次这样的巧，我就要考虑报警了。"

"你不信我没有跟踪你？"迟杨无可奈何地耸耸肩，"我之前受了点儿伤，这次是来复查的。"

他看向远处："到我了，我先走了，再见。"

柴焰摸不透这个迟杨究竟是怎么回事，微微愣神后，她发现迟杨走时，有张纸从他身上掉了下来。

她拾起纸，皱眉看着上面的内容：怎么是韩文？

治疗结束，陈未南等得不耐烦，出来找她。

鬼使神差地，柴焰悄悄把那张纸收进了包里。

在柴焰没想清楚她为什么要这样做的时候，龚宇的案子有了新发展。

孟大夫被逮捕的消息传来时，柴焰正同陈未南并肩走出医院。林荫道上晴空万里，陈未南摸着肚子说想吃小笼包，柴焰的电话也随即响起来。

"孟大夫被抓了？"柴焰惊讶地说。

与陈未南在医院门口分道扬镳，柴焰开车去了公安局。

早高峰时段，路面黏稠得好像锅浓粥，柴焰的宽体车夹在两辆计程车间，移动缓慢。四周不时响起不耐的喇叭声，柴焰由最初的惊讶转为了淡然。

她开始逐字回忆刚刚那通电话里的信息——

从孟大夫家里找到了死者的私物，譬如内衣，并且数量不少。此外，死者家隔壁那栋半年前卖出的房子，买主证实是孟东谷。

恋物癖？近水楼台？偷窥？

这一系列词在柴焰脑海里不住地打转，孟大夫会否是真凶暂且不提，她在想的是这个新证据对龚宇会产生怎样的影响。

随着脑中的种种可能一一闪过，车子终于在下一个红灯过后急速跑了起来。

威严肃穆的公安局大楼里，柴焰不意外地遇到了沈晓。

见了她，沈晓扬起手打招呼："你来得有点儿晚啊。"

"早晚如果能决定案子胜负，那鸡比人适合做律师。"柴焰"呵"了声，回给沈晓一个不软不硬的钉子。

沈晓不置可否地微笑着，竟然没反驳柴焰，这让柴焰觉得不对劲。

"孟东谷的事情是你发现的，细节我不大清楚，介意和我说说吗？"柴焰问。

"当然不介意。"沈晓侧着头，手理了理鬓发，"只是我一会儿要去保释我的当事人，没时间同你讲。"

保释？柴焰眉毛抖了抖："命案里的疑犯不是随随便便就可以保释的。"

"我知道，不过没记错的话，你最近才接的那起谋杀案的嫌犯就被你保释了，理由没记错是突发性哮喘吧，真巧，这病我当事人也有。"

沈晓扬扬手里的保释单："这还要多谢你开了个好先例，手续办得特顺利。"

沈晓微笑着绕开柴焰，轻声说了句："谢了。"

呵呵，和我学，你交学费了吗？柴焰抚着胸，不让里面翻腾的情绪再泛滥，恰巧这时，忙完工作的警员过来找她，那糟糕的情绪就势彻底被她压了下去。不过得到的答复不是她想要的。

"你想见孟东谷？这个暂时不行，要过几天。"警员公事公办地回答。

预料到的结果，柴焰没为难警员，约定了见龚宇的时间后，她离开了公安局。

上午九点，商业街的店铺才开张，人气冷清，临街的早市才刚歇市，早餐铺子门前，店主把最后一屉小笼包子递到客人桌上，再顺道搁了碗小米粥在一旁。浅黄色的米粒飘在碗里，随着勺子舀起，很快被送进嘴里。

微暖的温度，让略显薄凉的上午平添几分暖意。

柴焰喷喷嘴，咬口包子，听着摊主说着邻里闲话，话题自然与才死了的曹洋有关。

"要我说，曹姑娘性子蛮好，就是这男女关系总是不清不楚的，她才来我们这儿住多久啊，去她家的男人，光我看到的就好几个了。我听说，她那个老板和她也有关系，喷喷，这个世道啊……"

"老板，这人你认识吗？"

柴焰拿出一张照片，是龚宇的。

"没什么印象。再说你问这个干吗？你不会是便衣吧？"

"我这样子，像便衣吗？"柴焰指指自己的脸，做了个二逼的表情，"我就一个小律师，师父让我来取证，我要是两手空空回去，师父非骂死我不可。"

"你这孩子，也怪可怜的，我闺女和你差不多大，工作也是辛苦得要死，不过她比你强，她老板好。"

是啊，我很可怜的。做出这个表情，柴焰都有些佩服自己的演技了。店老板看着她动容地搓着手："小孩子工作不易。算了，照片给我，我再好好看看。"

柴焰忙递上照片，态度恭谨，心里却难免得意地笑了。

"唔……这个人嘛……"剃着锃亮光头的老板沉吟着。

半个小时后，柴焰走出小区，有些失落，真有人认得龚宇，可没人注意出事时龚宇在不在曹洋家，什么时候离开的。

没证据倒是次要的，关键在龚宇只说人不是他杀的，却丝毫不解释那些残留在死者身上的指纹是怎么回事。

这是起让她想使劲儿，却没处使劲儿的案子。

真是一筹莫展……

她抬头望着天，包里的电话响了起来。她翻了半天，找到了手机，是个陌生的号码。

短暂的犹豫后，她接起了电话。

"喂……"

"我要的伞呢？"

没有任何招呼，单刀直入的说话方式却让柴焰郁闷的心情顿时开朗："表哥，刚好有个案子要问问你的意见。"

"说吧，说完把我的伞寄来。"

"OK！"渐暖的午后，柴焰坐在车里，心情因为表哥的分析思路顿时明朗起来。

挂断电话前，她不忘挖苦这个有特殊怪癖的表哥："邢菲知道你让我帮你买伞不会生气吧？"

"她打不过你。"

"……"

柴焰正冷哼着，电话那头却传来一声巨响。

"砰！"

午后，陈未南站在厨房里，颇为惆怅地看着敞开的冰箱门，复又合上。嘴巴还是有些疼，手也没全好，他只好认命地出了厨房。

听着门铃响。他走去客厅。

是送快递的。

签收好，他盯着标写着"陈未南收"字样的盒子，没多想便拆了它。

随着盒子开启，"砰"的一声巨响震荡着整栋楼宇。

陈未南的脑壳嗡嗡作响，他抱着盒子，整个人趴在地上，鸵鸟一样撅着屁股，姿态不雅。终于，等一切平息下来，他抬起头："这什么情况啊？"

楼下人声四起，不爱八卦的陈未南也放下盒子，锁门下楼。和小区的其他住户一样，他没想到像爆炸这种只在电视里看过的情节竟会发生在这个不起眼的小区。

"乖乖，恐怖分子哎！"小区超市八十高龄的老太太拄着拐棍，咂着掉光牙齿的嘴巴说，她身旁的女儿抚着老妈的背，"没事，妈，别怕，没看见有警察吗？"

老太太的女儿想拉着老妈回家，喜欢看热闹的老太太死活不回去，母女俩争执着。

艳阳当空，人声嘈杂的午后，柴焰急切地问着电话那头的表哥究竟发生了什么事。

"没什么，锁定了一个逃犯，他引爆了炸弹，想制造混乱逃跑。"

"没跑成吧？"柴焰松口气，心里竟有些同情那个逃犯了，倒霉蛋，遇到了她表哥，连跑的机会都别想有。

"柴焰，你家是在林苑路梦欣花园吗？"

"是，怎么了？"

"没什么，我大约就在你家楼下。"

"什么？"

柴焰没来得及问清，电话就断了。

与此同时，硝烟气息未散的小区里，看热闹的陈未南不知道他已经被一个男人锁定了。

"你和柴焰住一起了？"

当苍白的手搭上陈未南的肩，他真的吓了一跳。他回头，看到一个头发梳成极度偏分，脸色白净，一身书卷气的男人手正握着把黑色长伞的伞柄，表情严肃地看着他。

"傅邵言,你怎么来了?"

"有个小案子,这边让我来看看。"

让一个公安部授衔的一级警督来看一看的案子,陈未南可不觉得是小案子。

"你和柴焰住一起了?"傅邵言又问。

唔……陈未南知道柴焰这个哥哥性格古怪又古板,他不确定傅邵言知道他和柴焰住在一起会怎样反应,短暂犹豫一下,他答:"没有啊。"

"说谎的男人不牢靠,我会向柴焰强调。"傅邵言迈步进了楼道,冷汗直流的陈未南懊恼地跟在后面。

长伞在傅邵言手里,形如拐杖,一下下点着地,发着咚咚声,终于,他们站在了家门前,陈未南打开门,请傅邵言先进。

"我相信柴焰的眼光,不过如果对象是你,我不希望你们过早发生性关系。"坐在沙发上的傅邵言直言不讳,他握着长伞的手柄,不时地摸弄着。

"哥,不是,我没有……"傅邵言直白的语言让陈未南不知该怎么回答。"为什么啊?"他最后说。

"你这个人幼稚,二十岁时还因为和柴焰闹别扭和其他女学生胡搞,情绪也不稳定,最重要的问题是,我觉得你们的性格要再磨合一段时间。"

Chapter8-5

柴焰的 SUV 快速奔跑在回家的路上,等她到家时,陈未南已经被傅邵言打击得垂头丧气。

"哥,你和他说什么呢?"

"谈心。"傅邵言喝着茶说。

柴焰"哦"了一声,坐下和傅邵言说起了龚宇的案情,垂头丧气的陈未南想起还没拆的快递,起身去拿剪刀。

"可以不要总拿这种低幼的案子来问我吗?"傅邵言揉着额头。一旁的陈未南已经拆开了包装,傅邵言注意到陈未南突变的脸,心情突然愉悦起来,他看下手表,"我先走了。"

"哥,你还没帮我分析案子呢。"

"自己分析。"傅邵言挂着伞,走去门边,中途突然回头,"别傻兮兮那么早把自己交给那个臭小子。"

傅邵言走了，下楼时，他回头看着楼上，现在的情况应该是无须他添乱就已经很乱了。

很乱。他微笑着点着头，似乎对这种现状很满意。

柴焰关了门，愤愤地回房，她看眼陈未南："干吗呢？"

"没什么，我收拾下东西，你想想晚上吃什么。"陈未南抱着盒子匆匆回了房间，目送他离开的柴焰眯着眼：又在搞什么鬼？

她不知道此刻的陈未南正难掩剧烈的心跳，他想不通，怎么会有人寄了迟秋成的日记来给他呢？谁寄的？用意是什么呢？

回了房间的陈未南在房里转着圈，打算把手里的鬼东西丢掉。

柴焰觉得陈未南有些奇怪，可她没时间多想，因为4月中旬，龚宇的案子随着一个线索人物的出现有了转机。

柴焰和陈未南一前一后走进那家名叫"春顾"的小超市时，心里先感叹了声：好干净的店。

"欢迎光临，要买什么？"奶声奶气的声音从柜台后面传来，柴焰闻声望去，看到坐在椅子上写作业的小人，小人头也没抬，刚刚显然是出于习惯问的。

"我不买东西，我找你妈妈。"柴焰和蔼地说道。

"嗯？"小人停了笔，抬起头，圆脸上乌亮的眼睛眨了眨，"你们是谁啊？"

"我们是龚宇的朋友，是他让我来找你妈妈的。"

"啊？"听了柴焰的话，小人跳下椅子，几步跑去柴焰面前，仰着头，"你认识龚叔叔吗？"

"认识啊……"柴焰弯下腰，摸摸孩子的头。

"这模样，和那个姓龚的也不像啊……"陈未南在一旁搓着下巴。

柴焰也觉得不像，可表哥说了，龚宇宁愿被控告也不说出他那天的踪迹，只说他是清白的，这只有两种可能，一是他撒谎，二是他笃定自己不会被判刑。

柴焰倾向于第二种。

按照傅邵言的意见，她搜集了几乎所有龚宇的资料，发现他生活规律，除了平时见客户外，没任何其他活动。

"没特别，就在规律的那些里找。"

傅邵言的话点醒了她，她随即发现龚宇经常搬家，而每次搬家的地点，附近总会有家小超市，店主是个带孩子的女人。

"你们是谁？"内室的人听见声音走了出来，是个扎着马尾的年轻女人，她疑惑地看着柴焰和陈未南，眼中充满戒备。

"我是龚宇的代理律师。龚宇现在被指控谋杀，他说当时他不在现场，可却给不出任何证据，我想来问问你知道什么吗？"

"我不认识他。"

女人上前几步，推着柴焰和陈未南出门。陈未南挡在柴焰前面，忍不住尖叫"你指甲该修修了，哎哟，柴焰你靠后"，柜台后的小人吓着似的，嘴里不住叫着"妈妈"，不大的超市乱得像锅粥。

柴焰被陈未南护在身后，想尽办法让他让开都无济于事，只好踮着脚大声说："我查过了，你是两年前搬来蕲南的，两年里搬家十一次，这段时间里龚宇也跟着搬家十一次，每次都和你在同一个小区，蒋女士，我不知道你和龚宇之间发生过什么，不过他现在可能被控诉，控诉成立是要坐牢的。"

"和我没关系。"女人终于把他们推出了门。

跨站在台阶上，陈未南摸着下巴："现在怎么办？"

柴焰耸耸肩，看向陈未南："下巴怎么了？"

"被挠了。"迈下台阶，陈未南弓着身把脸凑近柴焰，"你还不让我陪你来，我不来毁容的就是你了。"

"出血了。"柴焰低头翻着包，"创可贴不知道带没带。"

"柴焰，以后你办案我都陪你好不好？"

"你最近怎么这么奇怪？一大男人整天跟着我算什么？缺安全感吗？"柴焰顿了顿，欣喜地举着手里的创可贴，幸好还有一个。

不由分说地撕掉包装，她随手贴到了陈未南脸上。

陈未南摸了摸那个只是想就知道很丑的创可贴，微微笑了，他真的有点儿缺安全感。

"柴焰……"

午后的小区，林荫路漫长静谧，陈未南想说的话还没来得及开口，便被身后的声音抢了先。

"如果没证据，他真的会被判刑吗？"

柴焰回头，斑驳的树影照在憔悴的女人身上，她拉着小人，问柴焰。

龚宇那天的确是和李家祥去了曹洋家，因为李家祥要和曹洋签署一份协议。可后来不知怎么，曹洋和李家祥吵了起来，龚宇不想掺和，便下楼抽烟，也是在这个时候，他接到了女人的电话，孩子高烧，要送医院。

案发时龚宇去了医院。

"你早知道？"知道真相的陈未南摸着下巴，难以理解地挠着，手随即被柴焰拍掉。

"会留疤。"她拉住陈未南的手，看向远处满脸胡楂，却紧紧拥着女人的龚宇，点点头，想起她找到证据的那一天。

"就为了让她回心转意，你就冒着被拘捕判刑的危险？"柴焰觉得这个理由有些不可思议，"如果她不愿意为你做证呢？"

"她不会，再者，你是吃素的？"龚宇指指柴焰手里的文件，"你这不是为我找到证据了吗？"

"狡猾的家伙。"柴焰嘀咕。当然，龚宇这人比她想的要深得多，他还有一个没有说出真相的理由。

"我不想帮李家祥打这场官司。"

柴焰眯起眼，似乎没想过龚宇会有这层心思。

"一箭三雕。挽回了爱人，使唤了你，再顺便躲开了无良老板，柴焰……"陈未南叫她，"你要多和人家学学。"

午夜，柴焰靠着沙发看手中的资料，陈未南的话让她抬起头："不学，我会别的。"

"什么？"

"陈未南把苹果削了切块放在我够得着的地方，衣篓里的衣服洗了，还有明天我想吃虾，大的。"

"遵命，女王大人。"

陈未南甩着手起身，他心情不错，管是谁寄来的迟秋成的日记呢，现在给柴焰幸福的是他。

Chapter8-6

细雨绵密，天地模糊成一团苍青色。

柴焰坐在法院二楼的休息室里，抬头看眼墙壁上的圆形表盘，距离开庭还有十分钟的时间。秒针不停歇地画着圈，声音细密，隐匿在窗外沙沙雨声中，不仔细听人是不会在意的。她合起眼，脑中梳理着她同代理人最近一次见面时的情形。

她才接的代理案，孟东谷作为第一被告，被控杀人。

同样是个雨天，雨势渐大，铅灰色的云层笼罩的城市里，看守所狭小的接待室内光线未明，孟东谷戴着手铐，垂头坐在靠门侧的位置，他身后一米远，穿着蓝色制服的警员倒背双手站在门旁，不时回头看上孟东谷一眼。

"我喜欢曹洋，可你知道，我大她很多，喜欢她的男人也很多，我钱不多，人也不年轻，更加谈不上帅。所以除了不让她做脏活累活外，我能为她做的不多。"

"曹洋有其他男人，你不恨吗？"

"……"孟东谷沉默了。

任何一个正常男人，大约看到自己喜欢的女人随意和其他男人乱来时都会恨的吧。柴焰想。

"是我杀了曹洋。审判时我会认罪的。"孟东谷说。

事情就这样大条了。

自己的当事人在没宣判前就承认了罪责，就算柴焰本事再大，恐怕也无力回天，这场官司难道她就这么输了吗？

天色灰暗，雨依旧缠绵，有人敲门通知开庭，柴焰睁开眼，长出一口气，起身，开门出去。

依旧是四号法庭。

法官换成了五十岁上下的女法官，戴副黑细框眼镜，镜片之后的目光透着锐利。

木槌"咚咚"地在桌案上轻敲了两下，法官说声——开庭。

依旧是检方先读公诉书，死者系机械性窒息死亡，鉴于死者除脖颈处勒伤外，口腔及咽喉部也发现大面积瘀血，主要死因系口鼻腔鼻塞造成的窒息，也就是说，死者致死的凶器是枕头。

在那个枕头上，残留的孟东谷的衣服纤维成了他被指控的主要证据。

检方坐下，柴焰心里暗自一沉，该怎么办呢？

在她思索的过程里，孟东谷已经在接受沈晓方的问询了。沈晓坐在与柴焰同侧的辩护席，嘴角含着浅浅笑意，似乎对减刑这事稳操胜券。她的同事此时正扶着孟东谷的木头栏杆问话——

律师："你那天为什么去曹洋家？"

孟东谷："她那几天不开心，叫我晚上去她家一趟。"

　　律师："然后呢，然后你去了曹洋家。看到了什么？"

　　孟东谷："家里很乱，门开着，曹洋躺在床上……"

　　孟东谷低下了头，似乎不想回答这个问题。可辩方律师却不肯放过这个机会，他双手猛地抓住护栏，身体前倾，脸凑近孟东谷，眼神犀利语气激进："你看到才和李家祥发生关系的曹洋一身凌乱地躺在床上，脖颈上带着伤，像是死了，可她还有呼吸，你喜欢她，甚至偷了她的内衣来收藏，却发现她把你叫来是为了让你看到她和别人上床，你相当气愤，觉得羞辱！为什么要让你看到这一幕！怒气冲上你脑顶，愤怒之下，你做了什么？"

　　"我拿起枕头，按在了她头上。"孟东谷闭起眼，不愿想起曹洋几乎没怎么挣扎的画面，"是我杀了她，我认罪。"

　　律师："法官，我问完了。"

　　接下来，轮到柴焰。

　　是一场必输之赌吗？她感觉到周围人看她的眼神好像都在说——你输定了。

　　可她偏不信命。

　　柴焰挺直脊背，站在规整肃穆、灯光明亮的房间里，异常沉着地开腔："请描述一下事发当天的情况。"

　　李家祥的秘书先说：

　　"曹洋是我们老板的相好，那天老板开完会去曹洋家，两人闹得有些不愉快，具体因为什么我当时没好问，后来老板说是曹洋想和她那个诊所的医生好，我们老板就气了，那天两人闹得有点儿凶，后来老板叫上我走了。我和老板离开后去吃的夜宵，然后回家。因为那天蛮不愉快的，我们回家很早，我是九点半到的家。"

　　秘书这话才说完，柴焰的眼睛莫名亮了。

　　她要求询问李家祥。

　　李家祥站在被告席上，一副吊儿郎当的样子。他小学文化，十七岁去南方做生意，捞到第一桶金后逐渐成了名副其实的暴发户。李家祥的说辞同秘书的相差无几："曹洋想和我分手，我就火了，我好好地收拾了那丫头一顿，可我没杀她，孟东谷不也说了，他去的时候，曹洋人还活着吗？后来我九点多到家，之后才知道曹洋出了事，人可不是我杀的。"

　　"你确定你是九点多到的家？"

　　"确定！那天秘书跟我一起回了我家，九点半，我记得没错。"

　　"哦？"柴焰转过身，微微一笑，"那为什么曹洋会在九点五十分发短信给孟东谷，说你打她？要孟东谷去救她呢？”

"不可能，这绝对不可能！"

"怎么不可能，孟东谷手机上还有曹洋发来的短信！"

"假的！"

"你怎么那么肯定短信是假的？"

"死人怎么会发短信！"说出这话的李家祥愣住了。

柴焰踱着步子，在方寸的区域里来回走着："我们似乎没说过曹洋的死亡时间吧？"

"警察闲聊时我听说的……"

"听说什么？曹洋的死亡时间在九点半以前吗？"

"差不多。"李家祥抹了把脸上的汗。

柴焰笑容灿烂，她举起手指："第一，警员不会闲聊这些；第二，曹洋的死亡时间是当晚十点至十二点这个区间。李家祥，你之所以和你的秘书强调你们在九点半前到家，无非是因为你们从曹洋家离开时看了她家表的时间。只是，可惜……"

她走回辩护席，从文件夹里取出一张照片："曹洋家的表，坏了……"

照片里，掉落在地上的四方表盘，指针静静停在了九点半的位置。

阴雨一周的蕲南在这个周二展露了晴朗，蓝天上飘着朵朵白云，陈未南站在台阶下方，面朝着远处象征公平正义的日晷，等着出庭结束的柴焰出来。

今天是曹洋案终审判决的日子。

清风从东方徐徐吹来，身后传来轻快脚步声。

"陈未南，判了。"是柴焰的声音。

"注意措辞哈，我可没犯法。"陈未南猛一转身，本想就势抱住柴焰。可当他看着离自己还有八丈远的柴焰时，只得讪讪地收手，他嘴里嘀嘀咕咕，甚至没听清柴焰说的孟东谷究竟判了几年。

"说曹洋命大，她死了；说她命小，被李家祥和孟东谷一前一后害了两次都没死成。"直到真相最后浮出水面，柴焰也不免唏嘘，"李家祥因为曹洋吵着要结婚心烦不已，下了重手后误以为曹洋死了，正准备逃跑，出门时发现了准备上楼的孟东谷，没去路的他们只得又躲回房里。孟东谷看到那副模样的曹洋，郁悒愤懑的情绪让他做了过激的举动，但曹洋还是侥幸地与死神擦肩而过。可最后还是没能逃脱李家祥的再次下手。曹洋最后的死，不过是李家祥找到了嫁祸对象的借刀杀人罢了。"

"说得怪玄乎的，被掐了三次才死？"

和风暖暖，柴焰好笑地看着陈未南："曾经有个被变态劫持的小男孩儿，被勒十一次都没死呢！陈未南，你该补充知识了。"

"打住，看书伤脑，我现在就能做造人这样的轻活。"

要脸吗？微愠中，柴焰听到台阶上方传来脚步声，她余光里看见，脊背不自觉又挺直了些。

是安捷的人。

才输了官司的男律师灰头土脸地走下楼，看到柴焰微微一愣，继而无奈地耸了下肩。他远远地朝柴焰点头："柴焰，你还是那么厉害。"

不痛不痒的恭维。

柴焰没有和他再交谈的意思，男律师摸摸鼻头，绕开他们，走了。走出没几步，他复又折返回来："对了，沈律让我向你转达她对你的恭喜。"

"呵！"柴焰笑了一下，"那你也帮我转达一下，让她准备好选个姿势，怎么一败涂地吧。"

"……"

男律师走了，柴焰开始认真考虑起陈未南的话。她虽然不喜欢陈未南什么都这样直接，不过她考虑着或许应该了。

"其实，陈未南……"她抬眸，却对上了陈未南递来的手机。

"何子铭让我提醒你，你偷懒两次没去复查了，柴……焰……"

陈未南踮着脚，嗫嚅的样子让她原本的娇羞顷刻不见了。

瞪了他一眼，柴焰转身走了。

破坏气氛。

Chapter9 不渝

这世上鲜会有没有矛盾和怀疑的爱情，起码我是不信它真的存在，可我坚信一点，千帆散尽、桑田沧海，和我并肩一起的只可能是他，也只有他会在赌气时，系着围裙，噘嘴递给我一碗面，逼着我吃我讨厌的荷包蛋。我不需要他伟岸，他给我的东西远比伟岸实际——快乐、包容，还有那难吃的荷包蛋。

Chapter9-1

夜凉如水的晚上，柴焰躲在卧室里，悄悄换了件羞人的衣裳。

镜中的少女，长发乌黑，卷曲的波浪垂在鬓间，被纤细的手指轻轻钩起，掖在圆润小巧的耳后。

柴焰深深地呼气，看着镜中的人也胸口起伏，跟着呼气，不免有些好笑。有什么好紧张的，把自己交予喜欢的人，难道不该高兴吗？紧张什么！

她对着镜子，扯了扯嘴角，却觉得笑得怪怪的。

“笑太大了。”她摇摇头，把嘴巴又闭小了些，“这样会不会太职场了？他又不是我的代理方。”

不过几分钟的时间里，柴焰第一次觉得不知所措，她不知该怎样笑，她甚至想象不了，一会儿她站在陈未南房门前，手是该交叠，还是背在身后好。

爱情原本就是如此奇妙的东西，哪怕洒脱如柴焰，也会考虑起这些鸡毛蒜皮的小事。她不在乎自己有多好，可她想在陈未南面前成为最好的那个，至少不能允许一丝糟糕。

对着镜子又反复照了照，她确信现在是她最好的状态。

一楼渐复寂静，楼梯上柴焰蹑手蹑脚的背影最终消失在陈未南的卧室门口。

细密的水声从房间的独立卫生间里传出来，水声时粗时细，她闭起眼，脸

红心跳，想晃掉脑子里那些乱七八糟的画面却是徒劳。拍着脸，她加快脚步跑进房间。

"咚"的一声。

她进房，掀开被子上床，随即用被子裹住自己。

四周是阳光和陈未南的味道，她捂着肿起来的额头，心里懊恼：陈未南，你房间的墙未免太硬了些吧！

她揉着肿包，甚至不敢呼吸，她怕下一秒洗好澡的陈未南会走出来，站在她面前。

陈未南这个澡洗得有点儿久，他脑子里不住地转着一件事——迟秋成的日记。

很奇怪吧，他留下本该就势扔掉的东西。他想研究下究竟是谁寄了这本日记给他，却意外地读了另一个男人对他女朋友的温柔情愫。

迟秋成是个不错的人，可他已经死了，不管寄东西的人是抱着什么样的目的，都无关紧要。

"一会儿就把日记丢掉。"他做着决定，随手将湿发梳至脑后，扯过长毛巾，围在腰间，推门出去。

卧室的灯光从未像今晚这样明亮温柔，柴焰坐在床边，身上的蕾丝镂空睡衣让她看上去曼妙性感。她背对着他，垂着头，肩膀簌簌发抖。

是冷吗？不会呀。陈未南抬手伸向墙上的空调按钮，后知后觉地发现他的手竟然也在抖。

哦……是紧张。

他慢慢地走近柴焰，终于坐在她身边，他喉结滚动，咽了口口水："柴焰，你这是……"

"这东西，谁给你的？"柴焰回过头，陈未南发现她竟然哭了。她手里举着迟秋成的日记。

糟糕！他暗骂了一句，只好不情不愿地说了快递的事。

"日记看起来不像假的，只是不知道是谁寄来的，寄这个要做什么。"他挠了挠头，"我想着告诉你你会烦心，就没告诉你，你不怪我吧？"

静谧的房间，柴焰默默摇着头，她思索着一件陈未南并不知道的事情。

"陈未南，你说，迟秋成有没有可能还活着？"她回眸，说着一个大胆的猜测。

"什么？"陈未南干笑两声，觉得那是个天方夜谭，"他活着，怎么可能？

我带你去过他的墓地的。"

"不对。"柴焰觉得哪里不对劲，她猛然想起什么，拉起陈未南朝外跑，"为什么会出现迟杨这个人？我确定之前没见过他，他干吗会追求我？还有，他腿有伤，他说他遭受过意外，而且，你知道吗？我上次见他，他去医院复查，他掉了一张纸，被我捡到了，上面是韩文，所以迟杨很可能就是迟秋成，他受伤了，整容了，所以我没认出他。"

"柴焰……"被她一路拉去她房间的陈未南站在门口，看着她手忙脚乱地翻着她的包，一时竟不知道该说些什么。

"奇怪。"把包清空也没找到迟杨那张纸的柴焰沮丧地坐在床边，"我明明把它放包里了，怎么不见了？"

"柴焰，是你想多了，那个迟杨说不定是懂韩语的，一张纸不能说明他是整容的，他也不会是迟秋成，迟秋成死了。"陈未南耐着性子，试图拉住还在继续翻找的柴焰。柴焰那着急的样子让他不舒服，不过这些比不上柴焰的大声反问："你怎么知道？"

那语气，像是他在诅咒迟秋成死一样！

他慢慢放开了柴焰的手。

"陈未南，我不是那个意思。"后知后觉的柴焰回过头，不知道该怎么解释。

"是啊，我凭什么就知道他一定是死了呢？我没事干在这里'诅咒'人，真没劲。"他懊恼地说着，再失望地转身离开了房间。

夜安静得可怕，再经过那面穿衣镜，少女脸上的娇羞紧张早已不见。她将下垂在耳际的碎发，觉得身上的衣服怎么看怎么碍眼。

是她错了吗？她昂着头，并没觉得她做错什么。

在乎一个朋友的死活，有错？

她看眼手里的日记，迟杨会是迟秋成吗？

随手拿起件纯棉衬衣披在身上，柴焰靠在床头，借着静静夜色，翻开了迟秋成的日记。

"她是个吃相可爱的女生。"

她可爱？是能吃吧，柴焰笑笑。

"她喜欢一个男生，我觉得那个男生各方面都很好，唯一的不好就是总让她伤心。"

关于那段时期，柴焰记得她没向迟秋成说太多，可细心的他还是发现了。

"今天训练，教练提醒了我两次，可我还是忍不住走神，我在想她，她在做什么呢？”

合上日记，柴焰难掩内心的复杂，迟秋成喜欢她，她此刻想的却是陈未南。那家伙，生气了吧？

她悄悄下床，踩着明亮的灯光出了房间。站在二楼卧室门口，对着紧闭的房门，她张嘴叫了声"陈未南"，没人应。

"是我态度不好，对不起。"

"哪儿不好了？"门打开，陈未南手撑着门框，脸色比之前略略好看些，鼻孔却仍然向天。

"不该朝你吼。"

"道歉我接受。"陈未南舒口气，大约也觉得好好的夜晚闹不愉快不好。他拉起柴焰的手，"我也有错，太斤斤计较，不过柴焰，你能答应我别再去想什么迟秋成了吗？他已经死了。"

"那是谁寄来的日记？"

"日记日记，去他的日记。"陈未南甩开柴焰的手，直接下了楼。

当"咚"的一声关门声传来时，柴焰苦笑一下，他们现在就是不欢而散吧。

难道真是她敏感吗？可她的确希望迟秋成活着。

她叹了一口气，下楼。

这晚似乎注定没有好眠了。

她只是没想到，陈未南会彻夜不归。

Chapter9-2

花园路上卖早餐的流动餐车从街头一路走去街尾，车不时停下来，有人从车里递出豆浆包子油条之类的给顾客，收回手时，手里多了几张或整或零的票子，才摆脱睡意的人们手拿早餐和找回的零钱，各自走开。阳光明媚，再普通不过的周三清晨。

柴焰停好车，没急着进门，先在门外徘徊了一阵。

花园路283号的未南牙诊，窗玻璃擦得永远和陈未南那口白牙一样闪亮。斑驳树影映在窗玻璃上，里面的情形看不清。柴焰觉得自己的眼睛就要瞪瞎了，也没看清陈未南究竟在没在里面。

咬着牙，她推门进去。

"那个，我找你们老板，我东西忘在他那儿了，你叫他出来。"柴焰头昂得很高，似乎还不承认她是决定低头的那个。

可也几乎就在她进门的刹那，她扫视下大厅，知道陈未南不在。

去哪儿了呢？

"柴姐，我们老板几天没来了，好几个病人因为他不来已经转去别家诊所了。我们也急着找他，打电话给他，他也不来，你帮我们说说吧……"

说？她怎么说？陈未南现在连她电话都不接了。她不是没打过，关机啊！

"我会和他说。"柴焰随口应了一声，心烦地离开。

无所事事的她去了街对面，打开律所的门，迎着满室灰尘走进去。狭小的房间让人不适，踹开挡路的一摞废弃资料，柴焰被随之而来的灰尘呛得直咳嗽。

"啧啧，你这地方，未免小了点儿，坐得下两个人吗？"身后人声突然响起，柴焰猛地回头，看见灰尘萦绕的阳光里，龚宇一脸鄙夷地打量起屋里的摆设。

"我是来报到的，老板，不过我看，你最好先给我腾出个地儿让我坐下吧。"

老板？柴焰不明所以。

看出她的疑惑，龚宇耸耸肩："因为官司，我被东家辞退了，现在无家可归，我有老婆孩子要养，需要钱，你不是才接了楚爵新公司的法务代理，需要人，我和你各取所需，怎么样，你以为如何？"

"成交！"

新成立的上下级关系让两人同样的不适应，柴焰正不知道该说些什么，何子铭的电话便打来了。

洒水车占住马路的大半块路面，像个上了年纪的老人一样慢吞吞地前行。喷水口是患病区，偶尔正常，大部分时候如同得了肺痨，大口朝路面咳着水。不平整的路面很快结起一块又一块汪洋，随着后面车辆赶上，再被掀起一个个和了泥的水泡。

被这辆洒水车堵了足有五分钟的柴焰早没了脾气，坐在车里，看着渐入眼帘的心理诊所。

何子铭站在草坪上，拿着剪刀，正修剪花草，柴焰按了两下喇叭，朝他挥手示意。

"我以为你是找我来治疗的呢。"柴焰接过网球拍，无可奈何地说，"我现在没心情陪你玩。"

"不是玩，打球也是治疗的一种形式，比起传统治疗，我认为这种更适合你。"何子铭一手执球，在球拍上颠了颠，"柴焰，我不得不提醒你，虽然你的病看上去好了，不过还是需要保持稳定的情绪。"

"我情绪很稳定。"

"那为什么不开心？"何子铭挥臂抽球，球打在了几米远的界外，是个坏球。

"我没有不开心。"

弯腰捡球的何子铭摇摇头："不按时来治疗两次，我打电话去提醒你的语气也是很不耐烦，正常时候的柴焰不该是这个样子的。"

好吧，是有些。握着球拍的手蓦然收紧，柴焰低着头，情绪沮丧："何医生，如果我觉得迟秋成没死，这个想法会不会很奇怪？"

"考虑不是病发，这个情况应该属于现象。"重新握着球的何子铭站去了场地另一边，"不过要先排除是否是病发。"

他扬眉开玩笑的样子逗乐了柴焰："怎么可能？"

她已经好了。

"和我说说，会有好处。"何子铭抛着球，"怎么样？何氏运动治疗法，要不要试试？"

她只好从命了。

一场球赛让柴焰有些筋疲力尽，结果仍是惨败，她一屁股坐在稀疏的草坪上，摆手谢绝了何子铭递来的水，眼神迷离，大口喘着气："事情就是这样，我不认为我做错了，可陈未南还是生了气。"

"而且你还找不到他了。"何子铭屈膝坐在柴焰身边，仰头喝着水，"感情的事我不懂，不过有一点我可以给你些建议。"

"什么？"

"再见到迟杨，问清楚不就好了吗？"

馊主意！柴焰瞪了何子铭一眼。

何子铭却越过柴焰，望着远处："柴焰，你说的那个迟杨多高？"

"一米八左右。怎么了？"

"腿有毛病？"

"是，怎么了？"柴焰不明所以地看着何子铭，他正朝她身后喊着："你是迟杨，还是迟秋成？"

柴焰猛然回头，刚好看到一截儿仓皇而去的衣角。

是迟杨吗？

她起身追去。

错综的弄堂里，哪里也没有迟杨的身影。

手扶着墙，柴焰的心猛一阵紧缩，迟杨真的是迟秋成吗？否则他为什么要跑？

迟秋成还活着吗？迟秋成或许真的活着！

她捂着胸口，感觉是剧烈心跳后的欣慰、喜悦与救赎，电话却不合时宜地打断了情绪，她靠着墙，微合起眼，将电话举到耳畔。

电话里龚宇的声音聒噪焦急："柴焰，你能来东直大道一趟吗？"

"现在？"柴焰抬头看看天，"干吗？"

"我遇到麻烦了。"

多灾多难的 4 月，才摆脱了一场官司的龚宇被一个老太太讹诈了……

真是一波未平一波又起，柴焰在电话里了解了大概，挂了电话。

她过街，开车门，上车，想着至少要同何子铭道声别，就在她思考的这几秒里，一条短信发到了手机上。很简短的一行字，是她妈发来的：你怎么没和未南一起回来？闹别扭了？

靠！她拍了下方向盘，陈未南跑回家了！

她又气又想笑：陈未南怎么好像个小媳妇儿，生气就回"娘家"了，肯定和她妈告状了吧。

她按了按太阳穴，想起她妈那张凶脸，有些头疼。

她思考着是现在打电话去陈家，还是忙完回云都去找他。柴妈的第二条短信紧随着发了过来：丫头，我就在未南他们家呢，原来是小奇迹病了啊。

柴妈鬼祟八卦的形象在柴焰脑中一闪而过，她的目光便久久停在了后半句话上——小奇迹病了。

再没多想，她发动了车子，绕去诊所门口，对还站在原地的何子铭道别。

"迟秋成的事放下了？"他晃着球拍。

"陈未南家里有事，我要先回家一趟。"其他的，她暂时没时间想。

Chapter9-3

拿了何子铭开的药，柴焰开车去了机场，路上，她订好了机票，还不忘打电话去给 Sophie。忙完这一切，她长舒口气，方才想起陈未南似乎还在生她的气。她回去就意味着又是她低头，可那又怎样呢？

她还记得陈未南第一次和她提起家里的私密是大学时候，樱花树下满是樱花瓣，她第一次见到那么忧伤的陈未南。

陈未南开口便和她说："知道我们为什么叫她小奇迹吗？"

当记忆奔涌进现实的洪流，柴焰的 SUV 停在十字路口，等一个漫长无比的红灯，直射在玻璃上的日光刺目灼人，柴焰拉下遮光板，同记忆中的陈未南异口同声地开口："因为她活下来就是个奇迹。"

八年前的冬天，有着云都那些年没有过的冷。那是 1 月 11 日，陈妈穿着厚实地出门去赴朋友的约，几个多年未见的老朋友一见面，聊起来就忘记了时间，等分手时，天已经黑透了。

陈妈喝了点儿酒，站在路边，人摇摇晃晃地伸手拦车，也就是扬手的工夫，脚下打滑，她狠狠地摔在了地上。

"哎哟！"持续不到半秒的大脑空白后，眼泪瞬间蹦出了眼眶，陈妈僵硬着动作，想喊人求助。可空寂的马路上哪有什么行人，委屈外加腿疼的她只好摸出电话，打给家里。

"我摔了，你快来啊！"那边才接起电话，陈妈忍了半天的情绪终于如决堤潮水般崩溃了。

陈家几乎是全家出动，陈爸和已经读大二的大儿子抬着陈妈去急诊，小儿子陈未南自告奋勇去缴费。

各种检查做好，一家人精疲力竭地靠坐在走廊长椅上休息。

最先发现不对劲的是陈妈，借着陈爸的手劲儿，陈妈直起身，四下里张望："未南呢？"

陈未南的大哥被打发去找陈未南，一刻钟后，大哥带着陈未南回来，陈未南怀里多了个又脏又破的窄布包裹，包裹里放的是才出生不久的婴儿。

当时的小婴儿皮肤已经青紫，没有鼻息，陈妈才看了一眼就崩溃地趴在了陈爸怀里。

死孩子。

大人们这么叫陈未南抱着的那包"东西"。

"她没死，刚刚还喘气呢！"还是个少年的陈未南倔强地昂着头，死死抱着怀里的布包。

陈爸最先站出来制止陈未南，他指挥着陈冀南把包裹抢下来，交给医院处理，可陈未南就像头倔强的牛，不论大哥怎么抢，他死活都不放手。

就在两人僵持不下，走廊里的行人开始围观时，陈未南突然停下了动作。

"爸妈，大哥，你们听到了吗？"他人先是怔怔的，接着如同神经病一样，脸上露出了狂喜的笑，"我说小家伙没死，你们听，她哭了。"

那团小东西是哭了，猫一样，一声一声，弱弱地哭。

那团差点儿被丢掉的小东西就这样活了下来，难得的是开始害怕的陈妈在养腿期间态度迅速转变，喜欢上了这个安静爱笑的小婴儿。

在一番颇费周折的领养手续后，小东西成了陈家的一员。领养前，陈家人给她做了检查，很健康的一个孩子，他们想不出小东西的真正家人因为什么不要了小东西，因为她是女孩吗？

不过那些都已经不重要，小东西有了名字，大名陈诗意。名字是陈未南取的，因为第一次见是在 11 号，这个名字的另一层内涵是失忆，他不想小东西知道不要她的那些浑蛋家人。但无论是陈未南还是陈家人，都喜欢叫陈诗意的小名——小奇迹。

小奇迹慢慢长大。

小奇迹说她最喜欢二哥，虽然他总把她的头发扎得乱七八糟。

小奇迹常说，二哥答应过她，将来找的嫂子一定是小奇迹喜欢的。

小奇迹喜欢柴焰。

小奇迹病了……

柴焰几乎想得出陈未南现在心里的难过程度。

与其说陈未南是小奇迹的哥哥，其实他更像小奇迹的爸爸。

连换洗的衣服都没来得及整理，柴焰直接去了机场，取票、过安检，直到坐在候机大厅里等候一班还要一个多小时才起飞的航班，她才发现，原来喜欢一个人是这样的感觉，你在意他的感觉，怕他难过，哪怕知道他是个坚强的人，也想在第一时间飞去他身边，只为和他并肩，握紧他的手，感知彼此心意相连。

空中，机场小姐空寂的声音沿着布满金属支架的棚顶回旋，《三只小熊》的铃声混在其中，响了许久柴焰才发现是她的手机在响。

龚宇来电。

"龚宇，哦……解决了不就好了吗？什么叫我不爱惜自己的员工？你真不希望 Sophie 去救你，那你把电话给她，我让她回去，当她从来没来过，你继续自己对付那难缠的老女人好了。"

"嘟……"

"事儿妈。"她正要收起电话，铃声随即再次响起，这次是陈未南。

"陈未南……"她开口。

那边迟迟没人应答。

柴焰握紧电话，觉得手心在出汗："是你吗，陈未南？"

"柴焰……"

柴焰人愣住了，陈未南嗓子哑了。

"陈未南，你怎么了？小奇迹的病很严重？什么病？现在情况怎样？需要手术吗？我之前代理过医疗案，认识几个有名的医生，有一个是擅长……"柴焰一口气问了连串问题，说了许多话，直到口干舌燥。她几乎是在口不择言，连自己也不知道她在说些什么。握着电话的手因为用力过猛，指甲盖发着青白颜色，手控制不住颤抖，为了抓牢电话，她用另一只手紧紧扣住手腕，手心汗涔涔的，她担心小奇迹，也担心陈未南。

"柴焰……"

她感觉陈未南发声似乎都困难，她手换到另一边，电话机几乎扣紧在耳郭上，轻声问："什么？"

"对不起。我想你。"

他向她道歉，这个傻子，她才是应该道歉的那个呢。柴焰微笑着，拿着电话的手伸远了些："陈未南，你听。"

"由薪南飞往云都的 T5024 号航班正点起飞，乘坐本次航班的旅客请在候机厅等候登机。"

"你等我。"柴焰看着近前那面玻璃广告板上自己模糊的笑脸。

幸福的事并非是每天耳鬓厮磨，蜜语不断。好比她和陈未南，当她别扭赌气，他也在闷头生气，他会做先一步低头的那个。最大的幸福不过是，他在想她，而她正要登上飞向他的航班。

一片沉默后，柴焰轻轻叹息："别哭鼻子，男人哭，最难看。"

"我怎么可能哭，别开玩笑了！"他哼哼着，鼻音明显。

陈未南是趁着空隙时间打来给柴焰的，他人还在医院，短时间突然上火，他嗓子哑得厉害。他想再和柴焰说上两句，却无奈小奇迹又从病房偷偷溜了，得知这个消息的陈未南只得匆忙同柴焰道别，连按压下太阳穴、舒缓下紧张神经的时间都没有，他便迈开长腿，跑出走廊。

烂漫春光，闲适宜人的午后，陈未南在医院的大小角落里找寻不知跑去哪儿的小奇迹。千里外的柴焰握着还微微发烫的手机，深吸一口气。

Chapter9-4

两个半小时候后。

飞机起降后的眩晕感还没彻底消散，柴焰脚下发飘，几乎一路奔跑着去了出站大厅。出站口，那个身穿排扣大衣，举着牌子笑容痞气的陈未南果然不在。

是啊，这种时候，他不可能来接她的。

柴焰抿了抿唇，发觉嘴唇干燥得起了皮，她顾不及买瓶水喝，急匆匆地迈出感应门，在门口，她伸手拦下一辆计程车。

直到坐在车里，司机踩下油门，红色的士驶下回形坡道，柴焰紧绷的精神才算彻底松弛下来，她长长地出了一口气，有种尘埃落定的感觉。

陈未南，我回来了。

想起什么，她拉下遮光板，背面的方块镜片嵌在棕色皮革中，伸手拭去上面的浮灰，柴焰看着镜中的自己，暴起细皮的嘴唇和苍白的脸色让她看上去狼狈得如同难民。

舌头反复舔了几下，白皮还在。她皱皱眉，伸手一点点把那些碍眼的白色撕扯下来。看着冒着涔涔血丝的嘴唇，她舔了舔，又使劲儿在脸颊上拍了两下，脸颊红润，嘴唇也有了血色。嗯，这样顺眼多了。她微笑地看着镜子里的自己，无视司机已经惊诧到不行的那张脸。

女为悦己者容，这话不假。

她坐在车里，看着车窗外望不着边的翠绿的树林，心底无比柔软，再一下，再一下她就能见到他了。

风极速略过耳鬓，被吹起的长发沿着车行方向肆意飞舞，心急切得如同风速。

此刻的陈未南正绕着偌大的医院院落，四处寻找着小奇迹。

他时而停在某个转角地方，停下脚步看眼树后："小奇迹，别躲了，我都看到你了！"

这样的情形在近乎半小时内发生了不知多少次，可每次都是他的自编自导，小奇迹连个人影也没见着。

"臭屁孩儿，看我抓到你不揍你屁股！"最初，他哑着嗓子喊。

"小奇迹，你出来……"后来，他干咳着，有气无力地呵斥。

再到现在，他脚步越来越快，嘴里只剩下低低沙哑的呢喃："小奇迹，你个熊孩子，你哥我腿都跑细了，你不心疼啊……”

他悬了好久的心总算在听见那个声音时松弛下来。

“我不是故意的，我就是想帮他拿下东西。”

是小奇迹的声音。

陈未南回头，看见不远处的医院门口，小奇迹低头噘着嘴，一脸委屈地说：“我不是故意的，我就是想帮他拿下东西。”

小奇迹对面，一个身材高大的中年男人正一脸凶相地瞪着她，高挺的鼻梁加上鼻翼两侧的法令纹，犀利尖锐的男人让小奇迹害怕，垂着头的她又朝身后缩了缩。男人的气焰更嚣张了，他一手扯着身边的小男孩儿，边弯腰凶巴巴地瞪着小奇迹：“你是谁家小孩儿，小偷吧，知道我儿子这玩具多少钱吗？”

“说谁偷呢？你嘴巴放干净点儿！”插话的是陈未南，他一个箭步冲过去，挡在了小奇迹和中年男人之间，一脸愤怒。

突如其来的呵斥吓了中年男人一跳，他退后一步，在看对方是比自己矮一号的陈未南时，又自然地挺直了腰杆：“你是她家长？”

“是。”

“她把我儿子玩具弄坏了，怎么赔吧？”

陈未南哼了一声，掏出钱包，拿出几张票子：“够吗？”

估计没想到他会这样痛快，中年男人愣了片刻，嘴咕哝一下，声音低低地说：“勉强够吧。”

中年男人拿起钱，拉着儿子准备走，却被陈未南伸手拦住：“你说我妹偷东西这话又怎么算？”

下车前的几分钟，柴焰提前付好了车费。远远看见一群人围在医院门前看热闹。

陈未南的身影在稀疏的人群缝隙里影影绰绰，她看到小奇迹站在一旁，急得跺脚，嘴里喊着：“哥哥，别打了。”

陈未南和人打架了！还是在医院门口。

她急忙下车，劈开人群，伸手一把抱住了陈未南。

背上一痛，她挨了不轻的一拳。

柴焰皱了皱眉，闷闷的痛感从背上传来，半晌才过去，她张张嘴，强撑着底气：“为什么打架啊？”

“柴焰！”发现柴焰替他挨了打的陈未南眼眶发红，迈步要找人拼命，可随即便被柴焰拉住了。

"我问你为什么打架？"

"……"

不过三两句话，陈未南解释清了事情的经过，柴焰背上的痛也渐渐退了。推开陈未南，她转过身，四下里看了看，随即在正门外的路边捡了根粗木头。木头放在手心掂了掂，她点点头，是她满意的分量。

紧接着，她做了一件让在场人惊呆了的事情，她举着木头，朝自己的左手臂上挥了下去。

伴随着"咔嚓"的木头断裂声，一截儿木茬落在地上，小奇迹"哇"的一声吓哭了。陈未南没想到她会这样，扯住她，眼睛瞪得老大。

"你别说话。"害怕他唠叨的柴焰丢了手上的木条，回头朝中年男人看去，"我男人打架不行，我行。"

所有人都被这幕镇住了，没人开口说话。

柴焰扬了扬下巴，目光灼灼地看着那个中年男人："是我家孩子偷了你东西吗？"

"没……没有。"中年男人抹了把额头上的汗，拉起儿子趁乱疾步走了。

围观人群迟迟不肯散去，都好奇地打量着柴焰。

柴焰回过身，看见陈未南还是一副愤愤未平的表情，脸立刻皱了起来："哎呀你别说，还真疼，陈未南，快给我找药抹抹。"

从不喊疼的柴女侠装起可怜无非是不想他再啰唆。

陈未南哼了一声："知道疼下次就别犯浑，乖乖站在我后面，当你男人不好使啊！"他小心地托起她的手，"真疼吧？"

他还是信了。

"假的。你再生气，就是想小奇迹担心你了。"

柴焰不生气吗？她也生气，可痛快地打一架并不是什么好办法。

抱起小奇迹，柴焰脑门儿顶了顶她的："我是谁啊？小奇迹，你哥这么笨，以后要帮我看着他，别让他打架，打又打不赢。"

"柴焰姐姐，我知道了。"小奇迹擦干泪水，颇为忌惮地看着柴焰的手。

姐姐真不疼啊？

"小奇迹，你住哪个病房？"

"那栋大白楼的四楼，我是十五床。柴焰姐姐，和你说哦，我们屋里有个老奶奶以前是个大翻译，她说的话我一句也听不懂，她喜欢我，总给我削苹果吃。"

"那是因为你可爱啊。"柴焰看眼小奇迹左手打着的石膏，抬头看着白色楼体上的红字标牌——脑病中心，心里倏然一沉。

"柴焰姐姐，我和你表演个节目吧。"小奇迹伸出那只完好的手，举在半空中，不知是日光太刺眼，还是小奇迹的手晃得太快，她眼睛花了。

"主任伯伯告诉我，我胳膊里装了自动马达，所以才能动得这么快，我这几天一直在找开关在哪儿，我想让它停下来，它总是动啊动的，我就不能自己吃饭了。"小奇迹噘着嘴。

"一会儿姐姐帮你找开关，让它停下来。"柴焰笑着说。她第一次觉得笑是这样一件艰难的事。

云都医院住院部长廊漫长洁白，年前刷的新漆味道才散，四处都是干净的消毒药水味道。柴焰站在开放式阳台上，拿酒精棉给陈未南脸上的伤做消毒。

她拿着棉签，才处理好了一处，便被陈未南拥入怀。

"柴焰，我从来没这样后悔过，如果当初我没救她，她就不会受这份罪了。小奇迹的病很难治，骨折引起的病发性手抖只是开始，失语，不能书写，以后或许连正常的走路都不行了。"

"陈未南，没关系的，我会陪你一起……"柴焰回抱着他，不知该说些什么。她本想一见到他就告诉他迟秋成的事，可此刻，无论是迟秋成还是谁，她都不想说起，她只想静静地和陈未南待在一起。

Chapter10
不 | 分

我不会因为他的离开而难过，因为我们从未彼此接近过。
曾经难过，是因为他被我放错了地方，不该放在心上，他只属于垃圾桶。

Chapter10-1

从没觉得小奇迹是家里的麻烦，即便她生了病，家人的态度也从未变过。

日光满满的病房，小奇迹坐在铺着干净被单的病床上，直直举起右手。她侧头看着房间一边的四方窗面，嘟着嘴，像是对窗廊上的一只灰羽麻雀很感兴趣。

"护士阿姨，扎好了吗？"

"马上就好。"护士手托着透明的输液管，手指弹着管壁上的气泡，她分神看了小女孩儿一眼，目光柔和，带着怜惜，"别怕，我扎针不疼的。"

"我才不怕。"小奇迹扭过头，小脸涨得通红。她气鼓鼓地看着护士，却在对上那明晃晃的细针头时又立刻别开眼。

扎针其实不痛，像蚊子咬，甚至比蚊子咬要好，因为不会留又红又肿的包。可是……

"阿姨，我什么时候能出院啊？"打好针的小奇迹看着手上粘成串的白胶布，忍不住又问。

"我也不知道，这个你要问你的主治医生。不过我想用不了多久吧。"护士摸了下小奇迹的头，微笑着拿起托盘。

方正的窗安静地排列在走廊，阳光照进来，落在地上成了明暗相接的格子，护士的矮跟鞋发着轻响，徐徐消失在走廊。

病房里的小奇迹兴奋地在床上前后闹腾，庆祝她"即将出院"，她没听见，门外的人在离开前发出的一声轻叹。

住在这里的病人，又有几个是可以那么快出院的啊……

陈未南回来时，小奇迹才拔针，在床上上蹿下跳，满屋都是她的笑声。

他脸色立刻沉了，手一挥："你给我下来。"

"哥，给我扎针的护士姐姐说我快出院了。"小奇迹乖乖坐回床上，腿仍不老实地动来动去。

陈未南一把按住："别乱动。"

"就动。"小奇迹开心地唱着反调，一点儿都不怕陈未南的黑脸。

"你……"他说不出什么，只得死死抱住小奇迹。

怀里的小奇迹嘴里哼着稀奇古怪的调子，并不知道陈未南此刻是种怎样矛盾的心情。

他什么都不能说，不能告诉她的病怕骨折，也容易骨折。

也不能说小奇迹你得了很难治的病，要吃一辈子的药，巧克力坚果仁大螃蟹这类你喜欢吃的东西以后碰也不能碰，你只能吃你不喜欢吃的白菜土豆，即便这样，你的病也治不好！

这些话他能说？

小奇迹没心没肺地搂住陈未南的脖子："哥，我有小伙伴了，以后你再不用担心我无聊了！"

谁啊？

视线轻扫过房间，昨天腾出来的空床多了一个新成员，理着西瓜头的男孩儿抱着卡通抱枕，笑容腼腆，床边的年轻女性手拿着苹果和刀，成串的果皮沿着刀行方向越来越长，她已经抬头打量陈未南好一会儿了，闻言微微颔首，打着招呼。

"西朗，这是我哥哥。哥哥，这是我的新朋友彭西朗。哥哥，医生说我和西朗是一样的病呢！"小奇迹声音轻快愉悦。

陈未南惊讶地看了眼西瓜头，继而无奈地放开小奇迹：小傻子，同病相怜根本就不是什么值得庆祝的好事情！

西朗妈理解陈未南矛盾的心情，将手里的苹果一分两半："别悲观，他们互相做伴，其实也不错。"

陈未南扯扯嘴角，没觉得有什么是"不错"的。

他转身想问小奇迹中午想吃什么，还没开口，眼前便一黑。

他伸手想抓住什么，随着"砰"的一声，栽倒在地。

再次睁开眼，窗外是片金黄暮色，远方高耸入云的烟囱吞吐着白烟，一群灰色鸽子绕着它盘旋。

陈未南扭头，在他触手可及的地方，一个小脑袋埋在米色被单下，被子随着呼吸上下起伏着。陈未南有片刻的恍惚，他慢慢伸出手，却在手就要触碰到那人时停住了动作，沉闷的心情被剧烈的心跳一扫，嘴角吟着柔软笑意，他动作轻缓地掀起被角。

柴焰睡颜安静，脸是金粉色的。她呼吸和缓，躺在他触手可及的地方，他凑近她，看见她脸上的绒毛随着呼吸轻轻动着。

陈未南掐掐自己的脸。疼，不是梦啊……

他傻兮兮笑着，声音惊动了床上的人。

柴焰睫毛翕动，睁开了眼。

她看见了陈未南，陈未南也看着她。

"你醒了？"柴焰问。

他未及答，她便凑前拥住了他。

柴焰头埋在他胸前，手轻轻环住他的腰，肩膀一耸一耸的："陈未南……"

"嗯？"

"没事。"或许觉得不该这么主动，她又迅速地放开手，转个身，和陈未南之间拉开一段距离。

"柴焰，你怎么了？"

"……"

"说话，怎么了？"他伸手去晃她。

"你傻啊！"他真是木头得可以，难道她表现得还不够明显吗？她磨蹭着回身，目光停在陈未南的下巴上，声如蚊蚋，"担心你啊！"

她的心"扑通扑通"跳着，时间仿佛定格在陈未南探臂过来的动作上。

吻来得不合时宜，却炽烈无比，紊乱的呼吸陌生的渴望让柴焰惊慌却想要更多。他们好像两条干涸缺水的鱼，在吮吻律动里慰藉着彼此孤独的灵魂。

夕阳渐沉，房间陷入黑暗。陈未南紧紧搂着柴焰，突然觉得他不再那么害怕了。

生死、离别，只要她一直在身边，什么都成了渺小无比的。

"小奇迹会好的。"

"嗯。"他也坚信。

"陈未南。"

"什么事？"

"我想和你说，迟秋成他……"

话音未落，房间外传来声音，惊觉有人回来的陈未南撑起身，把被子遮在柴焰头上，比了个"嘘"的手势："别出声。"

柴焰头埋进被子，好笑着陈未南的愚钝，他是把这里当成他家了吗？

4月末普通的一天，夜晚六点，陈未南忘不了柴爸柴妈看见他从柴焰房里出来时，脸上的五彩斑斓。

Chapter10-2

刺槐花开的时节，小奇迹终于获准出院了，她开心得不行。

出院前的两天，陈未南和柴焰带小奇迹去离医院百米远的云都大学看画展，临近出门，小奇迹突然扯了彭西朗和她一起。

"哥，西朗妈妈同意了。"

啊？

陈未南看了眼沉寂的西朗妈，见她默默点了点头。

"孩子他爸的律师一会儿要来，你们帮我带西朗出去一下吧。"

是这样啊，陈未南了然，接过西朗妈递来的西朗的东西，和柴焰一人一个，牵着孩子出门去了。

"西朗，你爸爸的律师来干吗？"小奇迹问。

"他要和我妈离婚。"彭西朗声音稚嫩地说，"他喜欢了别的女人，不要我和妈妈了。"

"男人好坏哦。"小奇迹义正词严地说道。

陈未南哼了一声，呵斥小奇迹："你哥我不好？"

"好是好，不过你有柴焰姐姐了，就不能娶我了。"似乎是触及伤心事，小奇迹愁眉苦脸地说。

"我把他让给你如何？"柴焰眯眼，微微笑着。

小奇迹也咯咯笑了。

一旁的陈未南如同被遗弃的小狗，默默生着闷气。

一群人漫步进了云都大学，柴焰没想到会在这里遇到熟人。

"柴律师，好久不见！"

柴焰眯着眼，认了半天，想起是她之前代理官司的一位代理人，她伸出手："赵医生，你好。"

"你不是在蕲南？最近不忙？怎么回来了？"赵医生问。

柴焰指指一旁的小奇迹："家人病了。"

已经中年的医生听了这话，"哦"了一声："什么病？"

……

陈未南一边指挥着不让两个孩子走远，余光却始终注意着柴焰的动静，见她折返，指指远处："那人，谁啊？"

"老相好。"柴焰眯起眼微笑。

"哦。"

柴焰觉得好笑："陈未南，你至少也该表现出一点儿醋意吧？"

"你都说了，老相好。"陈未南哼了声，拉起柴焰的手，"那么老，我会吃他的醋？"

好吧……调戏失败的柴焰觉得没劲。

她目光投远，落在路边正指挥着彭西朗捡石子的小奇迹身上，心想着或许还是等赵医生那边有了回信再把消息告诉陈未南吧。

她怕陈未南失望，怕他空欢喜一场。

因为赵医生说小奇迹的病或许不是没得治。

"对了陈未南……"她想起在何子铭那里见到迟杨的事，"我想和你说件事。"

"说吧。"

"你先保证，你要安静地听我说完，不能中途打断。"

"好吧。"陈未南无聊地摆摆手。

小奇迹手拿着米花糖，在前面奔跑，陈未南后知后觉地想起要提醒她跑慢些。遛弯归来的路上，他和柴焰并肩走在沿江大道上："所以你的意思是，迟杨有可能是迟秋成，而你希望这件事是真的？"

"是。"柴焰步履轻快地走在前头，"他活着，对你我不都是好事吗？"

"嗯。"陈未南含糊应着，觉得是好是坏这事，天知道。

不知不觉，他们走回了医院。

大楼的走廊里，气氛却低至冰点。

女人扬了扬手里那份条款可笑无耻的离婚协议，问对面的人："彭城他人呢？他自己怎么不来？他好意思拿这份协议书来给我签？"

"林女士，这是我的代理人能开出的最好条件了。你现在不接受没关系，考虑考虑，想清楚了打我电话，我时间方便。"

西装男人恭敬地递来名片，技巧地躲开了女人坚硬的指甲，步履如绅士，缓步离开。

"王八蛋！"西朗的妈妈林梦骂了一声，慢慢靠墙壁蹲下，她捂着脸，脑子混乱不堪。

该怎么办？西朗的病需要不小的治疗费用，她没了工作，现在还不得不面对负心人提出的离婚。

人怎么会活得如此绝望呢？

"妈妈，你怎么了？"彭西朗爬上楼梯就看到妈妈蹲在走廊里，他几步跑过去，摸着妈妈的胳膊，"妈妈，你受伤了吗？你哪儿疼吗？你怎么哭了？"

"妈妈没事。"强忍着难过，林梦擦干泪，抬起头，看着不知什么时候也站在面前的柴焰和陈未南。

"那个男的为难你了？"柴焰问。

林梦摇摇头，松开手，掌心里皱巴巴的名片摊在其中。林梦看到什么，猛地抬起头："你是叫柴焰？"

柴焰不明所以。

"你是个律师？"

……

"那个王八蛋请了你和我打官司！"林梦狠毒地把手里的卡片甩在地上，"柴焰律师事务所"几个字被泪水和汗浸湿了，有些模糊。

Chapter10–3

斯嘉丽的咖啡是云都一家名气不响却总不少客人的咖啡厅。

独栋的赭红色砖房前是碧绿可人的整齐草坪，一只白鸽停在上面，悠闲踱步。玫瑰花窗映着阳光，偶尔有只优雅的纤细手臂出现在窗上，手里擎着一杯泛香的咖啡。

柴焰坐在二楼一张靠窗的方桌前，手指轻轻滑着骨瓷杯沿吹凉。她在等人。

九点才到，她等的人来了，她放下杯，端详着慢步跨上楼梯的龚宇。

她扬手示意："这里。"

听到声音，龚宇转过头，手压了下因为跨步不再整齐的领带，满室是温暖的阳光，龚宇嘴角扬着一抹凉薄的笑。

他几步走到方桌前，拉开椅子，迈步坐下："找我什么事？"

"你接了个离婚案？"

"是，有什么问题？"

"推了。"柴焰啜口咖啡，复又放下杯子。

龚宇扬扬眉："为什么，总要给我个理由吧？"

"凭我是你老板，这个理由够充分吗？"

龚宇耸耸肩，身体随即斜倚上身侧柔软的沙发扶手，他搭腿跷脚，坐姿随意，笑容慵懒："恐怕不行。"

哦？柴焰挑眉，等待下文。

"你不让我接这个案子无非是女方的儿子和你男朋友的妹妹是病友，再加上你觉得这次的当事人是个人渣，对吧？"

他说得对，这无可厚非，柴焰的确是因为这些才态度明确——不接这个案子。

龚宇不掩脸上的轻蔑，啧啧两声，摇了摇头："还以为你和其他的女律师不一样，结果还是一样的天真、妇人之仁。毕业前，你老师没教你律师只为其当事人的最大利益，哪怕对方是个杀人犯。按照你那天真可悲的想法，坏人的利益就没人维护了。"

温热的液体迎面泼在他脸上，龚宇闭着眼，嘴角含笑："能让柴焰恼羞成怒，我应该是第一个吧，万分荣幸。"手掌自上而下从脸上滑过，他睁开眼，"忘了说，接这个案子还有两个理由，那天差点儿讹上我的人是彭城的妈妈，彭城网开一面不追究的，我也要'知恩图报'，再者，他是冯疆以前的签约作家。"

现在是栾露露新公司的当红写手。

不知怎的，在那一瞬间，柴焰想起四个字——斯文败类。

人潮不息的街道，柴焰踏着日光方向，徐步前进，长长的影子拖在身后，不论她踏在哪块砖上，始终固执地指去同一方向。她在反思着龚宇的话，虽然不想承认，但他说的是对的。

　　曾几何时，对待官司的柴焰也是不夹带任何私人感情的，或许真是关心则乱吧，如果林梦不是彭西朗的妈妈，如果彭西朗没有得和小奇迹一样的病，如果他们没住在一个病房，或许她会有着和龚宇一样的态度。

　　她突然想起一句话——长大，或许就是我们都要成为小时候最不喜欢的那类人。

　　柴焰觉得现在的自己刚好印证了这句话，为了生计，她成了一个道貌岸然的人，不再秉承正义，只向钱看齐的……坏蛋。

　　她很早就到了医院，不想进病房，一个人坐在院落的长椅上，看太阳，发呆。

　　她不知道陈未南是何时坐在她身旁的，只是意识到身边有人时，陈未南已经大大咧咧地揽住她肩膀，鼻间满是男人独有的体味和清爽。

　　柴焰的脸贴紧他宽挺厚实的胸膛，边听着他的心跳，边感受他五指穿梭长发留下的微痒舒适感。紧绷和自我厌弃的情绪分分钟溃败而去，她微微叹气："陈未南，我是个坏蛋。"

　　"你是我的柴焰。"

　　"我说我是个坏蛋。"

　　"坏蛋也是我的柴焰。"

　　"……"温暖的情绪塞满肚肠，柴焰转个方向，整张脸埋进他怀里，"陈未南，林梦的离婚官司，恐怕我没办法推掉。"

　　"推不掉就接。柴焰，有句话我早就想和你说。我并非什么好人，也会算计经营。你也不要总想做一个完美的人，就现在这样，让我慢慢爱你就好。"

　　柴焰"扑哧"笑了，她摇摇头："你这样一本正经，我可真不适应。"

　　"是啊，我也装得累，现在好了。"陈未南嘿嘿笑着，柴焰却一脸黑线。

　　"陈未南，你手放在哪里呢！"她大叫着出拳，脸红得如同夕阳的颜色。

　　柴焰以为林梦的官司会很难办，让人意外的是，在她和陈未南回到蕲南的第二天，龚宇打来了电话——林梦接受条件，同意离婚了。

　　那个近乎苛刻的条件，林梦竟然答应了。

　　惊讶之余，柴焰考虑要不要问下林梦是怎么想的，可随即她便打消了这个念头。试问又有几人有博大的心胸同害自己落魄离婚的人握手言欢呢？

　　郁闷的情绪足足纠缠了柴焰几天后，她收到了栾露露秘书发来的请柬。郡城文化传媒公司旗下作家彭城新书上市一个月销量破三百万，在云都举办庆功宴，邀请柴焰出席。

手指在印有烫金花纹的请柬上来回摩挲了几下，柴焰鄙夷地撇嘴，随手把那封请柬扔去了桌角。

她轻轻敲了两下触摸板，因为闲置陷入休眠的屏幕缓缓亮起。打开浏览器，随即键入"作家彭城"四个字。

Chapter10-4

SUV 行至山脚，看得见暮色中的半山公馆灯火辉煌，如同过往每次筵席。

等车真的停在巍然矗立的古堡前时，柴焰又觉得这次比起往常要隆重许多。

厚重质感的大红地毯从正门深处的台阶一直延续到脚下，这个帮忙停车的门童才将车开走，马上又有新的接手后面的车辆，精美透亮的水晶宣传板，璀璨迷离的灯光，一眼望不尽的人潮。

晚风微凉，陈未南为她拢了拢披肩，说句："走吧。"

他有些看不懂柴焰，她不是不喜欢那个彭城吗？干吗要来？

即便如此，他还是欣然和柴焰并肩步上了漫长的台阶。柴焰的长礼服拂过大理石门厅，面前是与上次截然不同的大会场，会场中央的高台上，红布罩着的冰块散着微寒。柴焰挽着陈未南经过其侧，淡然神色里夹杂了些许鄙夷："这样一个龌龊的男人，写的书怎么会有人看？"

托着托盘的侍者行走在人群间，盘里斟满香槟的高脚杯时而被人拿走，再有一只空杯取替。

柴焰接过陈未南递来的杯子，倚着露天阳台上的雕花围栏，接受陈未南拷问的眼神。

"别那么看我，那个男人就是龌龊不堪。"

轻微叹息后，柴焰同陈未南讲起了林梦和彭城的事。

其实是个再俗套不过的故事，出生农村的男生在大学里认识了女生，女生家境富裕，是校园里人们关注的焦点，追求她的人不计其数，他是其中一个。

他追人的方式很笨，却贴心。他不会像其他人那样花大把的票子送女生花，或是在女生寝室楼下堆成心形的蜡烛、唱出情话。

他只是每天去离学校好远的早餐铺子买女生喜欢吃的包子，再配一杯浓厚香醇的热豆浆，冬夏不改。冬天为了不让豆浆变凉，他成了学校里骑自行车最快的男生，也因为快，大三的冬天，他摔跤骨折在回来的路上。

因为这份执着和坚持，女生成了他的女朋友。毕业后，她不顾父亲的劝解嫁给了他。

最初的甜蜜慢慢被平淡的婚姻消磨，因为工作的不顺利，他开始朝她发火。

她理解他，男人嘛，总是事业为先的。

背着他，她去求她能求到的所有人，为了给他安排一份体面的工作。

可想要薪资高，还体面，哪那么容易。

不忍看女儿受苦，林父安排了份工作给他，在报社。

也许真是老天成就，他的某个专栏被一家出版社看中，之后的约稿、集结成册、上市、大卖接踵而至。他火了。

也就在这时，林父病重去世。

去世前，林父拉着他的手，托付他照顾女儿和外孙。

他欣然答应。

可男人的承诺，有时真就是狗屁不如。他有钱了，开始不回家，后来，她发现他爱上了其他人。

"狗血的故事！"沉默许久，陈未南才出声。

离他们几步远的地方，人群欢闹嘈杂，远远看去，那块红布已经被掀了起来，凿成"3000000"式样的厚冰随着一下下重锤的落下化成粉碎。光线迷离而深邃，模糊了持锤人欣喜的笑脸。

"人渣。"

"可真是个人渣。"

柴焰和陈未南异口同声说完，彼此相视一眼。

柴焰偏着头，手指点着陈未南的胸前曲线："陈未南，你不会那样吧？"

"当然。为了我下半生的幸福，我也不敢啊。"他真逗笑了柴焰，笑声从空寂的阳台传出了好远，最后消弭在远方层叠弥漫的暗黑树影里。

"记得我和你说过，讹诈龚宇的那个人吗？"柴焰指指远方，"就是她，彭城的妈妈。"

陈未南有些无语。

"看着糟心，咱们回去吧。"

"不行，我还有事。"

"什么事？"

"收拾彭城。"

啊？想起柴焰之前的话，他伸手摸摸柴焰的额头，没烧啊。

就在这时，一抹带着烟火酒气的声音在他们身后响起："哦？我是不是来得不巧啊？"

栾露露一双深眸之后藏了许多情绪，酒会中频频应酬的混沌疲惫让她挺直的脊背显得拼命而勉强，明动的戏谑和醋意又让这一切多了些许活力，她还是个正值青春的漂亮女人。

她撩了下风情的咖啡色鬈发，一步跨进露天阳台，站在柴焰身侧。风扯动金色长拖尾，她手撑在栏杆上，凭栏而望："柴焰，和男人腻歪这种事，跟你风格一点儿都不搭。"

"栾露露，因为自己老公不在身边就看不顺眼全天下的甜蜜情侣，这种人生态度一点儿也不积极。"陈未南眉心蹙紧，揽住柴焰腰的手没放松，反而又收紧了些。

他挑衅的动作换来栾露露一个轻蔑的眼神，她嘟囔着，目光从陈未南身上转去了远方，暗黑色的树林环抱住通明的城堡，她像是住在城堡里的公主，虽然身旁从不少人息，可孤单的感觉还是不时袭涌心头。

残缺不全的灵魂，果然只能由那一个人来救赎填补，多一分少一点，人都不幸福。没有楚爵在的日子，她坚持得很辛苦，可也正因为期待他回来，再辛苦也坚持。

"柴焰，你准备什么时候把这个家伙踢出去？"栾露露耸下肩，顺便敛了敛披肩。大山里的夜，即便就要入夏，风也有着偶尔刺骨的力度，丝绸披肩太过华而不实，完全不能御寒。她想快些同柴焰谈完，尽快回让她头疼疲惫，但至少温暖的会场。

"干吗踢我？"陈未南警惕地瞪着栾露露，似乎是在考量这个家伙是否又在耍什么花样。

柴焰轻笑："我有事情和露露谈谈，你去里面转转，我看这次的红酒不错，别替露露节省。"

陈未南释然，比了个得令的手势，大步迈出了阳台门槛。水晶灯投射的皎白光芒如同碎钻，没一会儿，陈未南便消失在穿梭不断的人群中，不见了。

柴焰随手合上玻璃圆门，原本还有些烟火气的阳台顿时成了静谧晦暗的独立空间。身侧便是山间阴凄凄的风，栾露露跺了两下脚，应景地说了句："真是个杀人灭口的好时段。"

柴焰微微一笑，转个身，面朝有着温暖光线的会场，人群簇拥的地方，相貌清逸俊朗的男人手执签字笔，正微笑着接过一个年轻贵妇递来的书，他挥手签字，一蹴而就的动作透着干净洒脱。

柴焰手指着他："他，为你们公司赚了不少吧？"

"你在打彭城什么主意？"栾露露扬扬眉毛。

"没什么，就是在想你们公司不要他的可能性。"柴焰语气清淡。她转身，学着栾露露的样子，手撑着漆金栏杆，身后的光凸显她姣好的背部曲线，也隐埋了表情细节。

栾露露扬扬眉，尽量对这个天方夜谭表现得不那么惊诧。

"为什么，总要给我个理由吧？"

"抄袭，算理由吗？"

远方，夜影深邃迷蒙，栾露露的嘴只因惊诧微张了片刻，随即闭上。

陈未南依言找了一瓶价格不菲的红酒，抱着瓶子坐在暗红沙发靠上自斟自饮。他动作粗鲁豪放，一副和这明亮厅堂格格不入的市侩模样倒变相打发了对他抱有幻想的游弋目光。

房间温暖，飘满各类脂粉香，他举杯望着房侧的玻璃门，门外，柴焰同栾露露的交谈还未结束。

神秘兮兮。他嘀咕一声，仰头将杯中干红一饮而尽。

"又是五百块。"他啧啧嘴，将空了的杯子重新斟满。

突然，他目光定格在不远处一个娇小的身影上。他放下酒杯，蹑手蹑脚地靠近。

林梦费了好大劲才混进来的。她也是出生于有良好教养的家庭，就算穿着价格低廉的棉布衣裳，她依然挺直了脊背。她在密织的人群中穿梭，找寻彭城的身影。

终于，她看到了他。

在房间光线最好的地方，他被一群人簇拥着，身姿挺拔。在他旁边，一块被敲得只剩底座的透明冰块正慢慢被人气腾化，一摊干净的水在其下缓缓扩张着地盘，浸湿了半块红布。

他的新书卖了三百万本，她眼神微涩，抿抿唇，她抬眼刚好对上一脸惊诧的彭城。

她看到彭城以最快的速度朝身后扬扬手，有人迅速赶来，附在他耳畔。

让他这样害怕，她是否应该高兴呢？她苦笑一声，并没打算退却，攥紧拳头，她迈步向前。

她是来要她应得的，彭城不能连他答应的那些也赖掉。

模样像保镖的人得到指示，正迅速向她靠来。

她攥紧拳头，权衡着是大声尖叫揭露他丢脸，还是被保安架走丢人。

保安离她仅几步远，她还没想清楚，就在这时，一股红酒香欺近，也就是眨眼的工夫，陈未南一张被酒气熏红的脸放大在她眼前。

"谁让你乱跑的，跟我走。"陈未南打个酒嗝，醉眼蒙眬。

"啊……"

林梦没来得及惊诧，人就被陈未南拖远了。

走廊的角落，几盏水晶壁灯悬在斜上方，林梦的表情异常愤怒，她想歇斯底里尖叫咒骂，却很快被陈未南捂住了嘴。

"我不知道你究竟想做什么，不过像个女疯子一样大喊大叫显然不利于你想做的任何事。"

林梦眼中的愤怒从炽烈，到减弱，再到绝望地平息。最后，她只得认命地点点头。

陈未南松开手，目光柔和同情："说吧，怎么了？"

林梦还没来得及回答，一声夹杂愤怒轻蔑的声音便从走廊另一边压抑地传来。彭城压低声音，不时回头看眼身后，确认没人跟来后才生气地说："林梦，你是怎么回事？"

他几步走到近前，后知后觉发现林梦身边竟然还站着人，近乎扭曲的脸在灯下晃了下，瞬间又成了聚光灯下迷人帅气的彭城。他一点儿也不觉得尴尬，冲陈未南点头示意，又转向林梦："你怎么来了？"

"我来要钱，最近给西朗找了家新医院，治疗费用高，你的钱还没到我账上。"林梦眼睫低垂，灯光打在脸上，留下刷子一样的暗影。

"怎么会？"彭城面露尴尬，拉起林梦的手，二话不说朝外走。

他们渐行渐远，陈未南听到彭城安抚的话："结束了我就要经纪人给你打钱，得空了我就去看儿子。"

他微笑迷人，态度却是明显敷衍。陈未南攥紧拳头。

不知什么时候已经站在近处的柴焰环臂，从暗处走出来，她身旁跟着栾露露。灯光打在曳地裙摆上，金线映着水钻，无比光鲜，和穿裙子的人表情略微不搭。

柴焰看向栾露露："你们这位作家，人品你也看见了，我的意见，你考虑考虑。"

栾露露没吭声，站在原地，静若雕塑。

柴焰理解栾露露的思虑，毕竟彭城是她家的当红作家，正常人都不会选择在这种时候舍掉他的。

拍拍栾露露的肩，柴焰挽起陈未南的手臂，离开。

Chapter10—5

夜风清凉，少人的院落一片空荡，高高悬挂的灯将人影拉得老长，柴焰和陈未南并肩走向停车的地方。

柴焰的呼吸有些凝滞，她不时放缓脚步，停下来看陈未南一眼。

终于，她忍不住开口："陈未南，我刚刚看见了。"

"啊？"看见什么？陈未南眼皮跳了跳，心里不住回忆着是左眼跳灾还是右眼跳灾，等他想起来了，又倏地忘记刚刚是哪只眼睛在跳了。

"看见什么了？"他结巴地问，也不明白自己在紧张什么。

"看见你拉着林梦离场，还把她逼到了墙角。"

"柴焰，我对灯发誓，我对她没意思，刚刚是……"陈未南一副要当即跪下的表情。

可他什么都没来得及说，就被那抹突袭而来的香唇封缄。柴焰紧张地合着眼，舌头忍不住淘气地舔了他一下。

她脸颊绯红，片刻就撤退逃跑。

羞涩的吻却撩拨了春情。几米外，柴焰的车在月光下熠熠闪光。柴焰才跑到车前，手便被用力扯住，她一回身，身体抵在了车前盖上。

情欲这东西，似乎一开始，就再停不下来，他们抑制不住快速的心跳，仿佛只有不停纠缠、厮磨才能消磨掉身体里不停外溢的渴望。

终于，陈未南放开被他吻得唇色血红的柴焰，觉得世界上再没有比此刻更美好的时光。

"我喜欢这样的你。"喜欢会偶尔胆小的你，喜欢会在别人危急时刻挺身而出、极具正义的你，喜欢会因为我的话紧张无比的你，喜欢你的所有，包括和我细致亲吻的你。

她抚着陈未南的鬓角，看着他眼神倏地变化。

没来得及弄清情况，她便被猛然扑来的陈未南连带滚到了地上。

"砰"的一声脆响随之而来。

柴焰恍惚地回过神，看着车头前碎裂的花盆。

怎么回事？她抬头，看向头顶的青砖高墙。

声音引来了保安，保安叫来了负责人，前后不足三分钟的时间里，掖着鱼尾裙的栾露露已经站在灯火通明的停车场："怎么回事？"

"有花盆掉下来。"负责人搓着手。

"这种地方怎么会有花盆？"

"我们正在查，栾总少安毋躁。"拭掉额头上的汗，负责人看见手下小跑着出了楼，"怎么回事？"

"头儿，我去看了，楼顶没有其他花盆。"手下说。

"那这个是从哪儿来的？"负责人问道。

"不会是有人扔的吧？"人群里传出一声后，沉默随之而来。

"报警。"惊慌过后的陈未南恢复了惯有的冷静，他揽着柴焰，看着栾露露，"除非人为，否则解释不了花盆。"

"不行。"栾露露不傻。

报警？警察来了查谁？是查在场这些工作人员？还是查会场里那些高层、名媛？她摇摇头，报警显然不可行。

"陈未南、柴焰，活动结束后我会给你们个交代，只是现在想报警恐怕是不行。"

"什么叫不行？"听到拒绝的答复，陈未南蹙起了眉，花盆掉落的情形让他心有余悸，有人却为了维护她公司的形象说不能报警。花盆想砸的是他还好说，如果是柴焰呢？

"算了。"柴焰冷静地说道。

"什么？"

"我说算了。"柴焰说一不二，手脚利落，拉起陈未南走了。

灰白崎岖的盘山公路上，银色车子转过第三个弯道，面前是段平直舒缓的下坡道。孤独矗立的路灯发着昏黄的光，随着车速，层叠成跳动起伏的黄色光带，映亮车里人半张面庞。雨刷扫过的玻璃留下两块交叠一起的扇形空白，没有人声的车内，发动机嗡嗡低吟，性能良好得不带一丝杂音，接连变了几次档的陈未南有些懊恼，哪怕发出个咯噔声也好啊，至少能打破此刻这让人恼火的沉默。

他撇着嘴，手随着变道的山坡转着方向盘，远方，明灭在斑斓霓虹中的城市离他们又近了些。

"你干吗拦着我？"他侧头，复又目视前方，山道上唯一一段险要的路段，他不能分心。

最后一丛树影被车子远远抛去车尾，前方是轨迹和缓的入城公路，陈未南把车停在了路旁，肘支在方向盘上，侧目望向柴焰："说说理由，至少要说服我，不然我心里不舒服。"

"很可能是个意外。"

"也很可能不是。"

"就算不是，也未必是针对我们的。"陈未南的固执和孩子气总让她无奈，"那样的场合，报警的确不明智。"

"喊，你总为他们想。"陈未南板着脸。

空旷的路面，风扬起微沙，击打车窗。他拿出打火机，单手开着车："如果是针对我们的，会是谁呢？"

"不知道。"

陈未南撇嘴，侧头看去窗外，星辰满天的夜晚，他觉得此刻他想的，和她截然不同。

折返蕲南的前一天，柴焰意外地接到了云都警方的传唤，放下整理了一半的行李，她下楼同陈未南会合。

时间恰逢傍晚，落日余晖中的公安局安静而幽闭，柴焰坐在开放式办公厅的长椅上，手擎着一杯半凉的水。

"你说什么？我没听清。"她挺直脊背，身体前倾。

"我们在现场发现一张纸，上面写着一个类似字母 C 的东西，案件照目前来看是人为的无疑，我们警方希望你们能配合看看有什么线索可以提供给我们，方便我们排查，或者，你们和谁结过怨吗？"

C……结怨……

同陈未南对视一眼，柴焰放下杯子，沉默片刻："一时想不起来了。"

"什么叫想不起来？柴焰，是你在装傻，还是我失忆了。字母 C，还有理由伤害我们的，眼前不就有一个吗？"公安局外的林荫路朦胧幽深，远处是沉黑夜色，陈未南挥舞着手，情绪激动。

"你说谁？"

女人的平静彻底激怒了陈未南，他甩手离开，顾长的身影很快隐没在幢幢树影里。

如果不是那过分明显的脚步声，她或许真的会以为他走了。

她步履轻快地追上去，很快也消失在夜色之中。

月色清明，茂密的树蔓下传来男女轻微的对话声。

"你也说迟杨未必是迟秋成，就算是，他也未必会伤我。"

"你就是护着他。"

"是你对他有偏见。"

"我偏……"

争执被一个突如其来的吻结束了。

半晌过去，柴焰睁开眼："陈未南，你要是长矮点儿就好了，脚好累。"

Chapter11
不 惜

当你自认生活已经糟糕到无以复加，那么大可以微笑面对接下去的生活，因为今后的每一步，都会比此刻好。之所以笑不出来，是因为我们自己也知道，所谓的糟糕远没那么糟糕，有的只是我们的不甘罢了。

Chapter11-1

电话响了许久，何子铭才听到。他朝对手摆了摆手，绕过拦截网，走向休息区的矮椅，电话被裹在一摞衣服里，唱得有些声嘶力竭。

何子铭拿起电话，看了眼人名，微笑着把电话夹去耳侧。

他"喂"了一声，举着手边的毛巾擦拭着汗水："咱们的落跑小男友看样子是被人追回来了？"

"边儿去。"才回蕲南的陈未南没心思开玩笑，他踩脚油门，"这个时候你不在诊所治病救人，跑哪儿鬼混去了？"

"陈未南，同为医生，你该体谅体谅我这个个体户比不上你们连锁经营的清闲，我也需要空间喘息。"

"好吧，说说你现在具体在哪片空间里喘气，我去找你。"陈未南开了导航，看着地图上几乎横截城市的那条细线后，忍不住骂了句。

他有事情需要问下何子铭。

本打算背着柴焰的，可等他到了网球场，随即颓废地叹气，败绩败绩，何子铭怎么在和柴焰打球呢？

"说吧，来找我干什么？"

"没事不许找你了？"陈未南去一旁何子铭的运动背包里拿了副备用球拍，

握着挥了挥，"再说也不是没事，上次打球输给你，怎么我也要一雪前耻吧。"

"你下去。"绕场半周，他把柴焰换下了场。

"输得别太难看。"

"走着瞧！"对女朋友的轻蔑，陈未南强势地挥了挥球拍。

可他还是输了，大比分的失败让他皱紧的脸显得苦不堪言。拉起何子铭，他逃也似的去了洗手间。

关上门的瞬间，他立刻又换了副嘴脸："柴焰来找你干吗？"

"复查。"

"她又怎么了？"

"失眠、噩梦。"

"她没有啊！"

"她是没有，说的是你。她想告诉你是你多虑了，花盆的事估计针对的不是你们，可她担心她和你说会抵触，所以来问我。"

"……"陈未南揉着头发，心里说了声"靠"。

"现在说说你吧，为什么来找我？放心，柴焰不在。"太了解他脾气秉性的何子铭转身扭开水龙头，悠然笃定地洗着手，"不说也行，洗好手我就走了。"

"我想让你帮我查查迟杨的治疗情况，如果他真是迟秋成，我想总会有病史证明的。我和大医院那些人不熟。"

"哦。"了然的何子铭点着头走去门旁，拉开门，口中啧啧着，"真不该和你打赌，柴焰，你是陈未南肚子里的蛔虫吗？"

门外，柴焰抄着手，笑吟吟地看着陈未南。

走廊的尽头，幽闭得没有日光，可陈未南却觉得她通体发亮。

"陈未南，你心事怎么比女人还重？"

哪里是他心事重，还不是担心真有人想害她吗？

又想起这事是几天后的下午，陈未南坐在医生办公室里，百无聊赖地摆弄着桌上的小球模型，褐色的眸子随着球体的运动轨迹做钟摆运动，他心里还是隐隐不安着。柴焰看来碰巧的事情在他看来就是无巧不成书。

敲门声打断思绪，陈未南摆摆手，头甚至没抬起来过。

穿白衣的学徒尴尬地回望身后的女人："老板，有位客人说她认识你。"

谁？陈未南抬起头，诧异地看到忐忑立在门旁的林梦。

"你来蕲南了？"

花园街不知从什么时候开始，车位竟比同黄金，成了稀缺昂贵的资源。柴焰从街头开到了街尾，才在一辆路虎撤走时捡到一个车位。关上车门，她抹了下额上的汗，抬头看眼天，碧色的天空，晴朗轻快得如同此时心情。

才处理完一个案子，她打算去看看陈未南。可还没过马路，不知盯她多久的龚宇便从律所里冲出来，拉着她进了房间。

"干吗，龚宇！"

"金主，等你半天了。"龚宇松了手，指指房间，不知从哪儿摸了块纸巾，使劲儿揩净他的手。不是必要，他才懒得和柴焰这个女人拉扯呢。

柴焰看去房内，发现里面坐着栾露露。

唉，她叹气，迈步进门。

安静的房间，有着淡淡的光，栾露露接过龚宇重新给她斟满的茶水，小啜一口后，放下杯子："柴焰，你说的事情我考虑清楚了，我不认为拿一个毫无名气的写手来替换已经名气响亮的彭城是智举。公司包装彭城是费了心思的。"

"我以为你是来道歉的。"柴焰耸肩，却无所谓，"据我所知，他的新书，读者反馈并不理想。"

"比起内容，我更看重销量。柴焰，我是个商人。还有，那天的事，谢谢你的雅量，对不起。"栾露露指尖轻滑着杯沿，"不过我很好奇，为什么是你而不是当事人，那个被抄袭的人来找我。"

沉默了好一会儿，柴焰无奈地叹气："这件事是我自己发现的，当事人没和我提起过。"

如果不是彭西朗读给小奇迹的日记给柴焰似曾相识的感觉，或许她就不会发现彭城的成名作品其实是林梦的。

那是个傻女人。

柴焰觉得她也傻，因为她正在做一件逾矩的事情。这件事不该是律师做的，做了，仅仅因为她同是女人。

不知何时，出现在门外的林梦微微愣怔。

气温骤升的月份，日光炽热灼人，才离开那间狭小却荫蔽凉爽的房间不过两分钟，柴焰已经第三次拭掉额上的汗了。

身旁的槐树树冠葱葱茏茏，初生的碧眼飞虫伏在绿叶间，奋力欢鸣，林梦的声音犹如被太阳晒焦的老叶，有气无力，模糊不清。柴焰却听清了所有，她沉默了许久："你的意思我懂了。不过林梦，这是我作为女人和你说的最后一句话——如果是因为想给儿子留下一个他爸爸的良好印象所以才一直隐忍退让，那你这个想法简直傻透气了。"

作为一名律师，她对林梦再无话可说。

Chapter11-2

接下来的 5 月过得格外忙碌，柴焰被纷至沓来的事情压榨着每一分可以利用的时光，人疲累如鱼，随时想浮出水面大口吸氧。

事情有好有糟。

林梦托陈未南帮忙找了房子，带着彭西朗搬来了蕲南，找了份临时工作，边上班，边四处寻医为儿子治疗；小奇迹的病情不甚乐观，药物控制不住病情，口齿开始不清；知道陈未南和柴焰住在一起的柴妈联合了陈妈，几乎每晚一个电话催婚；所里的案子开始多起来，人手不足，龚宇找了两个帮手，性格如同龚宇一样让柴焰讨厌；突然出现的迟杨莫名消失，如同从未出现过一样；业务关系，她同沈晓交锋的次数渐多，收敛起锋芒的沈晓眼神多了丝阴恻瘆人；再有便是柴焰偶然听说的一个糟糕消息。

起了雾的夜晚，柴焰坐在白色长椅上，面前是被浓雾气环绕的高大巍峨的公寓楼。灯火被雾遮了，连成一片模糊昏黄的光网。几分钟后，楼底的感应门从里推开，穿戴齐整的 Sophie 步态优雅地从门里走出来。

柴焰起身迎了上去："是……"

"真的。"虽然穿着外出时才穿的套装，Sophie 发间的水汽未散，她才冲过凉，皮肤温热发烫，"就要离开蕲南了，陪我走走吧。"

"好。"

没有星光的夜空，压抑黯然，视野一片孤寂灰白。柴焰还是不敢相信Sophie 会舍下她辛苦打拼的天下，离职出国。

"Sophie，你不该养虎为患的。"拨开一丛长得太过茂盛的灌木，柴焰忍不住说出了她的真实想法。

Sophie 笑着点头，算作默认。

"谢谢你，柴焰。"

"谢我做什么？"

"谢你没怪我对你不维护，谢你没嘲笑我自作自受、自食恶果，谢你还把我当朋友。"想起柴焰离职时的情形，再看看现在，Sophie 笑容苦涩，她的确太低估沈晓了。几乎是和对付柴焰相同的办法，她被沈晓踢出了自己一手经营的安捷。

"客户对我没了信任，转投去了沈晓那边。沈晓她真是个厉害的角色，柴焰你要小心她。"

"我知道。"

"柴焰。"远处是小区的垃圾集散地，堆满没运走的生活垃圾，污水横流，发着恶臭，Sophie 拉住了柴焰，"如果你还打算和沈晓较劲，那有件事我要提醒你。"

"什么？"

"给沈晓撑腰的人不简单，你要小心。"

这个啊。柴焰沉眸扫过远处的小路："我早知道，也查过，只是没查出来。"

沈晓的金主，藏得太好了。

不知不觉，雾大了，水汽打湿了衣衫，周身湿冷，绕着小区走了大半，又站在 Sophie 家楼下，柴焰张开手臂，回抱了 Sophie 一下，算作道别。

明早的航班，Sophie 赴美。

归途浑浑噩噩，前方的路被浓雾笼罩，强大的车灯试图驱散，却只能用两道粗重黄光装模作样地扫扫，没丝毫作用。

没从情绪里出来的柴焰开了车窗，通畅的气流让她好过了些。

沈晓的金主，究竟是何方神圣呢？

她托着下巴，双眸在忽明忽暗的路灯下显得深沉凝重。

不知不觉，便到了家。

夜幕下的小区有着初夏的清凉安宁，少了虫鸣的夜晚，柴焰把车停好在地下车库，正准备进电梯上楼，突然而来的争吵声让她停下了脚步，她回头。

光线昏暗的车库角落，黑色别克车灯频闪，光线刺眼，林梦恼怒得想冲下车，每次尝试都被车里的人轻易掖住，车灯因为两人的撕扯，频率不定地亮着。林梦喝了酒，脸色绯红，逃离的脚步凌乱不堪，力不从心。

"流氓！"她大声骂着，却无力地看着身上的白衬衫被人扯破。

破了的衣服露出大半个肩膀，林梦有些绝望，如果真发生了什么，不如死了算了。

就在她想着死又顾忌儿子的时候，一股突如其来的外力落在她手腕上，没来得及看一眼是谁，她人便被拉了出去。

"柴焰……"她恍惚地睁开眼，对上了柴焰眼中的愤怒。

"哪个王八蛋，给我出来！"另一只手探进车里，柴焰用力一拽，里面的人"飞"出了车子。

地下车库的灯昏黄得如同走在人生尽头老人的眼，无力地照着男人的脸，柴焰举起的拳头迟迟未落，她有些不信，这么禽兽的事怎么会出自赵医生之手？

"回家说。"柴焰黑着脸，把人带回了家，林梦那里他们是不能去的，因为彭西朗在家。

陈未南关掉火，围裙没摘，倚住门框，两腿交叉立着，不时合掌握拳，指关节因为用力发着青白色，间或有嘎嘣声发出来，随着声音，凳子上的赵医生反射性地缩下肩膀。

他越是缩，陈未南就更加瞧不上他了。

被一屋子人围在中间打量的赵医生赵大陆吞咽着喉间唾液，抬头偷瞄了柴焰一眼，复又惊慌失措地低了头："我就是想逗逗她，没别的意思。"

"嘎嘣"一声，陈未南又扣了下拳。

"是是是，是我该死，我知道林梦自己一个人，又带着病孩子，就一时被猪油蒙了心，动了不该动的念头，我保证下次不会了，我保证！"赵大陆举着三根指头，信誓旦旦，赌咒发誓。

柴焰却注意到了另一件事，她垂着眸，对之前没留意的羊毛地毯起了兴趣："你知道林梦的孩子病了，这个我知道，她去你的医院看过病，可你怎么知道她是自己一个人带孩子的？"

"这……"赵大陆眼睛慌乱地四处张望，冷不防陈未南走到他身后，干净利落地抽走了他坐的椅子。

"扑通！"

"哎哟，我的腰。"赵大陆脸色惨白，看着头顶拎着椅子的陈未南。

"还想要腰吗？想要就老实点儿，不然我手滑把这玩意儿滑你脸上多不好。"椅子在陈未南手里，舞得生风。

柴焰有些好笑，这个男人是不想自己出手太多，有损他的男子气概吧。

她甩甩腿："我的腿也容易滑。"

赵大陆的小眼睛在陈未南和柴焰之间交替看了两遍，告饶："我说我说，她老公曾经拜托我去帮忙看看她儿子得了什么病，彭城说如果治得好他就要儿子的抚养权，治不好就……"

环顾下四周的目光，赵大陆识趣地噤声。

阳台的窗敞着，清凉的室外气温却远不及室内某个人心底的冰冷。

彭城，你还是人吗？

六一这天，天气好极了，天空明亮湛蓝，彭城心情不错。

他坐在新买的座驾——一辆价值昂贵的黄色跑车里，他摘了鼻梁上的哈雷眼镜，随意卡在才做了造型的发间。

身旁姿容美艳的女郎抿着涂抹得艳红的嘴唇，手不时在彭城身上摩挲一下。有时动作大胆放肆了，换来彭城一个告诫的眼神，女郎不惧反笑，笑声清脆好听。

路遇红灯，彭城踩了油门，他反执起女郎的手，贴在唇边，轻柔一吻："你好，彭太太。"

"还没领证呢。"女郎娇笑，手却没有推拒，她凑近彭城，轻声问，"你紧张吗？我怎么有点儿紧张。"

"这有什么好紧张的，又不是第一次。"话出口，彭城自觉失言，晒笑一下，他安抚着马上要成为他妻子的女人，"一会儿领好证，我带你去取钻戒。"

珠宝对女人来说，总有着无法形容的魅力，女郎果然忘记刚刚的不快，她凑近彭城，使劲儿一吻："你真好。"

"当然。"

红灯过去，彭城拉下哈雷镜，在一片墨蓝色风景里，驱车去民政局。

工作日，排队的人多。

彭城拣了个不显眼也不回避的位子拉着女郎坐了。坐下的同时，他顺手摘下鼻梁上的眼镜，最后不忘整了整被风吹乱的头发。

四周渐渐有了议论声，他嘴角微扬，尽量不让得意表现得太过明显。

女郎似乎也相当受用这种被人注意的感觉，不自觉又挽紧了彭城。

"请问你是彭城吗？"

很好，彭城转过脸，自得终于有人问出口了。

可他没想到自己随即面对的是一个话筒，举着话筒的记者显然是有备而来，直入主题："请问，你知道最近有人指出你的作品风格和新生代人气专栏作家安彤相近吗？"

这是一个让彭城恼火却不能发作的问题。

Chapter11-3

和风舒缓,富有节奏的海浪起伏拍打着蓝色海岸,退去的浪潮带走粗粝石子,留下的细腻白沙铺就延绵成南部最柔美的白色海岸线。远处白鸥点点,低低盘旋在水面之上,它们不时将短喙探进水波中,伴着四溅的水花,一只浮于海面觅食的胖鱼跃出水面,用长尾给方才调戏它的那只笨鸟一记响亮的"耳光"。

6月3日,阴凉的海边木屋,柴焰躺在藤椅上,不时理下鬓边被咸湿海风吹起的碎发,目光慵懒地看着房侧墙面上的宽屏液晶电视。手边的柠檬水剩下不到半杯,厚大的柠檬片悬在透明水晶杯的细口径上方,不时滴下一滴黄,融进下方的浅黄液体里,电视里的报道内容已经持续热播了三天。

画面里,答不出记者问话的彭城正试图从密织的人潮中挤出去,可惜结果只是让他那身价格不菲的衣装成了团皱巴巴的破抹布。

画面最后定格在彭城那句"我的经纪公司会为我做出答复,我不放弃追诉对方抄袭的权利"。柴焰随手按掉了开关,侧头看眼从外被推开的房门,随手指指已经失去画面的电视机:"彭城等你安排人帮他应对呢。"

栾露露耸下肩,转身进了洗手间。再出来,她手上多了条毛巾。

栾露露细长的眼睛被毛巾盖住,边揉擦着湿发,边不满地作答:"如果你想,我大可现在就安排人为彭城解围。"

她这种变相的威胁显然对柴焰未能奏效,柴焰拿过杯子,喝净最后一点儿:"如果你想,我不拦着。"

挑衅的目光换回一计懊恼的回瞪,栾露露气鼓鼓地甩了毛巾,一屁股坐在铺着干净白毯的床上。半晌,她又自嘲地笑笑,凑近柴焰耳边,她声音轻快:"你不是气我让你跟我睡一个房间,和陈未南分居欲求不满吧?"

"啪"的一声响,柠檬片贴在栾露露脑门儿上,滴下淡黄汁液,柴焰轻唆着指尖:"我俩还没呢,倒是你,楚爵再不出来,你的荷尔蒙说不定紊乱到什么程度呢。"

甜腻的味道随着唾液顽固地在指尖缠绵,柴焰起身去洗手,再不理会一脸惊叹的栾露露。她和陈未南,的确只是在恋爱而已。倒是栾露露终于决定舍弃彭城的做法让她好一阵感叹。

栾露露的说辞是彭城的文笔已经遭到了读者质询,柴焰却觉得是栾露露心里的女权思想在作祟，但凡一个思维正常的女人，都会支持林梦站出来的吧。

依靠着阮立冬那票媒体朋友大肆算计着彭城的人正在风景秀美宜人的海边享受假期，千里之外被算计的人也终于在事发几天后意识到了事情的不对头，如梦方醒。

宽大明亮的房间，齐顶的桃木书架摆满书籍，占据了最宽的一面墙，柔和的日光穿过明亮干净的落地窗，照在屋内正焦躁踱着步子的男人身上。彭城拿着烟的手不住哆嗦，不时有抖落的烟灰落在红羊绒毯上，格格不入的颜色配搭，倒和男人情绪的突变很像。

穿着依旧艳丽的女人想不通，不过是区区一个抄袭彭城的写手，怎么让他这样不安。

百无聊赖地换个坐姿，女人手撑着曲线完美的小巧下颌："彭城，先别管那个不知道从哪儿冒出来的什么安彤了，我妈刚刚说她想换家酒店摆喜酒，现在这家五星不够气派，我都没敢告诉她我们证都还没领。"

女人眉目幽怨，语气带着娇嗔，这些此前彭城最喜欢的调调现在却只让他更加烦躁。他疾步走到桌旁，眨眼工夫手里还有半截儿长的烟被他狠狠按死。

"结结结，你们女人脑子里除了花钱就没其他想法！"似乎给情绪找了个合适发泄的对象，彭城挥舞着手，冲沙发上的女人大声吼叫着。

女人很快从错愕的情绪中挣脱出来，她以不输彭城的懊恼腾地起身，跺了下脚，指着彭城的鼻子破口大骂："彭城，你追老娘的时候可不是这么说的！哦，现在追到手，把老娘当成出气筒了，告诉你，我可不是什么软柿子林梦！"

女人声音尖厉，大有冲破屋顶的情势，彭城被吵得头疼，又懒得安抚。正焦灼时，雕花木门传来两声恭谨规律的敲门声——"咚！咚！"

随后，一个身着笔挺西装，眼睛卡着一副金丝眼镜的中年男人应声而入。他头微微低着，中长的额发遮住睫毛之后的神色，他举着手里的文件夹："彭先生拜托我查的事情查到了。"

彭城倏地滞住，随手拎起仍在尖叫的女人，丢出了门外。

愤怒的拍门声和谩骂并没因为一道门的隔绝而削减，最终再忍不住耐性的彭城打开门，朝女人说了句话。

不久，世界重新复归于安静。

松了口气的彭城揉着胀痛的太阳穴，回身坐回了沙发，他伸手接过了男人递来的文件。

不过是几张薄薄的纸，上面的内容却让彭城触目惊心。

半晌，他合起文件，止不住闭上眼，心里做着算计——安彤是他的前妻林梦，安彤会如此迅速地红起来，是因为背后的助力宣传，而这助力竟然是他的老板。

这么说起来，他现在是枚弃子了？

谁见过一个身价千万，随便写点字就销量破百万的畅销作家会安心做枚弃子呢？

他彭城肯定不会。

拿起桌上的钥匙，他打算去见见自己这位胆敢挑衅的前妻。

结果，可想而知，林梦不在家。

小奇迹半跪在床上，目不转睛地看着几米外正伏案工作的林阿姨。又是几秒钟过去，她不得不苦着脸动了动腿，麻了。自以为做得隐秘的她悄悄转头，看到正冲她扬着手中腕表，一脸得意的彭西朗。

"栓（算）了，不晚（玩）了。"小奇迹沮丧地放弃，她永远做不到像林阿姨那样，保持一个姿势几个小时都不动弹一下。她说完，又觉得自己口齿不清有些丢人，遂趴在床头，拿过酒店配给的油笔。她抿紧嘴唇，圆圆的小脸因为严肃而绷紧，跷着脚，她一笔一画写着字。

彭西朗蹲在床边认真地看，边小声念着：

"西朗，你要听你妈妈的话，好好吃药，不要偷吃我们不能吃的东西，不要像我，我现在很讨厌说话，除了你们，酒店里的人都听不懂。"

"小奇迹，别灰心，我妈妈在努力赚钱，等她赚了很多的钱，我让妈妈也帮你治病，好不好？"比小奇迹小半岁的彭西朗拉着小奇迹的手说。

"嗯！"

天真的孩子总是容易对别人的承诺笃信不已，殊不知不是所有承诺都有实现的那天。林梦坐在电脑前，刚刚还连贯的文思因为两个孩子的话戛然中断。

手机恰好响起，手在屏幕上轻轻一滑，一个态度恶劣至极的短信随即出现。

林梦简单地扫了一眼，轻笑着删掉了短信。

彭城打算告她抄袭。

当贼喊捉贼成了现实，林梦不再怯懦，不过是一场战斗罢了，她才不怕。

嘱咐两个孩子在房里好好玩，林梦合上房门，退出了房间。

静谧的酒店走廊，墙侧的壁灯照亮脚下富于自然纹理的天然木地板，林梦脚步轻缓，最终停在了和她房间隔着两道门的 1106 房前。

轻敲几下，得到里面应声后，她推门而入。

漫天星芒闪亮的夜晚，柴焰赤脚走在沙滩上，手被陈未南握紧。

借着外出的机会，他们也各自整理着凌乱的思绪。

夜晚的沙滩人并不少，海潮起伏的声响掩盖着一对对情侣亲昵的声音，海风温柔而暧昧。

终于，柴焰和陈未南停步在一个搁浅在岸上的破旧木船旁，两人席地而坐。

"有心事？"陈未南问。

"嗯。"她想的事无须对他隐瞒。

"让我猜猜。"他搓着下巴，"和迟杨有关？"

柴焰推了他一把，随即身体后仰，躺在柔软细沙之中。眼前的天空漆黑如墨，星却近得好像伸手便能触及。她伸出手："虽然我也想找他，好当面问问他究竟是谁，不过——It's a bad news. 他再没来找过我。我是在想案子，你不要总是胡思乱想，那不是男人该做的事。"

"柴焰，如果有一天我变坏了，你也会对我这么宽容吗？"

陈未南的话让柴焰的眼蒙了一层难掩的笑意，她伸手捏住了陈未南的鼻子："你告诉我，你好过吗？"

带着处罚的吻轰然压下，她怔了一下，随即含笑闭上了眼。

纤细的手指时轻时重地钩着粗粝结实的脖颈，陈未南的呼吸越发沉重。

最后的底线被攻破前，柴焰却喊了暂停。

这个外表豪放、思想却古板老旧的女人！陈未南望着跑去前方的柴焰，好气又好笑。

再这样下去，他是不是要禁欲到结婚当晚呢？

他没急着去追柴焰，清冷的海风比冷水澡容易让人冷静，他低头劝解着兄弟快些平静。

他不知道，此刻，在他房间的电脑里，一封才送达的邮件正安静地挂在邮箱最上方那栏，至于里面的内容，则是一段他不想回忆的过往。

或许连陈未南自己也不知道，当年他的一个无心举动，竟是那场意外里一个多不得也少不了的一环。

夜风之于善良的人意味着一场安眠的开始，之于心怀恨意的人，意味着一颗报复的心正越发扭曲。

沈晓合上电脑，看着身后，出神。

她恨柴焰，也恨陈未南，门外有人敲门，她起身去开门。

"你来了。邮件我发好了。"

Chapter11-4

一年中最酷热难耐的月份悄然降临。柴焰站在火车过道里，有潮湿温热的风从咯吱作响的接缝吹打她脚面，她侧目看着窗外，一望无际的绿茵正随着快速前行的列车匆匆滑过视野。离开海港后，他们坐在北行的列车里。蕲南城闷热无比，一场战役正徐徐拉开帷幕。

时间接近正午，越来越多的旅客拿着盒装泡面到开水区打水，推车的售货员用极度统一的腔调推销着车里的高价鱼片饮料火腿肠，过道里很快飘起受热塑纸杯的焦煳味。不习惯列车旅行的柴焰本想在这儿躲个清净，显然，时下的条件是不允许的。站直身子，她准备回去。

她人才跨进车厢，就撞见了迎面而来的栾露露。

栾露露面颊绯红，弯腰手叉着小腹，笑得岔气。她朝柴焰扬了扬手，指着身后窄挤的车厢走廊："快去看看吧，熊孩子把陈未南的电脑淹了。"

"啊？"

本没怎么在意的柴焰回到车厢，得知彭西朗一泡童子尿把陈未南的电脑淹了，人也不禁莞尔。

在几个孩子坚持下进行的列车之旅也因此少了让大人们不适的疲乏，旅程变得轻松，而在列车不知停靠在哪座城的站台时，栾露露接到了确切消息——彭城以单方面违约为由，解除了同公司的签约关系，转投了另一家大型的文化传媒公司。

恒氏高大的玻璃建筑巍峨入云，门前的广场上柴焰几步追上了在前方等她的人。

林梦有些忐忑，不过是等柴焰的这短短几秒，她已经搓了几次手，手心冰凉，渗着黏腻的汗。

"紧张？"看出她脸色不对，柴焰腾出只手拍拍她的肩，"不用紧张，我保证让那个王八蛋后悔他被他妈生出来。"

难得听柴焰说话如此不斯文，微微露出惊讶神色的林梦转瞬觉得轻松不少。

虽然她开始怀疑善恶是否真会有报，不过现在的她有了新的人生信条——努力尝试过，未必会有结果，如果什么也不做，势必得不到任何结果。

她目光灼灼，迈进恒氏大厦的步履也越发坚定。

同几天前相较，此刻的彭城淡然自信了许多，他斜倚着柔软的羊皮沙发，不时跷脚研究下皮鞋是否锃亮如新、姿态优雅放松、神情得意难掩。视野可及的桃木雕花门开启的瞬间，他扬了扬眉角，嘴角微扬着起身："好久不见，林梦你过得如何？"

"安彤小姐，彭先生真如你所说，说话做派衣冠禽兽得很。"随着声音，柴焰同林梦一前一后进到了房间。经过彭城时，柴焰刻意侧了下身，丝毫不掩饰对他的嫌弃。

彭城脸一阵白似一阵，他攥紧拳头，努力克制着却仍然声音颤抖："林梦，和这种没礼貌的人厮混有什么好处？"

"你蛮'好'，和你结婚几年，我又得了什么好处？"林梦眼睫低垂，气质仍和当初一样，不怒不争，可彭城总觉得哪里不一样了。

他沉下气，坐回原来的地方，气鼓鼓地心想自己的律师怎么还不到。

正想着，桃木门轴无声转了下，身着套裙，头发束成干练发髻的沈晓微笑着进门，乍一看到柴焰，她人微微愣了片刻，紧接着放下随身包，双手合十击掌："没想到遇到老朋友了。"

柴焰冷冷一笑，别说，沈晓事前不知道她们会碰面。

和谈如同预想的那样，进展不顺。柴焰方面拒绝接受彭城提出的要林梦承认抄袭、登报道歉、退圈等诸多苛刻要求，简短的半小时会谈，双方不欢而散。

离开时，林梦想去下洗手间，说实话，就刚刚，她的手心一直不停地在冒汗。

细密的水流穿过手掌，她掬起一捧，扬在脸上，燥热的感觉顷刻消失精光。她抬头，惊觉模糊的镜面上映着两个人。她猛然回头，却因为力量悬殊，直接被彭城推向了盥洗池上。

未及关的水龙头喷涌着水流，彭城的脸无限靠近她眼底。彭城的声音一如既往的好听，只是说出的话透着无比冰冷："你怎么这么不乖？你乖乖的，说不定我会对你和儿子好些。"

他修长的手指紧贴着林梦的腿根，慢慢上移，力度渐大。战栗席卷了林梦的全身，她哆嗦着张开嘴："呸！"

　　荒忙逃出洗手间的林梦一路狂奔着进了观光电梯，明净的弧形玻璃外，天空明澈透亮，林梦突然觉得，不知从何时起，她已获新生。

　　比起林梦，在露天停车场再次遇见沈晓的柴焰就心情欠佳了。

　　"嘿！"沈晓扬手，先同她打招呼。

　　"呵！"柴焰从齿缝间蹦出这样一个音，脸上直白得没带任何笑容。

　　"柴焰，这不是老朋友该有的打招呼方式。"渐渐被柴焰的疾步甩远在身后的沈晓声音轻微。柴焰顿住脚，回头："老朋友？我和你吗？抱歉，我交朋友的底线没那么低。"

　　"柴焰，你总是自以为是，自以为自己有多高贵，你觉得我卑鄙，算计着抢了你的位置，可你自问你没自私过？你和陈未南犯下的错、做过的坏事不会比我少。"

　　"是是是，我嘴皮子也没你利索，更没那么多时间陪你在这儿磨嘴皮子。"没把沈晓的话放在心上，柴焰走到自己的车旁，开门，上车。

　　青色的烟从排气管里突突冒着长串，柴焰将她的车从沈晓身侧开过。姣好的面庞随着车身远去，倏然皱紧，沈晓握紧拳头，嘴里默念着："不可饶恕。"

　　最近，陈未南不止一次地顶礼膜拜过彭西朗小朋友，他的童子尿简直不能更厉害，超薄笔记本送修十天才修好送回。

　　接到修理店电话的时候，陈未南正盘算着怎样才能和柴焰迈出最后一步。

　　一场雨后，室外空气清新，去了连日的燥热，在小区花园里闲庭漫步的人多了不少。

　　陈未南穿好衣服，出门时撞到外出回来的柴焰，二话不说，他拉起她的手就朝外走。

　　"干吗去？"

　　"'接'电脑，顺便约会，然后烛光晚餐。"

　　柴焰无语地看着陈未南，随他去了。

　　泛着青黑的积水将电脑城前的水泥广场切割成一个个独立却相距不远的区域，可以踏足的地段因为过大的人流显得越发窄小。柴焰踮着脚，任由陈未南牵着她，朝正门缓慢前进。

　　总算踏在了干燥的大理石地面上，柴焰松了口气："可真是要人命啊。"

"谁让你穿高跟鞋的？"陈未南不理她，反而蹲下身，"上来。"

"干吗？"

"你不是脚疼吗？上来我背你。"

"……"

看着满脸羞红气鼓鼓走在前面的柴焰，陈未南嘿嘿笑着："我就是客气客气，你那么沉，我背不动。"

柴焰顿住脚，片刻后去而复返。

"蹲下！"她指着陈未南。

陈未南一脸苦相，却乖乖依言。

有了年头的电脑城二楼，专心寻找器材配件的客人纷纷抬头，目光艳羡地看着远处步上电梯的男女。

无视众人的目光，陈未南稳稳地背着柴焰，他自信这世上再没人如他这样了解柴焰的秉性，吃软不吃硬，激将永远比"请将"有效。

这丫头，明知旧伤不适合穿高跟鞋，却总是逞强。

他微笑着，等待视线升出地面，他迈出脚步。

当送修的电脑被店家拿出柜台，陈未南有种重见亲妈的喜悦，坐在一旁的柴焰鄙夷地看了他一眼，出息。

系统重装，很多文件需要检查是否复原完好。站得累了，陈未南索性拉了把椅子坐下摆弄。

"还好还好，东西都在。"陈未南庆幸着准备关电脑时，干净的桌面右下角突然浮起一个白色方框，是邮件提醒。

"老板，店里有网？"他问。

"有。"

打个响指，陈未南点开网页，邮箱里有两封新邮件。一封是小奇迹发来的画作扫描版，陈未南撇嘴回复了句：丑。

打击妹妹是他的兴趣爱好之一。

微微一笑，他退出这封，进入下一封。

柴焰坐在远处，被四周那股浓浓的器材味熏得昏昏欲睡，所以当突来的声响传来时，她吓了一跳的。

她抬起眼，看着远处脸色苍白的陈未南，不清楚发生了什么事。

柴焰，你说过爱我。

如果有天，你知道我也曾不择手段地对待一个你的朋友，你还会爱我吗？

如果那个人是迟秋成，你还会爱我吗？

曾经以为那件事是无人知晓的秘密的陈未南，了解柴焰如他，突然不知道未来会向哪个方向发展了。

别人的女朋友生气，会赌气不理人，要人哄或是一哭二闹三上吊，我的不会。她会把我拽去墙角，一顿胖揍。她不温柔，不会撒娇，言行豪放暴力，可就是这样的她，却总在揍完我后手拿棉签，教我该怎么躲开她的拳脚。她不知道，她说的那些我早知道，只是不愿去做而已。爱情不过是，在你选好商品前，我早为你买好单的心有灵犀、心甘情愿。

Chapter12-1

如钩月影安静地隐没在浓密树冠之中，雨后的晚风动作轻柔，吹进三楼一扇半开的窗里，薄纱帘起伏摆荡，被伏案的人偶然抬头看见，想起暌别几日的蓝海沙滩，除了风不那样咸湿，凉爽却不尽相似。柴焰动了动发僵的脖子，发现自己对着那本不厚的卷宗已经整整两小时了。

目光从发着幽蓝光线的电子钟上收回来，柴焰合上眼，指肚用力地按压了两下眼球。明天是彭城案开庭的日子，她是被告林梦的代理律师，可此刻，她脑中纷乱的不是什么案子，而是陈未南。

最近的他，太反常了，一日三餐按时，定时健身，作息规律，工作勤勉上进……

钟绾绾说："多好的一个青年，我看不出哪里反常。"

柴焰摇摇头，就是好过头了，一点儿也不像陈未南了。她侧目看眼空荡荡的桌角，心中微叹。往常她每每熬夜，陈未南早屁颠颠端着热牛奶来她房间了，可近些天陈未南没来过。他们依旧在一张桌上吃饭，柴焰微伸一下手，钩得到陈未南沾了面包渣的侧脸，他们坐在一张沙发上，看同一档节目，柴焰的水果杯旁边依然是陈未南老气横秋的大肚茶壶。

一切似乎没变，一切又同过去大不一样了。

糟糕的心情郁结在胸腔，沉重得让人发闷，她猛然起身，开门出了房间。她忍不住想同陈未南谈谈。

　　二楼，闭合的玻璃窗让房间多了些温热，细密水声隐隐从浴室里传来，陈未南在洗澡。柴焰驻足片刻，又开始后悔自己的唐突冒失，真的有事发生，陈未南会不同她说吗？

　　她考虑着要么算了，时间已晚，而她明天还要出庭。犹疑时，目光定格在桌上的笔记本电脑上。发着幽光的屏幕在没开灯的房间里显得孤独诡异，柴焰倏然想起，陈未南的变化似乎就是从他们去电脑城取电脑时起的。那时候，陈未南似乎被什么吓了一跳……

　　鬼使神差地，柴焰放轻脚步，走近电脑桌，坐下。随着手扣住鼠标，暗淡的屏幕重新明亮起来。

　　花洒喷着水珠，自头顶将他一点点浸湿，挤了乳白色的洗发水在掌心，陈未南心不在焉地揉搓着头发，越来越多的泡沫被水冲下，沿着前额滑进眼角。他眨眨眼，感觉着眼球被刺激得正泛起红。手懒得动，他随意掬起一捧水，撩到了脸上。水珠冲淡泡沫，痛还在，但更多的是让他备感折磨的惶恐不安。

　　他以为没人会知道，当年迟秋成迟迟没能从陪练转为正选，是他拜托了人的缘故。自以为无人知晓的秘密却在那封邮件里写得清清楚楚，邮件里还说，出事那天，迟秋成才接到被拒通知。

　　或许他可以拿诸如"我就干了这么一次坏事"的理由为自己开脱，可陈未南做不到，因为他清晰地记得柴焰说过，那天是迟秋成主动来找她的。迟秋成和柴焰见面不多，更因为照顾柴焰的情绪而将两人的友情维系在一个还算安全的距离，从未逾矩。

　　迟秋成是因为心情不好才去找柴焰的，你也是害死迟秋成的刽子手之一。

　　——邮件里的这句话触目惊心。

　　陈未南懊恼地揉着头发，他想过坦白，可坦白了，有什么样的后果呢？

　　人生似乎陷入一场看不到出口的死局。

　　年少轻狂的我们谁不会犯错，这话不能保证所有的错误被饶恕、被救赎，特别是有关死亡的错误。

　　洗了一个漫长无比的澡，抓着毛巾，揉着头发，陈未南出了浴室。脚跨出门槛时，他人怔住了。看着坐在桌旁已然伏案睡着的柴焰，他的心剧烈地跳着。他快步走到电脑旁，在确认加了锁的邮箱没被打开后，又突然觉得自己可笑至极。

是不是每个做贼心虚的人都如同他这样，那封邮件，他明明早删掉了。

暗淡月色下，因为疲惫而陷入熟睡的柴焰侧脸温柔平和，她抿抿嘴唇，低声念着："陈未南，你到底怎么了？"

睡梦里的她少了白日的犀利张扬，躺在陈未南怀里，单纯得如同婴儿。

柴焰一直自诩精通职场规则，见过无数卑鄙下作，可陈未南知道，精通和会不会亲自去做是两种事，比起她的纸上谈兵，陈未南觉得他是龌龊的那个。

天突然暖了，柴焰觉得自己飘在云上，她被一个天使吻了。天使的模样很像陈未南，她红着脸甩了块白布给天使，嘴里嘀咕着："穿上，走光了。"

醒来时，陈未南人在厨房里忙碌，躺在二楼床上的柴焰闻着炒饭香，肚子开始叫起来，以至于几分钟后进洗手间的她才后知后觉地发现了哪里不对劲。

"陈未南，我怎么在你房里？"振聋发聩的声音来自于二楼。

厨房里的陈未南颠了两下勺，扭身把泛着金黄的炒饭倒进骨瓷盘："这要问你为什么深更半夜趁我洗澡偷偷溜进我房里了？是打算偷看我洗澡？还是想非礼我？说吧，你想要哪样，我去喷点儿香水做准备。"

目光所及，手端漱口杯的柴焰倚着厨房的门框，认真打量着他，他回以粲然一笑："你喜欢什么香？"

"流氓。"陈未南重新恢复正常的样子让柴焰松了口气，她转身回去刷牙。在她看不见的地方，陈未南收起笑。

今天是开庭的日子，他希望柴焰用最好的状态登场。

蓝色天幕高远明亮，云却低得如同可伸手触碰，离天接近的法院台阶上，举着长形话筒的记者簇拥在前方，无视这好天气，正围堵还身着便装的主审法官先生。记者身后，明显具备身高优势的摄影师摄像师们不住地改变手中的器材角度，力图抓拍到可以作为报道亮点的影像片段。

性格刻板刚正的主审没一分钟便被苍蝇一样的记者耗尽所有耐性，趁着外围突来的一股手劲，借力挤出了人群。

突出重围，跨进有安保的法院大门，主审松了口气，颇为感激地回头，想对出手相救的同事表达谢意，却意外发现对方不是和他一起来上班的同事。

柴焰微微一笑，拿出身份卡，随手塞进闸机口里。之后，她递出包，接受安检的同时打趣地说："刚刚的行为纯粹是不想这场官司因为法官受伤而延期，你知道，现在记者嘴巴的厉害程度不亚于鲁迅先生的笔杆子。"

她耸肩无奈的样子让轻易不露笑脸的主审官也禁不住莞尔，他点下头，鼻翼的法令纹更加深了。他接过安检员递回的公事包，含笑看向柴焰："新律师？"

"老黄瓜了。"

"哦？之前没见过你。"

"我之前主做公司法务，跑您这个庭的机会不多。"

"公司法务？你是那个柴焰？"想起之前去家里拜访的那人，主审官表情多了丝复杂神色，"泄露过客户资料的那个？"

柴焰摸摸鼻头，姿态坦然："大家都这么说，只不过我作为当事人，是最后一个知道这个事实的而已。"

她看着没说话的主审官很快转身去了更衣室，虽然没和她说再见，但主审官最后微微耸动的背影让柴焰觉得，自己给对方留了不错的印象。

今年是一号法庭的主审法官临近退休的最后一年，据说他为人正直严厉，最讨厌钻研盗洞、请客送礼这类。

开庭前，柴焰恰好听说彭城去见了这位。

距离开庭还有一刻钟时间，柴焰踮起脚，推开一楼走廊的长窗，窗外，少数拿着准入证的记者正在安保的指引下疾步地进入大楼。那些没被获准进去的也不急，三三两两散开，或坐或站，等待着不久之后的庭审结果。

人就是如此，总是习惯把目光给予那些高高在上的人，对于那些真遭遇了不公平待遇的人事却兴致缺乏，只因为这些人事不过发生在少了光环的芸芸众生身上。

轻声微叹后，她转身，没一会儿，细高跟发出的噔噔脚步声渐小，她的身影也消失在深邃洁白的走廊尽头。

一号法庭是间很大的房子，原被告席间，两个方形木栅并排而立。此刻，彭城的责任编辑站在其中一个木栅之后，扮演着证人这一角色。

"是的，我和负责林小姐的责任编辑私交不错，除了林小姐现在刊载文字对比存在和彭城先生大量相似外，我从朋友那里获悉，林小姐平时的创作基本就是通过揣摩模仿彭城的出版物。基于彭先生和林小姐之前的关系，彭先生本来不打算追究，可考虑到彭先生的社会影响，考虑其作品对现代青年的影响，虽然痛苦，彭先生还是决定起诉他的前妻，期望法院秉持公道，还文字清白。"

说完这番话，矮个子的证人朝法官鞠了一躬。

秉持公道？还文字清白？柴焰在心里默默冷笑一声。

坐在上方的法官表情肃然，脸转向了柴焰："被告方可以提问。"

柴焰起立，微微颔首后，她开口："法官，对原告刚刚列举的证据，我方并无异议。"

前一秒还安静的房间顿时一片哗然，记者纷纷举起相机，试图抓拍到柴焰或者林梦脸上沮丧颓败的表情。

大楼之外，起了风。成群的灰羽飞鸟张开翅膀，轰地从窗前掠过，粗壮的喙被日光放扩成更巨大尖锐的黑色影子，从房间里那群表情错愕的人脸上逐一滑过。可比起让人身心愉悦的自然景物，手执速记本的记者们显然对眼前这出能引起社会话题的官司更加感兴趣。

本该安静严肃的法庭因为柴焰一句话，成了堪比早市菜场的吵嚷所在，坐在高处的主审官眉头皱紧，手里的木槌重重敲了几下，法庭顿时安静了不少。

"被告承认原告所诉？无异议？"手中木槌轻放回桌案，法官看向被告席的眼光隐约闪着好奇。

柴焰低下头，随手翻了下手边的资料，纸张的翻阅声在偌大的房间里清晰明显，她抿了抿唇，抽出其中一张："我方承认参照了部分这本名为《初相见》的出版物，不过我方不承认是抄袭了原告当事人彭城的作品，因为这本书内容的百分之七十实则出自我方当事人之手，我当事人从未抄袭过彭城的作品，她只是将其旧作修订重新刊载而已。"

一语出口，全场哗然。

目瞪口呆的人中有处事向来淡然的主审官。他摸了摸鬓角，听着下文。

彭城却是满眼愤恨，他听不清沈晓是如何同柴焰对质的，剧烈的耳鸣声吵得他头疼，偏偏他不能去揉，还要保持微笑，只因为他是个有公众形象的畅销作家。

他不知道庭审是何时结束的，他只知道努力让神色维持正常的经纪人快步从台下奔上来，用近乎粗暴的手劲拖着他从侧门离开了。

"轻点儿不行？"他甩着手，却很快便噤声了。

漫长的走廊尽头，有兴奋的人声从转角地方传，脸色极度阴沉的彭城最终按捺不住情绪，低低喊了声："阴谋！"

Chapter12-2

柴焰并不觉得她哪里做得不对，尽管彭城的后期作品的确没再抄袭过林梦的。她擎着咖啡杯，坐在比之前宽敞不少的新办公室里，目光柔和，看着手中泛着丝滑柔光的爱尔兰咖啡，心情不错地啜了一口。

就是上个周末，她的律所正式搬家。靠着龚宇打官司而来的大笔入账，柴焰坐在现在这间有宽大窗子、光线充足明亮、能整齐陈列文件的长桌案，甚至墙侧还有剩余空间让她放台电视的独立办公间里，抿着嘴角，看电视。

镜头里的阮立冬漂亮大方，有着很强的镜头感。她举着话筒，正念着才由同事递来的稿子："根据作家彭城之前的邻居称，彭城和林梦的婚姻里，林梦明显是付出更多的那一方。彭城在没成为作家前，家里的经济来源基本是依靠林梦。林梦的孩子身体不好，林梦在忙工作的同时还要照顾孩子家庭。现在让我们看下来自前方的采访……"

画面切换到一片老旧建筑前，青苔满布的墙体，裂纹交错密布在湿黏的绿意间，一个体态微胖的大妈手挎菜篮站在楼前，滔滔不绝说着。

"大妈，看镜头。"记者挥了挥手，出声提醒习惯"斜视"的大妈。

"啊？哦。"性格憨直的大妈点着头，没有血色的牙龈连带着松动的牙齿上下闭合，机关枪似的说着对彭城的不满，"那小子，从和小林结婚，我就没见他做过什么家务，后来乍一听说他写书我还心想这小子出息了，小林能跟着过好日子了。没想到还是个不要脸的混账货。"

柴焰盯着画面，轻笑着关了电视。

她不是个看好媒体的人，有许多事经由媒体人一番评点传播，很多都失了本貌，扭曲的事实给事件的中心人物带去了无尽困扰痛苦。

她不喜欢，可不代表对待非常事件她会放弃借助媒体的力量。对付如彭城那般的人渣，柴焰觉得她做得合情合理，丝毫不过分。

喝掉最后一口温热的咖啡，柴焰拿起电话，打给阮立冬。

"我才要谢谢你呢！"阮立冬有些激动，才出外景回来的她躺在酒店床上，身体疲惫，精神却愉悦兴奋。她嘴巴不停地同柴焰表达着感谢，她翻个身，趴在床上，"你不知道，因为这个报道，我们主任现在见我面都是主动点头微笑的，柴焰姐，我第一次有这么高规格的待遇，多亏了你！"

她声音叽叽喳喳，兴奋无比，柴焰忍不住把聒噪的声源举远些，嘴里含糊说着："恭喜恭喜，还有……"

"你不会又要问我个人问题解决没有吧？柴焰姐，安心啦，就算我暂时单身，你家陈未南也不会在我的考虑范围内。"

柴焰失笑，她想说的不是这件事，不过她还是想起了陈未南。律所搬离了花园街，她预计着陈未南或许会随即再开家牙诊在她附近，可几天过去，周围的邻居都还在，陈未南没来。

阮立冬也提起了陈未南——

"那天我见到陈未南了，他喝了不少酒，人好像很不开心似的，柴焰姐，你们没事吧？"

"没事。"疑惑更重的柴焰看着窗外，口是心非。

伴随着闷热烦躁的天气，柴焰没来得及分心去想陈未南的事，便迎来了彭城案二审的日子。

鉴于案子影响力的突然放大，法院也采取了更为审慎的态度，二审没有允许媒体旁听。

少人的大房间空旷肃静，坐在庭上的人连呼吸都是轻的，生怕弄出一点儿回响，引起主审不悦。

双方发言后，法官抬起头，侧目看向柴焰："原告对被告称的原告作品系誊抄被告旧作的证据，请被告律师就此回答。"

"当年我当事人创作用的老式磁盘，里面的编辑日期可以证明。"柴焰侧身，伸手拿起林梦面前的方形磁盘。专注案件的柴焰并没发现，自从开庭后，林梦自始至终低垂着头。

不属于高科技时代的物品，寻找可播放器材的时间就花费许久。

重新回到座位，柴焰平静地等候，直到这时，她才后知后觉地发现林梦合握的手正微微颤抖。

"怎么了？"她敏感地觉得哪里不对。

"柴焰，有件事我想和你说。"

"同案子有关吗？无关的退庭后我们再说。"

"不是。"林梦摇着头，看向远处的眼神充满了无奈和绝望，"我没告诉你，磁盘里的东西，已经被我清掉了。"

"什么？"柴焰回头，白色幕布上显示着空荡荡的磁盘内容。

"西朗被彭城带走了，他让你格式化磁盘你就格式化啊，你傻啊？"金属鞋跟触碰大理石，发着刺耳响声，柴焰咬着手指，眉头紧锁。

她很气愤，也很沮丧。

如果她能让林梦对她有足够的信任，这些事情就不会发生了，长长的叹气表示她接受了这个现实："没事，先把西朗接回来我们再想其他。"

安慰的话是多么的无力，只凭想象，柴焰就想得出沈晓是不会放过这个机会的。

果不其然。

7月末，一场几年未有的大雨让天空荫蔽了数日，电视里循环播放的是志得意满接受采访的彭城。

"我并不怪她，她毕竟是个女人，可这次她做得有些过了。"屏幕上的彭城如同一个心怀宽广的离异男人，平静地谈论他的前妻，他态度无比谦逊低调，没有抱怨恨意，却有着让人无比相信彭城前妻不是个好东西的效力。

柴焰强忍着懊恼，动用着所有能动用的关系试图扭转局面，可惜，如同最初她怎样对待彭城那样，现在她和林梦的处境比那时的彭城，还要尴尬。

柴焰的困难来得始料未及，怀着另一种心思的陈未南想不到该怎样帮她。他的苦闷不比她少。

大雨接连下了三天，排水不畅的城区交通陷入半瘫痪。陈未南驾车跋涉过汪洋，去离家最近的那家超市，回到家时，天已经黑了，他放下东西，正换着鞋，发现有人在看他。他抬头，看见举着酒杯赤脚坐在地毯上浅笑的柴焰。

"陈未南，你躲我！"她面色绯红，舌头发硬，喝得有些高。

"你胃不好，敢喝这么多，不要命了！"踢开脚上的鞋，陈未南几步进房，夺过女人手中的杯子。

"没喝多少，就一瓶。"柴焰嘿嘿傻笑着，垂着头嘀咕，"大家都等着我输掉官司，他们以为我很在乎输赢，其实我根本不在乎。输好，赢好，都是别人眼里的我，和我有什么关系？可是你不一样，我喜欢你，陈未南，你知道吗？我喜欢你，在乎你！你为什么不在乎我？"

"我怎么不在乎你了？"拍开柴焰的手，陈未南搂住她，不让她再去碰酒杯，"喝多了也不许胡说八道。"

"我没胡说，你敢说你没事瞒我？"

"没有。"他看向别处，鹿头挂饰、雏菊油画、嵌着两人合影的水晶相框……

房间的一切都吸引着他去凝望，除了柴焰。

伸手在他腰上拧了一下，柴焰瞪着眼睛，昂着脸，气势汹汹："陈未南，你到底说不说？"

从没觉得他也会有这么窝囊胆小的一天。

沉默了许久，陈未南深深地吸气，脑中闪现着这些天的情形，他努力工作，想让自己忙些。可他发现，做再多都是徒劳。他的身体越是疲惫，头脑就越是清晰。他总算知道了什么是让人心在短时期内迅速被煎熬的方法了。

他疲惫不堪，却没想到柴焰并不比他好过多少。放开柴焰，他背过身去："柴焰，我要和你说件事，当年，我对一个人使过坏。"

"谁啊？"

他回头瞄了柴焰一眼，有些好笑："你是明知故问，故意的吗？"转回头，他低头摆弄着手指，"除了那个姓迟的，你认为还有哪个人能让我这样？"

"你是说迟秋成？"

"柴焰！"陈未南猛地回头，"你故意的！"

"是故意的又怎样？"眯起眼，柴焰猫咪一样伸出手，揪着陈未南的脸捏了两下，"说还是不说？"

"说。"按住柴焰的手，他转过身，"当年迟秋成没有转成运动员，跟我有关。"

灰色的记忆像块丑陋的疤，结在最显眼的地方，不能抓，抓破了还有新的疤再结出来，只能用手捂着，见不得光。此刻，陈未南正一点点拿开他的手。

原本明亮的房间却蓦地黑下来，不单房间，连带窗外，漆黑连成片，吞没着看得见的地方和看不到的区域。

黑暗中，惊慌的抱怨声在楼宇间回荡，好在入夜了，孩子们早早被父母赶上了床，没有尖锐的哭泣声。陈未南反而轻松了，抚着胸口，他开始讲述自己的故事。

他动用了什么关系，拜托了谁，几句话讲完的故事。

"这是真的吗？"

"真的。"陈未南长舒一口气，心中说不出的坦然，如释重负的感觉。

"所以那天，他是因为心情不好，才去找我的吗？"

"我不知道，邮件里是这么说的。"发麻的腿不小心碰到了茶几，桌上的高脚杯摇晃了下，叮当作响，陈未南摸索着稳住杯腿，"柴焰，如果迟秋成活着，他再出现在你面前，你会选他吗？"

"傻。"

"什么？"

"我说你傻，傻得可以，傻得透气。是，你是不好，做了对不起迟秋成的事，可这关爱情什么事？我喜欢的是你，不因为你说过什么，做过什么，伤害过谁而改变，你说你自私，我岂不更是？迟秋成死了，我难过，看你有心事躲着我，我比迟秋成死的时候还难过。你说你不是好人，那你还愿意接受比你还坏还自私的我吗？"

陈未南傻了一样，愣在黑暗中，直到温热的唇贴合上他的，他才感受到真实。

正发生的事情是他在梦里想过不止一次的，当它真正发生时，原本预计好的步调全部乱了。

气息变得迷乱，欲望在手滑过的地方游走、流窜，世界不住翻腾旋转，在微疼的感觉里昏乱、畅然。

Chapter12–3

晨曦在一片混乱却幸福的慵懒感觉中降临，陈未南伸着懒腰，侧头却发现原本该在怀里的人不见了。

阳台的窗开着，阳光伴着清风飘进房，陈未南看见了茶几上压着的字条。

娟秀的小字透着隐隐的刚劲，和柴焰给人的感觉完全相反。

陈未南支起身子，扯过身畔的薄毯，胡乱围在腰际，胡乱地揉着头发，他眯眼看着字条上的字迹。

"找到彭西朗了，林梦正赶去，不论官司最后是输是赢，我会尽力的。"

哦。陈未南轻撇嘴角，他不关心官司是输是赢，他在乎的只有那个女人快乐与否。纸片随着分开的两指飘到了地上，他起身打算去厨房弄点儿吃的。脚没落地，他猛地发现字条背面还有字迹，探长手臂，他拾回了字条。

背面的字让他身为男人的骄傲迅速膨胀，他挺直脊背，姿势犹如凯旋的将军。

柴焰写了两个字——很棒。

很棒？

很棒！

笑意难掩地从嘴角爬去眉梢。

城市另一边，画着复古花纹的暗红安全门前，柴焰抬手看下手表，随即放下。她有耐心等，可她身后的林梦却没有，不过两分钟时间，林梦已经先后十一次想上前敲门了。

前后踱了几步的林梦再次冲去门前，用力捶了几下门。中空的防盗门发着巨大的闷响，门里却依旧没有任何回应。

"确定西朗他们在里面吗？"觉得无望的林梦垂着手，人处在崩溃边缘。

柴焰没回声。她没结婚，没做过母亲，无法理解为什么女人的勇气要浪费在捶门上，而不是花在指认那个该死的男人上。

终究还是心软了，柴焰拍了拍林梦无力弓着的背："等等，我朋友那边说不定会有办法。"

柴焰说完，侧目看向楼侧，绿草如茵的地方，人踏过的足迹不仔细看并不明显。木头刚刚就是从那里进去的，她不担心木头会做什么出格的事，只是去了这么久，她担心是否有什么情况？

纷乱的思绪未及收回，急促的脚步声如同鼓点一样，从门内渐渐靠近。

柴焰回头，想着接下去会发生的事。手腕猛一紧，她低头，发现是林梦抓紧了她。

"别怕，没事。"挣了几下，没挣开，柴焰只好任由林梦抓着。

就在这时，随着"哗啦"一声，暗红铁门从里被人"推开"了。目光从木头抬着的脚上收回，柴焰吞了下口水，觉得用"踹开"合适些。

"你真的进去了，哎，我还要准备帮你打非法侵入住宅的官司。"柴焰按压额头，有些头疼，钟缩缩这个管家做事太过直接。

"孩子受伤了。"木头板着脸，如果没有看到受伤的彭西朗一个人被扔在了杂货间，他不会进去带孩子出来的，他懂的法条不比柴焰少。

"西朗怎么了？"林梦眼睛通红，手足无措地想抱抱沉睡中的儿子，却怕碰伤了他。

"他……"正准备解释，尾随而来的聒噪女人便打断了木头。他把彭西朗递给林梦，没想到林梦非但没接，反而绕到了他身后。

木头挑挑眉，不可思议。

更不可思议的是，林梦扬手，给了追出来的女人一记响亮无比的耳光。

"啪"的一声，好响。

"要打官司冲我来，想动我儿子，我会拼命！"

车急速行驶在笔直的灰色马路上，柴焰开着车，不时看上林梦一眼。

自从上车后，林梦只是紧紧抱着彭西朗，一言未发。

"想不通？"少言的木头竟然开口，"你有了孩子也会这样。"

"木头？"

"嗯。"

"说得好像你很了解，难道你也有孩子？"

善意的玩笑没让木头发笑，他的脸比起上车前更僵了。

"专心开车。"他说。

僵硬的脸一直保持到了医院，连气氛热烈的急诊大厅也没改变木头分毫，从医生手里接过了检查报告的林梦精神却处于崩溃边缘。

外创式颅内出血。她的儿子受了这么重的伤，只是看看病名就让她胆战心惊。

林梦抓紧报告，蹲在地上，脸埋在臂弯里，肩膀簌簌发抖，她气愤，但更多的是懊悔。

接到通知时，彭城正在赶下一个通告的路上，经纪人转达的话让他脑子一阵阵发蒙。

这下全完了。

他想的不是那个早得了不治之症的儿子是否能渡过难关，他想的是即将而来的社会舆论走向，铺天盖地的议论，和他那个才见转机的官司。

他咬了下指甲，有了决定。

"掉头，去医院。"

窗外，叫卖的货郎挥舞胳膊兜揽生意，号贩子游魂般在人群中穿梭往来，看似无神的眼睛很快锁定了目标，抖着衣裳靠上去。满是人潮的医院正门，加长版的黑色商务车夹在一辆银灰别克和另一辆灰头土脸的计程车间进退不能，处境尴尬。

彭城催了司机几次，得到的只是几声徒劳的喇叭响和圆脸司机一个无奈的回望："彭先生，你如果实在急，下车走过去也行，很近。"

"走过去？你说让我走过去！"彭城把这当成一个糟糕透顶的主意，他挥手想教训一下这个冒犯了他的司机，中途却变了方向。他手在驾驶位的椅背轻拍两下，开了车门，"停好车等我。"

几乎没费什么力气，彭城很容易便找到了林梦。

走廊尽头的手术室前，稀疏的光源营造着凄凉紧张的气氛，他皱眉加快了脚步，消毒药水的味道总让他难以忍受。

他走近林梦，觉得眼前的女人一如既往让人讨厌，几年前流行过的旧衬衫，一头凌乱的头发，他懒得多看。

"西朗的情况怎么样？"他别开头。

他的声音林梦再熟悉不过，抽了抽鼻子，她抬起头："你来啦？"

林梦的平静出乎了彭城的意料，他以为她会撒泼，甚至动手打他，啧啧嘴，他一时竟忘了该说什么。

"我们出去走走，有话对你说。"扶着墙，林梦缓缓起身。

她走在前面，步态缓慢。

彭城撇撇嘴，这是在扮柔弱吗？他不情愿地跟了上去。

他们走出主楼，绕到和正门相背的方向，人声渐渐被甩去了脑后。

脚边，及膝高的蔓草肆意生长，天空蔚蓝，映着远处的白烟，彭城的步子也慢下来，他心里奇怪，明明是风景不错的地方，怎么让人觉得隐隐忐忑呢？

白烟不为人情感左右，成股不间断地从红烟囱里冒出来。

终于，林梦停下来，转过身，看向彭城："知道这是什么地方吗？"

"不知道。"彭城不耐烦地踢着脚边野草，觉得周围的环境同他格格不入。

"越过这里，那边是炼人房，烧死人的地方。"林梦指着远处的红烟囱，"西朗真要有什么意外，我就带你来这里。"

"开什么玩笑！"答话带着颤音，彭城觉得这女人疯了，他看向身后，考虑需不需要现在就离开。

"我开没开玩笑，你大可试试。"

风吹起林梦的红色裙摆，如同浴血的战士，彭城倒退一步，不幸摔倒。

"你……"他指着林梦，看着她离开，突然发现他竟然不敢再恶语相向了。

Chapter12—4

彭西朗的手术还算成功，人在重症监护室里躺了整整三天，却迟迟未醒来。厚重的钢化玻璃上洇着浅浅水圈，隔窗陪伴了整整三天的林梦却不在了。

终审悄然而至的日子，热风从和平广场尽头的商业街席卷而来。

柴焰被人群簇拥在中间，眉头紧蹙，看着面前长短不一的黑色话筒，有些头晕目眩。这群记者真够敬业的，这么热的天似乎丝毫没降低他们的热情。

暴力地推开一只正纠缠"林梦与彭城离婚是否因为林梦性情冷淡"问题的

话筒，柴焰拉着林梦挤出了人群。

"你想和他们解释，信不信不管你用什么态度回答，怎样回答，明天的新闻标题左右不过是《彭城离婚真实原因是其妻性冷淡》，记者不需要你承认什么还是否认什么，只要你上嘴皮碰碰下嘴皮就 OK，汉语言多博大精深，你该加强对'断章取义'这个成语的理解。"最高一级的台阶上，风很大，吹乱柴焰的长发，刺痛她的喉咙，她放开手，"你是不能和两种人讲理的，一个是记者，一个是彭城。"

这两种人为了自己，是可以轻易颠倒是非的，前者大多没有底线，后者直接是不要脸。

风掠过身畔，贯穿身后的大门，楼顶，国徽熠熠泛光，无论成败，一切将在今天尘埃落定。

一号法庭的大门紧闭，气氛安静，室温闷热燥人，主法官动了动胳膊，觉得汗正从后脊梁骨肆意流下，湿答答地黏人。好在流程进行到最后一轮陈词了，他抿着嘴角，几分庆幸。

彭城和沈晓端坐在原告席上，不时低头交谈几句，志得意满，似乎对官司有着必胜的把握。

比较之下，被告席就沉寂许多了。

主法官敲了敲手中木槌："原被告双方如果再没有新的证据，那就暂时休庭，半小时后复庭宣布结果。"

"法官，我方有新证据。"在主法官准备落槌的前一秒，一直保持缄默的柴焰举起了手，"我方有新证据，可以证明我的委托人并没抄袭其前夫彭城，相反，原告利用他和我当事人之前存在的夫妻关系，肆意借用、剽窃、抄袭其作品……"

"血口喷人！"口水随着怒气喷出嘴巴，被沈晓扯住的彭城后知后觉发现自己失态了。躬身朝法官表示歉意，彭城坐回原位，接过身边递来的纸巾。

"原告，请克制情绪。"收回本打算敲下的木槌，法官扬起手，"请被告出示证据。"

"是。"

少人的房间里，柴焰脚上的高跟鞋发着脆响，她走近彭城，晃了晃手里的纸："原告，你认得这个吗？"

纸被柴焰晃得哗哗作响，彭城看着它，脸色煞白，他张张嘴，小声说着："不认识。"

　　这是柴焰丝毫不意外的答案，她点着头："没关系，贵人多忘事，我来帮你回忆一下。"

　　柴焰晃动着手："我手上是你提出离婚时手写的协议书，内容是要求离婚后你拥有你与被告儿子彭西朗的抚养权，林梦不得向法院提出异议，作为交换条件，你会替林父保守一个秘密以及财产分割的若干条。我没读错条款吧？"

　　柴焰微笑着："我想你是记起来了。可就在这份协议拟好后不久，你知道了彭西朗生病的事，你不想要一个生病的儿子，于是你变卦了。你把这份协议丢了，丢去哪儿你记得吗？"

　　她摇着头："你大意了，这份协议掉去了床底，被我当事人拿到了。别急着否认，如果你不承认这是你写的，我可以申请笔迹鉴定。"

　　彭城大声说道："是我写的又怎样，我是告她抄袭，这个和案情没关系。"

　　"有没有关系不是你说了算。"

　　"反对，法官，我对被告律师提出的物证存疑。"手中的笔直接丢到了桌上，沈晓的急切不比彭城小。

　　"驳回。被告方请陈述证据。"即便被这鬼天气折磨得险些脱水，主法官还是认真执行着流程。

　　"是。"走去投影仪前，柴焰把纸放在已经启动的仪器上，"上次用于举证的光盘虽然因为某种原因被清空，不过内容却以另一种形式保留了下来。"

　　镜头慢慢对焦，画面变得清晰，纸张干净的背面惹来彭城嘲讽的笑："这就是你所说的能证明我抄袭的证据，开什么玩笑？"

　　可他很快再笑不出来了，随着画面的最终稳定，纸上的字也终于被人们看清。极浅的打印字，一看便知是出自一台马上没墨的老旧打印机。

　　至于内容，他当然认得是林梦写过的那些。

　　"让我们看看——'丛林的风吹打着木屋的窗，Linda 翻了个身，挥手驱赶那扰人的苍蝇'，彭先生，没记错的话，这是你去年上市的小说《爱如故》里的句子，一字不差。还有这句——'他站在浅滩，海水冲刷他的脚踝，他看着远处玩水的女人，觉得生活惬意安然'，这句也是《爱如故》里的句子。这份稿件是从我当事人家里找到的，类似的纸张还有很多，彭先生，你有什么解释？"

　　"这有什么好解释的，稿子是我们没离婚时写的，离婚后，这些打印的稿子被我留在那里了。"

　　"彭先生，你习惯用什么打印机？"

　　"反对，反对被告提问与本案无关的问题。"沈晓声音不再淡定。

"法官，我保证这个问题与本案有关。"获许后，无视彭城眼神里的错乱，柴焰继续发问，"原告，请回答我的问题，你习惯用什么打印机？"

"佳能？三星？我用的牌子多，记不清了。"

"用过油墨打印机吗？"

彭城望了望白色投影布，上面的字迹虽然浅，却干净，于是他放心地摇摇头："没有。"

"确定？"

"确定。"

"法官，我问完了。"回到被告席前，柴焰接过助手递来的另一沓纸，抽出叠在最上面的那张，复又回去，放在了投影仪上，"请法官见谅，为了验证我的某些推论，我刚刚出示了一件伪造的物证，现在你们看到的才是真的。这张纸原本的正面是我当事人打印的稿件，是由一台老式油墨打印机打印的。我当事人同原告结婚后，原告嫌油墨打印机不好用，丢了机器，可那些被打废的纸却没丢。彭先生不是说我们没有证据吗？现在有了。"

"不是……我刚才……"彭城语无伦次，他抓着桌沿，后悔刚刚说话为什么不留些余地。

他没想到，以为已成定局的事会成了他的败局。

半小时后，林梦跟在柴焰身后步出法庭，日光从长窗照进来，在身后拖拽出摇摆的影子，她有些恍惚："柴焰，我们真的赢了吗？"

"你没听见法官判决吗？驳回原告诉讼。你没抄袭，我们赢了。"

风吹来，难得的清凉，林梦却失声痛哭着。

柴焰低头看着手中的公文包，并没回头。她不知怎样安慰，她理解林梦的矛盾与煎熬。

那份证据是林梦在开庭的前一天才拿来给她的，林梦知道，这份证据一旦拿出来，林父当年同性恋的秘密就再也隐瞒不了了，林梦觉得对不起爸爸，但没办法。除了破釜沉舟，林梦别无他法。

林梦的情绪没整理干净，另一个怒火中烧的人已经忍不住跑来和她拼命了。

"贱人，你知道我努力到现在多不容易吗？你是不是想毁了这一切！"皮鞋重重踏在大理石地面上，彭城举着拳头走近林梦。

"彭先生，你是要打林女士吗？"早端好相机躲在别处的记者伺机而出冲上来，快门"啪啪"地连响。

频闪的闪光灯里，彭城想着明天的娱乐头条——"起诉失败反陷抄袭风波，畅销书作者人品究竟如何"，他恨不能找一个地洞钻进去。

"是你找来的记者？"彭城的律师沈晓并没帮她的当事人解围，反而站在柴焰身边同她谈起了天。

"嗯，不给对手喘息翻身的余地是我的风格。"

"我学你学的还是不够啊。"

"你才知道。"

阳光被云层遮挡，空气压抑凝滞，柴焰的笑意还没来得及收起，便听到沈晓说："秋成他为什么就忘不掉你呢？"

Chapter13
不 悔

女人总相信，自己在那个男人眼中是与众不同的，正如他在她眼中一样。她们相信只要坚持，总有一天，男人会看到她的与众不同。少数走了狗屎运的得到了 happy ending，多数最终不过是发现脚上踩了不少狗屎罢了。我的任务是让后者提前清醒。

Chapter13–1

白日将尽、暮色迟至的傍晚，火烧云成片滑过街区上空，映红陈旧寒酸的招牌。"嘎吱嘎吱"的机打声过后，一只白皙的手抽走凭条，营业厅的玻璃门一晃，丽人站在了街上。

街上人不少，穿着肮脏 T 恤的女生蹲在首饰摊前选耳扣，不时拿起一款金黄的在耳侧比画着，嘴里嘟囔着询问价格，满口黄牙的水果摊主坐在躺椅上，一手摇着蒲扇，慢慢吸着旱烟。

一天里最懒散困顿的时间，沈晓停在水果摊前，捡了两个雪梨，她嗓子疼，考虑煮道冰糖雪梨去火。

装进塑料袋的梨被摊主随手放在电子秤上又取下："六块二。"

沈晓取了四块钱，递给摊主。

"是六块二。"摊主瞪着眼睛，开口便是混着烟味的口臭。

沈晓个子矮，不能幸免，她却早已习惯似的提起袋子。

"刘大强，下次记得把秤下面的泡沫裁小些，这样实在是显眼。"

除了不堪入耳的脏话，摊主没拦住离开的她。

首饰摊前的女生不见了，眼花缭乱的首饰盒里少了抹刺眼的黄，空缺的地方被一副孔雀绿的玻璃挂坠取替。老太太才进一单，心情愉悦地数着钱。

沈晓慢步走过摊前，听着老太太声音含糊地同她兜售盒子里的廉价商品。

她自然看也没看一眼。

和人一样，城市的每条街都有其独有的"体香"。新源街的不能称其是"香"，至多是"味"——馊水、麻辣烫还有廉价香水混合在一起组成的奇怪味道，住在街上的人更是精于算计。

记不清是第几次走过这条肮脏贫穷的街道，当太阳降至地平线以下，沈晓拿着钥匙，扭开了和陈旧街区显得格格不入的簇新大门。

沈晓脱掉外套，理了理头发，看着门口摆着的男士皮鞋："你不是不喜欢这里吗？怎么来了？"

"我又不是没给你买房子，偏要住在这里。"

"我喜欢这里，会提醒我不能忘了对那人的恨。"

温热的手从背后袭来，沈晓与他手掌相叠。

"我也忘不了。"男人在她耳边吹着气。

"别闹。"激灵地逃开，沈晓钻进厨房。

沈晓打开冰箱门："晚上想吃什么？香菇炒肉好吗？"

"随便。"男人坐回硬邦邦的沙发，听着开火声，脑中想的是另一件事——柴焰和他，终于在一起了。

"狗男女！"

同样的夜，一晌贪欢过后，柴焰疲累地伏在陈未南怀里，气息细碎凌乱。皎白月光透过纱窗照在她光洁小巧的肩膀上，被陈未南握住，时轻时重地揉捏着。

"打败了沈晓心情好，还是刚刚那事让你心情好？"陈未南揽紧她，鼻息故意对准她耳际吹。那是她的敏感点。

果不其然，柴焰立刻想翻身躲开："你怎么这么流氓？"

"你竟然才发现，柴焰，我简直太失败。"做了个"服了"的表情，他使坏地咬了咬女人的肩，"说，是我还是官司。"

"是你是你，行了吧？"说起官司，柴焰自然想到了沈晓，"你觉不觉得沈晓的话是在暗示她同迟秋成很熟，她说'迟秋成为什么就忘不掉你'，陈未南，如果迟秋成活着，说不定沈晓会知道他在哪里。"

"你不是说不再想迟秋成了吗？他活着不是好事，想那么多干吗？"摸着她嫩滑的肩，身体的欲望蠢蠢欲动。他俯下身，想做些什么，柴焰却翻身下了床……

吻落空倒没什么，一头栽进床里也没什么，总归是不痛的，可是郁闷啊！

"他没死不是好事吗？死的时候你折腾，现在没死你还折腾，这日子有完没完了！"他垂着床单。

"你怎么这么小气，他活着是好事，他活着不光明正大来找我，说明他或许是遇到了困难。"披上床边的衬衫，柴焰越发肯定自己的想法。

"还可能是不怀好意，心里藏着什么坏呢。"陈未南捧着被子嘟囔，眼神不经意扫过凳子上的两条腿。平时没觉得他的衬衫多好看，可穿在柴焰身上，松松垮垮，怎么看，都养眼。

心痒痒的，却什么也做不了，赌气的陈未南抄起电话，出了卧室，他需要找个人吐吐。

一场秋雨后，天气顿时凉下来，树上少了蛰伏耳鸣的夏虫，地上多了大小昆虫的尸体。装潢一新的 TinyBar 门前干净得没有丁点儿纸屑落叶，酒幌安静地悬在檐下，涂了反光膜的字母在浅黄日光里熠熠发光。宁寂的午后，木头拎着扫帚，跨步迈进月亮门，扭头看着远处坐在角落闲聊的人。

钟绾绾挥着手，脸涨得通红："那个彭城还是人吗？知道躲不过抄袭就揪着林梦她爸的事不放！彭西朗还在医院吧，他去看过他吗？没有吧！那个混账王八蛋！"

是很混账王八蛋，柴焰想起这半个月来她忙于应付彭城的种种，心是紧张疲惫的，也是欣喜的。

林梦比她想象中的坚强得多，记得某次采访中，面对记者的发问，林梦是如此回答的："关于父亲的感情生活，我也一度不能理解，难以接受，直至父亲病逝前，我都没能原谅他。他一直对我百般宠爱，是个很好的父亲。但他对我的母亲，没付出过感情，我的童年里没见母亲开心笑过，他不是个合格的丈夫。或许有人会骂他是个没道德的人，但他依旧是我的父亲，请大家理解，也请大家给逝去的死者一些安宁和尊敬。"

林父是在某领域极有地位的人，死后被曝出这样的丑闻，不知多少人想看林梦的笑话，可林梦坦然的态度让本打算看好戏的人希望落空，这些人里，自然包括彭城。

"他被新公司解约了，现在官司缠身，日子不好过得很。"啜口玫红色的酒，柴焰皱紧了眉，"这酒多少度啊？"

"像他这种人，怎么打击都不过分。"酒气微醺，钟绾绾揉着耳朵，"这酒你喝不惯吧，我新研究的酒，度数高，这杯给我，我倒杯水给你，不然一会儿你未必能站着出门呢。"

刻意的夸张自吹换来某人不满，水晶杯很快离手。

"死木头，你干吗？"钟绾绾跳起来，去抢杯子，可在人高马大的木头面前，哪怕再机敏灵活的动作也无异于花拳绣腿。

红色的酒替换成白开水，木头按住不停蹦跳的钟绾绾。

"谢恩！你是法西斯吗！"钟绾绾跳着脚。

被直呼了大名，木头脸微微红了，他不打算和胡搅蛮缠的钟绾绾讲太多，拿起酒杯便走。"对了。"他站住，"建议你们注意下彭城，小心狗急跳墙。"

"知道。"柴焰举起白水，比起酒，她喜欢水多些。

"干吗总欺负木头。你明知道他不喜欢那个名字。"柴焰又说。

"说了让他改，是他自己不改的。"钟绾绾还在生气，嘴噘得老高。

Chapter13-2

金黄落叶遍地的时候，彭西朗伤愈出院的日子。已经休学一段时间的小奇迹来了蕲南，跟着柴焰和陈未南去医院接准备出院的彭西朗。

病房里的床褥干净整洁，才晒过太阳，上面满是阳光的味道。彭西朗坐在四方椅上，手比比画画，和小奇迹学"手语"。

"我没事了，你不要担心，小奇迹，我妈妈也帮我办了休学，你如果留在蕲南，我们可以一起玩。"

"好拿（呢），不过你不鸟（要）嫌我说话不听（清）。"

"不会，过一阵我就和你一样了。"两条腿在凳子下荡来荡去，彭西朗丝毫没意识到那句"我就和你一样了"并不是什么好事情。

林梦在整理东西，心情随着儿子的话变得沉重，她摸了摸旅行箱上层的口袋，如愿摸到两颗糖，正准备扔给两个孩子，她的经纪人便惊慌失措地跑了进来，经纪人有些上气不接下气："刚刚、刚刚有人看到彭城了。"

"他还敢来！"同柴焰结伴去结算的陈未南才进门，听见这话，撸起袖子，要往外冲。

"先别去，他不是没找到这儿来嘛，你走了我们怎么办？"栾露露安排给林梦帮忙的经纪人是个娘娘腔，说话要翘兰花指。门外声音越响，他越不敢放陈未南走。

直到那一声"他有刀"传来！

"柴焰，你和林梦待在房里，看好两个孩子，还有，娘娘腔，把你的兰花指收收，现在报警，我去看看。"陈未南手搭着把手，还没拉便被人一把按住。

柴焰看着陈未南："你那两把刷子，不如我去。"

"瞧不起我，我可是男人。"陈未南不认为这是什么值得商榷的事，拍下她的肩，他开门出去。

干净的走廊因为不住挥刀的人顿时乱作一团，仓皇的人们想远离却忍不住好奇远远打量着挥刀的男人。鸭舌帽遮住大半张脸，只能听见类似吃语的声音从帽檐下传出来。选了一个不容易被发现的角落，陈未南悄悄靠上去。

"走你吧！"一计虎扑之后，陈未南用身体压制住了男人。对方想反手挥刀，刀却早早被他劈掉了。

"还打？还打吗？"挥起手，陈未南对准男人的后脑勺儿扇了一巴掌，"彭城，不知道吧，爷爷当年为了追你奶奶，也学过点儿身手！"

帽子滚到了地上，陈未南却吃惊地发现，那人不是彭城。

此时的病房，门里的人都侧耳听着门外的动静，没人注意窗外多了一抹狰狞的黑影。

气息自背后猛然袭来，发现时，彭城已经倏地跃进窗，一脸愤恨地站在椅子前。彭西朗被这从天而降的人吓了一跳，有些怕地瞪着他，小心翼翼地缩靠在椅背上。胶质鞋底摩擦地面，发出难听的声音，彭城回头瞪了一眼，彭西朗肩膀抖了抖，小声地叫着"爸爸"。

"彭城，你来干什么？"心脏在胸腔里剧烈跳动，表面却要装作镇定，林梦觉得她说话都带着颤音，"我和你无话可说。"她手伸向西朗，中途却被彭城粗暴地拍开了。

"无话可说？把我害这么惨你和我说'无话可说'？名誉没了，没人肯出版我的书，那个贱女人带着我的钱和别人跑了。林梦，这一切都是你造成的，你好狠啊！"

"那是你自己一手造成的。"林梦觉得好笑，"你说她贱，你也说我贱，全世界是不是就你一个人高尚？"

"妈妈，我怕。"

"怕什么？我是你爸。"抓住细瘦的胳膊，彭城不费劲地抱起了彭西朗，"别动，再乱动我揍你。"

恐吓脱口而出，彭西朗真的不敢再动。

　　柴焰也无计可施了，她本来是打算趁着彭城分神，把两个孩子抢过来，可现在，她只能拉着自己走过来的小奇迹，伺机而动。

　　"你到底想怎么样？"伸手却拉不到儿子，林梦一脸恐慌。这个反应是彭城高兴看到的："我要的不多。"

　　"要什么你说。"

　　"复婚，之前的事就当没发生过，我不会再怪你，还有就是生一个孩子。我问过医生，西朗的情况只有 25% 的生机，我和你还能生出健康的孩子，你再生一个，给我们彭家传宗接代。"

　　"不可能。"复婚？和彭城？那是天方夜谭。

　　"现在这样可能吗？"倒退一步，彭城站上了木椅，身后，方窗外视野开阔，风景宜人，"你要是不答应，我就和儿子从这里跳下去，我不是随便说说的。"

　　"妈妈……"泪渍染了半张脸，彭西朗想叫又不敢叫。

　　林梦咬着唇，失了方寸。

　　傻傻的经纪人突然举起手机高喊："我已经报警了。"

　　零碎的脚步声恰好从门口传来，彭城眼神慌乱，又退后半步："你们……"

　　正推开门的陈未南恍惚看到一个高大的身影直直坠去了窗外，林梦疯了一样扑向了窗。

Chapter13–3

　　风萧瑟清冷，秋风盘旋在山岗上，卷起浮土和落叶，天地是片沙沙作响的昏黄。觉得有东西落在肩上，柴焰扭头，拈起一片干黄的叶子，再放手丢开。

　　漫山的灰白墓碑填满视野，本就算不上清明的天多了丝压抑低沉，柴焰望着远方，颂歌停息，堆满白色花束的墓碑前，寥寥几人正散开离去，一场简约的葬礼刚刚结束。

　　"被爆抄袭的前畅销作家彭城失足坠楼，不治身亡"——和最红那时一样，彭城的死也让媒体大众津津乐道了好一阵，最终，如同其他被疯狂品评的头条一样，彭城的死讯在霸占搜索排行榜第一名的三天后，被另一条更劲爆的女星出轨消息踢出了人们的视野。

　　除非少数，否则大部分时候，人们更关心活着的而非死了的。

　　墓碑前，林梦长久驻足，心情复杂地看着抿唇微笑的男人。

　　她恨彭城吗？

曾经是恨的。

如果彭城没在死前把肝脏捐给西朗的话，这恨会是彻底的吧。

轻声叹气，她转身离开。

身后的男人依旧在抿唇微笑，面庞干净清秀。或许若干年后，没人记得彭城做过的那些事时，他会被当成一个英年早逝的好青年安静地接受香火、瞻仰。

林梦同柴焰在山腰会合，两人并肩，沿着山路徐徐而下。

柴焰在停车场取回了车。

天有些凉，她关了车窗，扭开空调："西朗怎么样？"转过一条犄角形的弯道，车沿着一条笔直舒缓的下坡道慢慢行驶。

参天树木夹道而立，树干笔直，树枝光秃，柴焰的脸随着车行忽明忽暗。

就算事情过去几天了，她还记得那天让人心惊的画面。失足从四楼直坠而下的彭城在最后关头用手臂护住了彭西朗，两人撞上了一楼的遮雨棚，稍微的缓冲后，两人一同摔在了一楼外的院落。后脑遭受撞击的彭城很快便陷入昏迷，彭西朗脏器受损，生命危在旦夕。

想起那段日子，林梦仍是久久后怕，她点头："还是只能吃些流食外加注射营养液，精神倒是好些了。"

回忆着彭城唯一的一次苏醒，林梦微微动容，好像又看到了彭城明澄的眸子。抬手已经是不能了，他只是动了动手指，指着自己："救西朗。"

谁能想到之前明明无耻成那样的彭城会有良心发现的一天呢。

"或许是知道他大限将至吧。"绕城高速的远方，蕲南最高的电视塔如同绣花针，挺立在灰色的水泥森林之中，柴焰换个话题，"你有什么打算？栾露露发出的邀约你接吗？"

彭城出事前，栾露露便向林梦发出邀请，希望她成为公司的签约写手。

林梦摇摇头："等西朗好些，我就带他走。"

"为什么？"放弃这样一份让人艳羡的职业邀请？林梦的决定大胆，让人匪夷所思。

"我做写手对露露没好处，以前彭城活着时，如果我写，他们还会说我是不依靠男人能自我独立的新女性；现在，我的书畅销也好，不畅销也罢，'害死前夫'的标签恐怕永远都摘不掉。我想让西朗平安长大，不想让他承受更多。"

沉默许久，柴焰轻声叹息，拍了下同伴的肩。

可无论怎样理解和惋惜，他人的情感都比不上栾露露的愤怒。

她以为失去一个当红作家只是一时，林梦会比彭城更红，会带给公司更多利润。现在？一切都没了！

因为这件事，柴焰专门去看望了一个人。

厚重的钢化玻璃给男人脸上镀了一层难看的灰，几月的牢狱让楚爵的脸颊出现了凹陷，好在眼睛依旧犀利有神。

"所以呢？"

因为官司来看守所的柴焰申请了楚爵的探视权，把这些日子发生的事一一说给楚爵听后，得到了楚爵如上反问。

"我承认，这件事我要负责任，让你们公司蒙受了损失，不过我可没钱赔你。"

"露露说你一向敢作敢当。"习惯直视看人的楚爵没吝惜对柴焰投去眼光。

"所以敢哭穷。"柴焰无所谓地耸耸肩。她就是打算告诉楚爵一声，他老婆现在遇到一些危机和损失，如是而已。"听说你就快出来了，你老婆嘴上不说，可估计早想你想疯了。"

她扯着衣角起身："先这样，我有事先走了。"

"是我我也会那么做，你不必内疚，更不需要在意。"看着猛然顿住步子、显然是被戳穿了心事的女人，楚爵觉得有些好笑。

装扮得再坚强，不过也是个会闹情绪的女人。

骏黑的大门在身后慢慢闭合，滑轮发着"哐啷哐啷"的旧响。刚刚进入 10 月，日光却已经变色成了苍凉的白，天气湿冷，柴焰跺着脚，重新戴好围巾，这才觉得缓和了些。

头顶的天穹高远明澈，让她想起陈未南的眼睛，他的眼睛好像这天一样明亮，总是满含笑意，唯一不同的是，天是凉的，他是暖的。裹好围巾，想着陈未南去外地开会，已经几天了。

Chapter13—4

一个人的晚餐可口而简单，一碗清汤挂面，加了两块秘制腌肉，柴焰捧着蓝色的大海碗，窝在沙发里，看着电视吃面。陈未南不在，时间走得无聊又慢，磨蹭着在晚九点吃完面，碗也懒得洗，她便回了书房。

案情略微无聊，看着看着，柴焰伏案睡了过去。

再醒来，房里的灯不知怎么暗了，她揉着眼睛，人还没回过神，便被奇怪的声音惊得彻底清醒。

　　隔音效果极差的木门"吱呀"一下洞开，少年握着手中刀柄，踮着脚悄声进门。

　　房里黑漆漆一片，只能靠摸索得知大概方向。他轻步走去床边，对准位置猛挥了两下刀，撕裂声让他兴奋地颤抖着，甚至连头顶上的灯亮了也后知后觉。

　　"谁？"他猛然回头。

　　"这话该我问你吧？"目光顺着床头滑向少年身上，柴焰细细打量起眼前的少年，"你是谁？"

　　"你是柴焰？"少年嘀咕着什么，下定决心似的点头，随后猛然挥刀向前。

　　小儿科的动作，三两下便被柴焰制伏。膝盖顶住少年颊骨，微微用力，少年疼得直叫唤。

　　"说，你是谁？"

　　"我是送快递的。"

　　"送快递的不敲门，带着刀，还刮破了几百块的枕套？老实点儿，不说实话我就送你去警局。"

　　"送去他们也不能把我怎么样，我未成年。"

　　幸灾乐祸的回答换来用力一脚，少年忍不住"哎哟"了一声："我说，我说还不行吗？"

　　"说。"

　　"是我接了个活儿，让我教训下住在这里的人。"

　　"教训我？"鬼才信。

　　"不是你，是你相好，那个姓陈的。"

　　陈未南？

　　"为什么？"

　　"我哪知道？哎哟，别踩了，疼，我真不知道，就是口头下单。哎哟，断了断了，姐，我说，我说还不行吗？"活动着肩膀，少年坐起身，"漏了客户信息我会被拉黑名单的，以后还怎么混啊？"面对着重新抬起的腿，他举手告饶，"多了我真不知道，我就知道客户姓迟。"

　　"迟？"

　　"是啊，迟。姐，你别问我客户叫什么了，这个我真不知道。姐，你怎么了？没事吧？"他的手在她凝滞的眼睛前晃了晃，"没事我先走了，我真走了。"

　　从最初的试探小步，到之后的大步狂奔，少年一路跑到了楼下。头顶，灯光柔和，少年大口喘气："真是有点儿背！"

转念一想，他又乐了，抬起头："那是个傻大姐吧，就这么轻松放我走了。小爷我大难不死必有后福。"

吹着口哨，年轻的身影渐渐消失在灰白夜色里。

没入冬，心却格外冷。

会是迟秋成吗？他会做伤害她和陈未南的事吗？柴焰摇着头，她不信。

骤然响起的电话让她一惊，号码是她毫无印象的，声音却是颇为熟悉的。

"柴焰，是我。"

"迟杨？你怎么知道我的号码的？"

对方轻笑当作回答："你不是猜到我是谁了吗？现在你可以确认了，我是。"

"迟秋成？"

"是我。"

"是你找人来我家的吗？"

"陈未南出差，我只是想告诉你，我回来了。"他长叹一声，"那种货色伤不了你。"

"你变了。""货色"这种词不该是迟秋成说的。

"我不该变吗？柴焰，你知道这几年的我经历了什么，丑陋的伤疤曾毁了我的自信心，我不敢见你，却欣喜你为我而病，为了你，我接受痛苦的治疗，再大的痛我都忍着，因为我想你，哪怕是另一个模样的我，可见了又怎样，你不认得我，不想见我。你想把我忘了，和陈未南幸福地生活。"

"不是的。你活着我很高兴，真的！"

"哦？"又是一阵轻笑，"是为了再活得心安理得一些吗？"

"你……"想否认，但柴焰不得不承认他说的是真的，"对不起。"

"我不需要道歉，我要你，如果你注定不属于我，也不能属于陈未南。"

一阵忙音，迟杨挂了电话。

这到底是怎么了？！

许久没有过的失眠再次袭来，瞪着两只国宝眼，柴焰去诊所取药。

问诊时间，何子铭无法抽身，嘱咐护士安排她在会客室等他。

明亮干净的房间，柴焰坐立不安地等了十分钟，终于等来了何子铭。

"症状明明减缓了，怎么突然恶化了呢？"何子铭才不信柴焰白开水般的说辞，打开播放机，随着旋律舒缓的小夜曲，何子铭回到座位，"柴焰，我是你的主治医生，我需要听实话。"

"迟秋成回来了，就是迟杨。"柔和的节奏好似温柔的手，轻轻按捏她绷紧的神经，长舒一口气，之前还觉得难以启口的事并不那么难了。

让她觉得纠结的事在一曲过半时讲完，柴焰接过何子铭递来的白水，手来回摸着杯沿。

"我觉得他变了。"

"这是正常的，任何人在遭受创伤后都会想找个依靠，迟秋成无疑是依靠你的。"何子铭拍了下柴焰的肩，"得先找到他，矛盾总要面对面化解的。"

"能化解吗？"

"当然。"

她起身同何子铭道别。

Chapter14
不 欢

最甜蜜的冷战是我昂着头喊"喂"，你骄傲地答"干吗"，
如此往复多次，你骂我"神经病"，我伸手揉乱你头发。

Chapter14-1

才开张不久的咖啡馆，埃菲尔塔和赤身的宇宙神混搭风格的涂鸦挤在青砖墙角落，黑色油墨发着簇新的香，男人坐在下方偏头点了烟，慢慢吞吐着烟圈。他手指细长，衬衫袖口的暗蓝袖扣随着举起落下的动作熠熠生光。他五官精致，动作利落绅士，进店几秒里便引来无数侧目。

手才放在圆门上，未及推开，柴焰便远远看见正和沈晓"调情"的陈砌。

她哼了一声，推门而入。

"聊得很开心嘛，陈先生不介意的话，我和沈律师完全可以互换下代理人。"放下公文包，柴焰坐在陈砌旁边。

"这是吃醋了？"陈砌眨眨眼。

"不代理你的官司我一点儿也不可惜，但是再这么胡说八道我不介意把你的嘴缝上。"

"好吧。偶尔放松一下嘛，毕竟我们好久没见了。"陈砌举手投降，"你还是那么无趣。"

"你们很熟？"对面的沈晓微笑着问。

"不熟。"

"熟。"无赖的男声漫溺着柴焰的思绪，她有种溺水后的窒息感，抚着胸口，她在想为什么要答应做陈砌的代理律师。

　　丝毫不在意柴焰表现得明显的厌弃，手臂绕去她身后，陈砌笑得懒洋洋的：
"当初我就是因为她失业的，不过排除这层关系，她是我堂弟的现女友，我的
前女友。"

　　"哎哟！干吗掐我？"陈砌的大叫又引来一波侧目。

　　案子一开始便凸显出它的不和谐，而当沈晓的当事人到来时，这种不和谐
又多了几分微妙味道。

　　是他？

　　"怎么是你？"少年瞪着柴焰，他是陪干姐姐来的。

　　少年先坐不住，趁着柴焰去洗手间跟着去堵她。

　　人来人往的走廊，年轻或年长的女人经过洗手间，都不禁慢下脚步，打量
着身形高挑的少年。

　　少年等得不耐烦，手在口袋里胡乱摸着烟。

　　"是在等我吗？"

　　声音自后方而来，少年回头，羞怒他被耍了半天。

　　"你怎么？"

　　"我怎么了？"上前一步，柴焰把他逼至墙角，细长的手指一下下点着少
年的胸膛，"虽然你未成年，但昨晚的事也够你进少管所住一阵的了。"

　　"鬼信你，警察又不是傻子，你有什么证据？"少年脸色苍白，强作镇定。

　　"证据这东西还不简单，门上的指纹、家里的脚印，别忘了，你的刀还在
我家。"

　　冷汗从额际流下，少年的气焰弱了下来。

　　"你想怎样？"他终究不是柴焰的对手。

　　"帮我找到下单人的地址。"

　　"这不可能！"

　　"少管所……"柴焰低头摆弄着手指。

　　"好吧，我试试。"他脸色不豫，"你也答应我一个条件。"

　　"说说看。"

　　"和我姐的官司，你不能赢。"

　　"做不到。"女郎翩然离去，墙角的少年懊恼地踹着墙。

　　一天后，柴焰接到了沈晓方面拒绝庭下和解的回应。她揉着眉角，为陈砌
的性骚扰案头疼。

　　渐劲的秋风苍凉而过，太阳升至蓝天更高的地方，施舍给地面稀薄的自然温度。推开窗，吹着风，柴焰仍觉得气闷，远方的呼唤来得及时无比。

　　循声望去，在一垛枯叶旁，她看到了陈未南，他瘦了，正挥舞宽大衣袖朝她招手："柴焰！"

　　"陈未南！"惊叫一声，柴焰朝楼下狂奔。

　　洗好澡的陈未南闻闻自己，感叹着终于不再是那一股难闻的泡菜味了。

　　卧室床上摊平放着干净的衣物，从里到外，按大小件排好，擦着头发的手未停，陈未南难掩笑意，头发还没擦干，便三两下换好了衣服，出去找柴焰。

　　锅铲滑过锅底，发出声响，抽油烟机拼命工作，烟火缭绕的厨房，柴焰忙碌着。

　　"嘿，美女，需要帮忙吗？"手搭着门框，陈未南吹声口哨。

　　"出去出去，就好了，别添乱。"柴焰摆着手打发。

　　陈未南眯眼扫视着厨房，目光先从撒了蛋清的地板转向空了的酱油瓶子，最后定格在盘底大小不均的鲜蔬上，抿抿嘴："好吧。"

　　大约半小时后，柴焰出了厨房。

　　"饭好啦？"

　　"我明明按照菜谱做的。"

　　"走，去尝尝。"

　　陈未南津津有味地品尝到一半，放下筷子："所以说，后天努力能弥补先天不足，这话不是绝对的。"

　　"今天出去吃吧，吃好我有话和你说。"思忖之后，柴焰还是决定把迟杨的事告诉他。

　　"No, No, No。"他摇着头，"在家吃。"深眸锁住柴焰，吻猝不及防地压了下来，火热的吻灼烧着小别的两人。

　　突然一句陌生又不识趣的声音犹如凉水，兜头而下。

　　"我是不是来得不是时候？"少年搔搔头，手里还拿着刚刚的"作案工具"。

　　"你怎么又撬门了？"柴焰很是无语。

　　陈未南吓了一跳："他是谁？"

　　"你就是陈未南啊，幸好前几天你不在家，不然就坏事了。"

　　"我在家又怎样？"

　　感觉事情在朝一个奇怪的方向发展，柴焰伸手打断："是有迟秋成的消息了吗？"

"他认识迟秋成？"陈未南收起握紧的拳头。

"不是，我来找你是为了我姐和陈砌的事。"

"陈砌？"收回的拳头重新伸出去。

如果迟秋成代表了陈未南极其幼稚的少年时期，那么陈砌代表的则比幼稚还让他觉得羞耻。而在今天，这两段不齿的记忆都被提及了。

当年因为自己一时意气说出"我品位没那么差，才不会喜欢那个凶婆娘，你喜欢你追好了，只要追得上"，竟真的让陈砌对柴焰展开猛烈攻势，俩人成了男女朋友。

虽然是极其短暂的几天，但是每每听人提起陈砌，陈未南便会不自主地想起那段窝囊窝火的青春期，他不是讨厌陈砌，是厌弃自己。

时隔多年，当他同柴焰走到了一起，这种讨厌没有消减，反而加剧滋长，他知道小气是病，他有病。

陈未南再次觉得他有病时，正听着一个少年小贼在家里谈及他最不喜欢的两个人。明亮的日光映亮柴焰清晰的侧颜，陈未南走上前："官司推了，这个案子我不许你接。"

"为什么？"

"不为什么，不喜欢陈砌，也不喜欢这小子。"顾盼之间，他瞪了少年一眼。

"是你妈打电话来拜托我的。"

"你嫁的是我还是我妈？"恼火地瞪视女人，似乎笃定了她会答应而非拒绝。殊不知他的笃定得了拒绝的答案。

"陈未南，你多大了还玩任性，我们还没领证呢。"

有如飞升至天，陡然失重的感觉，陈未南的心狠狠被摔在地上，气结的他举手挥了挥，跺脚去了门口。想起什么，他中途又折返回来，拽起少年，气势汹汹："跟我走。"

"为什么？"少年问道。

"你没我家的土地使用权！"生起气的陈未南随口胡乱说着罪名，他才不会说是想借机问一下迟秋成究竟是怎么一回事呢！

带着少年离开的陈未南留给柴焰一阵失落懊恼，唇边温情尚在，燥热却被幼稚的争吵驱赶得荡然无存。

陈未南这个家伙，太孩子气了。她瞥了眼椅背上的男士外套，扭身回房。

那家伙迟早被冻回来。她趴在窗前，小心翼翼地望着楼下。

沿着满是落叶的马路走了一会儿，陈未南搓着手发现天不暖和。

"冷？我看你还是回去吧，没长抗冻的肉，就不要挑战什么赌气新极限。"穿得明明比他多，少年却夸张地跺着脚，"我也没有，先走了，天这么冷，回去加件衣服比较好。"

企图蒙混过关的自言自语没能蒙蔽得了他想蒙蔽的人，步子没跨出去的少年转瞬便被拎了回来。陈未南放开手，掏出手机，对准少年"咔嚓"拍了张照。

"你干什么？"

"拍照。"检查好照片清晰度，陈未南揣起手机，"我一哥们儿是省厅的名侦探，除非你跑出国，只要是国内，就算你跑进老鼠洞，我一样能把你挖出来。"

"哥，你那哥们儿不会姓柯吧？"冷笑话遭遇严肃的脸，少年识趣地闭嘴，却又不得不再次张开，"你抓我干吗啊？"

"你是法盲，我可记得'非法侵入他人住宅罪'。"

"真不愧是两口子。"踢开脚边碍眼的石子，少年声音发闷，考虑最近接连被逮，他想着该去找人算算。

"你说什么？"

"没什么！"少年抬起头，笑得狗腿，"哥，我才被我姐科普过，不盲！"

"不盲最好。"懒得计较自来熟的称呼，陈未南指着近处的矮房子，"去那儿坐坐，有事问你。"

熟悉的家常餐馆被老板独辟蹊径，加了些细致精巧的装饰，空心玻璃摆件、裂纹天鹅晶灯、被啃去一口的草莓模型，处处是逼死处女座的节奏。

少年不自在地扭着身体，强迫自己把注意力专注在面前那副还算完好的碗筷上。

没进入就餐高峰的餐馆里，陈未南坐在球形灯下，夹起红肉，放在口中，细嚼慢咽着。

"你真不知道姓迟的全名是什么？"肉几下嚼烂，咽下去，他又夹起一块。

"哥，你没经历过，电视总看过吧，下这种单的买家保持点儿神秘感总是必需的。"摆弄着手中的牙签，少年伺机插起一块肉，还没送到嘴边，眼前一花，肉没了。

"你吃我看这种事做出来是会遭天谴的！"少年拍着桌子，抗议。

"嗯。"嘴夸张地开合，肉香沿着齿缝蔓延至少年面前，陈未南手指天，"你现在就去上面请个雷下来劈死我！"

"怎么比我还无赖？"

"因为你还太嫩。"终于放下了筷子，陈未南将没动过的半盘菜推到少年面前，"说说吧，这次又是为什么找柴焰，和陈砌有关？"

"我姐告他要流氓。"少年迅速地找来一副新筷，低着头，狼吞虎咽。

柴焰坐在房间里，沉心研究案情。

原告朱雨是一家外贸公司的前台秘书，身材高挑，一双凤眼顾盼灵动。按照她的说法，陈砌是从一个月前开始频繁出现在她生活里的。回忆起会面时的情形，柴焰觉得陈砌被起诉民事侵权的可能性要大许多，至于性骚扰，有些言过其实。

轻笑着合眼，指头按压着眼珠，柴焰有些头疼。这案子有些难打，因为朱雨并非第一个告陈砌的人，而这之前，陈砌因为纠缠年轻女性被告，败诉过不止一次。

败给沈晓？柴焰摇着头，她怎么会有这么可笑的想法呢？

厚厚的卷宗合上，推去一旁，她拿起手机，滑开屏幕。点了几下，她对着灰白色的通讯列表犹豫着：要打吗？

奇妙的是，好像真有了心灵感应，她还在考虑要不要打这通电话，要找的人便抢先一步找上了门。软绵绵的铃声里，"陈砌"二字在屏幕上跳跃着。

"大律师，在哪里？"

太过油滑熟稔的腔调让人不适，柴焰举远电话："干吗？"

"不干吗，想见见你。"

"我不想见你。"

"哎哎……"高音挽救差点儿按死的电话，陈砌的声音沙哑而无奈，"开个玩笑都不许？我在你家楼下呢，想和你聊聊我的案子。"

他一向是没什么诚信可言的，话语理所当然地得了一阵沉默。他轻叹一声，放弃最后一丝不正经，投降："我保证，只是聊案子。柴焰，你要理解我，总被人告不是我想的。"

不是你想的？难道是我想的？朝楼下望了一眼，柴焰说："等着，我下去。"

"你为什么不请我去你家里坐一坐？"直到走近小店，陈砌还不忘纠结这个问题。

"请你？"柴焰呵呵地干笑两声，推开圆玻璃门，"我以为几年不见，你至少能有些自知之明，挨谁谁怀孕的陈砌。"

加重的尾音让男人难堪得脸红："我不是说过吗？那几个孩子都不是我的。"

"嗯，比起质量，数量或许更说明问题。"陈砌几任女友让他喜当爹的事是当年学校的传奇般的笑谈，至今回忆起来，仍让柴焰忍俊不禁。

如果不是陈未南的脸黑得过分，柴焰或许还会再笑一会儿。小区附近的店没几家，才吵过架的他们遇见了。

柴焰先是微微一愣，随即便走了过去："嘿！"

陈砌依样画葫芦，坐在少年旁边，举起手："嘿，好久不见了，未南。"

Chapter14-2

隔壁的劣质床板吱吱呀呀，已经响了半个钟头，沈晓伏在桌前，手中的笔不时在本子上写些什么。偶尔累了，她便抬起头，用手指按压着脖颈，驱赶扰人的疲惫感。

碎花窗帘外，夜色中的新源街亮着许多红绿色的灯，晦暗的街口，穿着暴露的女人擦着劣质水粉，翘首而盼，丝裙没有御寒功能，被风轻易掀起裙摆，露出白生生的腿，或许是真的冷了，女人朝巷子里缩了缩，抱怨这生意越发难做的世道。

沈晓有些感佩地看了眼右手边的墙，比起那个，这个更年轻漂亮，耐得住高傲。合起眼，脑中出现一具肌肉松垮的男性躯体，正在雪白年轻的腰肢上挞伐征讨。

电话轻扫掉天马行空的思绪，沈晓接起电话："什么事？她终于知道了？陈未南呢……太好了。"

挂断电话，沈晓长久地舒气："柴焰，希望你陷入噩梦里，再没机会醒来。"

她对柴焰有着执着的嫉妒与羡慕，这种复杂的情感在她毕业那年有了质的改变。

她恨柴焰。

大四那年年初，随着学生返校，各奔东西的前奏便早早响起，寝室里两人考研、两人打算找工作，唯独沈晓还在举棋不定。她不能考研，法学院的学费一向昂贵，本科四年她已经不知道是怎样熬过来的了。可找工作？需要门路吧。

透过书缝，她偷偷看眼寝室里早早定了工作的室友，艳羡不已。

现在只能盼有人慧眼识珠，给她一份不错的薪资了。

就在她基本做出决定时，一颗重磅炸弹便悄无声息地投掷在了法学院。来校交流的宾夕法尼亚大学法学系教授杰森道尔想带一名中国学生赴美学习两年，学费全免。

这个机会对沈晓来说太过诱人了，赴美留学，将来无论是留在美国或是归国，前途势必光明。

才激动片刻，燃烧在胸腔的热情便被室友的话浇灭了。

"老师找柴焰谈话了……"她失魂落魄地重复着室友的话。

"是啊，美国教授肯定是选最优秀的。"屈膝坐在床上涂指甲，说话的是那个工作有着落的人，"沈晓，其实你也蛮厉害，可惜综合排名总是差柴焰那么一点儿。"

是啊，就差那么一点儿。沈晓垂着头，默默地走在林荫路上。湖蓝色的天透明澄净，她的心却一片灰暗。

不行。在一棵树下，她站住，倔强地昂着脸："命运要靠人自己争取，我才不信命！"

之后，没过几天，法学院的布告栏里贴了一张通知：法学院将在一个月后举行一次考试，分数计入总考评，分值比例占比 0.4。

据说，是有人写了匿名信，举证质疑法学院考试成绩真实性。

这次考试便是以正视听。

那段时间里，沈晓每天泡在图书馆里，抛掉不安与忐忑，她全力以赴。

可让人想不到的是，结果会是惨败。

只拿到毕业证的羞耻记忆注定是不快的，沈晓起身，去厨房倒了杯水。

迷离的月光铺打在树梢上，在地面晕开了斑驳的影子，暗淡柔和的光线挑拨着情动的心房。

"柴焰，你当初一直说不想交男朋友的，为什么就答应了陈砌？"

看着陈未南好奇宝宝的表情，柴焰好笑地开口："因为他和我说，某个人说我品位那么差，是个凶婆娘，不会有人喜欢。"

"都是我的错，蹉跎了这么多本应在一起的大好时光，一定要多多补偿回来才行。"说着，陈未南逼近了柴焰。

……

柴焰总算有机会体会到什么是小别胜新婚了。

闹钟响个不停的清晨，柴焰头埋在被子下，腰酸背痛。神清气爽的陈未南却做好早饭，放在饭厅桌上，扬声朝楼上喊着"吃饭"，理所当然是没人应的。

他笑着上楼："老婆，吃饭。"

"不吃，腰疼。"被子底下是带有情绪的声音，陈未南却委屈地捂着脸："我脸更疼，老婆，你腿劲真大。"

"陈未南！"被子掀开，女人脸色酡红，怒气冲冲地瞪着他。

"好好好，我不说了，老婆，快起床。"

被逼吃下她最讨厌的煮鸡蛋，柴焰开着车去律所，今天的日程还算清闲，没有外出任务。

车子在一处十字路口缓缓减速，前方红灯。拉下车窗，指间吹着和煦秋风，柴焰的心情也如同这天气一样自在从容。

天上飘过一朵云，样子很像陈未南，用手戳了戳，柴焰微微笑着。

红灯未过，云也还浮在头顶，平静的小街却被一声紧似一声的警笛打破。隔壁的圆脸车主探出头，嘴里啧啧道："别不是哪里出事了吧？"

废话。拉起车窗，扭开广播，柴焰希望出的不是什么大事。

二十分钟后，终于赶去律所的她才停好车，包里的手机便响了。

"你在哪儿？"单刀直入的说话方式是龚宇的习惯作风。

"在门口，才停好车，怎么了？"

"不用下车了，我们去见下当事人。"透明泛亮的玻璃门一晃，龚宇推门而出。柴焰看着远处很快被门挡住再不清晰的律所名牌，总有种江山易主的感觉。

"喂。"龚宇坐稳后，柴焰徐徐将车原路倒出车位，"你什么时候有想法造反单干，和我说一声。"

"怎么？打算举手投降，成全我？"

"No！"口中吹着俏皮的口哨，柴焰操控着车上了灰白笔直的大道，"我会在你成功前先下手为强。"

愉悦的轻笑在座位上回荡，柴焰没想过，有天她会和龚宇培养出默契来。

"什么大案，需要我们一起去？"

"朱雨的。"略微的停顿后，龚宇摸摸下巴，"她受伤了。"

"朱雨？陈砌那个案子？"车"吱"的一声停在路中间，柴焰脑子有点儿乱，"陈砌是我的案子，再说朱雨出事去也是我去，你干吗去？"

"程慕华，我新接的客户，成安汽车的老总，没来得及同你说。"龚宇摸摸鼻头，失笑，"他和朱雨是情人关系。"

朱雨被人发现在家中受伤昏迷，现场凌乱，有打斗痕迹，案子被警方暂列为刑事案件立案侦查，事发当晚和朱雨有过接触的程慕华和陈砌同时被警方列为嫌疑人。

柴焰笑了，这下真是热闹了，除非能再找到其他嫌犯，不然，不管哪个嫌犯被定罪，输的都会是她柴焰。天晓得此时的柴焰多想找把刀，把龚宇结果掉。

她抓狂地挠头："推了，去把程慕华的代理推了。"

"不能推。"龚宇态度前所未有的诚恳，"程慕华给的代理费很贵，说不接'我们'要赔好多钱的。还是你推陈砌的代理合适些，他那里不是免费的吗？"

柴焰气结，她是没收陈砌的代理费，可那是陈妈妈拜托她的啊。

怎么办呢？她想着可行的解决方案，却忘了车还停在路中。

刺耳的鸣笛恢复了走失的意识，挥挥手，她踩下油门："先去看看情况吧。"

直到见到陈砌，柴焰才发觉事情是真的不对头。

区分局的谈话室里，陈砌一脸哀愁，接连摇着头："我早说了，我没有骚扰朱雨，我只是想告诉她，那个男人不是认真的，他只是想玩玩，我怎么可能杀人呢？"

"你什么时候和我说这些了，你只和我说你跟踪了几次朱雨。"

"啊？"陈砌目光迷离了片刻，失笑，"本来想和你说的，后来忘了。"

"这种事能忘！"活得太过儿戏的陈砌让柴焰头疼失望，草草问了几个问题，她提前结束了这场算不上愉快的谈话。

在真正找到有价值证据前，陈砌暂时没什么麻烦。按着胀痛的太阳穴，柴焰步下楼梯，去大厅等龚宇。

人来人往的办公大厅，热闹的程度堪比繁华商业区。扶着青色窗沿，身后的嘈杂成了背景，她看向窗外，不知道沈晓何时站在了她身旁。

等到发现时，沈晓已经站了有一会儿了。

"沈晓，陈砌的案子并不复杂，你会接是不是因为你知道龚宇代理了程慕华。"

"没有。"沈晓会心一笑，有些得意，"我本意不过是要么陈砌侵权罪成立，要么你们胜诉，被毁了名声的程慕华要你们赔钱而已，可惜苍天有眼。"

"我做了什么，让你这么恨我？"始终没想出因由的柴焰问。

"你欠我一个爱人，欠我原本属于我的前程。"她指着窗外，"不过谢谢你让秋成对你失望，他现在站在我这边。"

顺着方向，柴焰看向窗外，落叶缤纷的街角，眼神阴郁的迟杨不知道望了她多久了。

回过神的柴焰大步朝门外跑去。

尖跟鞋发着当当响，步子急切却不凌乱。

直到她的身影出现在枯黄院落里，窗内的沈晓看着她脸上难以描述的复杂表情，终于冷笑一声："活该。"

日光自东照在满布暗黄枯藤的西墙，红砖满布龟裂，纹路隐在干硬蔓条间。迟杨站在墙边，望着匆匆而来的柴焰微笑："你来啦。"

"秋成？"

"是我。"才抽出来的手便重新插回了衣袋，迟杨看出柴焰表情的不自然，"我活着你不开心吗？"

"当然不是。"她摇摇头，"只是……"

"你不确定我是不是真的是迟秋成？"

"嗯。"柴焰又点了点头。

常年背阴的墙面布满干黄青苔，衬着迟杨苍白的面庞。似乎不介意柴焰的不信，他依旧保持着微笑："第一次见面，你吃了三碗米饭，总和我抢同一种菜，你对外说你不喜欢唱歌，你唱歌的确算不上好听，可你喜欢听梁静茹的歌，你总一个人坐在寝室后面的树下听。我几乎没见你哭过，唯一一次是我去找你，你说你是听歌感动了，其实你哭是因为陈未南。没记错，那首歌名是《会呼吸的痛》。"

她怎么会忘了那天呢？才和陈未南吵架的她想回去找他，远远却看到陈未南和另一个女生走在一起。已经记不起当时是什么心境了，她只记得她坐在树下，耳机里是梁静茹的歌。耳侧突然一空，她仰起头，逆光里，迟秋成摆弄着耳塞，微笑着问她："怎么哭了？"

往事如同昨日，迟秋成成了如今的迟杨。

深深地呼吸，心底沉重的束缚顷刻间卸去，柴焰忍不住张开手臂，抱住了他："还活着，真好。"

"这个拥抱，我该理解成爱情的，还是友情的？"

柴焰倏地松开手，退后一步："秋成……"

　　"想对我说什么？说感激是感激？友情是友情？感激和友情都不是爱情？"迟杨笑了两声，垂眸踢开地上的石子，"你以为我很伟大？以前我也以为，后来我发现并不是，为了你，我差一点儿死了。柴焰，我喜欢你，如果你不和我在一起，我宁愿毁了你。"

　　柴焰吃惊地看着迟杨，想不出该怎么回答，只能看着他转身，消失在视野里，甚至连"迟秋成"这三个字也只能噎在喉咙里。

　　直到看不见那个高大微跛的身影，柴焰张张嘴，想起还有许多事情没来得及问，譬如他住在哪儿？还在接受治疗吗？

　　秋风渐起的空巷，一阵沙尘卷过，留下一串落寞的呜咽。

Chapter14–3

　　柴焰去了医院。

　　树木凋敝的时节，高楼建筑也感染了凉意，青绿色的蕲南电视中心立在风中，像枚时刻准备发射的火箭，陈未南却总说它像玉米。

　　玉米明明是黄的！目光从窗外收回，阴霾的心情略微晴朗了些，她想到了陈未南。

　　不远处的绿灯还有三秒，柴焰扭开广播，缓缓踩下脚刹，车却没有减速。

　　她眼神变了变，心里安慰着说没事，脚又用力踩了踩。

　　没有任何减速迹象……

　　远处的车徐徐停在白线之后，人行道上行人蠢蠢欲动，没人注意到车流里有辆银色的 SUV 正突兀地滑出车流。

　　车里的柴焰告诫自己冷静，只是小故障而已，可在尝试过所有可以尝试的方法后，她发现车是真无法停下来了。

　　仪表盘上的指针平稳地指在一个不高不低的数字上，柴焰心里想的是现在哪个方向方便让她撞一撞。

　　几秒钟后，一声闷响在明源大道中段响起，冒着青烟的 SUV 引来路人惊慌侧目，柴焰的视线开始模糊，她听见依稀的警铃声，却知道就算是交警和 120 也不可能来这么快。

　　很快，黑暗袭来。

　　接到急救中心电话时，陈未南正给一个病人拔牙，眼角有了细纹的女人打麻药时还不忘瞪着他，手紧紧抓着他的手。

陈未南抬眸，笑眯眯地回望："大姐，你再这样抓着我，麻药打错位置，我不负责哦。"

女人乖乖松了手。

用一分钟拔掉一颗虫牙，陈未南摘下帽子口罩，甩甩头发，对自己的风度相当有自信。

他正想着晚上回家如何同柴焰吹嘘下自己，便听到前台戴眼镜的女学徒高声朝他喊："陈医生，医院的电话，找你。"

他一派轻松地去接电话，却被告知柴焰车祸，被送去了医院。

诊所的玻璃门巨声晃动着，陈未南风一般消失在门外。

路上，他不时抬手揉着眼皮，各种奇怪可怕的想法井喷般钻进大脑，他擦了下额头，发现手心是湿的。忍住强烈的心悸，车子在路上狂飙，呼吸已经不那么重要，他只记得屏息、加速、屏息、加速。

半小时的路程，他只用了二十分钟。

正午，医院外的车位如常难找，沿着拥堵的车道挪了好一会儿，陈未南终于找到一个，把车停好，迈步下车。手还没从把手上离开，陈未南猛一抬头，发现车正对着一家门脸不小的寿衣店。灰蒙蒙的玻璃不知多久没擦，一"男"一"女"两个纸人隔窗直勾勾地看着他。

他心一跳，急忙移开视线，朝医院大步迈去。

如同做了一场漫长无比的梦，梦里的柴焰又回到了大学校园，郁郁葱葱的青桐树，无边的蓝天，如茵的草地，她和迟秋成站在上面，你来我往，比画着拳脚。迟秋成技术比她扎实，时而勾手，时而缠腿，没几招便轻轻把她放倒在地上。

汗水遮住眼帘，柴焰疲惫地闭上眼，身上酸痛，嘴角却挂着笑："迟师兄，我什么时候才能打败你啊？"

"你啊，还早呢。"迟秋成声音最初是轻轻的，可不知为什么就变得急促了。

他在叫："柴焰！柴焰！"

"干吗？"

"如果你不和我在一起，我宁愿毁了你。"

打了个寒战，她睁开了眼，眼皮沉重，身上的骨头像被拆卸过般酸痛。

青桐树消失了，绿茵草坪成了干燥的床单，房间弥漫着淡淡却忽略不掉的消毒药水味，她躺在床上，目光可及的地方是被纱布缠绕吊起的石膏腿，她的。

她"咦"了一下，想起了车祸前的那幕。

"你别动。"不知从哪儿冒出来的陈未南拽住她的手，"脖子也别动，总之你身上现在能动的地方最好都不动！你身上三处骨折，还有轻微脑震荡，各种划伤就更不必说了。"他突然停住，手保持原有的动作，头却低了下去，一同低下去的还有声音，"你脖子差点儿断了你知道吗，你怎么就不能让我省点儿心呢？"

话语带着责怪，姿态却像乞求。

柴焰有些心疼："陈未南，我没事，真的。"

"嗯。"他微笑着低应，心里却在说：是哪个王八蛋，等老子把你揪出来有你好看。

就在刚刚，交警的检查结果出来了，有人对柴焰的车子动了手脚。

在医院休养的日子，平淡而温暖，有陈未南二十四小时照料的柴焰并没感受到室外渐凉的秋意。

此刻，阳光打在她手中的玻璃杯上，她摸着杯沿，打量着沙发上的人。

陈未南推开手边的书，终于忍不住抬头微笑："喂，病号，你都看了我整整十分钟了。"

"你这是要提前感受退休生活吗？"

"我不用感受，想退休随时可以。"他叉着腿，靠着椅背，得意地笑着，"反正养得起你。"

见柴焰没反应，他起身走到床边："怎么？不信？"低头认真打量了片刻，发现症结的他无奈地摇头，"工作狂，你能不能有点儿出息，先忘了你那工作？"

"不能。"

"那我们聊聊天吧，你出事那天发生过什么事情，见过什么人吗？"

想起那天，柴焰摇摇头："没什么特别。"

"哦，没事，就是暂时没什么进展，奇怪。"

掩饰性的笑容僵硬得连她自己都觉得心虚，不得已换了个话题："陈未南，我让你帮我找龚宇，他怎么还没来？"

"等等。"

牙医柔软的指肚捏住了她的下巴，柴焰被迫直视着他："怎么了？"

"你这笑……"他慢慢靠近，"怎么这么好看？"

吻来得没有防备，由最初的眩晕不适到后来的酥麻灼人，她如同失了方向的小舟，只能跟着他的方向翻卷、纠缠。世界渐渐凌乱在越发急促的呼吸里。

时光静谧，窗明明关着，仍有风吹拂耳畔，难解难分的时刻，出现了不识趣的人。

龚宇轻咳两下，才见陈未南慢吞吞地放开柴焰。他摸摸鼻头，慢吞吞地移开眼："我来得不是时候吧？"

"嗯，下次不要在我帮柴焰做复健的时候来打扰。"

"复健？"让人忍不住想笑的答案。

"是啊，复健，太复杂的复健我做不了，舌头这种小地方的还是可以的。"

柴焰淡定地看着龚宇："是陈砌的案子有进展了吗？是好的还是坏的？"

"你真打算让我推掉程慕华的代理啊，要赔好多钱的。再考虑考虑？"

"这事我之前已经说清楚了，没有商量的余地，说正事，案子有什么新进展，警方确定要起诉陈砌了吗？"

"No！"龚宇摇摇头，"对你来说是个好消息。朱雨醒了，她自己销案了，官司不存在了。"龚宇摊手说。

什么？！

三天后传来的法院撤诉通知不得不让柴焰确信，朱雨真的撤诉了。

法律既如此，当事人主动放弃，其他人便也没了继续深究的机会，即便朱雨的伤确实带着古怪。

Chapter14-4

10 月，因为这桩戛然而止的案件，还在住院的柴焰内心多了分无奈寂寥。

这种时候，友人的造访自然是让人精神愉悦的事。

至少，在见到推门而入的何子铭时，柴焰无聊许久的心情好了不少。她微笑着看着何子铭，扭着脖子。

"别扭。"匆忙拦住她的何子铭手里的东西还未放下，人已经冲到了病床前。

"没事，我有分寸的。"像是要印证她的话是真实可信的，柴焰又扭了扭脖子，表示一切 OK。

放下心的何子铭舒了口气，攥着东西的手也放了下来，嗔责却在继续："做人太要强对人对己都没好处，你说你有分寸，车祸又是怎么回事？"

柴焰无言以对，却不以为然地耸了耸肩："那只是意外。"

"嗯，人为的意外。"

柴焰发出一声轻蔑的"嘁"音，白了一眼何子铭："陈未南是不是什么事都和你说？"

"我想想。"故作认真的何子铭思考了片刻，点了点头，"除了你和他第一次的情况他恶意地对我含糊其辞外，其他的是说了不少。"

"……"

"你不认为这很正常吗？我是他的朋友，也是他的心理医生。"

想起自己生病的那段时光，何子铭这样的说辞，柴焰勉强算是接受了，她点点头："他的问题等他回来我和他谈。"

俨然一派思想体罚的劲头让何子铭微微笑了，放下东西，他坐在近处一把椅子上，单手扣住膝头："说吧，最近又有什么不好的感觉吗？陈未南不在，我们单独聊聊。"

什么不好？

大约是她又开始睡不好了吧。一声轻叹后，她开口："陈未南一直在拜托交警查我车子的问题。"

"有什么不对吗？"明亮的眸子细心观察着柴焰面部细节的变化，因为专注，何子铭放在膝头的小指微微翘了起来。

"有件事我没告诉他，也没告诉警方。"

"什么？"

"那天，我见到了迟杨。"

"哦？"这个话题引起了何子铭的兴趣，他直了直脊背，身体不自觉前倾向柴焰，"你们说了什么？"

"确定他就是迟秋成了。"不快的对话勾起低迷的情绪，柴焰闭起眼，睫毛微微颤动，"他说希望我能和他在一起。"

"你是怎么答的？"

"我拒绝了。"

"然后呢？他说了什么？"

他说了什么？牙关忍不住咬紧，柴焰睁开眼，同时也垂下了头："他说如果我不能和他在一起，就毁了我。"笑容也掩盖不住内心的尴尬，她想抬起头，却又放弃了。

"我懂了。"双手叠合，再十指交扣，何子铭饶有兴趣地陈述着他的思路，"你把迟杨的话和当天发生的车祸做了某种关联。"

"没有。"

"你甚至怀疑就是迟杨干的。"

"不是。"

"不敢告诉陈未南是怕他比你还要主观认同这种观点，因为他们是曾经的'情敌'，警方也是这样。"无视柴焰几次的插话，何子铭一口气说完，身上绷紧的肌肉为之一松，"柴焰，你连否认都没有往常的强势，我想是因为我说的就是你想的。"

柴焰无话可说，她不想点头，也不得不承认，何子铭说的的确是她想的。

"我倒觉得你不必那么担心。"

嗯？她抬头，看着何子铭。

何子铭却起身，刻意卖关子似的，绕着屋子徐徐开始踱步。

方寸大的房间，响起轻微而有节奏的脚步声。

"何子铭！"手按住床单，柴焰咬紧牙齿，有些生气。

她的生气却换来何子铭的轻笑："你也是够傻的了，迟杨才和你说他要害你，你后脚就受伤，你总要给人家留一个对你不利的作案时间吧。"

如同醍醐灌顶般，柴焰明白了什么。她点头，对啊。

"你这么说，她信了？"陈未南站在门外，问推门而出的何子铭，显然刚刚屋内的对话他都听到了。驻足许久，手与腿同样地发僵，黑亮的双眸透着笃定和隐隐怒意，这样的陈未南并未让何子铭觉得有任何压力，他轻松地耸肩："自然。只是我看你并不相信。"

是不信！

知道真相的陈未南基本已经确定迟杨就是要加害柴焰的人。

一个男人，即便是受了伤，有着恨，可也不能伤害他的女人。

握紧的拳头在电话响起时倏然松开，陈未南听着手机，眉头微微皱起。

Chapter15
不 违

对那些无法回头的错误，我只要跑几步，赶去你前面，再看你朝我
缓缓而来。看吧，我没让你回头。

Chapter15-1

　　蕲南最为落后的几条街区之一，暮色里的新北街一如既往地用它惯有的方式迎接即将降临的夜色。飞扬的尘土里，挺着啤酒肚的胖男人跨步站在街角，正和衣着暴露的女人讨价还价，最后似乎达成了一致的意见，女人展开眉眼，任由胖男人揽着进了最近那家洗脚店。

　　停好车的陈未南顺着那方向望去，看见一排连接成线的红蓝灯光，灯光忽闪旋转，延伸去了灰尘更大的远方。

　　他蹙着眉，跨步走进了面前那栋没有任何牌匾标志的小楼。

　　楼内却没外面那样慵懒散漫，陈未南推开玻璃门，脚还没迈上台阶，人便被不知从哪儿冒出来的男人拦住了。男人理着小平头，身上是件黑色跨栏背心，裸露的精瘦胳膊上文着条盘龙，随着龙的扭曲，干瘪散漫的腔调随之响起："生客？有介绍人吗？"

　　男人身上喷着陈未南讨厌的香水，他忍不住别开头，举起手机，亮出了一则通话记录："是他叫我来的。"

　　嗯？男人眼睛一亮，说了句稍等，便叼着牙签去了柜台后面，没一会儿，从柜台里传出了电话声："是，三哥，我这就领人上去，放心，三哥的朋友我肯定尽心招待。"

三哥？陈未南笑了笑，木头这个名字乍一听他是真不习惯。

"可以进去了？"陈未南扯着嘴角，看着前后态度判若两人的男人。

"是是，三哥交代好了，我带你上去。"

狭窄的楼梯间，陈未南的声音夹杂着陈年木板的咯吱响，在幽暗的灯光里飘忽不似人声。

最终他们停在一扇挂着粉色水晶串的门前，男人推开门："在里面。"

顺着推开的房门，陈未南看见凌乱不堪的房间里被捆在墙角、一脸惊恐的少年。

他扯了扯嘴角："出息。"随即迈步进去。

"这位兄弟，麻烦帮他松个绑。"

背心男点头走近，三两下便松了少年身上的束缚。

似乎没想到事情能如此顺利，少年揉着手腕，不可思议地看着陈未南："你为我花了多少钱？"

"花钱多俗气。"陈未南摇着头，抬脚钩了把椅子给少年，"坐。"

他又看向背心男："借地和我这兄弟说两句话，行吗？"

"成啊。"背心男点头哈腰，"我前面有事，你们慢聊。"

背心男离开后，空气里一股香水味若有似无地飘着，陈未南眼神看向椅子："坐。"

"没花钱，那你是怎么做到的？"少年一脸费解，要知道，他刚刚以为自己今天不死也残定了。他打量着陈未南，揣度着对方到底是何方神圣。

陈未南看着少年，目光透着锐利："你说有人在找人'收拾'柴焰，是什么人能帮我查到吗？"

"这个……"

"我救得了你，也能不救你。"

平直的叙述却带着不容拒绝的威慑，少年垮了肩，认命地低头："好吧。"

谁让他这么不开眼偷了不该偷的人呢？少年不甘心地偷瞄着陈未南，不想直接挨了对方一巴掌。

"我叫你小小年纪不学好，偷！"

暮色散去时，陈未南和少年一前一后出了小楼。

看眼车停的位置，陈未南抓住要跑的少年，心里盘算着要不要送他，手机却突然响了，龚宇来电。

他微微皱了眉，心想不会又是有工作要找柴焰吧。

用习惯的密码解锁失败后，他遭到了少年的嘲笑。

"不是我的手机。"黑着脸，陈未南懒得和一个不良少年解释他为了让女友好好休息而没收了她手机的事。

龚宇的话异常简短，三两句便结束了，挂了电话，陈未南看着少年。

"看我干吗？"少年的脸因为不好意思微微红着，"你是帮了我，我不是也答应帮你了吗？"

"你姐死了。"

朱雨死了。

愣神片刻后，少年挣开陈未南，撒腿跑了。

少年的身影很快被满是尘土的夜色遮盖得再看不到，陈未南在原地站了一会儿，上车回了医院。

夜色中的医院，探灯从楼顶投下白色光柱，放射性的光照亮停车场粗糙的土路，成片的苍白像被剥离灵魂的无望生命，同一街之隔的商业区形成了鲜明对比。

陈未南没急着下车，他摇下车窗，拆开包未开封的烟，含住一根，点燃。

远处的夜景斑斓跳跃，景中的人正享受着愉悦的夜生活，欣赏景色的人却郁悒地吐着烟圈，陈未南在想，今天的两件事究竟要不要告诉柴焰。

柴焰是被护士叫醒的，医生来查房，发现她的颈部支架早在一天前就可以拆了，一边批评着年轻大夫的失职，上了年纪的主任医师熟练却不失小心地拆下了支架。柴焰来回扭了扭脖子，得意地冲陈未南扬着手："陈未南，你小心了，我现在可是行动自由了。"

言下之意，她可以"报仇"了。

陈未南的反应显得很平淡，他只是走到床边，摸了摸柴焰的头："好啊。"

夜阑人静，铁床因为翻身发出的咯吱响格外明显。

"又有什么心事？"柴焰枕臂侧卧，问临床的陈未南。

"没有。"

"陈未南，我们从小一起长大，你第一次说谎是尿裤子，怕被老师批评，穿了一下午的湿裤子，结果把我的床都坐湿了。"

"我最后坐的你的床。"

"是，全班 23 个小朋友的床单都没吸干你那一泡尿。"

"嘿嘿！"小时候的记忆让人轻松，陈未南轻笑一声，有点儿不好意思，"那天早饭吃咸了，喝水喝多了点儿。"

"哪是早饭，是你馋，想吃糖，结果把盐当成糖，吃了一大口。"

"啊？你知道？"童年糗事，以为是无人知晓的秘密却被柴焰知道了，陈未南讶异地睁开了眼。

"我怎么不知道？"医院的床终究没家里舒服，柴焰又动了动，想找个舒服的姿势，"你做什么，哪怕是错的，我也会支持，我只是不希望我们之间有什么秘密。"

"那你怎么还对我隐瞒？"

"我隐瞒你什么了？"

"出事那天，你见了迟杨。"

意料之外的答案让柴焰微微愣神，迟疑后，她抿嘴嘀咕了一个人的名字。

"不怪何子铭。"陈未南学着柴焰的姿势躺着，"你说我们从小一起长大，你了解我，知道我对你有隐瞒，可是，柴焰，你别忘了，我对你也是如此，你有事瞒我我能感觉得到。"

"对不起。"

"没关系。"

"陈未南。"

"嗯？"

"我道歉你就接啊。"

"嗯，我就喜欢占你便宜。"嘿嘿笑了两声，严肃的气氛顷刻缓和不少。两人的床之间只有一臂距离，略略伸伸手，陈未南便抓住了柴焰，"我下午去见了那个小孩儿。"

"哦？"

"他遇到点儿麻烦，让我帮忙。"轻缓的声音带他回到了下午，"他说有人正找人，目标是你。"微微迟疑后，他轻叹，"就算你不想相信，我觉得想害你的就是迟杨。"

粉饰太平的漂亮话他不想说，他相信柴焰能懂，可握着的手慢慢地抽走了。

"他不会，就算会，也的确是我欠他的。"

"柴焰！"柴焰的冥顽不灵让他生气，本来死的人没死，这个十字架究竟要背多久。他生气，也无力。

抽离的手却并没离开，而是反握住他，柴焰的声音平静而温柔："不过你放心，我了解他，他只是心结还没解开，而且他不会真伤害我的。车子的事，他没时间。"

陈未南再想说什么，都被柴焰一句"我有分寸"堵了回来。

无奈的他只得放弃说服："对了，还有件事，朱雨死了。"

"啊？"

Chapter15-2

惊疑的思绪随着伤势一天天的痊愈而渐渐消弭，蕲南告别了短暂的秋季，早早飘了一场雪。柔白的雪片翻飞在空中，地上的人才伸手接住，没来得及赏玩便看见掌心汪了一小摊水。

小奇迹趴在窗台上，手撑着下巴，表情是不言而喻的无聊。终于出院回家休养的柴焰坐在沙发上，边吃橙子边看电视，厨房里，从云都赶来看她的柴妈不时探出头，凶巴巴地指着柴焰不老实的手："抓抓抓，女人的腿是第二张脸，抓花了小心未南不要你。"

柴焰无所谓地吐了嘴里的葡萄籽，仰起脸，示威地又挠了两下："痒，不挠难受。"

"完蛋。"柴妈举着饭勺迈步跨出了厨房，作势要打柴焰。

"妈，菜要煳了吧？"饭勺当头，柴焰眼睛没抬一下，随手又拿了粒葡萄，放在嘴里，听着柴妈拍大腿的闷响声，她满意地看着疾步回了厨房的柴妈。

打了个哈欠，柴焰把电视的声音调大，随后冲小奇迹招招手："过来，看电视。"

小奇迹却没听见一样，依旧看向窗外。

葡萄的滋味不知怎么不再那么甜了，柴焰胡乱嚼了几下，咽掉。

妈妈说小奇迹病情恶化得比一般孩子要严重，口齿不清很严重，因为这场病，小奇迹的性格也变得暴戾怪异，不是沉默发呆，便是发脾气，为了给她营造一个适合养病的环境，陈妈拜托了柴妈把小奇迹一同带来了蕲南。

柴焰心里默默叹息，医学发达的今天，仍然有医生治不了的病，这个事实让人无奈。

正想着，电视画面上出现的一个身影吸引了柴焰的注意，虽然只见过一次，但对柴焰来说，是个熟人。

宽大的液晶电视让程慕华的身形比例略微地失调，他一身休闲装，头戴石灰色鸭舌帽，正站在一辆黑色雷克萨斯旁，手随性地搭在一个年轻女郎的肩头。

这是张抓拍的照片，电视里的旁白配以如下解说：近期，一条有关名流圈渣男玩弄逼死女性的帖子在城市论坛遭到热议，有敏感的网友根据细节推测出帖子的主人公是成安汽车的总裁程慕华先生，记者目前正在试图连线程先生，关于帖子的主人公是否真如传闻所说，有待求证。

逼死女性？柴焰马上联想到了上个月自杀的朱雨身上。

朱雨没有家人，葬礼也是简单至极，据说下葬当天，她老家一个人也没来。朱雨的爸妈都健在，接到女儿的死讯只是哭了几声，哀叹着以后谁给家里寄钱啊，打电话回去的少年当时就生了气，让他们快点儿过来为朱雨料理后事，可对方说了声车票好贵，便挂了电话。后来柴焰从少年那里得知，朱雨不是这对老夫妻亲生的。

良心是被狗吃了。

除了一声叹息外，柴焰做不了其他。在她的拜托下，陈未南帮着少年安葬了朱雨，也算让她走得不那么凄凉。

可有时候死并不意味着终止，因为一起民事诉讼案，朱雨的死竟意外地被许多人所知了。

Chapter15-3

11 月的某天，柴焰回去上班的第三天，才踩下刹车，发动机都还没停，便发现有人早早等候在律所门前了。

"你怎么来了？"关上车门，柴焰迈步走向陈砌。

陈砌脸上挂着一贯无谓的笑意，他摊着手，语气颇为无奈："我被人告了，只好来找你这个大律师帮我打官司了。"

"陈砌，你……"她已经不知该说什么了。

打开律所光亮的玻璃门，柴焰踱步进去："说吧，这次是又调戏了哪个无知女性了？"

"No，这次是诽谤罪。"

"什么？"她猛然回头，看着陈砌，像在看一场天方夜谭，"诽谤，你诽谤谁了？"

"你认识的。"陈砌耸耸肩,"程慕华。论坛的那个帖子是我写的。"

"陈砌,你喜欢吃盐吗?"

"此话怎讲?"

"还是你对朱雨有意思,不然你也太'咸'了吧?"

这次轮到陈砌无语了。

律所二楼的办公间,细口花瓶里的滴水百合香气新鲜。

给陈砌续好杯,柴焰倚住桃木桌,认真打量起了陈砌,片刻之后,她点点头,心里有了判断。

"陈砌,排除你无聊八卦的因素,再排除掉你喜欢朱雨的可能,你是因为对程慕华存在私人恩怨才这么做的吧?什么恩怨?和女人有关?"

"柴焰,什么时候你问题这么多了?"放下手中杯子,陈砌无谓地摆弄起手指,"我和程慕华没有私人恩怨,也没有什么女人存在,我只是恰巧知道朱雨是因他而死的,我不想再有女性被像他这样的人蒙骗,仅此而已。"

仅此而已?她要相信陈砌的说辞吗?信陈砌有正义感这种东西?除非车祸把她的头也撞坏了。柴焰想。

送走陈砌,柴焰又看了会儿资料,不知为何,心里突然觉得慌慌的,喝了两口水,不适的感觉仍在。看看窗外还早的天色,她索性整理好东西,提前下班。

一路顺畅地回了家,站在家门口,柴焰握着钥匙,正感激她没有因为车祸留下后遗症,一声大喝突然从房里传了出来。

怎么回事?柴焰插钥匙进孔,用最快的速度打开房门,站在玄关看着明亮的客厅,眼前这幕有着不明的滑稽喜感:小奇迹盘腿坐在沙发上傻笑,妈妈身上的围裙带子断了,样子有些狼狈,手里的扫把却仍然高高举起再落下,落在一个人身上。

被打的人哀号着躲着,可无论怎么躲也躲不开柴妈的扫帚。

"少年,你又撬门进来了?"柴焰笑着问。

一场"恶斗"后的公寓楼水声潺潺,细细的水流注入紫砂茶杯,翻腾起沉在杯底的嫩芽。今年的新茶,还没泡开,便早早发着沁人香气。

柴妈提起杯盖,抿去浮茶。她没事人的样子反而让少年坐立不安。

忽然肩膀一沉,他回头发现肩上多了只女人的手:"干吗?动手动脚的。"

"自求多福吧。"柴焰微笑着收回手,上楼。几天没说话的小奇迹也走过来咧嘴笑了笑说："咯咯（哥哥）你保证（保重）。"

这都什么跟什么啊，少年觉得一切都莫名其妙的。

窗外，夜色清透干爽，柴妈的声音也带着坚定干脆："年纪不大，坏毛病却长了一身，这段时间你哪儿都不要去了，跟着我，我帮你改改。"

"大妈，你谁啊？"好像听了一个天大的笑话，少年甚至忘了刚刚是谁打了他一顿。长这么大，没人管过他，也没人管得了他，这老太太凭什么？

"我啊，我在 2030 工作过一段时间。"柴妈笑眯眯地端着茶杯，咂咂嘴，又放下，"2030 知道吗？公安系的机关都会有自己的内部代号，不过你不用怕，我不是公安。2030 是云都少管所的代码，云都少管所知道吗？全国青少年从良率最高的一个机关。"

"从良"这个并不让人感觉愉快的词同样也让少年变了脸，他看眼窗口，又看眼门口，权衡着从哪条路跑成功的可能性大些，还没打定主意，便听到柴妈幽幽的声音传来："我百米跑得过省冠军，如果你想跳窗，这里是十楼。"

柴妈是少年遇到的第一个如此难缠的老太太，也是陈未南的。回家后的陈未南面临了一个大问题：柴妈把少年留在了他和柴焰的公寓，还让少年和他一个房间！真不愧是少管所工作过的，逮着不良少年就不放手了。陈未南腹诽。

"阿姨，不要吧。"陈未南最后的抗议在强势的柴妈面前有气无力。

"我这个老家伙还在呢，你们年轻人的那套暂时先收收。"未婚同居这套，柴妈才不接受，至少不能在她眼皮底下发生。

可此刻的陈未南看着正在脱衣服的少年，很想问柴妈一句：阿姨，你确定你熟悉年轻人所有"套"路吗？

"哥。"赤着上半身的少年勾着指头，"你来。"

"不来。我对男人没兴趣。"

"我有啊！"高喊一声后，少年猛摇着头，"我是说我没有。我要和你说说我姐的事。"

"你姐？"朱雨？

"柴焰！我柴焰姐！"沟通障碍让少年几乎晕死过去，翻着白眼，他无力地说，"你不是让我查是谁要害我姐吗？有些眉目了。"

哦？这是个引起陈未南兴趣的话题，撑着胳膊，他凑近："说。"

"具体是谁我没问到，不过电脑下单，我找到了下单人的网络 IP 地址，是处民宅。"

赞许地拍着少年的肩，陈未南躺回床上，如释重负，那栋民居里大约住的就是迟杨了。

"哥，我也想求你件事。"

"说吧。"

"能掩护我走吗？我不想在这儿待着。"

"不行。"陈未南翻身坐起，抱着枕头被子下地，"放你走惨的就是我了。"

柴妈是那么好蒙混过关的吗？

Chapter15—4

翌日清晨，由于下过雪的关系，城市的空气干净而清新，即便已经堵在早高峰的车流中蜗牛般移动了十五分钟，柴焰的心情依旧处在一个极佳的状态。

这种状态一直持续到她赶去律所，在二楼的开放式会客厅里看到了鼻青脸肿的陈砌，才终止。

"怎么了？在哪儿摔的？"特意绕到近处，仔细看了眼陈砌，柴焰这才回到位子放下包。

"为什么不是被人揍的？我现在正打官司呢，你怎么不猜是程慕华找人揍的我？"

"伤不对，你这个明显是摔伤。再者，他没理由揍你，官司还没输，他也没那么蠢。"

"好吧。"陈砌服输地抚着额头，皱了皱眉，"昨天心情不好，喝酒喝高了，从台阶上摔下来了。"

"哦。"

"哦！"他以为他的表述已经够明确的了，"你至少该问问我为什么心情不好吧？"

"你心情总不好。"柴焰摊开面前的本子，浅浅一笑，"我还是省省舌头和你说说案子吧。"

安静的初冬上午，柴焰坐在吹着暖风的房间里，鼻间盈满木头家具散发的原始味道，低头轻搅咖啡，问着陈砌问题。

"陈砌，你和这个程慕华是不是有什么私人恩怨？"

"没有。"

"没有？"她放下咖啡杯，手指敲着桌案，"我查过你的资料，朱雨并不是第一个和你有过摩擦的女性，在她之前，还有一起控告你的民事案子，那个案子的当事人叫徐佳怡，她和朱雨的情形相似，被你'骚扰'前在和一个小开谈恋爱，之后之所以撤诉是因为如你所说，小开不过是和她玩玩，很快就另结新欢了。陈砌，我不知道这些年你身上发生了什么，虽然我认为你这样逐个规劝女生离开错误爱情的做法并不理智，不过你能告诉我，为什么你只针对程慕华？"

"我没针对他。"

"捏造朱雨的死和程慕华有关，发帖、诽谤、被人告上法庭，这些你都敢做，我不认为这不是针对。"

"……"陈砌安静地回望着柴焰，许久才泄气似的合上眼，"柴焰，你总是那么犀利，洞悉一切。"

"多谢夸奖。说出实情吧，说出来，我才帮得了你。"

"朱雨的死的确和程慕华无关，但有个人的死和程慕华有关，我曾经喜欢过一个女生，那时我还是个什么都没有的穷学生，在我和已经事业有成的程慕华之间，她选了程慕华。后来，他们在一起没多久，程慕华就有了别的女人。那个傻丫头之后跳江死了，死的时候，她怀着程慕华的孩子。"

一个傻瓜姑娘的故事，简单又俗气，却因为是身边发生的真实故事让这个明明晴好的上午多了丝低沉。

那是柴焰第一次看到有那种哀伤无力表情的陈砌，原来他也有这样一段隐痛。

可法院不会因为当事人有隐痛就法外容情。

送走陈砌，胸口发闷的感觉再次袭来。坐回靠椅上，柴焰随手按开了电视。综合频道正播着娱乐新闻，是一个最近红起来的二线女星出席新剧开机仪式的画面。她按着太阳穴，觉得这个女人的名字有些眼熟，电光石火间，她猛然回忆起这人是谁了，因为主播正介绍她的另外一重身份，城市新贵程慕华的新任女友——赵蔷。

有种哪里不对的感觉，可是哪里不对，柴焰说不上来，冥思苦想时，助理踩着台阶上来给她送快递。

接过纸袋，几下拆开，柴焰发现里面只有一张纸，迟秋成工整的字迹写着——

柴焰，十一点，我在地标广场等你。

她抬手看看腕表，十点二十。

几乎没怎么犹豫，她跑下了楼梯。

她需要和他好好聊一聊。

十一点，视野开阔的地标广场上人潮往来不息。

由 A 国著名设计师制作并赠予蕲南的天使像复刻本立在露天喷泉中央，入冬，喷泉停了，三两的人跳到没水的喷泉池，在刻着蕲南地图的池底走来走去。

柴焰张望，环顾，却始终没见到迟秋成。

奇怪，人呢？

她正想着，电话便急促地响了起来。

是助理打来的，电话里，女助理的语气带着哭腔："柴律，你快回来吧，咱们所着火了，陈医生受伤了！"

什么？陈未南！

"他怎么样？"上车，打火，脚踩下油门，柴焰观察着路况，边和那边对话，声音急促，因为紧张带着颤音。意外的是，回答她的竟是陈未南本人。嘈杂的背景音里有噼啪火声、水柱冲刷墙壁的声音，还有杂乱无章的人声。

混乱中，陈未南的声音却有条不紊着："柴焰，我没事，就是呛了几口烟，别担心。"

绷紧的神经终于慢慢松弛下来，赶在变灯前，SUV 徐徐停在白线后，她长舒一口气："你没事就好，我马上到。"

宁静的街区似乎第一次迎接如此多的人。

真站在律所楼外，看着仍冒着滚滚浓烟的小楼，柴焰揉揉眉心，胸口还是止不住发闷，房子里的主要陈设包括楼梯都是木质的，现在，估计全没了。

房子近处，消防员正举着水管灭火，一阵风过，有水珠随风落在柴焰脸上，才被告知陈未南去了附近医院的她轻轻擦掉水珠，看着一脸狼狈朝自己走来的龚宇。

"现在是什么情况？"

"房子的预估价值是 700 万，卖了你或是我估计都赔不起房主。"

"或者把咱俩都卖了？"

苦中作乐的笑话换来片刻轻松，纷繁的后续工作很快让两人投入新一轮焦头烂额里去，再无闲暇多说。

火被扑灭时，正午的太阳才开始向西倾斜，曾经的律所小楼面目全非，一片烟火余味中，原木的小楼成了如今的炭黑色。龚宇作为火灾发生时在场的负责人之一，连同几个同事被警方叫去录口供，终于忙完的柴焰总算有片刻喘息时间，脸顾不上擦，她奔向医院。

一个朋友曾说，烧伤科的医生大多不爱吃烤肉，闻得多了。

差点儿被烤了的陈未南却不忘大谈特谈烤肉。

"怕？我才不怕。那楼就两层，用跳我也能跳出来。就是倒霉了些，被块着火的横梁燎掉块皮，不过我闻着味道不错，挺香的。嘶，医生你轻点儿。"陈未南吸着冷气，一大块皮啊，真疼。

"我以为你不知道疼呢。"白大褂转身，夹起一块蘸了药的纱布，按去伤口，吸气声中，他抬头打量着陈未南，"我听说你是火势起来后，又跑进去的，去干吗？"

"嘿嘿！"陈未南不好意思地笑笑，"给女朋友准备了份礼物，没想到她不在，我就藏在她抽屉里了。"

"惊喜？"

"算是。"

"怕惊喜被烧，所以回去拿东西？"

"嗯。"

"你们这些年轻人，太疯了。"

门外的柴焰再站不住，推门而入。

干净的室内，手臂绑了绷带的陈未南见她来了，笑着举起手："老婆，我需要你的安慰。"

安慰个屁！她走过去，扬起手："陈未南，你再敢……"

"柴焰，我以后都不会以身犯险，我不会让你再为我担心，不过如果再来一次，我还是会回去。"

"……"被他的倔强打败，柴焰无力地放下手，她蹲下身子，"什么东西比人重要，烧了再买就是了。"

是哪个大言不惭的家伙说他伤得不重的！

"傻子。"她低头吸了吸鼻子，"傻子。"

"可是这是傻子这辈子第一次求婚，估计也是唯一一次了。"

一枚带着硝烟气的戒指举在柴焰面前，她愣住了。

"喂，答不答应，给句话啊。"

"给我戴上。"柴焰伸出手，眼睛有些湿。

如果可以，我想和你一起周游世界，喂马劈柴，
就这样简简单单，朝夕相伴。

Chapter16-1

一场大火，一块"烤肉"，以及一枚钻戒的求婚故事让柴妈动容，老太太什么都没说，转身进了厨房，片刻后，炒锅的油声里传来电话声，柴妈在向家中汇报。

"你不是去找人了吗？怎么变求婚了？"少年凑近陈未南，碰碰他。

白了少年一眼，陈未南去追下楼散步的柴焰，至于少年给他的地址，那是家网吧，根本不可能找到那个姓迟的，这事也让他郁闷。

楼道内，橙黄灯光明亮得如同柴焰的双眸，除了喜悦，陈未南察觉到了一丝浅浅的脆弱和无助。轻声叹息，他伸手摸了摸柴焰的头顶："别怕，就算房主让你赔清 700 万的全款，也有我陪你一起还。"

"我不是怕。"她突然就觉得泄气，索性合上眼，身子一歪，轻轻倚进他怀里，"就是彷徨……"

柴焰从未给他此刻这样的感觉，会像普通女生一样，会担心未来，担心事业会因为这笔债务戛然中断，柴焰并不是无坚不摧、毫无弱点的。此刻的他无比庆幸，不是因为他终于有机会展示自己男人的一面，他庆幸他能同她站在一起，并肩承担着困难。

走廊安静得只余细微呼吸，声控灯过了时间，悄然熄灭。

黑暗中，他低下头，亲吻她的脸颊、嘴角、脖颈、手臂。酥麻的吻让她忘记了白天的火灾，她的手抚着他的腰、腹。一声满足的叹息后，她靠在陈未南怀里："陈未南，还没到让你变卖家产救我的地步，真到了那天，我会和你说的。"

陈未南叹息："你怎么又知道啊？"

"我可是从幼儿园起就能把你的梦话倒背的人。所以你那几间值不了几个钱的门诊还是自己留着吧。"

"瞧不起我？"愠怒地拉开彼此的距离，男人的自尊受了挫。

他正沮丧着，冷不防唇被人轻轻咬了下。

她脸颊绯红，低着头："那是你的心血，我不舍得。"

"柴焰……"一声喟叹让低落的情绪荡然无存，吻成了表达情绪的方式，从脸颊、脖颈再到柔软丰满的胸口，欲望如同暗涌，将两人推去了高峰，天地旋转，意志正渐渐丧失在越发沉重的呼吸声里。

"啧啧，你们是遛弯回来了，还是没出去呢？"大声唤醒了感应灯，少年手提着垃圾，像在看场好戏。

……

一天后，龚宇带给柴焰好消息，他联系到了房主，当初在给房子打造木质结构时，房主考虑到了火灾这项，买了保险。

"所以我们不用赔足700万了？"

"是这么个意思。"龚宇点点头，眼神在房间内逡巡不已，"所以未来这段时间，我们律所就要暂住在牙医这里了？"

"是的。"隔板划分的简陋办公间的确比不上之前，柴焰却不在乎，她指指在外面忙活的人，"他不叫牙医，他有名字——陈未南，我未婚夫。"

陈未南不知道柴焰在看他，依旧指挥着搬运工干活。

体型大的医疗床之前已经搬走了，如今的房间空荡荡的，检查无误的陈未南回了房间，对上龚宇的眼："龚律师，我搬去隔壁，这间房子大，留给你们用，不用谢我。"

"是不用谢，天天看你们秀恩爱我会内伤的。"

"你也可以秀啊。"

"……"

龚宇无话可说，孩子妈最近和他闹别扭，迟迟不肯去领证，他很头疼，这是他的痛处啊。

柴焰没心情安慰他，今天她约了陈砌案的一位证人见面。

　　和主城区不同，地处蕲南远郊的东方影城因为有地下温泉，俨然还是一片春意。绕过种着排柳的弯道，一道古朴肃穆的高大门楼便远远进入视野。

　　虽然柴焰做了预约，但在见到正主前还是遭到了一番刁难。一脸横肉的保安只扫了一眼她的证件，便以赵蔷还在拍戏为名让她等。

　　好吧，等。

　　这一等便是从正午一直到日头西斜，四周人来人往，全是穿着各式戏服的人，赵蔷始终没出现。

　　好在这个闭门羹柴焰早有准备，她索性按捺着性子，等。

　　终于，去而复返的保安来通知她，赵蔷拍完戏，在化妆间等她。

　　跟在走路摇晃的保安身后，柴焰穿过一条全是古时建筑的破旧小街，七扭八拐进了一栋房子，拨开层叠得让人透不过气的戏服架，柴焰长舒口气，站在了房间的空地上。

　　面前是整排的化妆镜，镜框上镶满灯泡，灯光明亮刺眼。

　　一个女人坐在镜前，正合眼由化妆师卸妆。她身上穿着一件民国时的开衩旗袍，领口的盘扣解开，露出一片雪白肌肤。

　　很美的女人。

　　柴焰轻咳一声，镜中的女人随即睁眼，她双眸迷离，带着倦意。

　　"赵蔷小姐，我是陈砌的代理律师，有几个问题想问问你。"

　　赵蔷微微一笑，随即接过化妆师手里的东西，自己动手卸妆。

　　粉妆卸去，一张明媚的脸露了出来，她转过身，腿交叠坐着，长长的开衩泄露了一丝隐约春光："想问什么，问吧，我一定配合。"

　　离开时，几近黄昏，日夜交替的时间，太阳还未落下，浅淡的月牙却早早悬在了东方。走出大门，柴焰在路旁站定。

　　"狗屁配合！"柴焰骂着。

　　赵蔷根本没和她说实话。

　　正气恼着，包里的电话却意外地响了起来，是个陌生的座机号码。

　　"喂？哪位？"

　　"是柴焰吗？我们是市公安局的，我们怀疑之前发生的火灾是人为原因造成的，具体有几个问题想同你了解一下，你什么时候方便，来局里一下。"

　　"哦。"

柴焰脑子片刻空白了。

火灾是针对她的。

那个时间，如果她没有外出，她会怎样？

烧死？

倒不会，但会受伤。

她想起了迟杨的快递。

Chapter16—2

赶去分局的路上，起了雾。原本舒缓的交通变得凝滞，柴焰的车混在车流中，走走停停，半晌，她侧头看道旁，姜黄的路灯光掩映着光秃秃的灌木，灌木后，立着胸肌男海报的成人用品店五分钟前在什么地方，现在只是略略比刚刚稍稍退后了些。

"真是的。"邻车车主正在抱怨，发现柴焰在看他，摸摸方下巴，不好意思地解释说，"儿子等着我去接呢。"

柴焰回以微微一笑，没理会方下巴有意无意的闲聊，目光转而投去了远方，青白的雾色笼罩了远处风景，隐约闪过的反光带的光显示着交警的位置。

她按下手侧的按钮，墨色的车窗随即缓缓升起，车内安静下来。

柴焰合上眼，比起车外的漫骂鸣笛，嗡嗡的发动机响更让她心绪平静。

她希望时间再慢些，她不想去警局，因为一旦去了，势必会被警方问询那个问题——你和谁结过怨。

"最近，你和谁结过怨吗？"炽亮灯光自头顶而来，照亮了对面警察的国字脸线条和肩头银亮的警徽，如同柴焰料想的那样，她被问了这个问题。

柴焰手轻轻挨着桌沿，十指交叠，嘴角微微一扬："我之前是做企业法务的，负责企业裁员，但凡被我裁过的都算是有过节吧。"

警察认同地点点头，边听柴焰一个个细数过去，边快速做着笔录。房间宁静明亮，水笔滑过纸面，发出沙沙声，柴焰声音低缓，透着轻灵，不带任何情绪地细数着那些"仇家"。

在警察越发目瞪口呆的注视下，柴焰一派淡然地继续陈述其他和她有过过节的人，其中包括迟秋成和沈晓，她没说迟秋成还活着的事。

结束问话时，天已黑透，柴焰站在台阶之上，将衣领竖起。蕲南的夜风有着苍劲的力道，不冷，却吹得人脸疼。

她望了眼脚下的青色石阶，正准备迈步离开，身后却突然传来了呼喊声。

"柴律师，先别走，你电话。"

柴焰回头便见风一样的国字脸警察狂奔到了她跟前，她指指自己："我的？"

"你的。"国字脸警察手臂虚放在柴焰背后，催着她折返。

这什么情况啊？

疑惑在她听见电话那头熟悉的声音时彻底消失了，她舒了口气，失笑："是你啊，哥。"

电话那头，傅邵言单手撑着阳台的钢制围栏，指端夹了支大前门，不时举起烟吸上一口，同柴焰徐徐讲着话："拜托蕲南的同事帮忙抽取项数据，听说了你的事，没受伤吧？"

"没。"柴焰垂着头，手指搅着电话线，"知道了，你放心吧。"

她话没说完，便觉电话那头倏然一顿。"怎么了，哥？"她问。

"烟被邢菲收走了。"傅邵言语气浅淡，手在身上摸索片刻，才迟钝地发现烟不知什么时候早被邢菲收走了。他抿抿嘴，继续和柴焰说话。

夜空有着不同于白天的特殊光华，和傅邵言聊了一会儿，柴焰看看天色不早，便提出结束这通电话。

"你去吧，电话别挂。"

"哦。"柴焰应声将电话递还给了叫她来的警察，随后离开。

目送走柴焰，警察悄声同傅邵言说："傅总，你妹妹走了。"

"嗯，说说。"

"是。"警察应声从桌上抽出了一份文件，看到才记录完成的密密的字迹，再次忍俊不禁，"傅总，和你妹妹有过过节的人员情况如下……"

等汇报完毕，已经是一刻钟后了，按照傅邵言的话，警察做好记录，发现原本黑压压的名单被画去了大半，他正想表示下对傅邵言的感谢，却听见电话那头傅邵言声音轻缓地说："老婆，你这样做很不对啊。"

慵懒的声音带着一抹回转，小警察打了个寒战：傅总这是在同嫂子调情吗？

未及深想，那边便先一步挂断了。

柴焰心底对这场火灾有个不愿面对的事实，火是不是迟杨放的她不知道，不过他肯定是知情的，不然不会约了她又不出现。

他不是恨她吗？干吗要救她？

姜黄的路灯快速压向车玻璃，再迅速倾倒向后，柴焰的双眸被变换的光芒映得忽明忽暗，在车子就要开到家时，她踩了脚刹车，车子随即停在一家 24 小时营业的自助便利店门前。

给陈未南发好短信，柴焰走下车，在身上摸出几个钢镚儿，她摊在手心数了数，随即塞进了自动贩售机的投币口。她扫视了下橱窗里陈设的商品，目光最终停在一罐 A 市产的黑啤酒上。

从七点起，陈未南便开始坐立不安，换成往常，柴焰这个时间该回家了，即便有工作或是车堵在路上，她也会来通电话说一声，今天却什么都没有。不单如此，打她电话，还一直是无人接听的状态。

他烦躁得满屋转圈，犹豫着是在家等还是出去找。

少年坐在沙发上嗑瓜子，手一扬，指指陈未南，随后对小奇迹说了两个字："妻奴。"

陈未南回身瞪着他，就在这时，手机有了动静，他一个跨步站到了水晶茶几前，伸手拿起了电话，是柴焰。

她约他在小区附近的民品便利店见面。

是有事不方便在家讲吧？他没多想，拿起外套出了门。

从小区到便利店的路不远，路灯却坏了几盏，因为是三不管地段，所以这几盏坏了的灯一直也没人修。幽黄的光线自上落下，巷子显得越发悠长，陈未南步子急，没一会儿便转过巷口，看到挂着白色幌子的便利店底下，举着啤酒罐，正仰头喝酒的柴焰。

他驻足片刻，远远地看着女人。她喝酒的动作向来急，今天却异常缓慢，手举起放下，小口喝着。

又是有什么心事了吧？他轻声叹息后，跨步朝她走去。

"你来啦？"熟悉的脚步声让柴焰抬起头，她微笑地拍着身旁的位置，"坐下，陈未南，我有事和你说。"

"说吧，只要不是你另结新欢，什么事我都不介意。"

柴焰拍拍陈未南的肩，咧嘴笑了一下，继续说："我下午去区分局了。"

"哦？"

"他们告诉我，是我房间的电线被人动过手脚，这起火灾是人为的，针对的是我。"

"什么?"

"你先别紧张,听我说完,我是被叫去做笔录的,他们问我和谁结过仇。"

"还有谁!这事除了迟秋成就是沈晓!"陈未南先是一脸厌弃,紧接着又警惕地瞪视着柴焰,"你不会没向警察说吧?"

"说了。"柴焰轻笑着,"不过有件事我没说。"

"譬如?"

"迟杨的存在。还有……"她说起那封让她躲开火灾的快递。

"未南……"柴焰双手托着啤酒罐,头轻轻靠上了陈未南的肩,"你说,会是秋成吗?"

她声音轻缓,飘进淡淡的夜色中。

"不知道。"陈未南是真不知道了,"或者是沈晓。"

Chapter16-3

一大清早,傅邵言被电话吵醒,神情带着不悦,可得知是陈未南打来的后,他敛了敛眉心,又整理好了情绪。

日出时的东海岸,涛声阵阵,白浪拍打着浅岸的礁石。

傅邵言站在露天阳台,风吹开他没来得及系扣子的衣襟,露出里面的苍白肌肤,他静静听完陈未南的话,说:"我帮不上什么忙,我不在国内,对,还要一段时间……不过有两点你们可以注意一下。沈晓在毕业前夕发生过什么,而这件事和迟秋成有关;再有,迟杨是否真的是迟秋成。这个存疑,对方先说要报复柴焰,这次又帮了柴焰,这种前后矛盾的行为背后又有什么原因,或许是否有两伙人,这种可能性也不是不存在。是,我知道柴焰的矛盾,不想让她或者他受牵连坐牢,才说了那么一堆的'仇家',她太正直,并不适合做律师。"

陈未南失笑,连表哥都觉得柴焰不适合做律师了,看来他有必要在事情告一段落后动员柴焰转行。

东海岸的清晨,蕲南却已是下午。

陈未南依言去了母校,而柴焰则对着陈砌的案子一筹莫展。

想要不输掉官司,她就要证明陈砌说的有关程慕华的事情是属实的。可现在的问题是,她找不到证人。

手再一次翻过资料,柴焰的目光突然定格在相关人物信息那栏。

人怔了片刻，她飞快地起身，拿起包，冲出了房间，她意识到事情哪里不对劲了。

资料被她留在桌案上，窗外，北风依约吹进窗，纸张哗哗作响，可那页纸依旧固执得没有任何翻动。

日光苍白干爽，照在资料里赵蔷的艺术照上，在这张照片下方陈砌所说因程慕华跳江而死的女生赵一朵在一寸照里干净微笑着。

赵一朵有份漂亮极了的简历，全国同类排名第三的蕲南大学新闻系播音专业毕业，三年学分综合排名专业第一，只可惜她没拿到学位证。

大四学年初，怀孕、失恋、自杀，她的故事随着滚滚蕲江水传出了无数个版本，最终在新学年伊始，被人们淡忘在遍是青葱绿意的大学校园里。

柴焰坐在车里，透过挂满枯藤的南院墙，望向院里。天空青灰，却难得的爽朗，靠近图书馆的枯黄草坪，一个男生平躺在树根底下，脸盖着条灰色菱格羊毛围巾。他身旁，一个扎着马尾的女生靠着树，认真看书，过了一会儿，男生掀开围巾对女生说了句什么，女生随即好奇地俯下身。

柴焰微笑着凝望被男生捉住亲吻的女生，不禁感叹，或许也只有这个年纪的女生才会傻傻地相信男友只是想和她说句话而已。

柴焰支着头，回忆着这个年纪的她大约还在和陈未南吵架斗嘴吧。有些可惜呢……

她正想着，有人"咚咚"敲了两下车窗。

柴焰侧头一看，回以一笑。

车外的人后退一步，柴焰就势开门下车。

"洪老师，好久不见。"

"是啊，柴焰，你多久没回学校了？"洪斌洋单手拎着公事包，背微微驼着，笑眯眯的目光带着慈祥，他看着昔日的学生，"接到你的电话我还吓了一跳，你可是有年头没来看我了。"

柴焰脸微微红了，不好意思地说："洪老师，这次也是有事来找你的。"

"就知道。"洪斌洋嗔怪地看着她，随即又莞尔，"不过我理解你们，忙。"

洪斌洋才监考过大一的英语期中考，封装的考卷还带在身边。

听懂柴焰请求后，洪斌洋手一扬："跟我回办公室送下考卷，我再带你去找赵一朵的老师。"

柴焰笑着说好。

洪斌洋的办公室在大学中区，两人从南门进去，穿过一条蜿蜒的石子小路，很快来到一片开阔的塑胶操场。天气微凉，几个穿着跨栏背心的男生绕场在做慢跑，左侧被钢丝网圈扩出来的网球场里传来"砰砰"的击球声，四个男女穿着运动衫，在打网球。

洪斌洋一拍大腿："哎，正找他呢。"

他扬声喊了声"老吴"，网球场里一个人应声回头。

洪老师赶着回办公室，介绍柴焰同老吴互相认识后，便匆匆赶回办公室。老吴曾经是赵一朵的任课老师，此刻，他坐在操场旁一家私营奶茶店里，从包里掏着毛巾，边擦汗边没好气地说："一朵是我最好的学生，可惜被毁了，因为一个男人！"

义愤填膺地说罢，他放下毛巾，额头的汗不见了，眼睛却微微湿了。他是个把体型保持得很好的中年男人，声音有着专业播音员才有的特质——舒缓低沉。微微平静好情绪，老吴问柴焰："我看过报道，你们这次的官司是和那个人渣打，想问什么就问吧，但请务必尽力，打赢这场官司。"

"我会尽力而为的，吴老师。"柴焰摊开本子，手中的水笔在指端转了个圈，"那我开始问我的第一个问题……"

问好最后一个问题，柴焰拿起手旁的奶茶杯，喝了一口，方才发现奶茶早已凉透。

时间已经过去了很久。

她合起本子，准备和老吴道谢，顺便告辞，却不料被老吴拦住了。

"有个问题。"

"什么问题？吴老师您说。"

"你们的案子是诉程慕华被诽谤的，我觉得你该问我些程慕华做了哪些禽兽事，可你刚刚为什么问我的全部是赵一朵的习惯爱好啊？"

柴焰释然一笑，垂下眼，手摆弄着公文包："吴老师，这个我暂时不方便说，不过我可以保证，我是站在正义一方的。"

她的确是站在正义一方的。

站在奶茶店门前，目送走远去的吴老师，柴焰随即轻叹一声，可有时候，正义也是需要输的。

一想到这即将而来的败绩是因为陈砌的算计，她有些窝火。迈步走在青灰色的小路上，影子长长地走在脚前，她看着影子，思考着还没想通的几件事。

思索中，步子不自觉地放慢了，她丝毫没发现背后有个影子正悄然袭来。

"我就知道是你。"声音出现得猝不及防，柴焰回头时，陈未南已经并肩走在她身旁了。

"你怎么在这儿？"

"没事来这儿怀怀旧。"陈未南放慢步子，和柴焰保持着一致的步调。日光自西而来，勾勒着陈未南明晰的侧脸轮廓。

"你呢？"

"我也是来怀旧的。"

"不说实话？"

了然的眼神换来同样的质疑："你不是也没说实话？"

"好吧。"无奈地耸着肩，陈未南感慨这让他毫无隐私可言的默契，"我去查沈晓了。你呢？"

"我查赵一朵。"

"赵一朵？"

"你不认识，是和案子有关的一个人，恰好是校友。"

宁静的石子路穿梭林间，并肩而立的两人踩着树影徐步向前，幽幽的女声如同湖面的涟漪一样婉转："你查到什么了？"

"不多，不过沈晓是因为什么没拿到的学位证，你知道吗？"

"她和我讲她被诬陷抄袭，让我去替她求情，我答应了，可当天就出了那件事，再之后等我回校，事情已经没转圜余地了。"回忆起满脸泪痕的沈晓，柴焰苦笑一声，"她不会因为我没帮她求情就恨我吧？"

"不是没这种可能。"毕竟谁也摸不清疯子的思维方式。

柴焰自然也摸不透，她把目光投去了不远处的小树林，枝蔓间依稀望得见林中的人工湖。每到夏天，垂柳荡漾的湖边总是坐满了情侣。那时她还在和陈未南针锋相对着，便总拉着沈晓来树林看书，她记得就是在那片树林里，沈晓第一次见到了迟秋成。记忆里，两个没说过几句话的人现在都对她抱着同样的恨意，这个事实不免再次让柴焰轻叹着转移了话题："我们两个大学时候做得最多的就是吵架了。"

"是啊，不止吵，还打，你打我。"陈未南撇着嘴，忽略了柴焰情绪的细微变化。

"有点儿可惜。"

"可惜什么？"陈未南不解。

"好多那时该做的事都没做。"

"譬如……"

"喏。"顺着柴焰投去远方的目光，陈未南看到草坪上正腻歪的小情侣，了然地"哦"了一声："这有什么难？"

他一扬手："看，有流星！"

"陈未南。"柴焰无奈地摇着头，"能别做这么低能的事吗？"

"看吧，柴焰，你一直都太理性，就算时光退回几年前，那种小浪漫也不适合你。"不介意柴焰脸上的不豫，陈未南笑着靠过去，"你适合直接的。"

他猛地咬住她的唇，力度霸道野蛮，温热的触感却让人兴奋愉悦。

柴焰忍不住轻哼出声。

情况有些失控时，一声口哨突然传来，紧接着是一串口哨。扫了兴的陈未南放开柴焰，回头发现是队骑车的男生吹着起哄的口哨。

"大叔，来校园体验黄昏恋啊。"肆无忌惮的打趣引来同伴的哄笑，口哨声更甚了。

"黄昏恋能生猴子，你们能吗？"中规中矩的回应未能平息学弟们的嘲笑，几辆单车甚至挑衅地开始围着他们跑，被围在中心的陈未南头疼，却一时想不到解决办法。

"看我的。"

陈未南眼光一闪，看着推开他的柴焰。

"蕲南大学校规，破坏校园绿化，视情况严重罚做义工五到二十个小时。你们忘了？"目送走远去的自行车队，柴焰拍拍手回头，"解决了。"

"大学什么时候有这么变态的校规我怎么没听说？"

"根本就没有，你当然不会听说了。"说话的人脸色如常，丝毫不像才说过谎，她哪知道陈未南此刻的心情是多么堵得慌。明明是个女人，遇到事情时却要帮他解决问题。

"柴焰，我会不会太没用了？"

"不会啊，你能帮我生猴子。"

陈未南一脸错愕，他这算是被调戏了吗？

Chapter16-4

一次意外让两人的感情意外地变得顺畅，迟秋成被人为地淡忘，本来还有业务往来的沈晓不知为何暂时没了消息。

　　三天后，柴焰坐在咖啡厅等人。

　　装潢考究的欧式咖啡厅，方桌挨着成排的水晶抽屉，抽屉里放着颗粒饱满的咖啡豆，每个抽屉配放着银匙，方便顾客挑选自己满意的咖啡豆现场研磨咖啡。

　　柴焰手交叠着放在桌案上，不时伸出手调整下桌角小灯的朝向。制造情调用的花枝小灯经过柴焰的摆弄，以公安局聆讯室探头灯的姿态照亮对面的位置，暗红的软沙发上空无一人，陈砌还没到。

　　柴焰抬手看下腕表，他迟到五分钟了。

　　收回手，她盘算着等他来了，她该怎么说，怎么问。

　　直接问陈砌：你让我接你的官司，并不想赢，你是想借我之手解开赵一朵没死，赵一朵就是赵蔷这个真相……

　　这样问好吗？

　　拜高级警督哥哥所赐，柴焰的嗅觉向来比常人灵敏些。那天见赵蔷，她注意到赵蔷右侧锁骨附近有颗黑痣，而相同的痣，赵一朵也有。赵一朵会弹钢琴，赵蔷出演的剧里也有大量弹琴的场面。赵一朵拍照，头会微微侧着，相同的习惯，赵蔷也有。

　　当然，这些问题并不能说明什么，让柴焰觉得不对劲的是，那几个和程慕华有关系的女人的资料里，赵一朵和赵蔷的最详细，而这资料大半来自陈砌。

　　这个家伙，动机未免太过明显了吧？

　　她又看了眼时间，五分钟再次过去。

　　低头不耐烦地搅着银匙，棕色液体随着银匙的运动在白色骨瓷里画着漩涡。就在这时，桌上的手机突然"咚"地响了一声，是一条短信。

　　干净的手机界面上，来自陈砌的短信没头没尾，只写了一句话：东方大厦1758房，救我。

　　柴焰的脸随之一凛，东方大厦是程慕华的房产。

　　此刻的东方大厦，陈砌听到"嘟"的一声，知道短信发出去了，这才长舒一口气，低头看看已经被血沁红的衬衫，抬头朝赵蔷投以一笑。

　　"我命大，死不了。"陈砌咧嘴朝赵蔷笑，抓着衣襟的手不自觉收紧了些，程慕华的那一刀捅得有些狠。

　　赵蔷赤着脚，席地坐在殷红的羊毛地毯上，雪白的脚丫悄无声息地在地毯上蹭了几下，无奈身体被几根粗麻绳绑着，人想动弹却难，她凝望着房间另一侧的陈砌，张张嘴，想说什么，却不知该说些什么。身后的落地窗外，十七层的夜景深邃空洞，没有月亮的夜晚阴晦忧郁，只在伸手也触不到的地方有着黄白灯光密织如雾。

陈砌的血越流越多，脸上依旧带着笑，视线却越发模糊了，不再清晰的视线中，赵蔷看他的眼神也不再像看一个陌生人了。

"陈砌，你又是何必呢？"

"我何必？"陈砌轻呵了一声，"不说不认识我了？赵一朵？"

含笑的表情让女人一脸无措，她把脸撇去一旁，牙紧咬着干裂的唇，微微合起眼，脑中浮现起读书时的情形，那时的她常扎着高高的马尾，穿条海军蓝的束腰长裙。

城市的夏季多风，她喜欢坐在学校的天台，感觉风擦过小腿，扬起裙角。

脑后突然传来"啪"的一声轻响，她回头，发现长发四散，不翼而飞的银头绳被一个人捏在手里。

"马尾太呆板，现在这样顺眼不少。"男生说着，竟扭身走了。

这突然发生的事情让她一时忘了反应，只能傻傻看着日光直射在他宽阔的背上，格子衬衫如风帆在身后飞扬。他步伐极大，转眼就消失在了天台。后知后觉的赵一朵反应过来，恼火地晃着一头长发追了上去。

男生并未走远，赵一朵才打开通往楼下的门，便看见走道拐角处正举着手倒数的他。阴暗的拐角横七竖八堆满废弃的桌椅，他的笑容却如同阳光般灿烂："我说什么来着，是赵一朵追我吧？"

嘘声从他身后肆无忌惮地传来，间杂着青春悸动的口哨声。这不过是场赌局，赌谁能把蕲南大学的校花赵一朵追到手，打赌时，他下注，说校花赵一朵会倒过来追他。

他的确办到了。

男生对着女生大喊："我叫陈砌。"

在接下来的日子里，陈砌对她展开了大胆猛烈的追求，在一个暮色沉沉的傍晚，他把她堵在了后巷："我真的喜欢上你了，赵一朵。"

陈砌拿着一条镀金的链子戴在她脖子上，信誓旦旦地说："将来有天，我给你买条真金的。"

将来是多么美好啊，可惜她等不了，她也忘不了陈砌第一次看见程慕华送她返校时脸上的错愕神情。

"你这个爱慕虚荣的女人。"

"我就是爱慕虚荣，你总说将来将来，将来的事情什么时候能来。"她攀紧拳头，没告诉陈砌她妈妈生病需要钱，而她刚刚还拒绝了程慕华的帮助。

赌气的话换来更负气的回答。

手里的饭盒被陈砌狠狠摔在地上："他能给你将来，那你跟他好了。"

她始终忘不了金黄的煎蛋由热变凉是个什么样儿。

最终，她提出了分手。

"赵一朵，如果哪天，那个男人玩腻了你，不要回来和我哭。"他很平静地说了这句话，却彻底斩断了他们之间的所有。

"陈砌，你说过，你不想再见我，干吗非逼着我承认我就是赵一朵？"赵蔷的笑容带着落寞，在夜色中飘忽朦胧，"赵一朵死了不好吗？不是你盼望的吗？"

"我还说不要怀那人的孽种，我告诉过你他不是认真的，我让你不要犯傻，可你又听了我哪句了？"陈砌长出口气，扯了扯嘴角，"再说，比起你死了让我心有不甘，看你活着受罪我会更开心。"

赵蔷凝望着他，多少年了，他还是那个嘴硬的少年，明明满眼沉痛，明明担心她，嘴里却还说这样的话。

"陈砌，为我这样的女人，不值得。"她笑着揭穿。

尴尬的男人别过脸："不知道你在说什么。"

"陈砌……"赵蔷还想说什么，却被一个几乎被他们遗忘的声音打断了。

程慕华在内室里打了无数个电话，求遍了他所有可以求到的人，可得到的答复几乎一致是"无能为力""帮不到慕华兄"。他颓败地坐回沙发里，突然听见室外的人声。

像只受伤慌神的狮子，程慕华终于想起了害他到现在地步的人。

他怒气冲冲地冲出房间，绕开玻璃茶几，一把拽住赵蔷的头发，甩手便是一记耳光："贱人，我怎么早没发现你是当年那个贱女人呢？"

"怪只怪你没长眼。"肿着脸的赵蔷笑得勉强，嘴角的血丝却让这笑多了丝凄美。

程慕华彻底地被激怒了，他正准备做什么来泄愤，急促的敲门声便及时地打断了他的想法。他惊慌地看向大门，眼中忽闪过一丝决绝的狠意。

柴焰被勒令站在离 1758 号房有段距离的 1764 房旁的走廊转角，这个位置还是她再三要求争取来的。远处，荷枪实弹的武警相互比画着手势，随着"砰"

的一声响，武警破门进入了 1758 房。

不知是因为紧张还是距离关系，她明明听见有人在说话，却听不清在说什么。没多久，又是一声类似于爆破的声音响起，柴焰听到了一声惊呼，来自赵蔷的。

10 月末，蕲南出了件不算小的事。

著名企业家程慕华因情人举报犯有重大经济问题被相关部门立案调查，拘捕当天，程慕华拒捕饮弹自尽，自杀前，他开枪击杀了举报他的情人——艺人赵蔷。

当这条报道被第三次循环播放时，柴焰坐在市南区某家保安措施良好的私家医院一间朝阳的病房里，捧着茶杯，喝茶，看电视。

新闻只有短短 40 秒，播放完毕，电视随即被病床上的人调至了静音状态。

柴焰放下茶杯，回头："想好了？赵蔷就此消失？"

"想好了。"病床上，赵蔷脸色依旧苍白，她指指窗尾，"赵一朵太单纯，赵蔷又有着太多的恨，从今天起，我要做我自己。"

"做你自己？无非就是再换个名字。"

赵蔷耸耸肩，不置可否。

"还有，你想好了，不告诉陈砌？"

"想好了。"赵蔷闭上眼，或许真是上天有心成全吧，那天，程慕华本来是朝自己开枪的，中途却被突然奔来的陈砌撞偏了枪道。耗尽最后一丝力气的陈砌就势晕了过去，而赵蔷也拜托了警方，说她和之后自戕的程慕华一同死了。

"可是陈砌不会信的。"柴焰说出心里的想法。她按照赵蔷的意愿告诉陈砌她死了，听到消息的陈砌却只是轻轻一笑。他是不信的，她知道。

"信也好，不信也罢，我都不会再见他了。"

固执是种可怕的东西，可以让人成功，也可以让相爱的人再不见面。

柴焰耸下肩，不再多说。

大寒这天，柴焰同陈未南开车去了机场，为即将出国的赵蔷送行。

灯火通明的机场，人潮不息。

休养过一阵的赵蔷脸色好了不少，她提着金属拉杆箱在受理台办登机。大厅里，巨大的 LED 屏上正播着一场书籍签售活动。签售会没开始，空置的作家椅前立着萧城的名牌。

赵蔷办好手续，回来时发现柴焰和陈未南都齐齐看着头顶的屏幕，自己也回头看去。

"《拆散专家》?"赵蔷笑着指指屏幕里横幅上的字。

"是我一个客户手下新签约的明星写手,据说擅长解析男女情感问题。"柴焰说。

她不知道栾露露什么时候签约了这位名叫萧城的写手,她只知道萧城的书一经上市,销量便出奇地好,大有赶超之前那个彭城的趋势。

"赵蔷,如果能嫁个畅销作家,其实也不错。"

赵蔷摇摇头,晃晃手里的证件:"没有什么赵蔷,我是赵一朵。"

她听从了柴焰的话,最终还是换回了自己的名字。

"还有,我需要一段时间自我沉淀,婚姻,暂时不会考虑。"她说。

机场小姐空灵的声音提示旅客登机,赵一朵朝柴焰他们招招手,进了闸机口。

LED屏幕上,久未露面的作家终于登场,是陈砌。谁能想到活得那么粗糙的陈砌有天能成为作家呢?或许是因为这段不平坦的感情经历吧。

柴焰轻声叹气,她知道萧城就是陈砌,赵一朵恐怕也知道。

"陈未南。"

"干吗?"

"你会不会觉得我们的感情少了些轰轰烈烈?"比起赵一朵和陈砌,柴焰觉得她和陈未南之间的感情现在是毫无波澜的。

"还少?"他瞪着眼睛,不认为迟秋成这个灯泡欠亮,"真嫌少,明天我找几个年轻漂亮的小三回来给你斗。哎哟,干吗踩我?"

陈未南呼痛,目光却停在了不远处的地方。机场提供旅客休息的环形椅中间是棵巨大的铁树,树后,陈砌手插着口袋,不知在那儿站了多久。

过往人潮如织,行李箱在身边行进,滑轮声些许聒脚,柴焰望着铁树旁伫立的陈砌,看着一丝决绝的眼神瞬间滑过他细长的眼。

柴焰长舒口气,终于看着陈砌大步跑向赵一朵离开的闸机口。

飞往美国的航班每天都有,可爱的人一旦错过,再想找回就难了。

她微笑地看着陈砌手里的护照和机票,忍不住挥一下手:好样的!

"哎哟"的惊叫声让她蓦地睁开了眼,厚重的亚麻窗帘遮住光线,一片昏暗的房间里再没了往来的行李箱,天花板也不是透亮得看得到蓝天的钢化玻璃,悬在头顶的球形晶灯和蓝碎花墙纸提醒她,这里是她住的公寓楼。

　　她眨眨眼，撑着胳膊坐起身，看着裸身坐在一旁的陈未南正手捂着脸，嘴里"哎哟"着。

　　"你怎么了？"

　　"柴焰，你做梦揍人也就算了，干吗还夸自己是好样的？欺负我不敢和你动手是吗？"

　　"我做梦了，梦里给陈砌加油呢。"回忆起美好的梦境不禁让人叹息，梦终归是梦，无论做得再美好，也成不了真，好比陈砌最终也没像她梦到的那样去追赵一朵一样。

　　她轻声地叹息，没发觉陈未南早放下手，正略带思考地看着她了："懂了。"

　　"懂什么了？等等，陈未南，大清早的别闹。"抗议声在结实的亲吻和挤压前显出几分虚张声势，最终，她柔软在男人的怀抱。

你天真时，有人追逐你的天真，你沉稳时，有人欣赏你的沉稳，当你一无所有时，追逐你的、欣赏你的都相继离去，不要忘记还有我喜欢一无所有的你。

Chapter17-1

没有柴妈，没有小奇迹，没有少年，只有二人共度的周末让陈未南无比惬意，如果不是一通意外的电话打破了这惬意，那会是个不错的周末。

公安局来电，纵火的嫌疑人竟然全部被排除了，包括沈晓在内。

"那迟秋成呢？"

"迟秋成？"疑惑的男声夹杂着纸张翻动的声音，最终随着翻找动作的停止而终止，"不提这个还好，你们提供的嫌疑人那么多，怎么还拿个死人来捣乱？"

愠怒的男声却让陈未南不解："警察同志，他没死，他整容了，现在叫迟杨。"

"没死？"

"是的，他没死，至少来找我未婚妻的那个人是个活人。"

三两句讲不清的事情，陈未南花了近半小时才让警察听懂他在说什么，短暂的静默过后，去而复返的警察带回了领导的指示："明天上午你来局里一趟，和我们说说情况。"

"没见过这么不配合的受害者。"电话在警察不满的嘟囔声中挂断。

陈未南抓着电话，正准备放下的手不自觉收紧了些，他抬头看着楼梯，柴焰正手扶栏杆，望着他。

无声的对望让陈未南心凉了半截儿，柴焰平静地同他对望，用沉默宣告着她的生气和无奈，只因为他说出了迟杨的存在。

　　"柴焰会因为这个生气？"手捏起一撮烟丝，再一点点放进精巧考究的胡桃木烟斗里，用手按平烟丝，点燃。一丝不苟地做完这些，何子铭举着烟斗凑去嘴边，深深吸了一口，"我有点儿不信。"

　　随着话音，浅灰的烟圈一点点扩散去了远处，陈未南别开脸，手在脸旁来回驱赶着："如果没生气，我何必来找你。"

　　陈未南叹声气，满是无奈地打趣："每次吵架都是冷战。说实话，我都有点儿羡慕那些大打出手的情侣了。"

　　"他们也在羡慕你和柴焰。"许久不曾吸烟，何子铭捶着胸口，重重咳了两声，"她也不是在气你。这整件事柴焰不怕吗？那是真正的人为纵火，针对的又是她，从情理上讲，她该是比任何人都害怕的。她为什么不选择说出迟杨，你想过吗？"

　　"害怕真的是他。她又总抱着侥幸心理希望不是他。他们之前是好朋友，迟秋成救过她。"

　　"如果你是柴焰，柴焰是你。你的生命安全遭到了威胁，她把事情的真相告诉给警察，你会生气吗？"

　　"不是生气吧？"陈未南终于了然了，柴焰只是一时过不了她心里的那道坎。他挥了挥拳头，从沙发上起身，"我知道了。"

　　"这个时候，多陪陪她，她需要你。"安慰地拍了拍同伴的背，何子铭起身，从架子上取来一个药瓶，"恐怕她最近睡眠质量又开始不好了，她也有段时间没来我这里了，药你带回去，监督她吃药，有什么情况和我沟通。"

　　"谢了。"陈未南晃晃手中的瓶子，"不过，这药还需要吃多久？不会吃一辈子吧？"

　　"当然不。"何子铭掩口咳嗽两声，好笑地摇着头。

　　那就好。收起药瓶，陈未南迈步向外走，没走几步，他想到什么，复又回过头："何子铭，你什么时候开始吸烟了？"

　　"心烦时偶尔吸吸。"何子铭摆着手，他在心烦什么自然没有向陈未南倾诉的打算。

　　没劲的陈未南扭开头，再懒得理会这位心理医生。

　　诊所门外，日光熔金，一同融化了路上的陈未南。他坐在车里，拨打着柴焰的电话。

　　第三遍，仍然是无人接听的状态。

　　还在别扭呢，他想。

车辆启动，绝尘而去的男人心里盘算着该怎么化解两人之间的尴尬。

半小时后，剔透的玻璃花房里，身材高大的男人隐没在一片紫蓝色的花束后，弓着腰认真听着店员的介绍。纷繁的种类和闻所未闻的话语让人头疼，没一会儿，他便已经第三次按压眼眶解压了。

"小姐，我不是要表白，我是要道歉，向我老婆道歉。"

"哦。"惋惜地从一束昂贵的波兰进口花束上收回，年轻的店员转身在角落的地方一阵翻腾，再转身时，她手中多了一束黄玫瑰，"这个是。"

盯着那束有些缺水的花，陈未南挠挠头："黄的啊，不大好吧，不是给死人才献黄花吗？"

店里不止他一位顾客，在店员彻底翻脸前，陈未南付了钱，抓着花，逃也似的出了花房。

室外，日光耀目，照在远处的人工湖上，鸭形游船在湖心游荡，掀起蓝色波点，虽处在最让人身心放松的观光街，此刻的陈未南却心情欠佳，因为就在街对面，他的车旁，一个人正手扶后视镜，笑着看他。

被沈晓看算不上什么好事，拿着花，他皱眉朝车走去。

"你怎么在这儿？"

"路过，看到你在买花。"眼睛沿着男人修长的手看向黄色花蕾，沈晓了然地笑了，"是向柴焰道歉吗？吵架了？"

"要你管！"陈未南没好气地答，甚至不顾男人应有的绅士，拉开了沈晓，以便打开车门。

就算是背影，也是充满厌恶的。沈晓看着动作匆忙的陈未南，为那份毫不掩饰的厌恶而受伤："你们是不是都觉得我对柴焰纯粹是出于嫉妒？"

"难道不是吗？"陈未南冷冷哼着，跨步上车。

"你们以为是我卑鄙，是我龌龊，是我背信弃义、忘恩负义，柴焰是我的恩人，我却对恩人这样。你们知道什么？是她先害了我的。"飞卷的车轮在眼前掀起成片尘土，她掩口剧烈咳嗽着，心想自己是有多傻，倾诉也不看看对象，陈未南怎么可能听她的呢？

她感叹着转身，想着接下来要去哪儿。人站在原地，还没迈步，耳边突然多了碾压声音，她扭头，看见徐徐下滑的车窗里，陈未南揉着头按捺情绪："你说的我未必相信，不过不妨听听。"

"好。"沈晓点着头，登上了面前的车子。

简短的故事在车行出两公里时讲完，车外是火树银花不夜天，夜生活才开始的时间，车内气氛却异常低沉肃静。

"我不信。"陈未南轻嗤，丝毫不掩饰对同伴的厌恶之情，"你说柴焰骗你去老师办公室，让老师误会你擅自修改了试卷，因此被学校取消了学位证，这个我不信。"

"知道你不会信，说出来不过是为了让我心里舒服些，毕竟这件事说了也很难让人相信。"

强忍着骂人的冲动，陈未南在身上一阵摸索，一无所获后只得垂着手说："不是没人相信，是没有让人可信的地方，柴焰成绩比你好，她自己也不想出国，为什么要害你？嫉妒？别开玩笑了。"

沈晓微笑着不说话。

陈未南却受不了这污蔑，他拿出电话，心想打个电话给柴焰，事情就一清二楚了，管她沈晓说什么，柴焰说没做过那肯定是没做过。

恶狠狠地瞪着沈晓，陈未南听着听筒里"嘟嘟嘟"的电话长音。

"喂……"

"阿姨，柴焰在吗？"

"她在。"

"阿姨，你叫她……"未说完的话被柴妈中途打断了。长吁一声，柴妈带着哭腔开口，"未南，你快回来吧，小奇迹的爸妈找来了。"

"我爸我妈来了？"

"不是，是小奇迹的爸妈，亲生的爸妈。"

Chapter17-2

平静的夜晚因为从天而降的两人而掀起波澜。

陈未南默默打量着举止拘谨的两人。

他们坐在对面，男的身穿一件军绿色的棉袄，手不住摸着泛青的下巴，女人则始终低着头，布满血丝的圆脸藏在厚重的长刘海儿后，声音低沉："娃肯定是我们的，我认得她手上的痣。"

不熟悉的方言增大了反感，陈未南不耐烦地动了动腿："有痣的人多了去了，我们家人也有手上有痣的，也是你家的孩子？"

"有那个D啥技术，能查出孩子是不是我们的。"插话的是沉默寡言的男人，他抬起头，几乎填满眼白的血丝显得哀伤而狰狞，"当年家里穷，实在养不起娃，鹅们（我们）知道错了，想补偿娃娃。"

满是老茧的手不住地搓着，男人的态度诚恳得几乎打动了房间里所有的人，却不包括陈未南。

"她过得很好，不需要谁补偿。"倔强地起身，手摆出送客的手势，陈未南昂着头，却看到一双正朝他招着的手。

"干吗？"

"阿姨的电话。"

"……"接过烫手的电话，话筒里循循善诱的声音让陈未南头疼。烦乱地应了两声，他挂了电话。

"阿姨说什么了？"柴焰问。

"谁让你给我妈打电话的！"关切的话换来生硬的诘责，话才出口，陈未南马上后悔了，他挠着头，看着表情僵化的柴焰，一时语塞。

"她不只是你妹妹，也是叔叔阿姨养了快十年的女儿，陈未南……"

轻声的回应钻进耳中，清早的别扭仿佛并不存在，此刻的他更像是无理取闹的那个。

陈未南胡乱地揉了揉头发，颓败地垂下头，像个战败的战士："让他们先回去，就算认亲也不至于赶在深更半夜吧。"

夜风穿过绿化带，呜咽袭来。晃动的树影下，红芒越来越暗，最终化成一段脆弱灰烬，沿着指端直坠而下。

四周彻底暗下来。

丢掉手里的烟蒂，男人环臂收紧身上的衣服。天早早便转了凉，他身上穿得却不多，寒风瑟瑟，他觉得冷，却执拗地不愿回去。

"得得（哥哥），毁家（回家）吧。"

小手轻轻扯着男人的衣角，他就势拉住，手一下下摩挲着稚嫩的皮肤。他低下头，像在膜拜，也似无力："小奇迹，如果他们真的是你的爸爸妈妈，你会跟他们走吗？"

"你是我得得（哥哥），窝（我）的妈妈爸爸在家里，他们不死（是）。"

几乎没有任何犹豫的回答让陈未南暖心，他抱起小奇迹，放在膝头，对身后凝望许久的女人道歉："刚刚是我激动了。"

"彼此彼此而已。"

"阿嚏！"蕲南的夜气温开始走低，小奇迹打了个喷嚏。

"回去吧。"柴焰揽过小奇迹，招呼陈未南。

"你和小奇迹先回去。"

甚至来不及问他去做什么，陈未南的身影很快消失在蒙蒙雾气里，看不见了。

几分钟后，楼宇的安全门前，柴焰拉着小奇迹，等来了表情怪异的陈未南。

"奇怪。"

"怎么了？"

"给你买的花，放在车里，不见了。"陈未南寻思着沈晓拿走花的可能性，可这念头才冒出来便被他否定了。沈晓下车时，花明明还在的啊。

"是黄玫瑰吗？"

"你怎么知道？"

柴焰指着不远处的垃圾桶，一束包装崭新的黄玫瑰躺在肮脏的垃圾中，鲜亮的花瓣颜色显得与周遭格格不入。

其中两朵夹了一张纸，在夜风里忽闪摇曳。

陈未南走过去，取了纸，借着微弱的灯光辨识着上面的字迹：

永不原谅——C

清冷的夜风徐徐吹过耳根，陈未南头皮一阵发麻，他握紧纸，将视线投去远方，目光复杂而狠厉。

他是回来报复的。

陈未南回身走向女人。

无论是谁，出于怎样的理由和目的，都不能伤害他爱的人。

月光皎洁，照亮他越发坚定的步伐。

Chapter17-3

出人意料的是，自称是小奇迹父母的人第二天清早再次登门拜访。

"鹅们（我们）是来接孩子去做 DDA 检测的，医院鹅们（我们）都找好嘞，四不四（是不是）鹅们（我们）娃，一 D 了就知道。"

"大叔，人家那是 DNA。"没读过什么书的少年擦了擦嘴角的牙膏沫，嫌弃地打量起这对农民夫妻。说不上来为什么，他不喜欢他们。

自从昨天起，只要他们出现，小奇迹就会躲起来，此刻也不例外。她趴在被窝里，用被子把自己裹严，　声　气地冲外面喊："得得（哥哥），我不去！"

"小奇迹。"陈未南不知什么时候进了房间，挨着床沿坐下，一下一下摸着被角。此刻，他的心里也在无比矛盾着。

就在昨天深夜，平静下来的他又和家里通了一次电话，老妈的话让他感触，也深深地在反思。

"小奇迹，你是怕他们真的是你爸妈，哥哥就不要你了吗？"

没人回答，鼓起的被子却停止了抖动，安静的样子似乎在给陈未南一个肯定的答复。他无奈地叹气，同时拿陈妈说服他的话来说服小奇迹："不论是我，还是大哥、爸爸、妈妈，我们都不会不要小奇迹，如果他们真是你的亲生父母，那最多是又多了两个疼爱小奇迹的人，哥哥不会不要你的。"

"可窝（我）就是不想嘛！"被子猛然掀开，小奇迹哭着扑向陈未南。

孩子的思维和情绪总是表达得那么直接，让人难过。

勉强说服了小奇迹，陈未南开车送他们去医院。

发动机预热的声音巨大，恰好遮掩了车内的尴尬，后视镜里，隐忍不发的陈未南盯着两夫妻的大脑门儿，正拉手刹，电话便响了。

上午的公安局早早陷入忙碌，警察的声音在嘈杂的背景音里显得声嘶力竭："不是约好九点的吗？九点半了，人呢？"

拍下脑门儿，陈未南方才想起他要去公安局录口供的。

这可怎么办？

"我现在有事在忙，晚些时候去可以吗？"

好声好气的请求换来一声气恼的诘责，才被又一波案件压得透不过气的警察找到了情绪转嫁的地方："当初不提供实情的是你们，现在还要我们配合你的时间，欺骗耍弄警察很好玩吗？"

"不是。"陈未南也不知道该怎么答了。昨晚的纸装在他衣服口袋里，来自 C 的恨意潜伏在四周，随时会对柴焰不利，而小奇迹的事他又不能不管。该怎么办？

"我去公安局做笔录，你去医院陪小奇迹。"安慰地拍着他的肩，柴焰说出自己的提议。

　　"那怎么行!"手指烦躁地敲了两下方向盘,他转头看向车后,"改天去验吧。"

　　"不行,鹅们(我们)钱都交了,约的四(是)他们最好的化验四(化验师)。"

　　化验师都差不多,不分好坏,钱交了也可以改天做。陈未南准备耐着性子和他们解释,却被两声玻璃敲击打断了。

　　下滑的玻璃露出柴妈的脸,她弯腰看着车里:"怎么了?"

　　再三嘱托了少年照顾好家里的一老一小,两辆车在小区门口分道扬镳。坐在车里的陈未南不时回头看着,发现那辆车早离开了视线。

　　"不用担心,我妈会看好他们的。"

　　"嗯。"也是意识到自己的婆婆妈妈,陈未南自嘲地笑了。形状类似的高楼成排从眼前滑过,陈未南想起一件事,"昨天我遇到沈晓了。"

　　"说什么了?"

　　"她说你骗她去了办公室,老师因此误会她打算修改试卷,因为这她才没能拿到学位证。我是不信你会做这样的事,可当年的事究竟是怎么回事,里面肯定有误会。"

　　"怎么?"玩味地打量了陈未南一眼,柴焰的嘴角泛起笑意,"你是想让我和她冰释前嫌?"

　　"别。"举手打断她的话,陈未南呵呵笑了一下,"我可没那么高尚,我就是不想她总是那么费尽心机地针对你。我不心疼她累,我心疼你。"

　　柴焰心满意足地抓起手机,看着才收到的短信,人一愣:"陈未南,事情不对啊。"

　　怎么不对?正自鸣得意的陈未南探头看向手机屏,干净的界面上,一条来自少年的短信让他的心倏地下沉:

　　　　姐,那对农民好像要给小奇迹做骨髓配对测试。

　　几公里外的车上,借着棉衣的遮掩,少年收起手机,此刻,他的口袋里装着才从"同伴"身上顺来的化验单。

　　车子稳稳停在医院门外,车内人的视线穿过拥挤的人群,最终停在回廊下手拿棉签、正咬得起劲的白衣少年身上。

少年抬起头，在看清车牌的瞬间，他眼睛一亮，吐掉咬烂的棉签，三两步跳下台阶，很快便蹦到了车前。"咚咚咚"地敲开车窗，他迫不及待地探进头去："怎么这么慢，你们再晚来一会儿，那边可就要检查了。"

"急什么？"车中的人竟没了电话里的急迫气愤，手敲着窗沿，气定神闲地发号施令，"告诉阿姨，要抽血咱们抽，其他的，一会儿说。"

少年显然不理解男人的想法，嘟囔了几句，随即不甘不愿地转身上了台阶。带着情绪的步伐显得有些慢吞吞，隔着窗，男人朝少年的背影说了句话，少年脚底便像着了火一样，很快，人便融进拥堵的人流里，白色身影再难寻觅了。

柴焰有着和少年同样的不解，她拔掉钥匙，车内随之一片安静，疑问随着渐息的发动机脱口而出："知道他们居心叵测，为什么还让小奇迹做化验？"

"我就想看看他们到底要做什么。"勉强和公安局那边"告假"成功的陈未南揉着额头，看着窗外始终未少过的人流，"被人躲在暗地里算计的事，一件已经够我受的了。"

意有所指的话让柴焰好笑，她安慰地拍了拍同伴，却得到了一声轻哼。

陈未南抓住她的手："别这么拍我。"

"怎么拍？"

"拍头。"他又哼了一声，"像在拍狗。"

你不就是一只忠实的大狗吗？将眼别去窗外，柴焰微笑着，脑中浮现出一只大金毛守着家人的情形。

"陈未南，我想养一只狗。"她说。

关于狗的话题进行到一半，电话铃大作。

少年在电话那端声嘶力竭地大喊："哥，你快来！"夹在其间的是那对农村夫妻蹩脚的方言，对方正大骂着什么。有东西砸到少年身上，吃疼的少年似乎开始还击，因为他再没理会电话这头的陈未南。

"走。"说完这个字，陈未南迅速地下车。

找到他们并不难。

何况二楼的检验科此刻也是异常人多。

拨开围观人群，陈未南挤进了内圈，人还没站稳，便被迎头"飞"来的人撞得连连倒退。

"哥，你来了。"

"飞人"是少年,他捂着脸,脸颊正狰狞地流着血,看样子下手的人出手不轻。

"小奇迹呢?"

"我让阿姨把她带走了。"少年小声答着,继而指着远处的夫妇二人,"哥,他们想拿小奇迹的骨髓去救他们的儿子!"

"娃是鹅们(我们)的,该怎么做鹅们(我们)自己说了算!"一改之前的沉默寡言,对面的汉子捶胸顿足,大吵大叫,"鹅(我)儿快死了,大夫说鹅(我)和他娘的骨啥(骨髓)不对,救不了鹅(我)儿,如果不是这样,你当鹅(我)想回来找这个病恹恹的赔钱货呢?"

理直气壮的腔调让清楚内情的人怒火中烧,陈未南上前,挥起拳头,一拳命中汉子的下颌。

血混着唾液从口腔飞溅而出,汉子踉跄地倒退几步,被他老婆扶住。下巴似乎是脱了臼,几度张嘴,汉子一句话也讲不出。

见汉子挨了打,扶着他的老婆当即红了眼。长得粗犷敦实的女人猛地朝陈未南撞来。

她力气很大,无奈陈未南的更大,头都没碰到陈未南,便被后者闪身躲过。

动粗比不过,女人索性一屁股坐在了地上,号啕大哭起来。她声音刺耳,混着谩骂,惹得不明所以的围观者纷纷侧目。

"姐,现在该怎么办?"哭声惹得少年频频皱眉,他自认已经很无赖了,可怎么有人比他还无赖。

"没事,我报警了。"

拥堵的走廊尽处,人们正慢慢分出一条通道,银色的警徽在气氛紧张的走廊里让人精神不由得随之一松。

"谁报的警?"

威仪的声音止住了女人的哭声,她眨眨眼,随即做了一个让在场人都为之一惊的举动——她扑上去,一把扯住警员,指着远处:"警察筒子(同志),我们的孩子被偷了,就是被这个人贩子偷的!"

"我?人贩子?"陈未南很是无语。

Chapter17-4

距离医院最近的派出所里,一进一出两间房中间隔着扇薄薄的门板。里间不时有激烈的谈话声传出来，震动门板，随着震动，外间的小奇迹跟着缩肩。

"怕什么，咱姐可是大律师。"少年昂着头，趾高气扬，"咱姐"这两个字似乎是让他异常骄傲的事。

他的态度逗乐了办公桌后的书记员，合上笔帽，书记员握着笔："我认得你，火车站的混混嘛。什么时候多了个姐了？"

"79594，如果你再说他是混混，我不仅要将你的不当言行通报你的上级，我女儿是律师，她也会向你追究法律责任的。"气定神闲的声音来自沙发一端，柴妈翻了页手中的报纸，指挥着少年，"出去买瓶水回来，渴死了。"

"阿姨，我去给您倒。"警察识时务地起身，甚至从架子上取了茶叶盒。

开水缓缓注入杯子，柴妈看似无意地说着："过去怎样不重要，以后要好好做人，知道吗？"

小奇迹仰起头："小得得（哥哥），你哭了？"

"谁哭了！别瞎说，小心我揍你。"

"你就四（是）哭了。妈妈说撒谎的孩子被狼吃。"

别扭地扭头，想避开较真的小奇迹，少年却不期撞上了柴妈的眼，那眼神充满洞悉与了然，让他无法遁形，倔强的肩膀瞬间垮塌，他沮丧而懊恼地承认："哭了哭了，怎么了！"

柴妈满意地点着头，这才是他这个年纪该有的情绪，放下手里的报纸，她接过警察递来的茶杯。

里间的声音不知何时停了下来，门"吱呀"一声开了，柴焰从门里走出来："妈、小奇迹，我们走吧。"

"没事了？"看眼里间仍然蹲在地上的汉子，柴妈眨眨眼。

"罚了点儿钱，因为陈未南打人。"答话的女人停下脚步，侧头对身后的人说，"至于其他贩卖人口什么的罪名，可以去人民法院告，我们不怕告，就怕你们的儿子等不起。"

不要怪她恶毒，对这样的人，她善良不起来。

时值正午，路上车流徐进。混迹在蔚为壮观的午间高峰里，小奇迹在车后因为兴奋正手舞足蹈着。

"得得（哥哥），我想吃涮羊肉。"

"行啊。"陈未南一口答应，"在家里吃还是去外面？"

"家。"

"好。"他点点头，打电话给后车的柴焰，意料之外的是，竟然占线。他疑惑地放下手机。

过了一会儿，柴焰的电话打了过来。

"沈晓约我见面。"

"啊？"陈未南人微微一愣，"那你去吗？"

"打算去看看。"手中的电话举远，柴焰看着车里的柴妈，"妈，你去坐陈未南的车。"

再三保证后，在一个僻静的街口，两辆车一东一西分开了。

真决定见面，柴焰反而坦然了许多。

窗外风景变幻，最终车停在一家港式茶餐厅门外。古老的牌匾下方，沈晓的身影依稀在窗里，正朝她招着手。

或许就是今天，她就能弄清沈晓对她的敌意究竟是因为什么。

举步进入正门，门上的风铃在身后发出叮咚声响。

"你找我？"

"嗯，昨天见了陈未南，说了一些本来不想说的话。"手轻搅面前的奶茶，沈晓低着头，"柴焰，我承认我嫉妒你，也羡慕过你，可我最初并不恨你。"银匙在手中静止，浅棕色的液体围着银匙缓缓兜着圈，"你敢说当年不是你告诉我老师叫我去办公室的吗？"

"徐老师的确叫过你，你可以向老师求证，或者……"柴焰拿出手机，"我们现在就可以向老师求证。"

柴焰检索着老师的号码，咬着唇。她觉得可笑，也佩服沈晓能够隐忍不发的性子，换成是她，当时便发作了。

调出号码的手却意外被人按住，沈晓盯着号码，人微微怔着："你说的是徐冠杰找我，不是许粥？"

"不然呢？"

沈晓的手松开再握紧，如是反复几次，能怪谁呢？怪她的方言，许徐不分，怪她心急地以为是管理成绩的许老师找她？于是才有了后面去找许老师，发现办公室没人，起了修改试卷的意图，偏偏又恰巧被回来的许老师撞见……这一系列的事情，原来都是自己一个人的独角戏。

"柴焰……"抓着同伴的手，沈晓轻念着。

　　远在千米之外的陈未南也念着相同的名字："柴焰，夹在黄玫瑰里的那张纸不见了……"

　　一句"对不起"自然不能让撕破脸皮的状况复原如初。

　　柴焰抽回手，抬起头，对上同样尴尬的沈晓的脸。

　　"有些不习惯了。"她揉着手解释。

　　"我也是。"

　　柴焰"嗯"了一声，一时也不知道该怎么继续下去。

　　临近正午的茶餐厅杯盘叮咚作响，此起彼伏的交谈声让不大的空间显得热闹嘈杂，这一切让角落里安静的 5 号台显得格格不入。

　　目光从桌角艳红的 5 上收回，柴焰动了动手指，决定结束这场算不上不快却让人尴尬的谈话。

　　告辞的话还没出口，便被意外的提问堵了回来。

　　"柴焰，我们还能做朋友吗？"

　　这……

　　"你可以回安捷，职位不变，薪水我也可以给你提，至于其他你还有什么要求，都可以和我说。"沈晓手握成拳，异常诚恳地看着柴焰，似乎笃定了会得到肯定的回答，她眼里充满了希冀。

　　然而柴焰的答复却没能如她所愿。

　　"不了。"柴焰慢条斯理地端起杯子喝了一口，起身，随手丢了杯子。还有半杯水的水晶杯落在地上，发出的炸裂声引来店内人的侧目。他们纷纷打量着这个身材修长表情疏淡的年轻女郎，心里盘算着她与同伴的关系，情敌？甚至是正室和小三？某种期盼的情愫在人们眼中涌动，甚至有人悄悄拿出手机，希冀着即将发生的恶斗。

　　女郎的反应倒是出乎所有人的意料，她掏出一张票子，冲正赶来的店员扬了扬："不好意思，失手了。"

　　在众人因为没看到一场恶斗而失望唏嘘时，年轻的女郎又弯下腰，对同伴耳语了一句话。他们不约而同看到女郎的同伴在那之后，脸色变得异常难看。

　　又要打了吗？

　　再次挑起的情绪随着女郎的离去以失望告终，玻璃门轻晃，那抹倩影很快消失在了门外的街角。

Chapter17-5

铅灰色的云低低地结在半空，空气压抑而凝重，撩起衣摆，柴焰坐回车里，心情平静里带了一丝轻松。该解释的解释过了，她也并不打算再同沈晓做朋友。

如同离开时她同沈晓说的：我接受道歉，但不选择原谅。

毕竟沈晓伤害过的不止她一个，Sophie 的事她并没忘。

随手扭开车载音响，调到一段节奏轻快的流行乐，SUV 随着她熟练的操作缓缓上路。

突然，她"啊"地叫了一声：忘记问沈晓迟杨的事了。

算了，他想报复，迟早自己会找上来的。这么想着，她掉转车头，最近的超市在前面五百米的地方，而她记得家里的食材不多了。

幸好她买了食材，因为家里的储备显然供应不了这突然变多的就餐人数。

虽然分开了一段时间，彭西朗和小奇迹仍然玩得自在，两人坐在客厅地毯上，堆一摞很高的积木。少年坐在不远不近的沙发角落，眼睛直勾勾地盯着彭西朗，一脸的郁郁寡欢。

"他这是怎么了？"将手里的东西交给陈未南，柴焰换着鞋，余光扫过少年坐的地方。

"他啊。"坏笑一下，陈未南分出一只手扶着柴焰，"被两个小孩儿嫌弃了。"

"嫌弃什么？"

"嫌弃他不会搭积木，还乱指挥。"绘声绘色地描述着刚刚的情形，陈未南发着轻笑，"照这个进度下去，少年从良，指日可待。"

"别说得那么难听。"嗔责地白了他一眼，换好拖鞋的柴焰徐步进门，"他们这样两小无猜的，比咱们那时候好多了。"

"搞清楚，两小无猜的是我们，他们是三足鼎立，再来一个就能凑四人麻将了。"

"陈未南，小奇迹才十岁。"柴焰并不认可他这种乱七八糟的思想。

"那又怎样？我可是从五岁起就认定你是我老婆了。"

五岁是怎样一个概念？柴焰脑中回忆着还穿着开裆裤的陈未南被人抢了棒棒糖哭鼻子的情形。

"嗯，后来我对你撒了个谎，你就把抢我糖的人揍了，也算替我报仇了。"

所以说作奸犯科竟是从娃娃时便有了的，柴焰眯起眼："就因为我替你报了仇？"

"不然呢？"他点点头，又摇摇头，"也是因为你好骗。本来我想骗更漂亮温柔的姑娘，可惜没骗到。哎哟，轻点儿。"

柴焰微笑着，后悔自己没穿高跟鞋。

新烤的法式松饼搭配着热气腾腾的火锅，奇怪的组合没影响大家的食欲，热闹的饭桌更是因为林梦带来的消息彻底沸腾。

"找到能治疗西朗和小奇迹病的医院了。"愁眉不展的女人终于在这个寒冷的冬季露出了笑脸。

端着杯子的手因为激动微微发着颤，林梦看着彭西朗，小奇迹看着她。

"阿姨，窝（我）能好了吗？"

"能啊。"彭西朗答，他就是才接受治疗出院的。

"手不会逗（抖）了？"

"是。"

"说话会好？"

"会！"

"太耗（好）了。"小奇迹激动得一跃而起。

突如其来的好消息让人兴奋，夜也变得辗转难眠，送林梦和彭西朗去了宾馆，陈未南和柴焰没急着回家。离家很近的场地公园里，几个大妈趁着夜色在跳广场舞，他们甚至看不清彼此的动作和面庞，只是跟着节奏挥手摆腿。场地边缘的长椅上，柴焰手凑在嘴边，才哈了一口气，手便被人拉了过去。

并肩坐着的姿势让拉手的动作有些别扭，柴焰索性扭身靠在他身上。

"沈晓说一切都是误会，当年是她听错了。"

"然后呢？"

"她邀请我回安捷，陈未南你轻点儿，你手劲不小你不知道？"

抗议换来一声冷哼："下手不狠你不长记性，承认错误了又怎样，承认了她就成好人了？"

"所以我拒绝了。"

"这还差不多。"放松手上的力道，陈未南捧起她的手凑在嘴边哈气，"明天我打算去下公安局。"

"去录口供？"想到陈未南要和警方说的事，柴焰心里平添了几分难过，说实话，她始终不信迟秋成会做伤害自己的事。

气息的变化让陈未南洞悉了她情绪的改变，即便一开始他已经打算不告诉柴焰了，可现在的情形让他不得不变了主意。

"迟杨很可能在监视我们。"

"开什么玩笑？"干笑的声音在夜色里泛着冷意，跳广场舞的大妈们不知何时已经散去，方才还热闹的公园如今只余呜咽冷风。

柴焰不确定地问："是又有什么事发生了吗？"

"那张字条丢了。"

微风吹过，树影幢幢，柴焰看着黑魆魆的远方，心里莫名地剧烈跳动起来。

虽然不想承认，不过迟秋成是真的恨她了。

"陈未南，如果有机会，我想找他好好谈谈。实在谈不拢，再说其他好吗？"柴焰恳切地请求。

即便再不情愿，陈未南也只好答应了。

"如果你再发生什么危险，我肯定报警，你不许拦我。"

"好。"

Chapter18
影 子

有的分手斩钉截铁，有的分手藕断丝连，口口声声高喊要做前者的人大多总成为后者，真的分手是和你呼吸着同样的空气，生活在同一座城市，看到你时会和你微笑，问你最近好吗，却再不把你放在心里。

Chapter18–1

清晨，柴焰从一场噩梦中惊醒，梦的具体内容她想不起来，只记得梦里始终如一地响着一个声音：杀了她。

焦虑的情绪让人注意力难以集中，好在柴妈花费时间磨的咖啡让人振作起精神，检查好身边的东西，柴焰跟着家人出门了。

即便是冬天，建成才半年的极地游乐场仍然人满为患，他们混迹在人流中徐徐行进，柴焰的心情也随之愉悦放松下来。

抛开治疗和药物的小奇迹在海贼船的队伍里开心地蹦跳，叽叽喳喳的样子却让柴焰白了脸。几年前那不愉快的海贼船记忆在脑海里回荡，比云霄飞车还让人心悸的感觉如在昨日，她摆着手，拒绝了小奇迹的连番邀请。

"别看你柴焰姐力大如牛，胆子却小得可怜。"陈未南拉住了跃跃欲试的小奇迹，把人交给了少年，"你带他们玩。"

"你呢？"少年没好气地问。

"我也看孩子。"陈未南眼神瞥向柴焰，"看大孩子。"

渐进的人流逐渐将小奇迹他们带进了场地，远处来自高空的尖叫声里分不清哪声是小奇迹的哪声是彭西朗的。

陈未南鬼鬼祟祟地离开，回来时手里多了一根棉花糖。

"快吃，我可就买了这一个。"他挤眉弄眼，样子好笑。

他记得她小时候一直吵着要吃这个的。

可问题是，现在的她已经大了啊。

勉为其难地吃了一半，摇摆的海贼船也终于停下了，把最后那点一股脑儿塞进陈未南嘴里，柴焰眯起眼笑了。

就在这时，少年挤过人群，艰难地朝他们跑来。

大喊声被嘈杂的人声盖过，柴焰只能辨认出几个字：小奇迹不见了。

如同防空警报般的鸣笛伴随着又一波游人的拥入停止了在海盗船附近的低空盘旋，再次停滞不前的队伍里，几个移动的人影引人侧目。

用手劈开几个扎堆聊天的年轻人，陈未南对上不远处柴焰的眼，换来一个让他失望的摇头。还没找到。

"靠！"他懊恼地跺脚，吼声惹来不悦。离他最近的毛头小子挽着袖子，眉角微挑，举起的拳头稚气而嚣张："骂谁呢？"

"骂我自己，不行吗？"懒得理会年轻气盛的少年，绕开挑衅的拳头，他继续朝其他方向寻觅。

确定人不在海盗船这里，几个人又在游乐场里四处找着，可仍旧一无所获。

沮丧低落的情绪让原本晴朗的天显得压抑低沉，连柴妈也偷偷抹起了眼泪，柴焰望着陈未南，无从安慰。

"会不会是那对夫妻干的？"想起之前的事，两张干燥粗糙的脸浮现在柴焰眼前，她看向陈未南，被提醒的人双手握紧，指关节因为用力发着咯吱响。

他咬着牙，声音从齿缝间一字一字地挤出："报警。"

接到报案，110很快分配了警力，一小时后，警方在一家破旧的旅馆房间里堵到了回来取东西的庄稼汉，个头矮小四肢粗壮的汉子看到满屋的警察，当即垂下头："娃似（是）鹅（我）们带走的，取了能救鹅（我）儿的东西，鹅（我）们就把娃娃送回来。"

"你敢动她一下！"暴怒的陈未南不顾周围站着的警察，提拳给了庄稼汉一下。

之前的伤还挂在汉子脸上，又添新伤的他这次出奇地没了前一次的嚣张，非但一声不吭，甚至没还手的意思，这倒让人讶异，可陈未南很快便明白了原因——汉子并不打算说出小奇迹和他老婆现在在哪里。

幽暗的侦讯室里，汉子脸上的血经过简单处理，只留着淡淡的痕迹。他双手合十，垂头坐在椅子里，白炽光打在他身上，面颊上青色胡楂肆意地拉出一条条细长影像。

"不知道。"

无论警察再怎么询问，得到的都是汉子一句"不知道"。

这让负责问询的警察暴怒，更让隔壁房间的陈未南心急如焚。

隔着一层茶色的观察窗，一张因为愤怒焦急而扭曲的脸在玻璃上晃动着。终于，晃动的影像停下来，陈未南转过头，看着身边对他投以同情目光的警察："医院那边还没消息吗？"

"暂时没有。"警察摇着头，紧跟着安慰，"放心，一有消息我的同事就会通知的。"

"嗯。"陈未南应着，勉强告诉自己不会有事的。

出事的可能性的确不大，蕲南能做骨髓移植手术的医院不多，此刻他们四处都有警察把守，一旦有人带着小奇迹出现，小奇迹就是安全的。

不知是否真是上天听到了他的祷告，好消息紧随其后传来，市中某派出所接到群众报案，发生伤人案，民警出警后，在现场发现了昏迷的小奇迹。

赶去医院的路上，陈未南得知，那对夫妻打算找家小诊所先把小奇迹的骨髓取出来。

他"呵呵"地冷笑两声，问起那个报案人。

"是个很勇敢的市民，据说发现情况不对，立刻报了警。"了解的情况并不比他多多少，警察收起话头，继续用对讲机和同事对话。

发动机夹杂着对讲机的沙沙声，并不安静的车里，陈未南久悬的心总算放了下来。

没兴趣见那个自私的女人，车至中途，陈未南请求司机将他放在了小奇迹现在送治的医院门前。

"谢谢你。"车门关闭前，他感激地道谢，谢谢那位几乎全程陪同的年轻警察。

"不客气，我也有妹妹。"

远去的车带走了挥手致意的警察，陈未南则大踏步地朝医院里走去。

急诊门口同样站着两名警察，看起来，见义勇为的市民也一同随行来了医院。

只是当他看清那人的长相时，还是小小地惊讶了一下。

谁会想到救下小奇迹的会是沈晓呢。

"我也只是恰好经过，看见小奇迹被一个不认识的女人抱进了一家诊所，心里好奇就跟进去看看，知道是要抽骨髓我就知道事情不对劲，于是报了警。"手上的伤麻麻地发疼，沈晓不时隔着纱布轻轻揉着，表情微微局促着。

"谢谢。"虽然陈未南并不想和沈晓多话，可这句谢谢相当应该。

柴焰从病房里走出来，看见同样局促的两个人，轻咳一声："小奇迹醒了，在找你。"

Chapter18-2

孩子总是忘性大，一场变故让小奇迹只短暂地老实了几天，便又活蹦乱跳地吵着出去玩了。

陈未南却固执地不许她出门。

"那对夫妻现在人被警方扣押着，不会有什么事的。"

柴焰的开解却不能让陈未南释怀，他已经几天没上班了，每天坐在家里，老僧入定似的看住小奇迹。

小孩子的想法往往单纯，强硬的陈未南激起了小奇迹的逆反情绪，赌气似的，她再不腻着陈未南了。

"小奇迹，我买了套玩具给你。"少年晃着手里的洋娃娃，笑得异常得意。

有句话是怎么讲来着：鹬蚌相争，渔翁得利。

"一定要这样吗？"

陈未南轻叹一声，看向问话的柴焰："过几天就要开庭了，我是想让她安静地再玩几天。"

柴焰了然地点头。

几天后的官司对于柴焰来讲有些特殊，她不再是律师，只能坐在旁听席上。沈晓也不再是她的对手，作为重要证人，她站在证人席上陈述着当天的情形。

"我才去见了客户，路过林成路，看到了被拐儿童。"

"你是怎么确定她是被拐的呢？"表情犀利的检察官推着鼻梁上的眼镜提问。

"因为我认识她哥哥，她哥哥的女朋友是我的同学。而当时孩子是不清醒的，我又不认识抱着孩子的女人。"

"于是你尾随他们进了诊所，听到了类似于抽骨髓的话，于是报警，是吗？"

"是的。"

"我的问题问完了。"

法官点头，脸随即转向被告席："被告律师可以提问。"

"是的，法官。"

被告律师是个个头不高的中年男人，一头乱蓬蓬的卷发下是张满是雀斑的圆脸，鼻梁上架了一副塑料眼镜，一条镜腿坏了，用不干胶缠紧。

柴焰没见过这个人，单从长相看，感觉对方不算个犀利的人。

圆脸腿短，走路一拐一拐，好像随时会摔跤似的。从被告席到证人席不过几米的距离，他却慢吞吞地走了好久。

终于站在被告席前，他长舒口气，掏出手绢擦了擦额头的汗。

身后的法官不耐烦地轻咳也没能让他加快动作，半晌，他擦好汗收起手帕，这才开口："能再重复一遍你看到被害人和被告在一起时的情形吗？"

旁听席传来嘘声，就连席中的柴焰也狐疑，就算是法援律师也不至于如此不济吧。

沈晓倒是依言又说了一遍。

"你认识陈诗忆，是通过她哥哥的女朋友，那么我能问下你和陈诗忆哥哥的女朋友关系如何吗？"

"这个和这起案子无关吧？"

沈晓无奈的笑换来法官赞同的轻捶："被告律师，请避免问些和本案无关的问题。"

"好吧。"又是一阵轻咳，被告律师放下手里的纸，"我下面问你的问题都是和本案有关的，你只要回答是或不是。"

沈晓点头。

"你和陈诗忆哥哥的女朋友是大学同学。"

"这和案子……"

"我保证有关，你只要回答是或不是。"

"是。"沈晓莫名其妙地看着其貌不扬的律师。

"你们曾经是好朋友，可在近一年闹僵了。"

"是。"沈晓不自觉地看了柴焰一眼，柴焰也在看她，两人都闹不清这个律师葫芦里卖的什么药。

"而你最近正试图缓和你们的关系。"一声轻笑后，男人推了推鼻梁上的眼睛，"只是收效甚微。"

"这和案子没关系。"

沈晓的抗议声却没再起作用，圆脸律师继续滔滔不绝，手里的纸张因为激动哗哗作响。

"所以你在找一个契机，陈诗忆就是一个契机，为了达到你的目的，你说了谎。我代理人的确想要陈诗忆的骨髓，但那只是她那天去诊所的目的之一，她去诊所的另一个目的是想完成之前没做完的事，测验DNA，她想认回女儿。"

"反对。"尖锐的检察官举起手，"有证词证明这对夫妻只是想要借助陈诗忆的骨髓救他们的儿子。"

"那是丈夫，孩子的妈妈可始终没说过这类的话。试问，哪个妈妈不爱自己的孩子，好不容易有可能找到失散多年的女儿，陈诗忆的现任监护人却拦着不许做，我的当事人才做了过激行为，何况，我方质疑当年陈家取得陈诗忆监护权的合法性。"

矮矮的个头儿丝毫不妨碍律师犀利的双眸："我当事人表示，孩子当年不是遗弃，是丢失。"

Chapter18-3

突如其来的对手好像一枚空投而下的炸弹，落在平地，一阵悄无声息的酝酿之后，轰然炸开，四周的人，无一幸免地被炸得粉碎。

陈未南无疑是首当其冲的一个。

历来起不了多大作用的感情牌意外地让案件走向了另一个方向，随之而来的变化更让陈未南和他的家人朋友措手不及。

那是个周末上午，陈未南起得有些迟，正睁着蒙胧的眼睛对镜洗漱，手里的水捧起，还没撩到脸上，人便被一阵急促的敲门声震了一下。

"我去开门。"

伸向毛巾的手中途收回，知道有人应门的陈未南低下头继续洗脸。短发沾了水，沿着耳际一路滑进睡衣，他打了个寒战，抬头看着镜中的男人，过分白的脸却有着难掩的英气。

他跨着大步出了卫生间，正想问柴妈大清早是谁来敲门，人却怔在了当地。

也几乎在他踏出二楼的那一刻，无数闪光灯预计好时间似的齐齐亮起。晃人的光亮即便隔了好远仍然刺眼无比，陈未南眯起眼，克制着情绪，压低声音道：
"你们是什么人？"

记者们面对陈未南的问题显然是缺乏耐心的，他们纷纷举起手里的话筒，
做梦似的以为再举远些便能拉近和陈未南之间整整一截儿楼梯的距离。

提问声却纷至沓来：

"你就是陈未南吧，那对农民夫妇的女儿是你偷抱走的吧？"

"你是出于什么目的抱走的孩子？"

"他们来找孩子你为什么不让见？"

"在你心里，做人的道德底线是什么？"

一个个看似平淡无奇的问题却个个坐实了罪名，陈未南可以想象他此刻的
脸色有多难看。

情绪爆发的边缘，柴妈叫来的小区保安驱散了记者。

大门终于关上，烦冗的提问被隔绝在门外，房里的人却无一不静默着。

不知过去了几分钟，少年的声音从屋角传来，刚刚他一直待在房里，手始
终捂着小奇迹的耳朵，直到现在仍没放下。

"这谣言从哪儿来的啊？"自认早成了社会人的少年此刻再不打算掩饰他
的无知，一双乌黑的眸子在房里人身上逐一扫过，眼底除了不解便是愤怒。

"还能有谁？"柴焰轻嗤一声，表情了然也无奈，"不是那对夫妻就是他
们那个律师。"

后者的可能性更大，她边想，边又思忖起那个律师的来历。

可奇怪的是，就连远在国外的 Sophie 也不清楚这位姓管的律师究竟是从哪
儿冒出来的。

结束了同 Sophie 的越洋电话，柴焰的目光从手里的手机移向远处。头顶，
无尽的夜色隔着玻璃穹顶直灌而下，夜间的蕲南机场灯光明亮，人气却比白天
少了不少，偶尔有行李箱从身旁懒散而过，留下一条漫长的尾音在她耳膜。

柴焰眨眨眼，看向身旁的陈未南。

来自舆论的压力让男人疲惫不堪，却仍硬挺着脊背，只是他的脸色泄露了
最近的状态。

柴焰伸出手，轻轻拽了男人一下："几点的飞机？是不是晚点了？"

"没有。"回答完，男人抬手看了眼腕表，再次确认，"飞机八点五十落地，
他们应该在上摆渡车。"

"哦。"她轻声应着，手却没从男人的手臂上离开，相反，她更紧地挽住了他，"别担心，真的假不了，假的真不了。他们不过是玩些下三烂的手段罢了。"

"嗯。"男人无力地回应，似乎并没把她的话听进去。

"陈未南，你是不信我说的吗？"

"柴焰。"避而不答她的问题，男人回抛给她一个问题，"你们做律师的是不是打不赢官司都喜欢在舆论上面做文章？"

"你这是一竿子打翻一船人吗？"柴焰脸上露出不悦的神情。

"不是。"有力的大手及时握住她的，陈未南摇着头，"如果你能帮忙打这场官司就好了，那样管他对方是谁，都不会让小奇迹受这么大的伤害了。"

静默让人窒息，他们都想到了小奇迹。

因为这场变故，原本计划好的治疗不得不延后，小奇迹的病情也是每况愈下。

"没事。"柴焰拍拍陈未南的手，"下次开庭，叔叔阿姨出庭做证，一定没问题的。"

话音未落，远处便传来轻呼声："未南、小焰。"

他们等的人正徐步朝他们走来。

　

陈爸年近六十，说起话仍是中气十足。此刻的他，一副泰然自若的样子，坐在车后，听着柴焰讲述案情。

许久，他摇着头说："也该理解他们，人性自私，无非是想救自己的儿子，做过了头。"

"我不理解。"陈未南显然不赞同父亲的话，出言顶撞。

"你这孩子，我说理解，但未必就是赞同他们。"陈爸声音闷闷的，显然也不高兴了。

陈妈忙出面打圆场，指着窗外美丽的夜景，问起柴焰蕲南的风光地理。

硬插进来的话题并不能让车内的气氛融洽起来，好在绕过瑶湖公园的外墙，家就在视线可及的不远处。

车子熟练地拐进车道，车头灯的粗重光柱结实地滑过石子地面，照亮远处并排而立的三个人。

夜色里，柴妈的外套浸满露水，显然已经在外面站了很久了。

"妈，你怎么出来了？还把她也带出来了？"眼睛扫过正蹦跳着的小奇迹，柴焰长吁口气，感叹：这孩子是真的憨坏了。

"我怎么就不能出来？"柴妈几步走上前，塞了团叮当作响的东西到柴焰手里。

柴焰低头一看，竟是家里的钥匙。

"妈，你这是干吗？"

"我这把老骨头在你这里讨嫌讨得够久了，你们心里指不定怎么骂我碍事呢。趁着老陈他们两口子来，我跟他们一起住酒店去，也好唠唠嗑，等过几天官司结束，我再随他们一起回家。"

柴妈一番话让柴焰面红耳赤，好在有夜色遮掩，免了不少尴尬。

倒是一路沉默的陈未南先有了反应，他一步上前，本意是想冲柴妈鞠一躬，再嘴甜说句"谢谢妈"的。

可惜浓重的夜色掩去了人们的神情，同样也掩住了地上的石子，陈未南这一跤摔得有点儿惨。

Chapter18-4

"轻点儿，疼。"

安顿好一大家子人后，柴焰陈未南回到家里。柔和的灯光照在沙发上，因为负重造成的阴影随着男人身体的动作变换着形状，他不时扭头，躲避着迎头按来的卫生棉球。

"陈未南，你多大人了还怕疼？"不屑的眼光成筐砸去男人脸上，柴焰的手有如蟹钳，按住了陈未南不停乱动的手，趁机用棉花快速擦拭着伤口。

陈未南索性不躲了。他头向后仰，不让柴焰的手靠近，同时眼睛搅住了她："要擦也可以，亲一下，擦一下。"

"陈未南，我妈说了，毁容的老公我是不能嫁的，你自己看着办。"柴焰退后，摆出一副擦与不擦随你的架势。

陈未南战败，乖乖地接受酒精棉那刺激的洗礼。

终于擦完了，他皱着眉，想摸摸刺痒难耐的脸颊，手却再次被柴焰搅住了。

"老实点儿，不许碰。"她命令着。

在确定他不会乱动后，柴焰起身，一并收走桌上的东西。

唉……不知是想到官司还是伤口不舒服，陈未南轻叹了一声。

叹息引起柴焰的注意，她手提急救箱，去而复返，又站回到沙发前。

"把脸撇过去。"她指挥着。

陈未南狐疑地照做。

"再撒点儿。"

"干吗啊？"他话音未落，一个轻轻的吻便落在了他左脸脸颊上。

他人愣愣地听着柴焰说："你这跤摔得，太有技术含量了些，想亲一口，都没处下嘴。"

石化的陈未南看着柴焰翩然远去，心想，柴焰这调戏，太有技术含量了。

夜因为突然空下来的房子而多了丝对暧昧的期待，因为脸上的伤，澡是不能洗了，站在浴室门前，他颇为期待地等着柴焰出浴的一刻。

"你干吗呢？"

来自身后的声音吓了陈未南一跳，他回头，看见仍穿着家常服的柴焰，干巴巴地张了张嘴："你还没洗啊？我以为你进去洗了呢？"

"我想起小奇迹的案子，去查了查资料。"

"哦。"提到案子，陈未南的心倏地又是一沉，抿抿嘴，他开口，"你说，这案子我们能赢吗？"

"怎么？怕了？"推开浴室的门，柴焰几步走去浴缸前，扭开水阀，升腾的热水随之喷薄而出，白色的热气渐渐填满了大半个房间。柴焰脱着衣服折回来关门，狭窄的门缝显得她皮肤白皙，脸形好看，"放心吧，有我呢。"

安抚却意外地没达到效果，正准备闭拢的门霍地被推开，柴焰揉着发疼的手腕，有些生气。

"你干吗？"

"柴焰，你先出来一下。"

"怎么了？"

问题一时间没得到解答，因为陈未南一时也不知该怎么同她解释，在家里的浴室镜面上，什么时候竟出现几个字：

你们不会幸福——C

终究还是没躲过报警的命运。

夜间出警的派出所民警似乎对这个时间工作习以为常，来的两个人神情专注地绕着屋里屋外仔细盘查，认真的样子像要抓住每一个可能的细节，表情未见丁点儿懈怠。

蓝色的人影不住地在眼前晃动，沙发里的柴焰喝了口温水，心神终于略略安定下来。眼神一晃，刚刚还在浴室取证的警员不知什么时候竟站在了她面前，他曲着膝盖，半蹲在玻璃茶几旁，握着镊子的手探向地毯，随即夹起什么，放进随身的物证袋。

他如此往复的动作让柴焰看不出个所以然，她只看着银亮的肩章在眼前晃来晃去。看得太专注，以至于意识到对方是在叫她时，小民警已经叫了她三声。

"什么？"她张张嘴，表情略微尴尬。

"我说物证什么的我们取得差不多了，接下去就是排查。"年轻的民警似乎想到什么让他犯难的问题，挠了几下头，"单从镜面的字迹上暂时没发现指纹，不过你们确定这不是你们某位家人或朋友搞出来的恶作剧吗？"

"我们没那么无聊。"房间另一侧，同样再次接受问话的陈未南闻声望来，答话里带着隐隐的怒意。

小民警耸耸肩，不置可否，显然，从警年头不多的他也没少遇到报假警捣乱的。

可紧接着，柴焰的一句话却让他意识到这并不是什么无聊的人捏造出来的假案。

"这个 C 之前也留过几次字条，我们觉得他可能是我的一位朋友。"为了增强自己话的可信度，柴焰好像一个正在自我剖析的洋葱，声音低沉，带着略略的湿意，"我们之间有些误会，或者说过节更合适。"

"感情纠葛吗？"小民警的探究精神发挥出色，一针见血地给了柴焰一刀。

不想面对的事终究要面对，柴焰凝起支离的心神，说起了最近的事，包括从天而降的花盆，包括表情阴郁的迟杨，包括那场火灾。

"火灾？"这个词顿时触动了小民警敏感的神经，他抬头与同事对望一眼，随手在本子上唰唰记录着什么，"关于这个迟杨，负责纵火案的人怎么说？"

"没怎么说。"顿了顿，柴焰微微红了脸，"这个情况我们没和负责案子的警察说。"

"胡闹嘛！"生气的呵斥来自年轻小民警的搭档，那是个年纪略长的老民警，"国"字脸，鼻梁挺立，额头上三道横纹随着情绪被触动显得越发深。

见他要朝柴焰发火，陈未南一步站在了老民警面前，角度刚好挡住柴焰。

"我们是准备去说的，可一是字条不知怎么就找不到了，二是家里最近出了点儿事。"

这话勾起了老民警的某些记忆，他手指着陈未南，半晌才说了句："是你啊。"

好事不出门，坏事传千里，经过几家非主流媒体的报道，陈未南成了一个名声不好的"公众人物"。

好在民警们并不八卦，也比普通百姓多了几分明辨是非的能力，几句话解释，他们理清了几家人的关系。

老民警感叹地拍了拍陈未南的肩，对他们多了丝不辨真假的同情。

几近午夜，就连窗外的风声也渐渐歇了，带着一堆说不出哪个有用的物证袋，两名民警一前一后出了大门，似乎想起什么，老民警回头："明天让你的家人来所里一趟。"

"干吗？"

"干吗？"加重语气的重复后，老民警指指口袋，那里装着近半的取证，"当然是排查哪些是你们家人的啊。"

陈未南"哦"了一声作答，可转念一想，这样家人不就知道迟杨的事了吗？

"知道也没什么关系。"柴焰劝慰。

原来善良的人不知去了哪里，现在的迟杨只让她感到深深的恐惧和懊悔，人总是会变的吧。

Chapter18–5

"人当然会变。"

电话里，何子铭的声音遥远而虚弱，在他为柴焰的事唏嘘时，他的语气同样引起了柴焰的注意。

换了只手拿电话，再用脖子夹住，她歪着头，眼睛盯住手中的糖包，一点点撕开："何大医生，我们是因为生活不如意才长吁短叹，譬如你这种事业有成、衣食无忧的人，怎么也学起我们来了？"

"是人就会有烦恼。你们病了有医生治疗，医生自己病了却无法自救，这就是医生这个行业的尴尬所在。"

低沉的声音带着压抑，与平日里谈笑做派一贯云淡风轻的何子铭大相径庭。

柴焰收起调侃，一本正经地发问："不会真遇到什么麻烦了吧？"

"小事，人生走到岔路口，在想面向哪条道去走。"

一句顺口溜将何子铭的心事一笔带过，他不愿说，柴焰也不便多问。

又嘱咐了柴焰要注意身体，何子铭准备挂电话。

"等等。"出声叫住何子铭，柴焰摸了摸座椅上的包，没记错，里面的药瓶已经空了有一阵了。犹豫了片刻，她开口，却不想立刻得到了拒绝的答复。

"那个药你没必要再吃了。"顿了顿，电话那边传来"咕咚"一声，何子铭呷了一口水咽下，"药又不是糖，吃多了伤身。"

"可我睡不好……"

"你和陈未南那小子不是挺好的吗？"

八竿子打不着的一句话让柴焰脸当即红了，可她仍强装着镇定："他倒是什么都和你说。"

"闲聊罢了。"何子铭打着哈哈，本来要挂的电话因为这尴尬的结束语而不知该怎么收尾。想到案子，何子铭问，"你们那个案子怎么样了？"

看着面前空空的红色座椅，柴焰默然摇了摇头，警方的搜查结果出乎所有人的意料，迟杨藏得实在太好，竟然没留下一点儿线索。如同幽灵般，他悄无声息地潜进柴焰的公寓，留下那行用肥皂水写成的字，再悄无声息地离开。

迟杨，你究竟想怎么样？默默叹息的柴焰余光扫过远处，冲着踟蹰门外的人招了招手："这里。"

"何子铭，我等的人来了，什么时候你回来，我去诊所找你。"

"好。"何子铭低低应着，电话最终终止于一段均匀而漫长的嘟嘟声。

姗姗来迟的沈晓脸上涂了厚厚的粉底，即便是进口的高档货也难于遮掩她难看的脸色。脱掉身上的羊毛外套，才落座的沈晓发现柴焰在看她，便奇怪地问了句："怎么了，我看上去很奇怪吗？"

"你……"琢磨了半天措辞，柴焰终于找到了一个，"你怎么这么憔悴？"

"很奇怪吗？"沈晓轻笑着耸了耸肩，"我失业了。"

"失业？"柴焰不敢置信地看着沈晓。对方也看着她。

"怎么？很奇怪吗？"扬手叫来服务生，沈晓手在餐单上点了两点，叫了杯咖啡，搭配着一块松露甜点。

服务生收起餐单，人在桌旁还未离开，沈晓便开了口："陈未南因为涉嫌拐卖儿童，连牙诊都开不下去了，我这个背信弃义的'小人'又怎么会幸免呢？"

咖啡机运作的声音嗡嗡地从吧台方向传来，百无聊赖的沈晓拿起桌上的方巾，随意折叠着形状："客户知道了我的事，都转投去了别家律所，安捷原本也是我耍手段偷来的，我不想看它就这么完了，就把它交给了一个同事。"

"什么时候的事？"

"前天。"沈晓微微歪着头，双眸沉寂，人似乎陷入某些回忆里，"办好交接时，我看到同事们都松了口气。柴焰，对不起。"

柴焰懂得这句道歉是因为什么,她摇着头,却说不出"我那时候还好"这类的话来。

人走茶凉这句话适应于每一个即将离开职场的人,无论是她,还是沈晓。

随着轻快的脚步声,咖啡香徐徐从远处飘近,透过服务生插在两人之间的手臂,柴焰看着沈晓:"沈晓,你能找到迟杨吗?"

"迟杨?"才从一个悲伤话题里走出来的沈晓转眼又伸手接住了另外一个,她眉毛微微蹙了下,随即端起咖啡杯。袅袅热气遮住她脸上的尴尬,连同她的声音都有些缥缈了。

"他心里的人始终是你,我已经很久没和他联系了。找他有事?还是……"沈晓抬起头,眼里遮不住的讶异,"他真准备报复你们了?"

Chapter19
迷 雾

我曾经渴望爱情，现在我拥有了它；我也曾渴望公平，得不到时我
便努力去争取；我还渴望真相，当它真要来时，我却害怕地退缩了。

Chapter19-1

"沈晓说迟杨的目标不止我，还有你。"

又是新的一天，柴焰坐在车里，同陈未南说话。

去法院的路原本平坦宽广，却因为即将到来的官司显得死寂压抑。不是对官司没把握，而是对手是让他们不舒服的人。

陈未南轻哼一声："这有什么奇怪？男人的嫉妒不比女人少，何况我们中意的对象又是这么优秀的你。"

调侃换来柴焰一声轻笑，车内的气氛顿时轻松不少，柴焰回头看眼后车，心想陈爸一把年纪，车开得不赖。

一首节奏轻快的流行乐曲伴随着车行，飘过一条又一条街，最终停在法院门口。

台阶下方聚集了不少记者，却被法警拦截着，远离了主道。

看到这幕，陈未南看了一眼柴焰。

"法院也理解，毕竟有孩子在。"柴焰微笑着，闭口不提是她拜托的关系。

"走吧。"说着，众目睽睽之下，陈未南牵起了柴焰的手。

一刻钟后，随着一声重捶，法官宣布开庭。

按照流程，检方陈述完毕后，被告律师可以对证人进行提问。这个柴焰一早就有准备，她知道圆脸要提问的是当初那家医院的医生护士。

可出人意料的是，圆脸律师指了指陈爸。

他打算最先提问陈爸。

一种不安的情绪在柴焰心底悄然滋长。

这葫芦里卖的什么药？

证人席上的陈爸表情肃静安然，鼻翼两侧的法令纹因为多肉的面颊少了几分戾气，反而让人觉得他和善亲近。

一阵急促的咳嗽声把人们的目光重新投向那名走路有些跛脚的圆脸律师身上，只见他拿着块白色方巾，撕心裂肺得好像要把肺咳出来一样。

闻者不免受了情绪影响，法官顺了顺胸，随口问着："被告律师，还能继续吗？"

"能。"管律师答着，收起手帕，只是脸色仍然不好看。

抿抿唇，他朝陈爸看去："我要问你几个问题，请如实回答。"

"你问。"

"你从事什么工作？"

陈爸微微一愣后，如实回答："经商。"

"经商多久？"

"十多年。"

"经商之前是做什么的？"

"这……"陈爸迟疑地看向前方，希望有人能把他从这个不明所以的情境里解救出去。

管律师踱着步子解释："放心，这个问题保证与案情有关。"

"好吧。"陈爸认命地点头，"我在机关干过一段时间。"

"职位如何？"

"一个小科长。"想了想，陈爸补充道，"没什么发展空间的职位。"

"是吗？"证人的回答显然没能被问话人采信，管律师从手里那沓纸里抽出一张，随即读起了上面的内容，"20××年7月，拟任信息技术部二科科长陈正平为部门副处，主管技术工作。这是云都某局当年的7月内部通报，可就在当月，你却意外辞职，而你唾手可得的职位由你之前的副手接替，这是为什么？"

"没为什么。"

之前还一脸病态的律师此刻却咄咄逼人，声音也提高了不少："你说谎。"

管律师又抽出一张纸："因为一场车祸，安 B50803 这个车牌的车撞了你副手的老婆，对方是个孕妇，孩子因此小产了。安 B50803 的车主是你，陈正平，为了平息这件事，你辞职了，是不是？"

陈爸默默不语。

不知道还有这段经历的柴焰望向陈妈，却发现陈未南的脸色竟比陈妈还难看，一种不好的预感在心底慢慢滋长，还来不及细想，甚至伸出去的手都还没拉到陈未南，管律师的声音再次响了起来：

"可是这并不是事实的全部真相。当年开车的不是你，而是你的儿子陈未南。"

柴焰张着嘴，满眼止不住的惊愕。

"虽然有你顶罪，不过还未成年的他却在心理有了阴影，他觉得他杀了一个小生命，所以当他看到陈诗忆时，本能地把她当成了他害死的那个小生命，所以他才会在没弄清她是否有家人时，就把她带回了家，而你们也默认了这种行为。没记错的话，我的询问笔录里有令郎对陈诗忆过分的溺爱，这个也就有了解释——愧疚。"

连串问话过后，法庭一片寂静，窗外风声呜咽。

突然，从旁听席传来一声："你放屁！"

陈未南怒了。

兜了好大个圈子，不过是要证明陈未南偷孩子的动机，这个圈子虽然兜得有些大，而且在其他证人的证词下显得十分无力，效果却十分显著。

脚都还没跨出法院大门，沉心思考的陈未南便被迎面而来的那群记者弄得一愣。一个个话筒远远地朝他奔来，它们身后的人脸穷凶极恶、气势汹汹。渐退的憋闷情绪再次冲回了脑顶，陈未南眼睛通红，牙关咬紧，不知在和谁较着劲。

"快走。"

袖子被人一扯，他回头，发现是柴焰。

"快走，看什么呢？"她用力一搡，大力地把比她高大不少的身躯推了出去。

陈未南紧咬牙关，想说干吗要我躲，却在对上柴焰眼神的瞬间，打消了这个念头。

早过了意气用事的年纪，他不会不懂这个时候他出头比柴焰出面会带来一个更加糟糕的境况。又看了一眼柴焰，见她回给自己一个 OK 的手势，陈未南转身奔向了相反的方向。

　　可这些记者却远比柴焰想象的难对付，一个比一个棘手的问题不停地朝她抛来，甚至直接有记者问她这么维护陈未南，是不是撞人的时候也在车上。

　　种种无稽之谈吵得柴焰脑仁疼，她按着太阳穴，考虑该先回答哪个，不想人还睁着眼，便看到一团红色的东西直直朝她飞来。

　　她想躲闪，可挤满人的四周却无处可躲。一颗烂西红柿伴随着刺耳的谩骂当当正正地砸在了她身上，"噗"的一声，胸口一硬，惯性作用下变了形的西红柿迸出汁液，她本能地闭眼，还是迟了一步，汁液溅进了眼里。

　　世界成了红色，还充斥了让人烦躁的声音。

　　砸西红柿的人挤进人群，听声音是才下庭的那女人，她扯住柴焰，出手捶打："你们就这么欺负鹅（我）们，杀了人内疚了就偷鹅（我）们娃娃。"

　　不是没试图扒开对方像铁钳的手，无奈柴焰的手还没伸出去，便被妇人一把抓住。对方捶胸顿足地说："要打人了，要打人了。"

　　才歇息片刻的闪光灯又亮成一片。

　　她轻笑一下，这次是真说不清了。

　　正一筹莫展，又一股力量突然插进了她和妇人间，那力量大得很，轻易便剥开了妇人的手。

　　"再喊一句试试。"

　　敛声顿气的声音有种说不清的慑人威严，柴焰还没回过神，便被人揽着出了"包围圈"。

　　车停在法院后身的马路旁，隐在一片隔离带后面，陈未南坐在车里，擎着手里的矿泉水瓶朝纸巾上小心翼翼地倒水。远处，记者们的声音依稀远去，他听见对面的人长出一口气。

　　"害怕了？"他问。

　　"没有。"柴焰轻轻摇着头，伸手想接过陈未南手里的纸巾，她现在是一身的脏，连她自己下手清理都有顾忌，更别提陈未南了。

　　"别动。"

　　手被人按下了，她只好老老实实地不动，任凭男人一点点清理她身上的污渍。

　　嘴却没闲着。

　　"陈未南，我不知道当年的事，不过我相信你没做过，你也不必担心，这个案子他们赢不了。"

　　"我先走是去送爸妈他们了，环境乱，他们待在那儿不方便。还有……"

举起的手停在半空，他仔细地端详了柴焰片刻，这才又落下了手，动作比起之前更轻柔了，"以后你别总把自己当个男人似的，再有人要打你，你就喊，我男人叫陈未南，要打去打他！"

柴焰"扑哧"笑出声："好，今天是时间紧迫，没来得及喊。"

"嗯。"男人闷闷地答，看着无论是女人的脸还是衣裳都干净了，这才团起了手里的纸。

皱缩的纸团渗出微红的水，如同陈未南的记忆。

"那个女人真是我撞的。"

Chapter19-2

兰顿大道毗邻蕲南唯一一处活水源，趁着斑斓夜色，一辆黑色商务车低调地滑入上坡，最终安静地停在四根撑堂柱间。

泊车小弟打开车门，护着车里的人下车后，微笑着接过递来的小费，态度恭谨谄媚。

"陈先生，人已经在 6012 房等你了。"

"好。"男人应了声，迈步走进酒店里，他身后的夜澜江乌黑深沉，隔着马路，抬头仰视着面前这栋装修考究的酒店。

6012 房。

柴焰站在窗前，俯瞰着江面，房间里响着某个节奏激昂的交响乐，乐声亦如远处江水波澜。

似乎是和着拍子，门外一同响起规律的敲门声。

她回过头，拢了拢身上的衣裳，走到门前。

门开了，门外的男人单臂支着门框，一脸懒散地望着柴焰："嗨！"

"嗨个头，快进来，等你半天了。"柴焰的口气丝毫不带温柔。

"真无情。"陈砌咂舌，跨步进了房间，"好歹我们也曾经是男女朋友。"

懒得理会他的油腔滑调，进房的柴焰转身，朝他伸手："东西拿到了吗？"

"我出马你还不放心？"男人挑着眉，随即奉上一张纸。

柴焰接过纸，止不住心里一阵猛跳，会是吗？会吗？

"是不是，你自己看看不就知道了？"陈砌说着风凉话。

横了他一眼，柴焰终于打开了折叠的纸，看清最底下那行字时，人蓦地松了一口气。手紧紧捏着那张薄纸，她合着眼，嘴里轻喃着："幸好不是。"

"陈未南，小奇迹不是那对夫妻的孩子，她不是！"她跳着准备叫醒屋内的人，不想却被陈砌一把拉住了。

"有件事要和你说。"

"什么？"

"我先坦白，这个报告不是我找人帮忙做的。"

"那是从哪儿弄的。"

"偷的。"

"偷的？"柴焰瞪着眼睛，"从哪儿偷的？谁偷的？"

"从那对夫妻那里偷的，至于是谁偷的这个不重要，我要和你说的是另一件事。"陈砌突然压低了声音，混着起伏的乐声，那声音多了几分诡异，陈砌幽幽地望着柴焰，"你看看报告的时间，是在小奇迹被那对夫妻抱走前。也就是说……"

"也就是说，他们早就知道小奇迹不是他们的孩子，却故意做出后面那些事。"柴焰自然而然地接口，"可是为什么呢？"

"不是有个现成的答案吗？"不知什么时候站在房间一侧的陈未南揉着一头乱发，"是谁说过不想让我们幸福的？我现在的状况还能再惨点儿吗？"

铺天盖地的负面报道让未南牙诊彻底歇了业，大街小巷的人都熟知了他这张"恶人脸"。

二审后的第三天，躲在兰顿酒店的陈未南不得不向柴焰陈述着一个事实：这一切都很有可能是迟杨干的。

离开前，陈砌说他会想办法帮忙的。

柴焰弄不清他究竟会是怎么个帮法，却满心思量着另外一件事：那份鉴定报告是偷来的，也就再没办法端上台面作为证据了。

Chapter19-3

12 月，年末的蕲南正式跨入了一年里最冷的时节，街上树木凋零，远近店铺的玻璃门里，身着厚重衣物的人们动作迟缓，再没夏天的热闹。

街角的报刊亭，一双无比粗糙的手从窄窗里探出来，接了票子又迅速地收回。窗前的女人低头认真看着手中的报纸，风略过，掀动报纸哗哗作响。

新闻的标题过分刺眼，以至于递回找零的手在面前晃了几下，女人方才发现。

"人心不古啊，偷了人家孩子还要告人家，这些人的良心是被狗吃了吗？"刺耳的指责从小窗里传出来。

柴焰抬起头，忍不住回嘴："舆论向着他们，不是已经联系到合适骨髓准备做手术了吗？人心？你又怎么知道他们的心就是好的？"

"一边是农村来的，在城里无亲无故，还带着病孩子，另一头是开诊所的，肥得流油，是你你向着哪头？"

柴焰想回当然是后者，可转念一想，又觉得和一个卖报的老头儿争论很没意思，忍了又忍，她闭上嘴，打算离开躲个清净。

可老头儿仍然不依不饶地絮叨："有钱的没一个好东西，修个牙100，换颗牙动不动就上千，赚的都是昧良心的黑心钱，这样的人会是什么好东西……"

"闭嘴！"走远的女人去而复返，用手甩着手中的报纸，"你卖的一份报一块五，高兴了动动嘴皮子，不高兴直接收钱。牙医怎么了？从看诊到治病，花的是真本事，收一千怎么了，一千都是少的，要我说，你们有的不是是非观，是仇富心理。"

这一连串的话说愣了窗里的老头儿，窗外，柴焰被冷风一吹，发现自己刚刚激动了。

不想再多作停留，她收紧衣角，转身离开。

身后的猎猎风中，一声粗鲁的骂声丢在柴焰身后。

柴焰的脚步急促，细细的鞋跟落在水泥马路上，留下一串火急火燎的嗒嗒声。

声音终止在一辆SUV前，她打开车门，跨步上车，随后人伏在方向盘上，肩膀微微颤动。

"这是怎么了？去买个水又是谁招你了？"陈未南拍拍她，又四下里看看，"水呢？"

"陈未南。"没回答他的问题，柴焰反而坐直身体，定定看着他。

陈未南有些毛了："干吗？"

"你修牙价格都是多少？"

"拔牙普通50，智齿70，做假牙的话分材料不同价格不等，具体来说烤瓷的……"

"涨价，都涨价。"

"好的，一恢复营业就涨价！"安抚性地拍了拍柴焰的背，他看向窗外，柴焰刚刚来的路上空无一人，"刚刚是遇到什么人了吗？"

"没什么人。"柴焰声音发闷,讷讷地答。

陈未南却不依不饶地盯着她看。没办法,柴焰拿出口袋里已经捏皱的报纸,递了出去:"和卖报的吵了几句。"

接过报纸,陈未南默默扫了两眼,嘴角扯了扯,一声不屑的轻嗤从齿缝里挤了出来:"无耻之徒。"

然而,让陈未南料想不到的是,他口中的"无耻之徒"会在开庭的前一天登门造访。

12月6日,终审的前一天,终于离开酒店回了家的陈未南躺在客厅沙发上小憩,落地窗外不知什么时候飘起白雪,沙沙地在窗沿旁积了堆。

他眯着眼,一时竟没分清耳边的声音是雪声还是敲门声。

柴焰从厨房走出来,她腰上扎着围裙,擦过的手上隐隐泛着柠檬味。

"这个时候能是谁呢?"又甩了甩手,她凑近猫眼,人突然一怔。

她回身看着陈未南:"是那对夫妻,还有记者。"

腾地坐起的陈未南几步冲向了门旁:"你们还想干什么!"

豁然而开的门后,穿戴干净整齐的夫妻脸上再没了戾气,相反却深深给他鞠了一躬。

"对不起,鹅们(我们)今天拿到了报告,娃娃不是鹅们(我们)的,之前的四(事)对不起,城里的好心银(好心人)多,鹅们(我们)的娃娃现在已经有救了,今天来就四(是)和你们道个歉,法院该怎么判怎么判,鹅们(我们)都认。"

"哦?"陈未南轻笑一声,"所以你们现在是目的达到,带着记者来做场戏,然后准备撤,是吧?"

他的话引起骚动,闪光灯闪烁时,他看见几个黑色幽深的镜头对准了他,红色的信号灯表示机器正在运作,他越想越气,话不经大脑便脱口而出:"你敢说你们不是在抢走小奇迹之前就知道她不是你们的孩子!她的骨髓也救不了你们的儿子!你们还这样,无非是想引起媒体注意!"

汉子闷不吭声,他老婆站在一旁,也低着头。

"鹅(我)们也是被逼得没办法,而且这些鹅(我)们也和记者同志们说了,只是……"女人抬起头,精明的眼睛打量了陈未南一下,"不过,报告在鹅(我)们这里,后来就不见了,你是咋知道的?"

陈未南一时语塞,竟然不知该怎么回答。

又是一阵密集的闪光灯，气恼的陈未南猛地关上门，不想花费时间去理会那群人。门外议论声此起彼伏，房内的陈未南低着头，脸因为愤怒涨得通红。

柴焰拍着他的肩："没事。"

"我又说错话了。"

"没事。"柴焰安慰着他，边想着明天是不是还会有变数。

Chapter19—4

"我当事人承认检方起诉罪行，只是请法官考虑我当事人救子心切、认子心切的心情，酌情量刑。"管律师一番话后，回到了座位。

柴焰与陈未南对视一眼，看样子是不会再有变数了。

审判结果在半小时后宣布，结果差强人意，那对夫妻的量刑几乎是可以忽略不计了。

庭审结束，心里不安的柴焰奔去找管律师，陈未南跟在她身后一起。

"你是问我从哪儿来的？"管律师指指自己，笑了，"你不知道我也正常，我律师证才拿到手，没想到接手的第一个案子就这么有意思。"

诧异片刻，柴焰闷闷地说："才做律师？那你很厉害。"

"不，不是我厉害。"管律师四下里看看，小声地说，"案子结束我也不妨告诉你们，那些人证、物证和说辞，都是有人事先告诉我的。"

"那个人是谁？"再也压抑不住心里的惊讶，柴焰失声问。

管律师挠着头："这我就不知道了，我都没见过他，我和他只是通过电话联系。"

"号码你有吗？"

"有。"管律师将手中的公文包转而夹在了腋下，拿出手机，摆弄了几下，找到个号码。

"不过它经常打不通，我几乎没主动联系过他，都是他联系我。"他补充道。

"知道了，谢谢。"

"反正现在官司已经结束了，我也不妨当回雷锋做次好事告诉你们件事。"

"什么？"

"你们是不是得罪了什么人？这个人可是和我说过，官司输赢无所谓，只要把你们的名声搞臭就行。"

"……"

陈未南的名声的确臭了。即便陈爸最后去找当年的同事恳请他澄清流产并不是因为陈未南那一撞，是那个孩子本身就有健康问题，流产不过是个逼他让位的手段而已。

可无论是已在高位的前同事，还是媒体记者，没人肯站出来。

"这事怪我，我也是后来知道的，想想职位已经没了，就别再坏人好事了。"酒店的沙发里，陈爸懊恼地捂着脸。

他的声音穿过指缝，嗡嗡作响。

"不就是被人指指点点一阵吗？你老比我活得久，还不知道这不过是一阵的事。"陈未南坐在窗前，把玩着手机，"几点的飞机，我送你们。"

"算了，你现在好歹是个公众人物，还是少出门的好。"插话的是陈妈，她躬身整理着行李，"柴焰呢，她怎么没跟你一起来？"

"哦，她单位的客户临时出了点儿事，她过去看看再赶过来。"

"什么客户，出什么事了？"

"就是我那堂哥陈砌，因为帮我说话，被记者围攻了。"

陈妈刚放下的心又悬了起来："儿子，要不你跟我们回云都吧，正好小奇迹要治疗，你也回去休息一阵。"

"我去看看阿姨收拾得怎么样了。"懒得听老妈啰唆，陈未南出了门。

想想还是有些担心，陈未南开始调阅陈砌的号码，还没开始翻，"叮"的一声，一条新短信突兀地出现在手机界面里。

陈未南觉得他的手竟开始颤抖，虽然是个陌生号码，可他却记得，这个尾号是 1550 的号码就是管律师给他的那个。

一个在路边摊买到的，没任何登记资料的号码发了条消息给他。

咽下聚在喉咙口的口水，他点开信息。

只见里面写着如下内容：

见个面吧，陈未南。

署名迟杨。后面附着一个地址。

没来得及跟柴妈和父母说一声，陈未南按这个地址赶过去。

公路由笔直渐渐崎岖，最后隐没在一堆杂乱堆放的建筑废料当中，一块"危险绕行"的牌子立在碎石前面，黄得刺眼。

他觉得哪里不对，可未及细想，身体便随着一阵突如其来的冲击猛地向前冲去。

车子直直扎进了碎石堆，挡风玻璃顷刻变得四分五裂，他趴在方向盘上，觉得意识正随着额顶流下的血四下里游散。

就在这时，车子后方传来声音。他勉强侧过头，后视镜里，一个模糊的轮廓渐渐清晰起来。

怎么是"他"？

"说了约你见面，我是来赴约的。"说完，"他"随即举起森冷的刀，重重地朝陈未南身上落了下去。

Chapter19-5

晚上六点十五分，年末的机场人流不息，陈爸陈妈站在闸机口前，仍不住回头张望。

"未南这孩子不会出什么事吧？"陈妈担忧地说，"不然我们改签吧。"

询问得到了陈爸的呵斥，他板着脸，手不耐烦地来回挥动："那么大个人，该懂得怎么照顾自己，你别瞎担心。"

话虽然如此说，可打发走陈妈后，陈爸还是折回到柴焰身旁。

"小焰，那小子回来，你让他给我们发条短信，飞机上要关机，我们下机能看到，也好放心。"

"知道了，叔叔，你放心。"柴焰点着头，挥手目送走回家的一行人，这才转身离开。

新建的瞭望塔在远处山坡上闪着光，SUV 保持着一个不快不慢的速度行驶，按断蓝牙耳机，柴焰有些失望，陈未南的手机仍然处于关机状态。

"到底去哪儿了？"她拍着方向盘，懊恼的情绪里掺杂着隐隐的担忧。

似乎真存在了某种心灵感应似的，几乎沉寂有一会儿的电话蓦地响了起来。

"陈未南"三个字在屏幕上欢脱跳动。

她松了口气，却又刻意板起脸。

"你去哪儿了，我妈和叔叔阿姨他们都走了。"

电话那边似乎有许多人，纷杂的交谈声水流似的涌进她耳朵，她却没听到陈未南的声音。

"陈未南，说话！"她厉声开口。

这次，总算有人回应了。

"你好，我是区分局刑警队的小刘，想和你了解些关于机主陈未南的事。"

"你们为什么要了解他？"才放下的心又重新被高高束起，柴焰举起手，使劲儿按了按蓝牙耳机。

"是这样的，我们接到报案，说在新北新闸区交界公路发现一辆可疑车辆，车上有大量血迹，车主是陈未南……"

警员的话还在继续，可柴焰却再听不进一句。随着一声尖锐刺耳的刹车，她把车停在了路上。

陈未南……出事了？

她好像被人凭空提上了天，再重重抛回了地面，脑子顿时蒙了。

天彻底黑下来，柴焰坐在灯火通明的公安局里，听着警察机械的问话，眼睛不时看去窗外。那里是黑色的世界，而此刻的陈未南不知在哪个角落。

"他原本不叫迟杨，他叫迟秋成，是我大学时认识的，曾经追求过我，后来死于7·26。"

"7·26？"问话的警察用笔描着本子上这几个数字，不解地重复。

"是几年前的一件抢劫案，市局的档案馆里应该有记录。"柴焰解释说。

警察了然地"哦"了一声，又有了新的疑问："可你不是说他死了吗？怎么现在说他有嫌疑？"

"他没死，他变了。"柴焰深深地吸了一口气，回忆起之前刻意回避的种种，包括半山公馆停车场凭空坠落的花盆，那张署名C的字条，被人动过手脚的车，之后的火灾以及镜面上留下的诅咒字迹。

她的话显然超出了警察的接受范围，他边做着笔记，边不可思议地发问："有这么一个疯子出现，你们早干吗去了，为什么不报警？"

"我……"她想解释却发现无从解释，颓然地垂下头，复又抬起，"他……会活着吧？"

"不好说。单从车上的流血量看，失血较多，至于会不会超过致死线，这方面我不专业，需要等法医方面的专业报告。"点着头说话，警察后知后觉地发现他的话多少有些伤人，亡羊补牢道，"不过也不一定了，真想杀人没必要把尸体也运走，所以人活着的可能性还是很大的。"

"真的吗？"

"从犯罪心理学上讲，是的。"

破灭的希望重新填满了胸腔，想起迟杨恨意的由来，柴焰突然意识到，或许他会来找自己，只要他来，她就有机会找到陈未南。

不过一夜，天便彻底凉了，柴焰站在公安局正门外的台阶上，衣袂翻飞。远方，城市的灯光隐在层层树影后，影影绰绰，这样的情境让突然响起的铃声越发诡异。

她一激灵，迅速掏出手机。

可惜，不过是一场空欢喜而已。陈爸的号码在手机屏上闪烁跳跃，柴焰一时却不知道该怎么接。

片刻犹豫后，她拿起了手机："叔叔，他回来了，嗯，他那个糊涂鬼，把手机掉了。他在洗澡，好，明早我让他回给你。"

结束了电话，她一屁股坐在台阶上。手捂住脸，她希望现在的一切不过是一场梦而已，等她睁眼醒来，陈未南坐在她身旁，对她笑，和她讲一点儿也不好笑的笑话。

Chapter19-6

第二天清晨，在沙发上窝了一宿的柴焰被一阵敲门声惊醒。她一激灵，起身去开门，门外，鼻梁卡着一副黑墨镜的陈砌闪了个身，迅速溜进门里。

"你怎么来了？"

"陈未南真出事了？"

两人异口同声地说着。

柴焰有些惊讶地看了陈砌一眼："你怎么知道？"

"我怎么知道？"陈砌冷哼了一声，抖抖衣领，"咱现在好歹算一个公众人物，消息自然要灵通一些。"

他几步走近沙发，坐下，手从额头一梳到脑后，一副困倦的样子："因为帮臭小子说了两句话，我不是被那群记者围攻了吗？今早又有个记者，不知怎的，摸去了我家，堵门问我怕不怕和陈未南一样的下场，我这才知道。"

想起因此要靠打官司维权的陈砌，柴焰有些愧意："帮你打官司本来是我的职责，可现在……"

　　陈砌摆摆手："你别管我了，找到臭小子要紧。柴焰，你想想，就没有谁知道那个姓迟的住哪儿吗？"

　　柴焰摇摇头，又点点头："沈晓也见过迟杨，我之前问过她，她说她不知道迟杨住在哪里。"

　　"那个撒谎精，你都被她骗了一次，还信她？"

　　眸光一闪，柴焰笃定地点头："不信。"

　　没想到，在沈晓家却扑了个空。

　　"不会是跑了吧？"陈砌揣测着。

　　看着紧闭的大门，柴焰的心跟着"扑通扑通"跳了起来，如果沈晓和迟杨还有联系，那找到陈未南就不是什么难事了，毕竟她知道沈晓的去处要比迟杨多得多。

　　兴奋的劲头还没过去，身后便传来了声音。

　　"柴焰，你找我？"

　　沈晓竟然回来了。

　　听柴焰说清了原委，沈晓了然地点点头："我知道你们为什么这么想，我之前犯过错，人一旦犯过错想改好很难，不过我真的不知道迟杨他住在哪里。柴焰，我可以和你们说谎，可我敢和警察说谎吗？"

　　"什么意思？"

　　"我才从公安局回来，他们找我去也是因为迟杨。"沈晓轻轻地摇头，"可我也只见过他几次，那时候我恨你、怪你，就喜欢和他一起说你们的错处，他知道陈未南曾经害他不能转正，拜托过我发一封邮件给陈未南，仅此而已。"

　　柴焰专注地看着她，沈晓同样也直直回望着她，目光真挚，好像她说的全是真的。

　　"好吧。"柴焰艰难地承认她在沈晓这里得不到更多，"能告诉我你都是在哪儿见的他吗？"

　　"蕲南大学正门前的梧桐大道，你们出事的地方。"

　　柴焰人一怔，劫匪、绑架、爆炸和无尽的火光，这些记忆顷刻间再次冲进她脑海，不管是过去的迟秋成还是现在的迟杨，的确有理由恨她。

　　"没关系。"告别了沈晓，柴焰安慰陈砌，也是安慰自己，"我们还有警方可以依靠呢。不行我就去找我哥。"

可自我安慰的话终究还是没能实现，除了依靠数据恢复找回了陈未南出事前收到的那条短信，这个迟杨住在哪里，他的指纹影像一概都被他清理得干干净净。

周末，在公安局做完数码画像的柴焰开车去了一个地方。

冬季的蕲南大学，门前的梧桐大道少了夏日的热闹，多了几分萧条。

停好车，柴焰坐在当初那张座椅上，安静地听风声，门前，行人很少，偶尔走过一个，也是行色匆匆。

突然，一只温热的手落在了她肩头。

没有回头，柴焰便认出那个人声——迟杨。

他叫她："柴焰，我知道你会来。"

"陈未南在哪儿，你把他怎么了？"

迟杨盯着抓住他手腕的细白手指，眉毛都没挑一下："我说了，你只要和他在一起，我就不会让你们幸福的。"

"秋成，你这又是何必呢？"

"柴焰，我曾经为你死过一次，为了这个你为什么不能爱我？"按住了想要起身的柴焰，迟杨居高临下地看着她。

可这话要让她说几次，他才能懂呢？她可以拿任何东西给他，唯独给不了爱。

"陈未南呢？"想起陈未南，柴焰的语气冷了几分。

她的话换来迟杨一阵冷笑，他慢慢弯下腰，从她身后凑近她。

温热的呼吸吹在她脸颊，男人的声音却泛着丝丝寒意："你永远也见不到他。"

她再想说什么，脑后一重，人便失去了知觉。

等她再睁开眼，人躺在地上，头顶笼着片阴影，来自蹲在一旁的拾荒者，年老昏花的眼睛担忧地看着她："姑娘，你没事吧？"

"没事。"她揉了揉发胀的后脑勺儿，问，"阿姨，你有看到其他人吗？"

拾荒者摇着头："我就看到你一个人躺在这儿，没看见其他人啊。"

"哦。"撑着坐起身，柴焰看着离她一米远的长条椅，人微微地愣神。

可也就是转瞬的工夫，她便想起迟杨最后的话，心中不免一痛。

"迟杨，你究竟把陈未南带到哪里去了啊？"她问。

好似回应似的，城市一角，某处破败的独栋建筑里，陈未南从一片痛楚中缓缓睁开了眼，他张张嘴，却没力气发出一点儿声音。

Chapter20
真 相

关键是你想知道真相还是你想知道你所认为的真相。
——《催眠大师》

Chapter20–1

陈爸意识到事情不对头，是陈未南失踪后的第三天。柴焰才到公安局，还没来得及问案子的进展，便接到了陈爸的电话。

眼皮随着号码一同跳跃，心里七上八下的柴焰走去角落，忐忑地按下接听键："喂，叔叔……"

"未南呢？"·

"他在家啊。"

"你还想骗我们！"气愤让陈爸的声音大了不少，震得柴焰耳朵生疼。

"叔叔，你放心，陈未南不会有事的。"她安慰着陈爸，也像在安慰自己。

可无论她怎么劝说，都不能阻拦陈爸折返回蕲南的决定。

"好吧。"柴焰无奈地只好答应，她随即又想起什么，"叔叔，是谁告诉你未南的事情的？"

"有人发了短信给我们。"一心担心儿子的陈爸有气无力地说。

"号码是多少？"

陈爸报出一串数字，柴焰心中一凛，是迟杨。

思维还没收回，一个身着警服的警察兴奋地从她身旁经过，看见她时，随手招呼着："你在这儿啊，案子有新发现了。"

她"啊"了一声，匆忙挂断电话，跟随警员上楼。

原来负责监控移动数据信号的警员刚刚追踪到迟杨的手机在大约十分钟前开过机，依靠精密仪器，他们追查到信号的发射区域，锁定地址，结果却让人大跌眼镜。

"我住的小区？"柴焰指着自己，觉得冷汗正沿着脊背缓缓而下。

如果迟杨就在她家附近，那么说不定陈未南也在她家附近。这种认知让她心跳猛然加速，一个懵懂的想法在她心底悄然滋生，她指着自己："他来找过我一次，或许还会再来找我。"

"你的意思是？"警察看着她，若有所思。

"你想当诱饵，引迟杨出来？"何子铭点燃香薰，摇灭了手中的火柴。

柴焰合上眼，轻轻点头。

"可你不觉得比起你，他更想针对的是陈未南吗？我觉得他对你还是有感情的。"何子铭说着他的想法。

"那算什么感情？"柴焰轻嗤了声，睁开眼，"他不是也对我的车子动过手脚？"

"可是火灾时他让你离开了现场。"

"却让陈未南受了伤！"柴焰坐起身，情绪激动，"他知道，伤害陈未南比伤我更让我难过，他发现了新的乐趣。迟秋成早不是过去的那个他，他变了。"

何子铭轻声叹气后，问起陈未南："人还没找到吗？警察怎么说？"

"只是说在找，不过我相信他还活着。"

"如果……"

"没有如果。"柴焰坚定地说，她侧过头，刚好看清玻璃中的自己脸有些许狰狞，不免一愣，又叹了一口气，她默默地招呼何子铭，"开始吧。"

巨大的心理压力让她的内心几乎走到了边缘，她需要何子铭的治疗帮她放松下。

随着慢慢散开的熏香，渐散的意识里，仿佛有个人影站在远处，缓缓朝她招手，她叫着那人的名字：陈未南。

一扇门被从外推开，光挤进门缝，随着来人的脚步忽宽忽窄地落在陈未南脸上，女人弯下腰，伸手试了试他的鼻息，随即松了口气。

放下手里的饭菜，她转身离开了房间。

门关上的瞬间，之前还好像沉睡中的男人慢慢睁开了眼，他试图动动身子，才一移动，来自腹部的剧烈疼痛便引起眼角肌肉的抽搐。他眯起眼，身体重新蜷缩起来。他就是想不通，为什么会是"他"呢？

Chapter20-2

柴焰关紧房门，无力地坐在沙发上，就在这时，桌上电话突然响起，她伸了几下手，勉强抓到了电话。

才"喂"了一声，那边便传来哭声，柴焰耐心地问了几遍，终于听清陈妈在说什么。

在去机场的路上，陈爸心脏病突发，正在去医院的路上。

"柴焰，我们暂时过不去了，未南的事就……""靠你了"三个字硬是哽在陈妈喉咙里没说出来。

拒绝了让其他家人来蕲南的请求，柴焰挂了电话，随即跪坐在地上。

谁能告诉她，这到底是怎么了？

突然，沙发缝隙里的一个东西吸引了她的注意力，她探手抓住，拿在手里一看，是张字条，上面字迹工整地写着：

柴焰，十一点，我在地标广场等你。

是当初那张让她避开火灾的字条。

她以为它丢了。握紧这张失而复得的字条，柴焰心中燃起了某种希望，不知道这个能不能帮助警方找到迟杨。

握紧字条，她奔出了房间，甚至没想过自己怎么无缘无故会看向那个地方。

当初想到做字迹鉴定，无非是想确定迟杨是否真的是迟秋成。

换到如今做，无疑有些傻气和多此一举，可柴焰还是把东西送去了公安局。

"你也不要太过紧张了，正常生活，小区附近有我们的布控，一旦疑犯出现，我们的人就会行动。太过谨慎反而不容易让歹徒出手。"

柴焰点点头："还没迟杨的线索吗？"

"没有。"同样纳闷儿的警察耸着肩，"说实话，我都想过是不是真有迟杨这个人。居民档案里搜了个遍也没找出这个人来。"

"当然有。"这点柴焰是无比肯定的，不然又会是谁把陈未南带走了？她之前见到的又是谁？何况，见到迟杨的不止她，沈晓和何子铭也见到了啊。

没过多争执，柴焰悻悻地离开了公安局。

她该去哪儿呢？想起警察那句让她正常生活，柴焰苦笑一下，觉得这是她现在最做不到的事情了。

车沿着公路漫无目的地徐行，不知不觉，她竟来到了曾经参训过的省体校门前。

森严壁垒的铜门上方，一条鲜红的横幅贯穿左右，加粗的宋体字醒目地写着"热烈庆祝我校在世界青武会再创佳绩"。

柴焰的思绪随着"青武会"三个字飞回了许多年前，那时的她扎着腰带，在赛场上挥洒汗水，台下的迟秋成则目光热切地望着她，给她鼓劲助威。

"为什么要变啊？"她问自己，却发现答案是她找不到，也不想找到的。

恰好一队训练归来的学生蜂拥着朝门里走，鬼使神差地，柴焰下了车，混在队伍里，一同进了校园。

多少年过去了，体校的安保还是一如既往的松散，门口的保安只顾着打瞌睡，甚至没发现有个不属于这里的人进了校园。

几年来，体校经过扩建，训练场比当年大了许多，慢慢地从这个门去到另一个门，口号声和嘶喊从未间断。最终，柴焰在一面陈列满奖状的陈列柜前驻足，她记得这里，曾经，迟秋成和她说过，有朝一日，他也要在那里占上一席之地。

他甚至还赌气地把名字写在一张奖状背后。

指头沿着柜面一点点移动，说不上为什么，她想找到那张奖状，再看看它。

功夫不负有心人，在右上角的地方，她真的找到那张获奖人是她的奖状。她试图打开橱柜，无奈柜子上了锁，除非硬性破坏，否则不可能拿到里面的东西。

她手　着腰，仰起头，赌气地看着上方的奖状，冷不防一只手重重落在她肩头。

"干什么呢？"森冷的声音透着慑人，被迫回头的柴焰却意外对上一张笑脸。

"师兄？"她脱口而出。

集训期负责带柴焰的师兄如今成了主教练，人比几年前越发显得结实。他歪头听了柴焰的说法，沉默了片刻："秋成那小子，蛮可惜的。"

"嗯。"柴焰闷闷地应，并没说出迟杨的事。她眼睛望着师兄身后那排陈满奖状的橱窗，"我想看看，行吗？"

"那些是学校的宝，一般人哪能随便说看就看。"严肃的表情只在师兄脸上维持了半秒不到，随即便被嬉笑取替，还像当年那时一样，他拍了拍柴焰的头，

"是你，那就另当别论了。"

去取钥匙的师兄很快回来，随着被打开的玻璃橱，柴焰小心翼翼地从师兄手里接过那张奖状。有年头的奖状背面已经泛黄，水笔写的字迹却依旧清晰。只是上面写的并非迟秋成的名字。她从没想过当年较劲的迟秋成写下的会是"God bless you，柴焰"。

当年的傻子怎么会变成现在的样子呢？柴焰抽着鼻子，目光突然落在了"柴焰"二字上面。

微微一凝神，她觉得哪里不对。可要说哪里不对，她又说不出。

几分钟后，有学生来找，柴焰便借机告别了师兄。一个人走在空旷的操场上，柴焰蓦地发现哪里不对了：她交给警察的字条上，"柴焰"两个字的写法和她刚刚看到的，不像。

"我怀疑这个迟杨不是迟秋成，是别人冒充的！"跨步上车的同时，拨去公安局的电话也一并被接通了，柴焰声音急促，和对方说着刚刚的发现以及她自己的想法。

"这是不可能的。"接电话的警员莞尔一笑，"你送来的字条我们和迟秋成的笔迹做过对比鉴定，已经证明是一个人了。"

"啊？"才燃起的希望又瞬间破灭，柴焰原以为，想要报复她和陈未南的是一个和迟秋成有着亲密关系的人呢，现在看，这种可能又要被否定了吗？

"不过保险起见，新的笔迹也拿来让我们鉴定下吧。"

刚刚的沮丧一扫而净，她点着头："我这就去取。"

风风火火跑回体校，她后知后觉地想起，体校到了放学时间，学校早人去楼空了。摇了摇面前那副沉重的门锁，柴焰的心也跟着沉重起来。

陈未南失踪的第五天，依旧生死未卜，而之前出现过的迟杨却再没出现过。

柴焰心急如焚，却于事无补。突然，她猛地想到迟杨去过的医院，何子铭说他什么也没查到，可会不会有什么遗漏呢？

这么想着，她驱车朝医院赶去。

Chapter20-3

医院总是常年如一日地忙碌，柴焰坐在休息区，看着手中成沓的挂号本，神情略带疲惫。她按了按眉心，听见自己的名字飘在空中：第53号，柴焰，请到第五诊室。

　　她神情一凛，迈步起身。

　　沿着漫长的走廊走了一段路，她停在一间办公室前，一个头发花白的女人坐在里面，执笔的手忙碌地在纸上写着什么，听见声音，她抬起头："想整哪里？"

　　"我不整容。"

　　"不整容你来这儿干吗？"

　　"我想来打听一个人。"将手中的纸推去女人面前，柴焰拉着椅子坐下，"来医院看病的病人都会留下资料，我现在急需找到他，能帮帮我吗？"

　　"我们对病人的资料都是保密的。"女医生态度倨傲地回答。

　　"我知道，可他不是在我们医院整容的。"回忆着那张写着韩文的报告单，柴焰说着她的推测，"他在韩国整容，估计是伤口出了问题，回来检查。"不然他没必要拿着报告单来。

　　"你既然知道得这么清楚，还需要我回答你什么呢？"

　　"我想知道他住哪儿，我要找他！"声音随着渐渐失控的情绪拔高许多，柴焰红着眼，明知道有求于人不该是现在的态度。

　　"医院不是幼儿园，我也不是孩子家长。"女医生不耐烦地拿起电话，叫来了保安。

　　柴焰胳膊被保安架住时，依旧喃喃着："我只是想知道迟杨在哪儿，我要找他。"

　　"你为什么要找他啊？"柴焰的态度终于引起了女医生的好奇，女医生叫住保安，问。

　　"因为我最爱的人被他带走了……"

　　用三言两语说完了她的故事，柴焰盯着女医生，期待着事情是否会有转机。

　　可她得到的答案让人失望。

　　"我们医院没给这个病人看过病。"

　　女医生的语气过分肯定，让人怀疑她是否是在敷衍。

　　"不信算了。"女医生摆着手，去忙手边的事，看样子是不打算再搭理柴焰了。

　　柴焰怔了怔："就那么确定吗？"

　　"我是我们科的主任，像你说的那种术后修护术我们科其他人做不了，就我能做，你说呢？"

"哦。"柴焰彻底失望了。

可她明明记得迟杨是来这个科看病的,那张报告单就是证据。

"你再不信就去保安科看监控,看看他是不是进了我们科。"女医生不满地撇嘴,"我可没那个闲工夫骗你。"

"我可以去看监控吗?"柴焰充满希望地看向女医生。

"去吧去吧。"女医生挥着手,打发一旁的保安,"带她去看看。"

"孟主任,这不合规啊。"小保安提着异议。

"有什么不合规的,病人丢了,不需要找啊!"

女医生的强硬态度果然吓得保安不敢多言,柴焰也因此得偿所愿,跟着进了保安部。

她依稀记得遇到迟杨的日子,不耐烦的小保安翻腾半天,找了一沓录像带出来。

"算你运气好,我们的监控录像是一年一清,你再晚来些这些带子可就没了。"

"可是,怎么这么多?"盯着那成摞的录像带,柴焰疑惑地朝保安看去。

后者耸耸肩:"说了是准备清空的,顺序被摆乱了,你要看的是哪卷要自己找。"

好吧。柴焰坐正身体,伸手取过第一卷带子,随手塞进老旧的机器,一阵咯吱咯吱的机器运作声后,屏幕上出现了黑白色的无声画面。

那是妇产科走廊里的视频,柴焰轻叹一声,按了暂停。那不是她要找的。

接连看了十几盘,被剔除的录像带在手旁堆成了不规则的小山,柴焰按压着眼眶,重新凝神看向屏幕。

突然,她精神一振,发现那就是她去过的缴费大厅,录像的开头便是清晨,没一会儿,她在画面里看到了自己。她手拿缴费单,交好费用,便去了大厅另一侧。

柴焰瞪着眼睛,聚精会神地看着画面,直到陈未南的身影出现,她忍不住错愕,呆靠在椅背上。

那段录像里,除了柴焰和陈未南外,迟杨自始至终都没出现过!

这到底是怎么回事?

一盘录像带,翻来覆去看过四遍,迟杨始终都没出现。

出去泡了碗泡面又啃了只鸡爪的保安满面红光地推门进来,看到空无一人的座椅,擦掉嘴角的红油,嘀咕:"人呢?"

跟着他一同进来的保安队长则看着乱七八糟的桌案,不满道:"这是要开杂货铺啊?"

"队长，我这就收拾。"小保安几步上前，张开手臂，拢齐了带子，"刚刚有人来查段监控，估计是没查着。"

保安队长正正头顶的帽子："监控能随便给人看吗？"

"是整形科的孟主任拜托的，不好推。"

"哦。"听说是孟主任，保安队长的脸色略略缓和下来，他摆摆手，"整理好，别丢了。"

"是的，队长，我办事你放心。"才拍着胸脯打着包票的小保安下一秒就像咬了舌头似的说不出话了。

录像带……少了一卷！

拿走录像带的柴焰还没意识到她的行为哪里不妥，坐在车里，她回忆着见过迟杨的几个地方：地下车库、缴费大厅、公安局外，还有何子铭的诊所外。

车库里的摄像头坏了不知道多久，柴焰无法从那里得到任何结果，她只能把希望寄托在何子铭和公安局那边。

她深深地吸气后，把希望寄托在何子铭深身上，只要他一句话，便能推翻她此刻的可怕想法。

车子一路飞奔去向何子铭的诊所，何子铭却不在。

"去哪儿了？"

"何医生去看个病人，或者你可以打个电话给他。"前台是和柴焰相熟的人，看出柴焰着急，她建议着。

"好吧。"

无奈的柴焰只好接受了这个建议，她走到窗前，拿出手机，拨通了何子铭的电话。

只短暂地"嘟"了一下，电话便被人接起。

柴焰紧张地吸气，不等何子铭那边打完招呼，便心急地开腔："何子铭，你见过迟杨吗？见过吧！"

"稍等一下。"似乎是在打发旁人，电话发出一阵杂音后，何子铭恢复了对话，"怎么了柴焰，你刚刚说的什么我没听懂。"

"我说，你看到过迟杨吧？用眼睛看见过吧？"声音几乎是带着哭腔，柴焰祈祷着对方给她想要的答案。

"迟杨？"何子铭思忖着，"说起来，我知道他，完全是听你说的，我并没见过他。"

什么？没见过？

"可是那次明明你也看到他了，你还指着他问我他是不是腿不大好。"她抓牢电话，期待最后关头何子铭能想起什么。

只是得到的答案不容乐观。何子铭摇着头："柴焰，你是怎么了，那天是你指着院子那侧说迟杨在的，事实上，我没看到过他。"

紧握着电话的手倏然放下，柴焰忽然发现她生活的世界不是她原本生活的那个世界。

她想起另一个人，抱着最后一丝希望，她又打给了沈晓。

这次的柴焰，异乎寻常的平静。

"沈晓，你见过迟杨的是不是？我说的是亲眼见过，那次我们在公安局区分局，你见过。"

"柴焰你在说什么？"

"我说那次在公安局区分局，是你提醒我迟杨在窗外看着我的。"循着回忆，当初的画面一幕幕在脑海中重放，"你还说为什么迟秋成就是忘不掉我。你知道迟秋成是迟杨，你见过迟杨是不是？"

"柴焰，我是说过'迟秋成为什么忘不掉你'这句话，因为那时我恨你，而我喜欢秋成，至于迟杨……那天不是你自己跑出了公安局吗？我当时还在想你是看到谁了呢。"

"你没见过迟杨？"

"没有。"

柴焰挂了电话，人微微地愣神，诊所的前台小姐觉得情况有些不对，走上前询问。

"我没事，就是有点儿累。"柴焰摆摆手，慢慢步出了诊所。

灰色的天不知何时积满了灰黑色的云，马路上平静得没有一丝风，看样子，一场大雪将至。

柴焰似乎放弃了去公安局的念头，驱车直接回了家。

不是为了别的，因为她想起家里有样东西。

卧室的床头桌上，随着"啪"的一声开关响，床头灯投射出的柔黄光线照在她的手上。柴焰抽出最下面的抽屉，拿出里面的本子。

那是迟秋成的日记，警方就是根据这本日记判定迟杨和迟秋成是一人的。

拿起本子，她走到书房。

书桌上除了一台笔记本电脑外，竟然没有笔，翻箱倒柜找了半天，她终于在窗台的角落里找到一支水笔。

　　握着笔，她坐在座位上，手旁平放着一张纸和那本日记。

　　又看了眼日记，她落笔。

　　3月3日，天气晴，我又见到了柴焰。

　　看着左右两边相差无二的字迹，她有些绝望地闭上眼，陈未南几乎没见过迟秋成的字，单凭署名和内容便断定日记就是迟秋成的。可为什么连她也没发现日记的字根本不是迟秋成的呢？

　　正想着，一阵陌生的铃声在房间里响起，她吸吸鼻子，起身出了房间。

　　让她奇怪的是，声音竟是从她包里传出来的。她翻了半天，在包底找到了那部开机声音超响的老式砖头机。

　　可这不是她的手机啊。

　　蓦地，柴焰被屏幕上晃动的方块字吸引了全部注意，因为开机欢迎语写着：希望 CY 快乐起来。

　　CY……迟杨……柴焰……

　　这个可怕的发现打破了她最后的侥幸，她颤抖着手，按开界面。她深知，这手机的短信息里会有让她想逃避却再也逃不开的信息。

　　也几乎是同时，门外传来急促有力的敲门声。

　　不得已，她放下手机去开门。

　　门外，之前给她做笔录的那个小警察手拿一张纸，在她面前晃了晃，嘴里说着："关于陈未南失踪一案，我们需要你回局里协助调查。"

　　甚至没人愿意告诉她就在刚刚，撞坏陈未南那辆车子的肇事车辆已经被找到了，车上发现了柴焰使用过的东西。

　　一副冰冷的手铐扣住了柴焰，她觉得周身发冷。

　　"这是什么？"

　　出门前，为首的警察看见柴焰手里的东西，狐疑片刻后便迅速夺过了手机。

　　"耍我们很好玩？"几秒钟过去，他晃了晃手里的东西，一脸怒容。随着他的动作，柴焰的视线也跟着凝固在了那片发白的屏幕上。

　　"陈未南出事了"显示在屏幕上，至于短信的收件人，她又怎么会不认得陈爸的号码呢？

Chapter20—4

"说吧，作案动机是什么？"窗外幽暗的夜色映衬着室内的明亮，顶着银星肩章的警察调整了下探灯头的朝向，厉声发问。

第一次戴手铐，手稍微动动，手腕便磨得发疼，柴焰微微皱眉，终于放弃了试图用手遮眼这个打算。她放下手，头微微偏向一个少光的方向，半晌后犹豫着答："我也不知道。"

"你给我老实点儿。"警察"啪"地拍响桌子，引来身边书记员的侧目，对方歪头寻思片刻，附耳对他说了几句话。

"谢谢你，不用提我哥哥是警察的事，我自己就是学法律的，不会知法犯法，只是，我真的想不起来我和那些东西有什么关系。我想，如果你们真想知道真相，或许要找个医生来，心理医生。"

你相信死去的人会用另一种方式存在吗？
想要幸福的生活，你要忘掉那个人的存在。

审讯因为柴焰的"不配合"不得不暂时中止。被带走的时候，柴焰想起何子铭很早以前对她说过的话，突然，她眼光一闪，横起手肘攻向一旁的女警察。

虽然是突发事件，警察毕竟训练有素，一个抬腿挡臂便轻易化解了柴焰的攻势，以为没事了的女警察气还没来得及松，便猛地发现柴焰手里拿着她的枪，随着"咔嚓"一声，枪上了膛。

"你要干什么？"甚至没有再多的反应时间，"砰"的一声枪响贯穿了狭小的走廊。

不得不将身体蜷曲在墙角的柴焰嘴里发着冷笑，神情却像变了个人："没错，我就是迟杨，我不比陈未南少喜欢柴焰一分，我甚至差点儿为她死了，她为什么就不喜欢我？"

闻讯而来的警备力量将"他"团团围住，带队的刑警队长则直接举起了枪："赶快缴械，不要试图逃走。"

"我什么时候说我想逃走了？""迟杨"无谓地耸耸肩，"陈未南那个小子已经死了，就算我死了，也值了。"

"他"自言自语起之前的事。

"我躲在她身旁，看着她把陈未南那小子当成我，当时我就想，或许这样就挺好，至少她记得我，至少陈未南活得挺憋屈。可谁知道她后来就清醒了，她竟然决定忘了我，这怎么可以……""迟杨"低下头，喃喃自语，"我就不躲了，我去追求她，可是她拒绝了我。她和陈未南越来越好，我寄了我的日记给他们，暗示我还活着，可他们还是心安理得地在一起，于是我就真生气了，花盆、车祸还有那把火都是我做的……"

"迟杨"的话意外被人打断了，刑警队长微微放低了手中的枪："可是你后来写了那张字条，让柴焰避开了那场火灾，为什么？"

"迟杨"的眼光开始闪烁。

"因为你还是不忍心伤害柴焰，你找到了更能让你出气的人，你对陈未南做了什么？他现在在哪儿？"威严的声音振聋发聩，刑警队长直接放下枪，走近"迟杨"，"陈未南在哪儿？"

"我……""迟杨"的眼睛越发迷离，手中的枪落在地上，"他"揉着头，"我不知道，我只知道他死了，死了。"

血沿着"迟杨"的小臂蜿蜒而下，在"他"身旁汪成一摊，"他"终于虚弱地倒在地上。

没有获得任何关键信息的队长沮丧地叹气，回身呵斥属下："瞧什么呢？医生呢？"

看着被架走的柴焰，硬朗的汉子也不免挠挠头，如果预见得到柴焰会下这种狠手，朝她自己开枪，他是无论如何也不会同意的。

依靠制造身体伤害，削弱本体意志，逼出另外的分裂意识，这是应用心理学里比较低端也实用的办法，可此刻的刑警队长觉得这是个馊主意。

"这下该怎么和她哥交代呢？"想想那张冷脸，刑警队长挠头。

更让他觉得奇怪的是，为什么隐藏在柴焰身体里的属于"迟杨"的人格会不知道陈未南的下落呢？

"会不会是这个柴焰自导自演演了这出戏，是她想害陈未南，故意编造出一个'迟杨'的身份来？"小组会议上，刚刚被安排配合柴焰演戏的那个女警说。

"动机呢？"刑警队长白了那个女警一眼，自己也是一筹莫展。

这时门口突然传来两声"咚咚"的怪响。

队长循声望去，看见一个一身黑衣的男人背身立在门旁，正专心致志收着手里的黑伞。

"最后找到的肇事车里发现了什么线索？"黑衣男人转过身，露出一张容貌过度清秀的脸，极度偏分的刘海儿遮住他宽挺的前额，无视半个房间的惊诧表情，他径直走到桌前，拉出椅子坐下了。

"说啊！"他理所当然地等人汇报。

"你是谁啊？"开腔的又是那个女警，她确定没见过这个人。

黑衣男人没搭腔，反而就近取了一个警察的档案夹，快速翻阅起来。

"哗哗"纸声响毕，他又随手丢开了本子。

"车上发现柴焰的衣物纤维和留有她指纹的椅垫，凭这个你们就断定是她开车撞了陈未南，甚至伤了他？"

"不然呢？"

"车是哪儿来的？"

"北安街报失过的被盗车辆。"

"车子性能如何？"

"良好，不然怎么可能撞得了一辆小型越野？"发言的人语气轻蔑，明显看不起这个意外来客。

"性能良好的车子必定不是闲置很久的车，你的意思是，我表妹开着这辆最近还在被车主开过的车去撞人，然后很活雷锋地把原车主的痕迹全部擦掉，再很大方地留下了若干她的线索等着警方来查，是吗？"

说完这些，傅邵言理了理衣角。

"制造车祸，带走陈未南的不是柴焰，凶手另有其人。"

"那会是谁呢？"应答的警察交互问着，说话声里间或夹杂着纸张翻阅的声音。

傅邵言看向一旁的刑警队长："你认为呢？"

"负责给柴焰治疗的何子铭有重大嫌疑！"

傅邵言回给对方一个"还不算太笨"的眼神。

Chapter20-5

接到来自警方的传讯时，何子铭正在诊所里问诊。一个长期抑郁的病人垂首坐在他对面，絮絮叨叨地说着心事，冷不防身后的木门被从外推开了。

"你是何子铭？"身着警服的汉子扫视过屋内，问桃木桌后的人。

何子铭点点头："我是。你们是？"

拿出口袋里的警员证在手里晃了晃，不速之客开口："警察，有件案子需要你配合我们回去做下调查。"

何子铭抿抿唇："今天的治疗先到这里吧。"

"啊？"显然还没倾诉够病症的患者如梦方醒，紧接着便隔着桌案抓住何子铭的手，"何医生，那下次什么时候治疗啊？"

何子铭无奈地看眼警察，摇摇头："暂时不知道，不过你放心，一旦有合适的时间，我的助手会联系你的。"

不耐烦的轻咳声打断了何子铭的话，何子铭看向发声的警察："能再给我几分钟时间吗？有些事情需要我安排一下。"

"抱歉，恐怕没这个时间给你。"

何子铭耸耸肩，绕过办公桌，说句："那就走吧。"

人才走出房间，他随即看到几个警员鱼贯而入，进了房间四下里翻腾，便轻飘飘地开口："我的资料是积累多年的病案，麻烦你们动作轻些，弄乱了我不好整理。"

陪同的警察虽然有些不高兴，还是回头嘱咐了一句："动作轻点儿。"

何子铭这才满意地点头，跟着出了门。

"你们找我做什么？"警车上，他问身旁的警察。警察没任何回应他的意思，只兀自拿着对讲机，不时和里面带着电波的声音做着对话。

识趣的何子铭索性闭目养神。

可到了公安局他仍闭目养神是怎么个意思，刑警队的鹿队就看不懂了。鹿队鹿程默默吸尽手中的烟，将烟屁股按死在烟灰缸里："我们只是想让你配合做下案件调查，希望你能配合下。"

"至少该告诉我，我是因为哪桩案子被带到这里的吧？来的路上我问过这个问题，没人回答我。作为一名合法公民，我有配合警方查案的义务，可我也有知情权吧？"

陪他来的警察就在附近，也因为他的这番话脸一阵红一阵白。赶在组员开口前，鹿程先把话头接了下来。

他搓着手里的空烟盒："陈未南那件案子有进展了，嫌犯抓到了。"

"是谁？"

"柴焰。"

如同预料的那样，何子铭露出了一脸的惊讶："怎么会？"

"我们怀疑她人格分裂，迟杨就是她分裂出来的另一重人格。"

"什么？！"

鹿程看着何子铭，如果不是事前已经锁定了目标，估计连他都要相信这件事与眼前这个相貌堂堂一派儒雅气质的男人无关了。

"你是她的主治医生，治疗时始终没发现吗？"

"没有。"似乎才从惊愕中回过神来，何子铭揉着脑袋，一脸沉痛的表情，"我是真的没发现。"

"好吧。"并不打算在这个问题上做太多纠缠的鹿程又拿起一根烟，"那和我们介绍下柴焰接受过的治疗吧。"

"好。"何子铭点着头，开始一一细数起柴焰吃过的药，接受过的治疗。

何子铭说得认真，并不知道房间的一墙之隔，傅邵言也跟着他的话一一复述着："都是些助眠安神的药物，中规中矩，没什么特别。"

"傅总，他肯定在说谎。我查过资料，何子铭是留美心理学博士，他的患者有没有分裂症他怎么可能不知道？"之前曾在讨论会上质疑过傅邵言的女警此刻却毕恭毕敬地称呼他为傅总，她转着手中的笔，陈述着她的观点。

"嗯。"傅邵言赞同地点点头，侧头看向年轻的警察，"既然如此，那你说说他为什么敢说谎？"

"因为我们没证据吗？"

傅邵言做了个 Bingo 的手势："最开始的刺激即便让柴焰的精神出现了异常，可没理由突然加剧。依靠药物和心理治疗让柴焰发病，这个何子铭和迟秋成是什么关系？"

"傅总。"插话的依旧是那个女警，"可是按照何子铭的说法，药没问题啊。"

"你们在柴焰那边找到药了吗？"

"没有。"女警摇着头。

"陈未南失踪，柴焰肯定睡不好，她会不吃药吗？"

"不会。"女警说完又提出了新的疑惑，"或者也有可能是药吃完了啊，你不能否认这种可能吧。"

"出事后柴焰曾经去找过何子铭解压，那几种药都是副作用极小的安眠类药物，即便柴焰不提出开药，何子铭也应该主动开药给她。可是现在药没了，或许是柴焰原本的药被人拿走了，毁灭证据，或许是何子铭没再开药给柴焰。"

游学时，他曾经听一位医学泰斗说过，多重人格是可以在药物、催眠和暗示作用下人为创作的。

"如果是他拿走了药，那他同样也能把手机塞进柴焰包里。"

大胆的猜测让年轻的女警头皮一阵发麻，她搓着胳膊："真被催眠，那还不是任人宰割，为所欲为了？"

差不多吧。傅邵言思忖着，如果他的推理能够成立，那么他面对的这个对手则比一般罪犯要难缠得多，因为对方是在用最难以留证的方法来完成一场完美的犯罪，并且这个罪犯似乎笃定了警方不能把他怎么办。

"或许，我们也可以来一场'催眠'试试看。"

Chapter20-6

和警方纠缠了几个小时，天快黑下来的时候，何子铭终于被放出了公安局。

无风的冬夜，成排的路灯散发着微薄的暖光，绵延去了远方，何子铭站在路边，伸手拦起了辆计程车。

上车后他随口报了个地址，司机翻起"空车"牌，缓步启动车子。

绕着夜澜江边徐行一会儿，何子铭下了车，走进临街一处酒吧里。在他进门后的几秒，一辆随之而来的车上下来一个年轻男子，男子动作机警敏捷，很快也跟着进了酒吧。

与寂静的室外不同，酒吧里人头攒动，不住闪烁变化的灯光照亮底下一张张斑斓的脸。男子张望了一会儿，终于懊恼地发现，他把目标跟丢了。

沮丧地退出酒吧，他回到车上，拿出对讲机讲话："老板老板，兔子颠了，怎么办，请指示。"

他重复说了两遍，可如同窗外平静无比的漆黑江景一样，对讲机那侧的"老板"没能给他一点儿回应。

这是什么情况？

从酒吧后门成功脱身的何子铭迅速上了另一辆计程车，一扫之前的平静表情，这次他嘴上扬起了浅浅笑意。

那笑里有喜悦跟得意，他的确该得意，因为警察手里毫无证据，他的计划万无一失。再过几天，他就会出国，离开这里，忘记在这里发生的一切。

电话却来得毫无预兆。他拿出手机，发现是一个完全陌生的号码。

犹豫片刻后，他接起了电话："喂……"

对方并没说话，电话里静悄悄一片。

何子铭又"喂"了一声，还是没有回应。正想挂断，对方却突然有了声音。只是这声音却着实吓了他一跳。

一个不可能打电话给他的人正同他说着话。

陈未南声音虚弱地喊他的名字："何子铭，你是不是以为我死了？"

"你在哪儿？"问话脱口而出，何子铭复又条件反射地看向那串陌生的手机号，他默默示意司机掉头，一边继续应付陈未南，"未南，警方正在找你，柴焰也很担心你，他们说柴焰精神分裂，想要杀你，是这样吗？"

可能是体力不支，陈未南咽下一口唾沫后，电话随即被挂断了。

淡定的神情顷刻从何子铭脸上消失，他咬着牙，恨恨地盯着屏幕，又迅速拨通了另一个人的电话，可惜无论他拨几次，电话那头永远是"用户不在服务区，请稍后再拨"这类的提示。

"靠！"他骂了一声，紧接着便催促司机快些再快些。

目的地是片荒废的别墅区，空荡荡的没有住家。打发走司机，何子铭左右看看，确定没人后，这才七转八转进了其中一栋别墅。

西欧风格的灰色建筑立在茫茫夜色里，犹如俯卧着的怪兽，怪兽张开口，一个人顺着进到房间里。

空荡荡的房间堆满各种废弃的建材，灰败和着潮湿的霉味扑面而来，何子铭甚至连个掩鼻的动作都没有，便径直走去了内室。

一楼的厨房旁边是个不大的储物间，搬开堆在里面的几块木板，一个配着扶手的暗门在脚旁悄然露出了形状。他弯腰拉开拉门，却猛地被身后的声音吓得停住了动作。他回头看向身后，大门完好无损地关着，并没有人跟进来。

静默几秒后，他确信没人跟来，这才探身下了地下室。

大约下了有十几级台阶，他来到了地下室的底部，黑漆漆的地下室，唯一的光或许是来自头顶的依稀月光，不过即便微弱，却也足够他看清依旧躺在地上的人了。

他长长地舒了口气，还好陈未南还在。

可他又惊觉事情哪里不对，如果陈未南在这儿，那刚刚打电话给他的又会是谁？

正想着，一道强光自头顶直直地照了下来。被这突然变故吓了一跳的何子铭用手遮着眼，花白的视线里，他看见一个人正朝他晃着手电筒。

"谢谢你，何医生，警方现在有证据指控你了。"随着缓缓而至的声音，一张让何子铭觉得异常陌生的脸出现在了他面前。

Chapter21
尾声

属 于 我 们 的 美 好 生 活 终 将 到 来。

Chapter21-1

"所以傅总,你说要以同样的催眠才能找到何子铭的把柄,你是怎么办到的?我是说催眠。"

翌日,明亮的办公间里,一群年轻警察围住傅邵言,等他叙述下昨晚的经过。

"你是怎么办到的?我是说催眠。"傅邵言重复着问话人的后半句话,用的却是另一种腔调。

问话的小伙子惊讶地望着傅邵言:"傅总,你的声音……怎么和我一样啊?"

身旁的同事也同样惊讶着,因为傅邵言刚刚的腔调的确和另一个同事的一模一样。

"我不懂什么真正的催眠,不过如果何子铭是凶手,那他最怕的肯定是陈未南被人发现。"

有时候,计算越是精准的罪犯,他们的弱点就越发明显。傅邵言并没过多解释他是怎么拥有了拟声这个技能的,那并不是一段让人愉悦的回忆。因为一场爆炸事故累及声带带来的"负效应"。

公安局门外,天气难得一见的好,傅邵言跨步迈下台阶,途中和几个同事打过招呼,便手执黑伞,徐步朝医院走去。他动作不快,手中的黑伞形如拐杖,一下下点着地上。

他要去医院看柴焰，他脑子里却不住回忆着何子铭供述时的情形。

何子铭和迟秋成有着某种亲密关系这是他事前想到的。

只是傅邵言没想到会是这样一段故事。

何子铭出生在一个富裕家庭，父母是浸淫商海多年的商人，生活忙碌，而他和弟弟则是经常被独自留在家里。

那是个夏天，因为考试成绩不理想，他赌气回家，没等同校的弟弟。直到晚饭时，气消的他去找弟弟，却发现弟弟一直没回家。

焦急的他找遍了所有能找的地方，却始终没能找到弟弟。

弟弟丢了。

知道事情的父母几乎动用了所有的关系，最后，除了一段来自火车站的监控录像表示弟弟是被一个高个头儿男人抱上了火车外，再没有其他有关弟弟的任何音讯。

弟弟被人贩子拐走的事情极大地影响了父母的情绪，家里的生意一蹶不振。这种状况一直持续了许多年，直到何子铭读大学后，才略微好了些。

没人知道何子铭自始至终都没放弃过找弟弟的念头，或许真的是皇天不负有心人吧，谁会想到，在若干年后的某天，迟秋成会走进他的诊所。

大家说，他和弟弟长得不像，可他还是一眼便认出了迟秋成就是他的弟弟。他不会忘记因为自己的不小心而留在弟弟手背上的那块伤疤。

弟弟是来看失眠的，弟弟说他压力很大，做陪练做了许多年，他想转正，本来教练说差不多可以转的，后来就突然没了消息。

弟弟还说他喜欢上一个女生，只是那个女生不喜欢他。

听完这些，何子铭就想，弟弟啊，你想要的这些不难，哥哥会为你争取到的。

让一个本身就有实力的运动员转正并不是难事，只是何子铭家里的秘书告诉他，迟秋成没能转正是因为有人从中作梗。

何子铭生气了，不管是谁，他都不会放过的。

调查结果没出来，何子铭却急着去和迟秋成相认，他想告诉迟秋成：我是你哥哥，你有父母，你家境富裕，跟哥哥回家过好日子吧。

可他等来的是什么结果呢？

一场抢劫后的车辆爆炸炸死了弟弟，他好不容易才找回来的弟弟。

更让他恨的是，弟弟是为了救那个叫柴焰的女人才死的，而那个让弟弟不能转正的人，和那个名叫柴焰的女人也有关系。

或许真是上天安排吧，那个女人把别人错认成了弟弟。

曾经，何子铭以为，或许让弟弟以这样的状态活着也不错。

Chapter21-2

从一开始，沈晓就知道何子铭打算报复柴焰，因为这里面有她一份功劳。

她曾经是柴焰最好的朋友，也真的试着推心置腹地交往过，可惜那都是徒劳。面对越是慷慨的柴焰，她内心的自卑感便越是泛滥。

其实，关于学位证的事情，她一早就知道是误会一场，她恨柴焰，这恨因为接下来的一场意外变得更深。

"你喜欢迟秋成？"问话的是位扎着马尾辫的女警，说话的语气没有男刑警的强硬和咄咄逼人，却也是公事公办的。

警方在拘捕何子铭时，从他的手机里调出了通话记录，这里面就有他在计程车上打给沈晓的那通。在那样的情景下，何子铭找沈晓的原因已经不用多言了。

警方在沈晓家里找到了她，带回公安局问话。

"嗯。"沈晓垂着头，低声应道。

喜欢是件很奇妙的事。沈晓喜欢迟秋成，完全始于一个奇妙的契机。那天是立秋的日子，寝室里的同学都不在，她一个人无聊地坐在书桌旁看书，突然，她侧头看向室友的桌子。

室友有严重的洁癖，桌案整齐得一尘不染，可此时，上面摆着一瓶天鹅形状的香水瓶。

她高中是在镇中学读的，英语成绩是学校第一，可来到蕲南后，她甚至连室友说的香水名都听不懂。

"什么swan！"她厌弃地瞪着香水，终于还是忍不住放下手中的书，起身走了过去。

当精致的香水瓶被握在手里时，沈晓不得不承认，这瓶子是挺好看的。她竖起瓶子，手指按在喷嘴上，用力一按。

她"啊"地叫了一声，手捂住了眼睛，暗下来的世界里，一声脆响过后，甜腻的香气顷刻把她包围住了。

"糟糕！"她暗叫一声不好，连忙抽起桌上的纸擦眼睛。可偏偏忙中出错，手带翻了桌上的书，厚重的书本哗啦啦地落了一地。

看着那片狼藉，沈晓失措得不知道该怎么办才好。她蹲下身子整理着书本，眼睛却忍不住再次瞟向了那瓶碎掉的香水。

该怎么办呢？或许她整理好东西马上离开这里，室友回来她就说不知道？

她摇摇头，这个想法傻死了，肯定行不通。

该怎么办，该怎么办？觉得无路可走时，身后传来的人声无异于炸弹，吓了她一跳。

"请问，柴焰住这里吗？"

她回头，看见一个男人站在门口，表情略微怪异地俯视着她。

她"啊"了一声，刚想说男生怎么进来的，后又马上想起最近寝室楼装修，门禁比之前松了不少，室友的男朋友最近就经常进楼来。

捋了捋凌乱的刘海儿，她点点头："她住这儿，不过她出去了，不知道什么时候回来。"

"哦。"男生轻轻应着，没有走的意思，反而递出了手里的东西，"这个是她的训练服，忘在体育馆了，我帮她拿回来了，已经洗好了。"

"那是她的座位，你放椅子上就行。"沈晓指指右手边的座位，心不在焉地说，她忙着整理东西，根本没心思搭理这人。

对方却很不识趣，放下东西非但没走，反而弯腰在沈晓旁边站定了。

"香水是你的吗？"

沈晓闷不吭声，继续理着书本。可不识趣的男生却还在继续，他捡起香水瓶碎片，在手里晃了晃："是你室友的。"

"关你什么事！"沈晓是真的生气了，她把理好的书重重放回桌上，手叉着腰，"你是谁啊？不知道这里是女生寝室，男生止步的吗？"

被骂的人不怒反笑了："柴焰说你平时连说话都不会大声，要我说，沈晓本来的声音挺大的嘛！"

"你认识我？"沈晓片刻间诧异。

"柴焰的好朋友，沈晓。"男生伸出手，白皙的脸庞挂着和煦的笑，"你好，我是柴焰的朋友，迟秋成。"

很奇怪的，一个明明之前看来很不起眼的男生，此刻再看便是阳光灿烂，最重要的是，这个阳光灿烂的男生还带她去商城，重新买了一瓶香水。

"钱我会还你的。"回到寝室楼下，沈晓郑重其事地对迟秋成说。

"好啊，等你工作了就还我。"迟秋成笑眯眯地说。

那天，她才回到寝室，放下香水瓶，室友便从外面回来了，没人注意桌上的香水比之前的满了一些。她装作没事人一样回到座位上看书，眼睛却不自觉地瞟向柴焰的座位。

两个座位之间隔着段不近的距离，她却依稀闻得到衣服上的干净皂香。

那晚，沈晓失眠了。

自此后，她总有意无意和柴焰说起迟秋成，听到迟秋成同样也向柴焰问起过她，她的心便如同揣了一只小耗子一样，惴惴的。

她希望柴焰多和迟秋成提起自己，又不希望她把自己形容得太过不堪，在这种矛盾的心理中，某天，在去食堂的路上，她无意中听到了迟秋成在向柴焰告白，她这才知道，自己默默喜欢的男生喜欢的是她的朋友。

可想而知她的心情是复杂的，她想过迟秋成喜欢柴焰的原因。

漂亮吗？她也不丑。

家世？柴焰有的不过是爹妈给的，迟秋成不是那么肤浅的人，他看重的肯定不是这点。

可他为什么喜欢柴焰，不喜欢自己呢？

这件事让她足足焦虑了好久，直到她知道柴焰拒绝了迟秋成时，这股挤压在胸腔里的情绪才算彻底放了出来。

"她不喜欢你，说不定有别人喜欢你啊。"一次在学校中的偶遇，沈晓说出了这句在她看来已经异常露骨的话。

或许真的是当局者迷吧，当时的迟秋成并没听懂。

"我对他一直是小心翼翼地暗恋，所以没人知道我喜欢过他，后来他为了救柴焰去世，我恨柴焰害死他，就想找机会报复。"回忆有甜有酸，而结束这一切的沈晓还不得不面对警方的盘问。

"你是怎么同何子铭接上线的呢？"

"他查迟秋成的事时被我撞见了，我们算是一拍即合吧。我把之前秋成和柴焰如何相处的事告诉了他。"

"也是他帮你把柴焰从公司挤走？"

"是。"她不是个聪明人，如果不是万事同何子铭商量，也走不到今天这步。

"最后一个问题，开车撞陈未南的是谁？"

"我开的车，他动的刀。"

"你们不是试图让柴焰自己动手，为什么改变了主意？"

"因为柴焰的潜意识一直在抗拒。"了解事情全过程的沈晓耸耸肩，意志力这个东西有时候终究是说不清的，如果药物和催眠能摧毁掉柴焰心底那个善良的迟秋成的形象，或许柴焰就会相信迟杨是回来报复的，事情也就会按他们的预期发展，柴焰会亲手杀死自己最爱的人，就不需要他们亲自动手了。

而柴焰最后也会因为精神分裂而被无罪释放，却要一辈子背负起杀害爱人的这个沉重十字架。

因为何子铭觉得，比起肉体审判，精神上的更具惩罚性。

可惜，一切都失败了。

问询结束，沈晓在笔录结尾签下了字，而后被警察带离了房间。

经过门口时，一个黑衣执伞的男人拦住了她。

"做这些真的像你说的那样吗？"

"不然你以为呢？"

"当年案子里那个刑满释放的劫匪说头目的车是临时改道的，我查了资料，他们变道的原因是因为某处路段临时施工维修，那段路临近薪南大学北门，你当年好像在那里勤工俭学。"

"不知道你在说什么。"沈晓的脸色突然变得异常难看，催促着警察快些带她离开。

望着她离去的背影，傅邵言越发肯定了心里的推测。

当年，或许是出于恐惧被迫给劫匪指了路的沈晓，阴错阳差让她喜欢的人送了命，为了逃避内心的痛苦和愧疚，她把恨意转嫁去了另一个人身上。

不过这究竟是不是事情的真相，恐怕只有沈晓自己知道了。

Chapter21-3

处理好局里的事情后，傅邵言站在了病房门口，门里的柴焰正接过护士递来的药，就水吃下。

他点着手中的黑伞，突然不知道该怎么同柴焰开口说陈未南的事了。

"哥。"先一步看到他的柴焰开口叫人。

"陈未南呢？"

柴焰问出的第一句就是傅邵言最不想她问的，他支着伞，缓步走近房间，拉把椅子，坐在了床边。

"柴焰啊。"傅邵言不知该怎么开口，手中的长伞敲着地面，"陈未南是找回来了，不过……"

"不过怎么了？"紧张的情绪溢于言表，柴焰撑起身体，抓住傅邵言的手腕，"他怎么了？哥你说话啊！"

"伤得太重，人没救过来。"

"什么？"柴焰的脑子顿时空白成一片。

"怎么会呢？"她不住呢喃着。

可陈未南的葬礼还是如期在三天后举行了，还在住院的柴焰由护士带着参加了葬礼。

陈爸人在云都住院，来的只有陈妈，似乎是伤心过度，陈妈只是机械地跟着人流走在前列，连滴眼泪也没有。

终于，捧着黑白照片的人停在了陵园西边的某块墓碑前。

柴焰看着还没盖棺的墓地，径直走了过去，转身坐下了。

她席地坐在墓碑前的举动弄愣了在场的人，议论声顿起。

柴焰则摆摆手："陈未南，躲哪儿了，出来。"

没人应，她便又说了一遍，依旧没人应。

"好吧，不出来是吧，那我回医院了，出院以后就出国，刚好 Sophie 在国外的律所缺人手。"她说到做到，真起身朝人群外走。

人还没迈出几步呢，便被一个声音叫住了。

身上缠着不少纱布，坐在轮椅上的陈未南从人群里出来，嘴里说着："你可真不识逗。"

后来的若干天，陈未南问起柴焰为什么那么笃定他没死时，柴焰看着落日，这样回答："爱哭的阿姨没哭，'遗像'不是我喜欢的那张，最重要的是你说过，如果有天你死了，要买个两室墓穴，我和你要葬在一起，可这是个单人碑。"

面对这样的回答，陈未南沉默片刻，挠着鼻头答："我也想弄得逼真啊，可谁想得到活人租房不便宜，给死人租墓地比活人租房还贵！"

他始终没告诉她，他真的差一点儿就死了。

柴焰还在住院治疗时，中途去看守所见了何子铭一次。

那天下了雪，洋洋洒洒的雪花隔窗而落，在玻璃外积成了堆。室内，柴焰望着探视窗里的人，半晌开口："你看上去，精神还不错。"

"如果他能死，你我现在的位置变换一下，那我的精神肯定会更好。"何子铭轻嗤一声，抬手理了理有些长的头发。

"其实，我来是想和你说，不管你的计划再周详，这样做都不会成功的。"

"为什么？"何子铭有些讶异地朝柴焰看去。

"因为迟秋成是我见过的最善良的人，我相信他不会害我们的。"

"所以你的潜意识里才会抵触我的暗示、催眠，迟迟不肯伤害陈未南？"

"我想是的。"不想这个话题再继续下去，柴焰便问起了另一件事，"什么时候开庭？"

"过几天。"想起什么，何子铭笑了两下，"你是我认识的律师里最精明强干的了，可这个官司你不能帮我打了。"

这下，柴焰是真的无话可说了。又坐了一会儿，狱警通知探视时间结束，柴焰起身告辞。

"柴焰。"

她走出没几步，玻璃窗那边的何子铭突然叫了她一声。

"什么？"她回头。

何子铭张张嘴，欲言又止，最终说了句："没什么。"

直到身后的闸门关闭，听见那"砰"的一声响起，何子铭的脚步才略略停下，他回头看了眼刚刚关上的门，他刚刚想告诉她，或许她一辈子都要同一个影子一同生活了。

促精神分裂类的药物可逆性太低。

"弟弟，我做错了吗？"他自问。

可是并没有人回答他。

Chapter21-4

因为陈未南伤重，陈家的春节是在医院里度过的，早前出院的陈爸赶来蕲南陪老婆儿子过年。

陈爸略带哀伤地看着儿子："未南，你可真是把我吓了一跳。"

陈未南抿抿嘴："放心，就算我舍得不给你养老送终，我还舍不得不娶我媳妇儿呢。"

柴焰额头微微渗出汗，陈爸直直地看向她，那眼神活脱脱在说：你快收了这个祸害吧。

柴焰默默地扭转了脸。

可她没想到，有一天，这对父子竟会集体失踪。

大年三十那天，陈未南住的病房里突然空了。

柴焰提着满手的饭菜，大脑空白了片刻："人呢？"

"是啊，人呢？"前台的值班护士也问。

柴焰有些无语，把东西放在护士站，人跑去外面找人。

夜间的临江医院外，有湿寒的江风从江面吹来，大年夜，医院内外都透着冷清。柴焰走在幢幢树影里，四下张望着找人。突然从远处传来一声轻呼："柴焰。"

她望去，发现柏树旁立着的是迟杨。

她的心"扑通扑通"猛跳几下，不住地告诫自己，那是假的，迟杨是不存在的。

"你知道我是存在的。"迟杨说。

"你只是我的幻觉，你是幻觉。"

"那你会和幻觉说话吗？"迟杨轻笑一声，看着落荒而逃的柴焰，默默说着，"你要幸福。"

柴焰一路狂奔，直到撞上一个人，才停下。

"哎呀，柴焰你怎么这么快，我和老陈都还没准备好呢！"陈未南边说边抱怨着陈爸。

而柴焰的注意力则被地上成堆的蜡烛吸引了。

"陈未南，你这是要干什么？"

"废话，向你求婚喽。"陈未南头也没抬一下，"你不要嫌弃这个方法土，我现在腿脚不利索，太高难度的弄不了，再说你们女人不是都喜欢这种幼稚的小浪漫吗？别误会，这话不是我说的，是我们家老陈，要按照我的意思，买束花，扛着你和花直接登记去了！"

柴焰脸微微红起来，她拉着陈未南："你跟我来，我有事和你说。"

两人去远处说事，独自留下陈爸弯腰点着蜡烛："快了快了，未南，一会儿我一点好你就向小焰求婚。"

柴焰没有马上答应陈未南的求婚，她回家跟陈未南说起了刚才的幻觉。

"所以呢？"陈未南一脸的不明所以。

"所以，我现在还是可以看到迟杨的，我也不知道这种情况会持续到什么时候，所以我要告诉你，如果我真的会一辈子见到迟秋成，你还愿意娶我吗？"

陈未南执起她的手，态度异常诚恳地说："我有件事也一直没敢告诉你，说出来也希望你别介意。"

"什么？"

"我毁过容。"

"啊，我怎么不知道？"

"要先嫁给我，才知道。"

"……"

"你不会是嫌弃我吧？"

"哪能？"

"不能就结婚！"

"……"

其实还在住院时，陈未南就咨询过医生，医生的回答是，柴焰的分裂症或许一辈子都不会好了，这点他早有了准备。

Chapter21-5

结婚当晚，柴焰想起陈未南曾经的话，便问起："还没说你哪儿毁容了呢？"

"真的要看吗？"

"当然。"柴焰认真地说。

好吧。陈未南无奈地转过身去，脱了裤子："看吧，被关的时候急火攻心，长了一屁股火疖子，落了疤，我美貌的屁股，毁容了。"

"……"

"所以你要对我好点儿。"陈未南拉着柴焰的手。

"我第一次知道心能长屁股上，你也不怕偶尔坐得太用力，心脏骤停？"

"放心，就算'做'得用力，它也停不了。"

柴焰怀孕九个月时，还在坚持工作不休息，无论陈未南如何劝她都是每天雷打不动去上班。拗不过她的陈未南干脆又在柴焰的律所旁边开了间牙诊所。

流言就是如此，过去那阵风头，没人再去注意陈未南是个曾经卷入官司的牙医了。

这天，诊所来了几个拔牙的，聒噪着坐满了排椅，他正准备给其中一个打麻药，前台的护士便挥着手朝她大叫起来："陈医生，你太太、你太太要生了！"

"什么？"陈未南愣了片刻，便拔腿朝外跑去。

"都说了不让她上班，让她提前住院养胎，她就不听。"医院走廊里，陈未南捶着墙，一脸痛苦。

柴焰难产，在里面疼了已经有一会儿了。

柴妈虽然也急，不过还是觉得陈未南太过紧张了。她走过去，安慰地拍拍陈未南："没事的，有事医生会和我们说的。"

"妈，怎么生孩子才不疼，我心疼我媳妇儿。"

"嗯，除非是别人生，否则谁生都疼。"

丈母娘的话似乎提醒了陈未南什么，他抬起头拼命捶起手术室的门："媳妇儿媳妇儿，快分裂变身啊，成了迟杨你就不疼了！"

身旁的柴爸柴妈相视一眼，有些无语。

之后，等陈未南的儿子降生时，他这段关于分裂与变身的言论一度成了柴焰嘲笑他的焦点所在。

陈未南最讨厌的一件事就是扫墓，每次跟着家人去扫墓，他都远远地站在后面，不去近前。今年亦是如此。

柴焰今年也是早早掉了队，在一棵柏树旁，她找到了正在嘀咕念叨的陈未南，他正拿根树枝在地上画。

"老迟，我和我媳妇儿现在过得特幸福，有儿子，那小子贼淘，总爱爬高，我家的易碎品几乎被他砸光了。柴焰也不错，就是做的饭还是一般般，你别告诉她是我说的。你在那边好好的，早点儿投胎，再娶个媳妇儿，不要晚投胎，也不要等柴焰，她的下辈子、下下辈子我都预定了。"

沉默片刻后，陈未南说："谢谢你，老迟。"

扫一扫看更多图书番外，作者专访